GABRIELLA
ENGELMANN

Wildrosensommer

ROMAN

KNAUR

Besuchen Sie uns im Internet:
www.knaur.de

Wenn Ihnen dieser Roman gefallen hat
und Sie auf der Suche sind nach ähnlichen Büchern,
schreiben Sie unter Angabe des Titels »Wildrosensommer« an:
frauen@droemer-knaur.de

FSC
www.fsc.org
MIX
Papier aus verantwortungsvollen Quellen
FSC® C083411

Originalausgabe Mai 2016
Knaur Taschenbuch

Ein Imprint der Verlagsgruppe
Droemer Knaur GmbH & Co. KG, München

Redaktion: Sabine Franz
Umschlaggestaltung: ZERO Werbeagentur, München
Umschlagabbildung: FinePic®, München
Illustration Rose: Michaela Lichtblau / Imme Schmidt
Satz: Adobe InDesign im Verlag
Druck und Bindung: CPI books GmbH, Leck
ISBN 978-3-426-51845-8

2 4 5 3 1

Prolog

Das Hausboot war in die Jahre gekommen und verströmte einen nostalgischen Charme. Träge schaukelte es auf dem graugrün schimmernden Wasser des Flusses. Die frisch geputzten Bullaugen blinkten und blitzten in der Nachmittagssonne, als wollten sie den Menschen, die am Ankerplatz vorbeiflanierten und es bestaunten, zuzwinkern.

Der ehemals weiße Anstrich war ein wenig verblasst, und an manchen Stellen hatten der Regen und das Flusswasser der Farbe einen feinen Grünstich verliehen. Dadurch besaß das Boot jene Patina, die davon zeugte, dass es nicht mehr ganz neu war, sondern – im Gegenteil – eine Menge Geschichten zu erzählen hatte.

Wenn man vor dem Boot stand, blickte man direkt auf das Flussdelta, das von sattgrünen Wiesen und hohen Bäumen umrahmt wurde. Dahinter leuchteten goldgelb weite Rapsfelder.

»Wunderschön, auf diesem Boot müsste man wohnen«, flüsterten verzückte Stimmen. »Oder zumindest eine lange Reise damit unternehmen«, wisperten andere.

Jeder, der hierherkam, spürte, dass dies ein ganz besonderer Ort war, der einen magischen Zauber verströmte.

Ein Ort, an dem man intuitiv leise sprach und sich fühlte, als wäre man aus der Zeit gefallen.
Doch auch Orte der Ruhe können durch Ereignisse erschüttert werden, die keiner vorhersehen kann.
Oft genügt ein winziger Funke, um etwas in Brand zu setzen.
Und dann ist nichts mehr, wie es vorher war.
Wer hätte gedacht, dass ebenjenes Hausboot eines Tages zu einer Art *Fliegendem Holländer* werden würde, einem Geisterschiff, das besitzerlos auf dem Wasser dümpelt?
Und so stand es einen Tag später in der Zeitung zu lesen:

Gestern Nachmittag riss sich ein Hausbootponton während eines Unwetters von seinem Liegeplatz los. Starke Sturmböen trieben das zweistöckige Hausboot flussaufwärts, wo der tonnenschwere Koloss gegen einen Steg mit Privatyachten krachte. Bei dem schweren Aufprall wurden mehrere Segelboote beschädigt. Die örtliche Feuerwehr und die Wasserschutzpolizei rückten mit einem Großaufgebot an. Nach einer aufwendigen Bergungsaktion liegt das beschädigte Hausboot nun wieder an seinem ursprünglichen Ankerplatz.
Nach dem Besitzer wird noch gesucht.
Von ihm fehlt jede Spur.

Teil eins

1.

Wenn du eine Rose schaust, sag, ich lass sie grüßen.

»Mama, was gibt's zu essen? Wir haben Hunger! Außerdem bist du wieder mal zu spät.« Mollys waldseegrüne Augen schauten mich vorwurfsvoll an, kaum dass ich einen Fuß durch die Tür unserer Münchner Altbauwohnung gesetzt hatte.
»Und du musst mir noch Geld für den Klassenausflug geben«, forderte Louisa, die Arme demonstrativ vor der Brust verschränkt.
Da war es wieder, dieses schlechte Gewissen, das seit zwei Jahren an mir klebte wie eine ganz besonders hartnäckige Klette. Ein ebenso mürrischer Begleiter meines Lebens wie meine ältere Tochter Louisa. Ob es der Hunger war, der ihr die Laune verhagelt hatte, oder ob ihr die Hormone zu schaffen machten, ich wusste es nicht. Fünfzehneinhalb Jahre alt zu sein war nicht einfach. Erst recht nicht als Tochter einer Mutter, die häufig zu spät nach Hause kam und auch sonst viel beschäftigt war.
»Du hast uns Pfannkuchensuppe versprochen«, maulte Molly, die zuweilen so kindlich wirkte, als sei sie noch sechs. Dabei hatte sie vor zwei Monaten ihren elften Geburtstag gefeiert. An manchen Tagen wiederum gebärdete sie sich wie eine Erwachsene. Eine erwachsene Diva.

»Dann holt doch bitte schon mal die Pfannkuchen aus dem Kühlschrank und schneidet sie in Streifen. Ich bin in drei Minuten bei euch und koche die Brühe, okay?«

Drei Minuten – welch ein Witz!

Was konnte man in dieser kurzen Zeit schon anfangen?

Weder ein entspannendes Bad nehmen noch duschen, geschweige denn ein kleines Nickerchen machen. Dabei hätte ich das dringend gebraucht, um mich den Anforderungen, die an diesem Abend garantiert auf mich warteten, mit frischer Energie zu stellen. Gedankenverloren wusch ich mir im Badezimmer die Hände und genoss es, sie erst mit duftender Rosenseife einzuschäumen und anschließend heißes Wasser darüberlaufen zu lassen. Wenn ich nach meiner Arbeit am Blumenstand auf dem Viktualienmarkt nach Hause kam, waren meine Hände stets eiskalt. Das lag zum einen daran, dass mein Kreislauf nach dem stundenlangen Stehen irgendwann schlappmachte. Außerdem mussten Coco und ich die Blumen und Pflanzen jeden Abend in einem Kühlraum verstauen, um sie frisch zu halten.

Sahst auch schon mal besser aus, sagte ich zu mir selbst, als ich in den Spiegel schaute und den Knoten löste, den ich tagsüber zum Blumenbinden trug. Früher hatte man mich meist zehn Jahre jünger geschätzt, als ich wirklich war.

»Mensch, Aurelia, das hätte ich nie gedacht«, war eines von vielen Komplimenten, das meine Seele umschmeichelte wie ein Seidentuch, wenn ich mein wahres Alter verriet.

»Sag mal, welche Creme nimmst du denn? Die ist doch sicher furchtbar teuer, oder?«, lautete die Frage derer, die meinen frischen Teint kostspieligen Markenartikeln zuschrieben.

Dabei benutzte ich seit langem entweder günstige Cremes aus der Drogerie oder Naturkosmetik, die ich selbst herstellte.

Doch obwohl ich immer noch dieselben Pflegeprodukte verwendete, hatte sich etwas verändert.
Heute sah man mir mein wahres Alter an.
Zweiundvierzig war in meinem Fall nicht das neue Zweiunddreißig, sondern schlicht, was es in Wirklichkeit war: das Alter einer Frau, die zu alt war, um in den angesagten Münchner Clubs die Nacht zum Tag zu machen. Und zu jung, um keinen Hunger mehr auf das Leben zu verspüren.
Auch wenn dieser Hunger mir in den vergangenen Jahren immer mehr abhandengekommen war. Kaum merklich war er zu einer leisen Ahnung dessen geschrumpft, was ich früher lautstark in die Welt gebrüllt und vom Schicksal eingefordert hatte.
»Mama, kommst du? Ich finde das Glas mit der Gemüsebrühe nicht.« Aufgeschreckt durch das energische Klopfen an der Badezimmertür und Louisas Drängen, schaute ich auf meine Armbanduhr, die ich auf die schmale Ablage über dem Waschbecken gelegt hatte.
Wo war die letzte Viertelstunde geblieben?
Im Schlund des Zeitfressers, der jeden Tag einen Großteil meiner Stunden gierig in sich hineinstopfte wie ein hungriger Wolf? Oder hatte ich vor lauter Müdigkeit im Stehen geschlafen?
»Bin sofort bei euch«, antwortete ich in einem Tonfall, der meiner Familie suggerieren sollte, ich hätte die Dinge im Griff. Dann entdeckte ich lange, hellblonde Haare auf dem Fußboden und hob sie seufzend auf. Molly hatte sich mal wieder gebürstet, ohne sich um die Folgen zu scheren. Auf diesem hässlichen, anthrazitfarbenen Linoleum sah man leider einfach alles. Seit Monaten schon nahm ich mir vor, ihn herauszureißen und durch eine schönere Auslegware zu ersetzen. Noch einfacher

wäre es allerdings, umzuziehen, denn dieses Bad war viel zu winzig für uns alle. Genau wie unsere Wohnung. Doch ich hatte kein Geld, um mir einen solchen Luxus zu leisten. Und nicht genug Zeit, um hier mehr als das Allernötigste zu machen.

»Na, ihr zwei? Wie war's in der Schule?«, fragte ich, als wir schließlich gemeinsam am Küchentisch saßen. Als ich die Teller auffüllte, musste ich an Lena, meine österreichische Freundin aus Kindheitstagen, denken. Frittatensuppe hieß die heiße Brühe mit den Pfannkuchenstreifen in ihrer Heimat. Während ich auf die Antwort wartete, häufelte ich kleingehackte Petersilie und Schnittlauch in die Suppenterrinen aus blau-weiß gepunkteter Keramik. Dieses hübsche Geschirr hatte ich letztes Jahr günstig auf der Auer Dult erstanden.

»Igitt! Ich hasse Schnittlauch«, rief Molly empört, tunkte den Löffel in ihre Terrine und fischte die frischen Kräuter mit angewiderter Miene wieder heraus.

»Seit wann das denn?«, fragte ich, nahm ihr den Löffel aus der Hand und verteilte seinen Inhalt über meine Suppe.

»Seit immer schon«, antwortete Molly schnippisch.

»Ach, du spinnst doch«, widersprach nun auch Louisa. »Vorgestern hast du dir noch eine Extraportion Schnittlauch auf deine Butterbrezn gemacht.«

Diesen Einwand – dessen Korrektheit ich bestätigen konnte – überging Molly hoheitsvoll und streichelte stattdessen demonstrativ Momo, die soeben maunzend in die Küche getapst war und nun Mollys Knöchel umschmeichelte.

»Hat sie schon ihr Futter bekommen?«

Louisa und Molly schauten einander fragend an, woraus ich schloss, dass keine der beiden daran gedacht hatte, Momo zu füttern. Dabei hatten sie mir das Kätzchen vor drei Monaten unter Tränen abgebettelt und versprochen, sich *immer, immer* rührend um Momo zu kümmern.

»Du hast keine Arbeit damit, versprochen«, hatte Louisa behauptet, und Molly hatte mit ihrem »Bütte, liebste Mama, bütte« mein Herz ebenso zum Schmelzen gebracht wie die kleine, pechschwarze Mischlingskatze mit den rötlichen Flecken, die Nachbarn den Mädchen geschenkt hatten.

Seit Momos Einzug lagen in der Wohnung Bällchen aus Stoff oder Gummi herum, genau wie kleine Krümel von Katzenstreu, das Momo auf samtweichen Pfötchen überall verteilte.

Ein wenig genervt legte ich den Löffel beiseite. »Okay, dann werde ich Momo nachher zu fressen geben. Aber das ist das letzte Mal, habt ihr mich verstanden?«

Molly und Louisa nickten schweigend, während sie weiter ihre Suppe löffelten.

»Also, wie war's heute in der Schule? Habt ihr eure Mathearbeit zurückbekommen?« Der letzte Teil meiner Frage galt Louisa, die gut in Sprachen, Sport und Kunst war, dafür aber ein Totalausfall in Naturwissenschaften. Ihr Gesicht verdunkelte sich schlagartig. Kein gutes Zeichen.

»Ich habe eine Fünf bekommen«, murmelte sie betreten. Ihr welliges, dunkelbraunes Haar fiel ihr wie ein seidiger Vorhang vors Gesicht. Auch Molly schaute angestrengt auf den Boden zu Momo.

Im Grunde meines Herzens hatte ich alles Verständnis der Welt für dieses schulische Problem, da ich selbst nie gut in Mathematik gewesen war. Als Mutter konnte ich die schlechte Note jedoch auf keinen Fall unkommentiert durchgehen lassen.

»Dann wird es jetzt aber allerhöchste Zeit für Nachhilfe, sonst bleibst du dieses Jahr noch sitzen«, sagte ich deshalb in so strengem Ton, dass Nic stolz auf mich gewesen wäre. Doch Nic war, wie immer in den letzten beiden Jahren, nie dabei, wenn es um wichtige Themen wie schlechte Zensuren oder kostspielige Klassenreisen ging. Ich würde später, wenn die Mädchen im Bett waren, über diese Dinge mit ihm sprechen müssen.

Nachdem ich Louisa Geld für den Klassenausflug an den Starnberger See gegeben und sowohl Momo gefüttert als auch die Katzentoilette gesäubert hatte, kehrte allmählich Ruhe in unserer kleinen Wohnung ein. Meine Töchter waren in ihre Zimmer verschwunden, kaum dass sie den Tisch abgeräumt und das Geschirr in die Spülmaschine gestellt hatten.

Bevor ich es mir mit einem Becher Tee auf dem Sofa gemütlich machte, wollte ich jedoch bei Molly nach dem Rechten sehen.

»Soll ich dir noch etwas vorlesen?«, fragte ich und kippte das Fenster, um zu lüften, bevor meine Kleine einschlief. Zurzeit war Molly geradezu hingerissen von einer Pferdebuchreihe, und es würde sicher nicht lange dauern, bis sie sich ein Pferd wünschte. Oder zumindest Reitunterricht.

»Heute lese ich selber«, gab Molly – versunken in die Lektüre – zur Antwort. Ich beugte mich über sie, gab ihr erst einen Kuss auf die Stirn und dann einen auf die Nase. »Grrr, das kitzelt«, schimpfte Molly und wand sich kichernd unter ihrer Bettdecke.

»Schlaf schön und träum süß, meine kleine Motte«, entgegnete ich, weil mein Töchterchen eine echte Nachteule war und häufig nachts herumgeisterte, wie eine Motte, die das Licht sucht. »Mach nicht mehr so lange, hörst du?«

»Ja, ja. Nacht, Mama«, antwortete Molly, ohne jedoch den Blick von ihrem Buch zu heben.

Aus Louisas Zimmer ertönte leises Murmeln, bestimmt hatte sie den Fernseher laufen oder schaute irgendeine Serie auf

YouTube. Zurück in der Küche, kochte ich mir einen Früchtetee. Dann schaute ich auf die Uhr: kurz vor halb zehn – sicher würde Nic gleich kommen.

Nic, meine große Liebe.

Mein Anker im Leben. Mein Ein und Alles.

»Hallo, meine Schöne«, sagte er, als er endlich da war, und strahlte mich an. »Wie war dein Tag?« Dass nach so vielen Jahren immer noch so viel Liebe zu mir in seinen Augen stand, grenzte für mich an ein Wunder.

Ich erzählte von Louisas schlechter Zensur in Mathe, davon, dass die Mädchen wie üblich vergessen hatten, Momo zu füttern, und von kleinen Begebenheiten aus meinem Alltag als Floristin.

»Und was ist das Beste, was dir heute passiert ist?«, fragte Nic und streichelte zärtlich meine Hand.

Ich überlegte kurz. Außer der Tatsache, dass mein Liebster endlich da war und ich nun den anstrengenden Tag gemeinsam mit ihm ausklingen lassen konnte?

»Ich habe heute ein Kompliment dafür bekommen, dass ich so ein tolles Gespür für die Bedürfnisse meiner Kunden habe«, erzählte ich und musste bei der Erinnerung an Cocos Lob lächeln. Sie war wirklich eine wundervolle Chefin. Ich schätzte mich glücklich, dass wir nicht nur gut zusammenarbeiteten, sondern dass sie mir auch stets eine verlässliche Freundin war.

»Ja, das hast du, mein Schatz«, stimmte Nic Coco zu. »Und das ist nur einer von vielen Gründen, warum ich dich so sehr liebe.«

2.

Der liebe Frühling kommt mit hellem Klange …

»Guten Morgen«, begrüßte ich Sandra, die Besitzerin des Friseursalons in der Utzschneiderstraße, die – wie jeden Morgen – ihren Kaffee auf der Straße trank. Egal ob es schneite, stürmte oder die Sonne schien. Ich war gerade auf dem Weg zur Arbeit, blieb jedoch stehen, als ich sie sah.

Bis vor kurzem hatte sie vor ihrem Salon Kette geraucht. Doch seit einiger Zeit achtete die Mittfünfzigerin sehr auf ihre Gesundheit und hatte sich das Rauchen abgewöhnt. Bis auf den morgendlichen Milchkaffee trank sie den ganzen Tag über neben Wasser ausschließlich selbst zubereitete Smoothies aus Früchten und Gemüse vom Viktualienmarkt. Sie hatte eine Abmachung mit einem Marktstandbesitzer: Vitamine im Tausch gegen Haareschneiden. Ein Arrangement, das beide glücklich machte.

»Morgen, Aurelia«, grüßte Sandra fröhlich lächelnd zurück. »Ist das nicht ein herrliches Wetter?«

Ich legte den Kopf in den Nacken und schaute in den tiefblauen Himmel, der sich über München spannte. Kaiserwetter nannte man das in Bayern, auch wenn der Ausdruck ursprüng-

lich vom österreichischen Kaiser Franz Joseph dem Ersten stammte, wie Lenas Mutter mir mal erzählt hatte.
»Für April wirklich genial«, antwortete ich und atmete tief ein. Die Blüten der umstehenden Bäume verströmten ihren intensiven Duft und schenkten unserer grauen, öden Straße einen Hauch von Frühling, auch wenn wir gerade mal neun Grad hatten. »Ich hoffe, das bleibt so. Louisa fährt morgen nämlich mit ihrer Klasse an den Starnberger See.«
»Oh, wie toll, da war ich schon ewig nicht mehr.« Sandra schaute so verträumt in die Ferne, als sähe sie dort weiße Segelboote auf dem See schaukeln.
»Du arbeitest halt zu viel«, entgegnete ich, da Sandra neben ihrer Arbeit im Friseursalon ehrenamtlich Perücken für Krebspatienten herstellte, was sie viel Zeit und Kraft kostete. »Gönn dir hin und wieder eine Pause, gerade jetzt, wo es endlich wieder schön wird.«
»Das sagt grad die Richtige«, entgegnete Sandra lachend. »Wann bist du denn das letzte Mal aus der Stadt herausgekommen?«
Ich dachte nach.
Das war lange her – viel zu lange.
»Du, ich muss leider …«, sagte ich, weil ich sonst zu spät zur Arbeit kommen würde. »Hab einen schönen Tag. Bis später.«
Nachdenklich ging ich an einem Zeitschriftenkiosk vorbei, dem ein kleiner Cupcake-Laden, ein Secondhandshop und schließlich ein Schmuckladen folgte, der ganz untypisch für diese eher konservative, bürgerliche Wohngegend war. Ich beschloss, gar nicht erst ins Fenster zu schauen, um nicht in Versuchung zu kommen, mich in eine der wunderhübschen filigranen Ketten oder Ohrringe zu verlieben. Für solchen Schnickschnack fehlte mir das Geld.

Als ich an Cocos Stand ankam, war die gerade dabei, die frischen Blumen, die sie frühmorgens auf dem Großmarkt gekauft hatte, in Kübel zu stellen. Ich war Coco sehr dankbar dafür, dass ich erst da sein musste, nachdem Molly und Louisa pünktlich – und mit Pausenbroten versorgt – zur Schule gegangen waren. Wie immer begrüßten wir beide uns mit einem Küsschen auf die Wange. Coco duftete jeden Tag anders und immer nach Blüten. Heute waren es Veilchen.

»Und? Alles klar bei euch daheim?«, wollte Coco wissen und stemmte die Hände in die Hüften. »Was für eine Note hat Louisa für die Mathearbeit bekommen?« Als gute Freundin und Ersatz-Oma meiner beiden Mädchen war Coco stets auf dem neuesten Stand, was Molly und Louisa betraf.

»Eine Fünf«, antwortete ich düster. »Ich versuche, heute Nachmittag ihren Lehrer zu erreichen, um ihn zu fragen, wie es jetzt weitergeht und ob er einen guten Tipp für Nachhilfe hat. Ich mag gar nicht daran denken, was das wieder alles kostet.«

Coco nickte mitfühlend, ihr Doppelkinn ruhte dabei gemütlich auf ihrem Brustbein. Heute trug sie ein nachtblaues, relativ enges Kleid, das ihren mehr als üppigen Busen und ihre mollige Figur geradezu dramatisch betonte. Ihre Haare – rabenschwarz gefärbt – waren zu einem klassischen Pagenkopf frisiert. Coco war das, was man gemeinhin ein Vollweib nannte. Eigentlich hieß sie Cornelia Müller, aber dieser Name war ihr immer schon zu spießig und profan gewesen. Die nur knapp einen Meter sechzig große Coco war zu Höherem bestimmt, hatte lange Jahre mit einem reichen Liebhaber in Paris gelebt und war vor fünf Jahren wieder zu ihren bayerischen Wurzeln zurückgekehrt. Der Mann ihres Herzens hatte die im

Laufe der Jahre immer rundlicher und natürlich älter werdende Coco gegen eine blonde, hohlwangige Gazelle ausgetauscht, die an der Sorbonne studierte. Wenn man die sechzigjährige Coco fragte, was sie gelernt oder wo sie studiert hatte, antwortete sie stets: »An der Schule des Lebens.« Zum Verkauf von Blumen war sie durch einen reinen Zufall gekommen, im Gegensatz zu mir, die den Beruf der Floristin von der Pike auf gelernt hatte.

Ich hatte Coco zum ersten Mal vor drei Jahren auf dem Viktualienmarkt getroffen, als ich an ihrem Stand einen Blumenstrauß kaufte. Und ich war heilfroh, als sie mir wenig später einen Job anbot, als ich dringend einen brauchte. Seit dieser Zeit waren wir beide nahezu unzertrennlich, obwohl wir nicht unterschiedlicher hätten sein können. Sie hatte eine angenehm mütterliche Art und verströmte Optimismus und gute Laune in Momenten, in denen andere sich am liebsten die Kugel gegeben hätten. Auch ihren *Abstieg* von Paris nach München nahm sie mit der ihr wesenseigenen Grandezza.

Dein Kerl hat dich wegen einer anderen verlassen?

Wein ihm keine Träne nach, das macht nur hässlich.

Deine finanzielle Zukunft liegt gerade in Trümmern?

Ach was, keine Panik. Es kommt immer was Neues!

A bisserl was geht immer, lautete ihre Devise, gemäß dem Motto von Monaco Franze, der Kultfigur aus der Feder Helmut Dietls, mit der ich groß geworden war.

»Wenn du eine kleine Finanzspritze für Louisa brauchst, ist das kein Problem«, bot Coco an.

»Danke, das ist total lieb, aber ich versuche erst mal, so klarzukommen. Bestimmt gibt es irgendeinen Zuschuss für Nachhilfe, ich muss mich einfach nur drum kümmern.«

In diesem Moment näherte sich eine wunderschöne, hochschwangere Frau dem Stand. Meinem Gefühl nach stand sie kurz vor der Entbindung.
»Kann ich Ihnen behilflich sein?«, fragte ich, als sie unschlüssig vor den prall gefüllten Blumenkübeln mit farbenfrohem Inhalt auf und ab ging. Was auch immer sie sich jetzt aussuchte, es durfte auf gar keinen Fall so intensiv duften wie Lilien oder Hyazinthen.
»Ich bin zum Kaffee bei einer Freundin eingeladen und möchte ihr einen hübschen Strauß schenken«, antwortete die Kundin. »Irgendetwas im Wert von fünfzehn Euro.«
»Wie wär's mit einer Mischung aus Ranunkeln, Chrysanthemen und Lupinen?«, schlug ich vor und deutete auf die pastellfarbenen Blumen. »Die halten sich besonders lange und sehen außerdem traumhaft aus.« Da die Kundin zustimmend nickte, nahm ich von allen drei Sorten einige Stengel aus dem Wasser, befreite sie vom unteren Blattgrün und schnitt sie an. Dann umwickelte ich sie mit hellem Blumenbast. Aus dem Augenwinkel sah ich, wie die Dame sich über den runden Bauch strich.
Und mit einem Mal erblickte ich eine schwarze, elliptische Erscheinung um die Silhouette der Frau, ähnlich wie ein Trauerflor. Ich blinzelte ein paarmal, um das vermeintliche Trugbild zu verscheuchen, doch es blieb.
»Das sieht toll aus«, sagte die Kundin und lächelte zufrieden. Dann nahm sie ihre Sonnenbrille ab, um sie mit einem Taschentuch zu putzen. Unter ihren blauen Augen lagen tiefe, dunkle Schatten – und mir wurde mit einem Mal eiskalt.
»Das freut mich«, antwortete ich mit klopfendem Herzen.
Was um Himmels willen ging hier vor?
Ich überreichte ihr den in cremefarbenes Papier gewickelten Strauß, kassierte und gab mechanisch das Wechselgeld heraus.

Nachdem die Kundin sich verabschiedet hatte, war ich kaum fähig, mich zu rühren.
»Was ist los? Hast du ein Gespenst gesehen?«, fragte Coco und schaute mich prüfend an.
Ich murmelte »So ähnlich« und überlegte, ob ich ihr von dieser *Erscheinung* erzählen sollte.
»Schätzchen, du bist weiß wie die Wand! Was ist los?« Wenn Coco diesen Ton anschlug, war jeder Widerstand zwecklos. Also erzählte ich ihr stammelnd von meiner Beobachtung, obwohl das Ganze vollkommen absurd klang. Coco sagte eine Weile lang gar nichts, legte lediglich ihren Kopf schief.
»Du hältst mich für verrückt, nicht wahr?«, fragte ich.
»Nein, das tue ich nicht«, antwortete sie und tätschelte liebevoll meine Hand. »Komm, wir setzen uns einen Augenblick. Aber vorher koche ich uns noch einen starken Kaffee.«
Während sie in der Miniküche im hinteren Teil des befestigten Standhäuschens herumhantierte, bediente ich weitere Kunden. Zum Glück wollten alle nur vorgebundene Sträuße, so dass ich mich nicht besonders konzentrieren musste. Kurze Zeit später tauchte Coco mit zwei Bechern in der Hand auf und stellte sie auf das wackelige, runde Emaille-Tischchen, an dem wir im Sommer saßen, wenn gerade nichts zu tun war. An sich war es noch zu kühl, um sich hinzusetzen, aber Coco reichte mir eine Fleecedecke und hüllte sich selbst in eine zweite. »Also … ich habe nachgedacht«, sagte sie und pustete in ihren dampfenden Kaffee. »Und ich bin zu dem Schluss gekommen, dass du so etwas wie eine Vision gehabt haben musst. Wahrscheinlich hast du die Aura dieser Kundin gesehen, anders kann ich mir das, was du beschrieben hast, nicht erklären.«
Die Aura?! Eine Vision?!

Das klang total verrückt. Und gruselig!
»Seit der Sache mit Nic bist du noch feinfühliger und dünnhäutiger geworden, als du es eh schon warst. Und du hattest immer schon ein sehr gutes Gespür für Menschen und deine gesamte Umgebung. Du hörst nun mal die Flöhe husten, bevor sie es wirklich tun, Aurelia. Vielleicht ist diese Frau ja krank oder hat Kummer, und du hast das intuitiv erfasst. Kein Grund, sich einen Kopf zu machen. Aber …«
Mein Herzschlag setzte einen kurzen Moment aus, weil ich ahnte, was jetzt kam. »… das ist meiner Meinung nach ein Zeichen dafür, dass du dich allmählich mit den Realitäten auseinandersetzen und die Dinge akzeptieren solltest, wie sie sind. Bei allem Verständnis für dich und deine Situation glaube ich nicht, dass es auf Dauer gesund ist, wie du dich verhältst. Du machst dir etwas vor, und das weißt du auch.«

Als ich nach der Arbeit nach Hause ging, hallten Cocos Worte immer noch in meinen Ohren nach.
Entsprechend fehlte mir der Sinn für die Schönheiten des Münchner Marktes, eines Wahrzeichens der Stadt. Normalerweise drehte ich abends noch eine Runde, bevor ich mich auf den Heimweg machte, und plauderte mit den Nachbarn, die ihre verführerischen Waren unter den grünen Dächern ihrer befestigten Stände anboten. Ich kostete bei Sándor ungarische Delikatessen, bekam bei Katharinas Früchtestand Obst für die Mädchen geschenkt oder erfreute mich im Sommer am Anblick der tiefblauen Heidelbeeren, die appetitlich in runden Holzkörbchen feilgeboten wurden. Ich mochte es, wenn sich der süßliche Duft ungarischer Paprika mit dem von frischen Kräutern, Erdbeeren oder hausgemachten würzigen Würsten

vermischte, und warf gern einen Blick auf die hübschen geflochtenen Kränze aus Getreide und getrockneten Blumen. Wenn die Zeit es zuließ, lief ich auch an den Ständen vorbei, die bunt bemalte Herzen aus Holz in ihrem Angebot hatten oder kleine Tierchen aus Stroh, die Molly so sehr liebte und von denen ich ihr ab und zu eines schenkte.

Danach schlenderte ich normalerweise zu den Bronzefiguren der Münchner Komiker Liesl Karlstadt, Weiß Ferdl und Karl Valentin, die unter majestätischen Kastanienbäumen standen, und kaufte noch ein leckeres Sonnenblumenbrot bei der Hofpfisterei. Zuletzt umrundete ich den Biergarten, um den der Markt angelegt war, und schaute auf den gigantisch hohen Maibaum, auf den ich als Kind immer hatte klettern wollen, um von da aus auf ganz München blicken zu können.

All das war tägliche Routine, die manch einer vielleicht als langweilig bezeichnet hätte. Doch für mich bedeutete sie Sicherheit in einer unsicheren Lebenssituation.

Heute allerdings ließ ich meine Runde über den Markt ausfallen. Cocos Worte gingen mir einfach nicht aus dem Kopf. Sie hatte ja recht.

Natürlich machte ich mir seit zwei Jahren etwas vor, das wusste ich ganz genau.

Aber ich konnte nicht anders. Ich würde sonst verrückt werden.

Und so ließ ich es auch an diesem Abend wieder zu, dass Nic auf meinem Sofa Platz nahm und mir das Gefühl gab, der wichtigste Mensch in seinem Leben zu sein.

Ja, ich würde mich den Dingen stellen, und ich würde irgendwann loslassen – aber noch nicht jetzt.

Jetzt brauchte ich Kraft für meine Töchter und mich.

3.

Liebe stirbt nie.

Obwohl ich an diesem Samstag ausnahmsweise freihatte, erwachte ich, wie jeden Morgen, um sechs Uhr.
Ich hielt die Lider bewusst noch einen Moment geschlossen, denn ich hatte einen schönen Traum gehabt und wollte ihn am liebsten gar nicht mehr loslassen.
In diesem Traum war ich mit Nic, Molly, Louisa und sogar Momo auf einem Hausboot von der Oder an die Ostsee unterwegs gewesen. Die Kinder hatten den größten Spaß bei einem Bummeltrip auf Rügen gehabt, wohingegen Nic und ich uns kaum an den stillen Buchten und schroffen Felsküsten hatten sattsehen können. Nics glückliches Lachen, weil er kaum etwas mehr liebte, als auf dem Wasser zu sein, die zarten Fältchen um seine unwirklich waldseegrünen Augen und seine Begeisterungsfähigkeit hatten so lebendig und echt gewirkt, dass es mir schwerfiel zu glauben, dass dies alles nur ein Traum gewesen war.
»Irgendwann werden wir diese Reise zusammen machen«, murmelte ich, immer noch mit geschlossenen Lidern. Diese Tageszeit war ein kostbares Geschenk, für das ich unglaublich dankbar war. Über unserer kleinen Wohnung lag absolute Stille,

alles hatte seine Ordnung. Um sieben würde das Klappern der Mülltonnen, die immer samstags abgeholt wurden, anzeigen, dass in unserem Wohnviertel ein neuer Tag anbrach. Das Läuten der Glocken der Fraunhofer Kirche, das Zwitschern der Frühlingsvögel, das Getratsche der Nachbarn auf der Straße, all diese Geräusche gaben mir das wohlige Gefühl von heimatlicher Geborgenheit. Und das süße Maunzen von Momo erinnerte mich daran, dass die kleine Katze gefüttert werden musste und es allmählich an der Zeit war, aufzustehen.

Danach würde ich frische Semmeln holen, die Wohnung putzen, meine Steuererklärung machen und später das Abendessen kochen, zu dem ich Coco eingeladen hatte. Anschließend wollte sie mich in Schumann's Bar am Odeonsplatz ausführen, weil sie fand, dass es höchste Zeit war, mal wieder ein bisschen Nachtluft zu schnuppern und sich unter die Münchner Schickeria zu mischen. Ich selbst hätte mir diesen Luxus nicht leisten können, aber Coco verdiente mit dem Verkauf von Blumen eine Menge Geld und liebte es, anderen Menschen eine Freude zu machen. Und ich liebte die Gegend um den Hofgarten mit seiner Blütenpracht, dem Pavillon und dem romantischen Flair, das mich ein wenig an Paris erinnerte. Die glücklichen Bilder aus dem Traum noch immer vor Augen, schwang ich mich aus den Federn und stellte mich einem neuen Tag.

»Na hoffentlich schlafen Louisa und Molly auch und schauen nicht die halbe Nacht lang schräge Sachen auf DVD oder YouTube«, sagte ich am Abend zu Coco und überflog das Angebot der umfangreichen Cocktailkarte von Schumann's, als wir um kurz nach zehn dort ankamen. »Weißt du schon, was du nimmst?«

Ich ging äußerst selten aus und hatte deshalb nur eine vage Ahnung von den In-Drinks, die von Jahr zu Jahr wechselten. Zurzeit wurden Gin und Tonic Water in allen Variationen gehypt, das hatte sich mittlerweile sogar bis zu mir herumgesprochen. Doch mir war es egal, welches Getränk gerade en vogue war, ich wollte, dass es schmeckte – gerade wenn es so furchtbar viel kostete. Also würde ich den Klassiker, einen Cosmopolitan, nehmen.

»Ich versuche mal den Gin Basil Smash«, antwortete Coco.

Neugierig las ich mir die Liste der Zutaten durch: Gin, Basilikum, Zitronensaft, Zuckersirup und Eis. Bis auf die Idee mit dem Basilikum erschien mir das Ganze nicht wirklich neu, aber wenn Coco Spaß daran hatte … »Und denk bitte nicht an deine beiden Mäuse, die tanzen jetzt eh schon auf dem Tisch. Lass sie Filme gucken, für die sie zu jung sind, oder sich den Magen mit zu viel Chips und Schoki verderben. Mach dich locker, Aurelia, das gehört dazu. Davon stirbt keiner.«

Ich dachte kurz an Nic und verspürte ein schmerzhaftes Ziehen in der Brust.

»Dürfen wir uns zu Ihnen setzen?«, unterbrachen zwei Herren in schicken Anzügen unser Gespräch und deuteten auf die beiden freien Plätze neben uns.

Coco musterte beide unverhohlen und nickte dann erfreut. An sich hätte sie mich in ihre Entscheidung einbeziehen müssen. Aber so war Coco: lebenshungrig und immer auf der Suche nach neuen Abenteuern.

»Dürfen wir Sie denn auch zu Ihren Drinks einladen?«, fragte einer der beiden, den ich auf Anfang sechzig schätzte.

Ich wusste nicht, wie ich darauf reagieren sollten, doch Coco antwortete grinsend: »Aber natürlich, wozu geht man schließlich in eine Bar?« Der Jüngere der beiden schaute ebenso verlegen drein, wie ich mich gerade fühlte. Unsere Blicke kreuzten sich für den Bruchteil einer Sekunde. »Wo kommen Sie beide denn her? Sie sehen so aus, als seien Sie auf Geschäftsreise hier«, fuhr Coco fort.

»Das stimmt«, antwortete der Ältere und stellte sich selbst als Rolf Hansen vor. Der andere war Frank Wagner. Beide kamen aus Hamburg, arbeiteten dort für eine Reederei und waren aus beruflichen Gründen in München.

Nachdem wir ebenfalls unsere Namen genannt hatten, plauderten wir ein Weilchen über die Unterschiede zwischen beiden Städten. Ein schier unerschöpfliches Thema und zum Glück unverfänglich.

In Gedanken an Nic und unseren Wochenend-Trip nach Hamburg vor vielen Jahren wurde ich traurig. Heute Abend ohne ihn sein zu müssen fühlte sich an, als fehlte ein Teil von mir.

Wie glücklich waren wir damals gewesen, wie unendlich verliebt! Wir hatten geglaubt, nichts und niemand könne uns und unsere Liebe je erschüttern!

»Wann waren Sie denn zuletzt in Hamburg?«, fragte Frank Wagner, dessen goldener Ehering aufblitzte, als er sein Bierglas nahm und daraus trank. »Und mögen Sie Musicals?«

»Grundsätzlich mag ich fast alles, was romantisch ist«, antwortete ich. »Ich habe bislang allerdings nur *Phantom der Oper* gesehen, das mochte ich sehr. Mein letzter Hamburg-Besuch ist schon eine ganze Weile her. Um ehrlich zu sein, kann ich gar nicht sagen, wie lange.«

Wie viel Zeit war vergangen, seit Nic und ich die Gelegenheit gehabt hatten, entspannt zu reisen?

Das musste Jahre her sein.

So viel hatte sich seitdem verändert.

So viel war seitdem passiert.
»Ich würde mir gern die Fortsetzung vom *Phantom der Oper* anschauen«, mischte sich nun auch Coco in das Gespräch über Musicals ein. »*Liebe stirbt nie* … Ist das nicht ein großartiger Titel für eine Show?«
»Dann machen Sie das doch«, sagte Rolf Hansen und lächelte Coco herausfordernd an. »Hamburg ist immer eine Reise wert.« Ich suchte seinen Ringfinger nach einem Hinweis ab, ob er verheiratet war, damit Coco gar nicht erst in die Bredouille geriet. Doch da war nichts zu sehen.
»Passen Sie nur auf, ich nehme Sie beim Wort«, entgegnete Coco schelmisch lächelnd und schürzte ihre rubinrot bemalten Lippen. Sie sah mal wieder zum Anbeißen aus. »In welchem Stadtteil wohnen Sie denn? Ach was, lassen Sie mich raten: bestimmt in den Elbvororten.«
Bilder von Nic und mir tauchten auf, wie eine Foto-Collage aus längst vergangenen Zeiten:
Nic und ich, wie wir eng umschlungen an der Reling der Elbfähre in Richtung Museumshafen Oevelgönne stehen. Natürlich hatte er auch in Hamburg jede Gelegenheit genutzt, um auf dem Wasser zu sein. Damals war ich mit Louisa schwanger gewesen.
Wir beide – Hand in Hand – barfuß am Elbstrand. Über uns ein strahlend blauer Himmel, im Hintergrund die Silhouetten der Hafenkräne.
Nics flapsige Bemerkung über mein Gejapse, als ich mich einen der steilen Wege im Blankeneser Treppenviertel nach oben quälte und er mich schlussendlich nach oben schieben musste.
Das gemeinsame Abendessen bei einem urigen, kleinen Italiener, bei dem Nic allerdings zu viel Rotwein getrunken hatte

und so melancholisch geworden war, dass wir uns am Ende des traumschönen Tages gestritten hatten.
Dies war der leidvolle Auftakt zu vielen schwierigen Phasen in unserer Beziehung gewesen, wovon ich zu diesem Zeitpunkt zum Glück noch nichts ahnte.
»Aurelia, hallo. Schläfst du schon?«
Cocos Frage riss mich unvermittelt aus meinen Erinnerungen, und ich erschrak.
Wie lange hatte ich mich wieder in meinen Fantasien verloren? Würde das denn niemals aufhören?
Coco hatte vollkommen recht! Ich musste beginnen, mich den Realitäten zu stellen und nach vorne schauen statt immer nur zurück.
Morgen jährte sich *der Tag* zum zweiten Mal.
Vielleicht sollte ich dieses Datum zum Anlass nehmen, endlich loszulassen.
Und mich mit dem Gedanken anfreunden, dass mein Leben – und das meiner Töchter – in Zukunft ohne Nic würde stattfinden müssen.
Nic existierte nämlich seit nunmehr zwei Jahren nur noch als Wunschbild in meinem Kopf. Und in meinem Herzen.
Denn er war seit zwei Jahren spurlos aus unserem Leben verschwunden …

4.

Wohin du auch gehst, geh mit deinem ganzen Herzen.

Während Louisa und Molly am Sonntagnachmittag bei ihren Freundinnen waren, verbrachte ich den Tag damit, in der Wohnung klar Schiff zu machen.

Übermüdet und emotional verkatert vom gestrigen Abend starrte ich die Fenster an, die dringend mal wieder geputzt werden mussten. Die Sonne brachte jeden Regentropfen und jede Schliere, verursacht durch den letzten Aprilsturm, erbarmungslos zum Vorschein.

Putzen und aufräumen half eigentlich immer, wenn es mir nicht gut ging. Noch besser war allerdings ausmisten, denn das bedeutete, Ballast abzuwerfen, und zwar in jeglicher Hinsicht.

Ob ich es wagen sollte, mir die Koffer und Kartons mit Nics Sachen anzuschauen? War es nicht endlich an der Zeit, alles zu verschenken, womit man anderen noch eine Freude machen konnte? Oder bedeutete ein solcher Akt, dass ich wirklich einen Schlussstrich unter unser gemeinsames Leben zog und die Hoffnung auf ein Wiedersehen vollends begrub?

Um noch ein bisschen Zeit zu schinden, beschloss ich, mich zuerst an den Fenstern auszutoben. Während ich die Scheiben

putzte, dachte ich fortwährend an Nic und all die schönen Jahre, die wir miteinander hatten.
Da meine Eltern vor langer Zeit während eines Skiurlaubes bei einem Lawinenunglück verstorben waren, waren Nic und meine Töchter meine Familie gewesen, obwohl Nic und ich nicht verheiratet waren. Nic war als Halbwaise von seiner Mutter erzogen worden, pflegte aber kein enges Verhältnis zu ihr. Angeblich litt sie seit seiner Geburt unter starken psychischen Problemen. Nic hatte mir zwar wiederholt einen Antrag gemacht, doch ich hatte mich nie recht dazu durchringen können, den *Bund fürs Leben* zu schließen, wie es so schön hieß. Jemandem zu versprechen, in guten wie in schlechten Tagen für ihn da zu sein – und das bis ans Lebensende –, war eine große Verantwortung. Und ich hatte schon genug damit zu tun, seine Krankheit zu verkraften und sie mit allen mir zur Verfügung stehenden Mitteln zu bekämpfen.
In den vergangenen Jahren waren seelische Erkrankungen zum Glück von der Gesellschaft immer stärker akzeptiert worden. Man hielt diese Diagnose nicht mehr so verschämt geheim, wie es früher mal üblich gewesen war, insbesondere bei Männern. Angstzustände, bipolare Störungen, Burnout-Syndrom, all diese Probleme wurden in den Medien thematisiert, und das war auch gut so, denn so konnte man besser mit ihnen leben. Und sie im einen oder anderen Fall auch heilen.
An den Tag, als unser Hausarzt Nic Depressionen attestiert hatte, konnte ich mich noch gut erinnern.
Ich hatte Nic als zupackenden, dynamischen Mann und erfolgreichen Ingenieur kennengelernt, und wir hatten viele glückliche gemeinsame Jahre verbracht. Doch nach der Geburt von Louisa bekam unsere heile Welt erste Risse. Nachdem auch

Molly auf der Welt war, zog Nic sich immer häufiger zurück. Nach Monaten, in denen er antriebslos gewesen war, beinahe ständig geschlafen und sogar das Interesse am Wassersport und Segeln verloren hatte, war es anfangs richtiggehend befreiend gewesen, endlich einen Namen für das Monster zu haben, das unser Familienglück und unsere Liebe bedrohte.

Wenn man den Feind kennt, kann man ihn auch bekämpfen, hatte ich gedacht. Oft fehlten nämlich bei Patienten mit dieser Erkrankung lediglich bestimmte Botenstoffe, und man konnte dieses Defizit mit Hilfe von Antidepressiva verhältnismäßig gut in den Griff bekommen. Doch im Fall von Nic lagen die Dinge bedauerlicherweise anders. Die Medikamente zeigten unliebsame Nebenwirkungen, die seine Verfassung eher verschlechterten als verbesserten.

»Hier ist der Anrufbeantworter der Familie Förster. Wir sind gerade nicht da oder können nicht ans Telefon kommen. Nachrichten bitte nach dem Pieps, wir rufen dann zurück.«

Mollys süße, kindliche Stimme hallte durch die Wohnung, weil nach mehrmaligem Klingeln unser Anrufbeantworter angesprungen war. Es hatte damals mehrerer Anläufe bedurft, bis sie den Text fehlerfrei aufs Band gesprochen hatte. Nic und Molly hatten sich wegen der vielen Versprecher vor Lachen gekugelt, genau wie Louisa und ich.

»Ich bin's, Coco. Wollte mal hören, wie es dir heute geht. Nun geh schon ran, Aurelia, ich weiß, dass du da bist.«

Seufzend legte ich das Putzzeug beiseite und ging in den Flur, wo unsere Festnetzstation auf einem Tischchen stand. Momo rieb maunzend ihr Köpfchen an meinem Knöchel.

»Ertappt«, sagte ich zu Coco, nachdem ich abgenommen hatte. »Ich hatte mich zwar gerade dazu aufgerafft, mich endlich mal an die Fenster zu machen, aber eine kleine Quatsch-Pause mit dir ist trotzdem drin.« Ich klemmte mir den Hörer zwischen Ohr und Schulter und ging dann in die Küche. Ein Kaffee war jetzt genau das Richtige. Um Zeit zu sparen, entschied ich mich für die Instant-Variante aus dem Glas.

»Wenn du fertig bist, kannst du gleich bei mir vorbeikommen und hier weiterputzen«, sagte Coco, und ich konnte das Lächeln in ihrer Stimme hören. Ebenso wie einen gewissen Triumph. »Dreimal darfst du raten, wer mich vorhin angerufen und zu einem Wochenende nach Hamburg eingeladen hat.«

Da brauchte ich nicht lange zu überlegen.

»Hey, das ist ja super. Rolf Hansen scheint ein Mann der Tat zu sein. Finde ich gut.«

»Und er ist stinkereich«, antwortete Coco in diesem schwärmerischen Tonfall, den sie stets anschlug, wenn sie von ihren Pariser Zeiten erzählte. Ihren Erzählungen nach hatte sie in Frankreich wie eine echte Bohemienne gelebt: Besuche in den schicksten Restaurants, Theatern und Museen hatten auf der Tagesordnung gestanden – oder wonach ihr und ihrem wohlhabenden Gönner gerade der Sinn gestanden hatte.

»Also nicht, dass mir das wichtig wäre …«

Ich schmunzelte, weil ich genau wusste, dass Coco ziemliche Ansprüche hatte. Ihre Affäre mit einem deutlich jüngeren, mittellosen Musiker hatte gerade so lange gedauert, wie ich gebraucht hatte, mir seinen Namen zu merken.

Schade drum, er war ein himmlischer Liebhaber mit grandiosem Durchhaltevermögen, hatte sie theatralisch geseufzt, nachdem sie ihm den Laufpass gegeben hatte. *Aber ich hatte auf Dauer keine Lust, seine Mama zu spielen und ihm zu sagen, wo es im Leben langgeht. Das muss er schon selbst wissen.*

»Und? Wann fährst du?«, fragte ich und versuchte, mir die bunt schillernde Coco bei den eher konservativen Hanseaten vorzustellen.
»Am Freitag«, kam es wie aus der Pistole geschossen. »Hast du Lust, mitzukommen?«
Cocos Frage überraschte mich – und traf einen Nerv. Wann war ich das letzte Mal verreist? Noch dazu ohne Kinder. Doch sosehr ich mich nach ein wenig Abwechslung und Zeit für mich sehnte, genau das war der springende Punkt. »Und was ist mit Molly und Louisa? Oder hast du die schon vergessen?«
Einen Moment war es still in der Leitung. »Du könntest Sandra bitten, ein Auge auf deine Süßen zu haben«, schlug Coco schließlich vor. »Ist doch nur ein klitzekleines, winziges Wochenende. Komm schon, sag ja, und ich buche uns beiden einen Flug.«
Ich zögerte. »Ich weiß nicht recht … ich habe gerade beschlossen, mir endlich Nics Sachen vorzuknöpfen und reinen Tisch zu machen. Das wird bestimmt eine ganze Weile dauern … außerdem vergisst du, dass ich am Stand gebraucht werde. Erst recht, wenn du in Hamburg bist.«
»Dann machen wir es einfach so: Ich bin in einer Viertelstunde bei dir. Zu zweit haben wir das doch alles ruck, zuck erledigt. Und dann machen wir uns zur Belohnung ein nettes Wochenende in Hamburg, lassen uns in einem schönen Hotel verwöhnen und feiern deinen Schritt in ein neues Leben. Keine Widerrede, ich bin gleich da.«
Und zack, war die Leitung auch schon tot. Ich trank meinen Kaffee in einem Zug leer und kicherte leise vor mich hin.
Coco war eine echte Marke. Dass sie liebend gern das Leben ihrer Mitmenschen durcheinanderwirbelte, wusste ich. Und dieses Mal traf es offensichtlich mich.

»Wie lange warst du nicht mehr hier oben?«, fragte sie, nachdem wir in den fünften Stock gestiegen waren. Anstatt zu antworten, öffnete ich das Vorhängeschloss des Drahtgitters, vor das Nic notdürftig ein paar Pappen geklebt hatte, um zu verhindern, dass jedermann in unseren Speicher schauen konnte. »Lass mich raten – seit zwei Jahren?«, mutmaßte Coco.
Ich nickte und musste niesen, weil der Staub und der muffige Geruch meine Nase kitzelten. Dann knipste ich das Licht an. Vor mir lag ein ganzes Universum längst vergangener Tage: Mollys Laufrad, Louisas Schlitten, ein alter Kaninchenstall und eine Puppenstube, die Nic damals für die Mädchen gebaut hatte. Diese hatte ich – im Gegensatz zu den anderen Dingen – sorgfältig mit einer Folie abgedeckt und an den Seiten abgeklebt, so dass kein noch so winziges Körnchen Staub eindringen konnte. In diesem Fall war ich ausnahmsweise penibel gewesen, denn bei der Puppenstube handelte es sich um weit mehr als nur ein Spielzeug.
»Was für ein Schmuckstück!«, sagte Coco mit Ehrfurcht in der Stimme und tänzelte auf ihren hochhackigen Leo-Print-Pumps um das Häuschen, das auf einem alten Campingtisch thronte. »Aber wieso steht es denn hier oben? Das gehört ja fast schon ins Museum.«
»Die Mädchen waren aus dem Alter raus und hatten keine Lust mehr, damit zu spielen«, antwortete ich, obwohl das nicht ganz der Wahrheit entsprach. Tatsache war, dass dieses Puppenhaus Nics ganze Liebe für seine beiden Töchter symbolisierte. Er hatte Stunden damit zugebracht, es zu bauen und zusammen mit Louisa und Molly die Einrichtung auszusuchen. Ein echtes Vater-Töchter-Projekt, bei dem es mir stets Tränen der Rührung in die Augen getrieben hatte.

Nachdem Nic verschwunden war, hatten die beiden allerdings den Anblick dieses Kleinods nicht mehr ertragen können. Und so hatte ich die Puppenstube irgendwann schweren Herzens auf den Dachboden gebracht und dort sorgfältig verhüllt.
»Na, wenn das so ist«, antwortete Coco schulterzuckend. »Wo sind denn Nics Sachen?«
Ich deutete auf mehrere Lederkoffer und Kartons, die ich auf der rechten Seite des Dachbodens an der Wand entlang gestapelt hatte. »Ich habe alles hier heraufgebracht, als Louisa in sein Zimmer gezogen ist«, erklärte ich in Erinnerung an jenen schmerzhaften Moment, etwa fünf Monate nach Nics Verschwinden, als Louisa zaghaft gefragt hatte, ob sie den Raum haben durfte, den ihr Vater als Arbeitsplatz und Rückzugsort genutzt hatte. Da sich auch Molly ein Zimmer für sich alleine wünschte, hatte ich nach anfänglichem Zögern zugestimmt, Nics Hab und Gut unter Tränen wahllos in Kartons verpackt und anschließend mit Louisas Hilfe das Zimmer in hellem Mint gestrichen.
Ich beneidete meine große Tochter um ihre pragmatische Haltung: Natürlich war sie ebenso schockiert und traurig über das spurlose Verschwinden ihres Vaters, doch irgendwann hatte ihr kindlicher Egoismus die Oberhand gewonnen. Und nun freute sie sich darüber, einen Ort für sich zu haben und endlich Freundinnen einladen zu können. Davor hatte sie sich mit ihnen immer im Wohnzimmer aufhalten müssen, um ihre kleine Schwester nicht zu stören. Molly hatte deutlich mehr Probleme mit der neuen Situation gehabt. Obwohl sich beide, wie bei Schwestern üblich, immer wieder zankten und gegenseitig auf die Nerven gingen, hatte Louisas bloße Anwesenheit Molly Halt gegeben. Oft war sie sogar nachts zu ihr ins Bett gekrabbelt, wenn ihr der Vater so sehr fehlte, dass es ihr beinahe das

Herz zerriss. Zu sehen, dass sich scheinbar noch ein Mensch von ihr entfernte, schmerzte sie tief in ihrer kleinen, zarten Seele – und so schlüpfte Molly häufiger wieder unter meine Bettdecke, um sich Trost und Geborgenheit zu holen.

»Sind da seine Klamotten drin?«, fragte Coco und deutete auf einen rollbaren Kleiderständer, über den ich eine dunkle Plastikhülle gestreift hatte. »Wenn du magst, kann ich die Sachen ins Flüchtlingsheim bringen. Männerkleidung wird dort sehr gern genommen.«

Die Vorstellung, dass ein anderer als Nic in Zukunft seine Pullover, T-Shirts, Jacketts oder Sneakers tragen würde, ließ den Boden unter mir schwanken.

Was, wenn ich zu vorschnell handelte?

Wenn ich die Hoffnung zu früh aufgab und Nic doch eines Tages zurückkam? Ich einfach nicht genug vertraute?

Dann hatte er noch nicht einmal etwas anzuziehen, bis auf die Sachen, die er gerade trug.

Coco befreite die Kleidung von der Plastikhülle und stieß einen verzückten Schrei aus: »Wow, das ist ja alles supertoll! Ich hatte schon total vergessen, dass er einen so guten Geschmack hatte. Ich schwör's dir, die werden Luftsprünge machen.«

Angesichts von Cocos Begeisterung und der Aussicht darauf, etwas wirklich Sinnvolles mit Nics Nachlass tun zu können, begann mein Widerstand zu bröckeln.

Jetzt oder nie!

Es war an der Zeit, zu handeln.

»Das wäre wirklich lieb von dir, denn ohne Auto komme ich mit den Sachen leider nicht besonders weit«, antwortete ich, nun doch sehr dankbar dafür, dass Coco mit ihrer zupackenden Art hier war, um mir zu helfen.

Nachdem diese erste, schwere Hürde genommen war, wühlten wir uns stumm, dafür aber Seite an Seite, durch Nics Besitz, der vorwiegend aus Büchern, CDs, alten Platten, maritimen Utensilien, Handwerkszeug und einem Akkordeon bestand. Wir sortierten und verpackten alles in unterschiedliche Kartons, die wir sorgfältig beschrifteten.

Nur das wunderschöne alte Musikinstrument wollte ich aufbewahren, genau wie zwei Kartons mit Nics Segelzubehör. Nic war, wenn es seine Zeit erlaubt hatte, zweimal im Jahr mit Freunden segeln gewesen. Und er hatte gern gelesen, vorwiegend Bücher über Schiffe. Also behielt ich eine Handvoll seiner Lieblingsbücher und CDs, an denen Louisa und Molly später vielleicht mal ihre Freude haben würden.

Nachdem wir fertig waren, anschließend gemeinsam mit den Kindern zu Abend gegessen hatten und Coco nach Hause gegangen war, stellte ich den Karton auf die Couch, um mir seinen Inhalt genauer anzuschauen. Louisa und Molly lagen bereits im Bett, auch Momo hatte sich zufrieden schnurrend in ihrem Katzenkörbchen zusammengerollt.

Um zehn vor zehn breitete ich den gesamten Inhalt der Kiste auf dem Sofa aus. In wenigen Minuten würde Nic kommen, und ich würde mit ihm reden müssen. Schließlich jährte sich heute der Tag seines Verschwindens zum zweiten Mal. Und ich brauchte sein Einverständnis dafür, seine Sachen zu verschenken.

Nachdem ich gedankenverloren einen Kompass angeschaut und ihn mit dem Ärmel meines Baumwollpullovers blank poliert hatte, fiel mein Blick auf ein Buch über Hausboote. Ich legte den Kompass auf den Couchtisch und nahm den hochformatigen Bildband auf meinen Schoß. Der Titel des Buches lautete *Hausboot-Perlen – Leben auf Deutschlands Gewässern,* und ich erinnerte mich daran, dass Nic öfter darin geblättert hatte. Bedauerlicherweise hatte das Hochglanzpapier den muffigen Geruch des Dachbodens angenommen. Ich würde das Buch zum Lüften auf den Balkon legen müssen, ehe ich es mir ausführlicher ansah. Gerade als ich den Band wieder zuklappen wollte, ertastete ich im hinteren Drittel etwas, das sich anfühlte wie ein Lesezeichen. Doch stattdessen hielt ich zu meiner Überraschung auf einmal einen zusammengefalteten Zettel in meinen zitternden Händen.

Wir sehen uns dort

stand da auf dem weißen Papier.
Vier Worte in Nics Handschrift, geschrieben mit meerblauer Tinte. Vier simple Worte, die mich beinahe mehr aufwühlten, als Nics Verschwinden es getan hatte.
Wer war *wir?*
Und wann hatte Nic dies geschrieben?
Das Blut sauste in meinen Ohren, meine Knie zitterten so sehr, dass der Bildband auf den alten Dielenboden fiel und dort zusammenklappte wie eine Auster.
Ich war weder fähig, mich zu rühren, noch, still zu sitzen.
Ich befand mich an einem Ort im Nirgendwo, der sich gerade anfühlte wie der Vorhof zur Hölle.

Wir sehen uns dort

Von irgendwoher hörte ich das Läuten der Kirchturmuhr.
Es war zehn.

Etwa um halb elf wusste ich, dass von nun an nichts mehr sein würde, wie es einmal war.
Denn zum ersten Mal seit zwei Jahren kam Nic nicht mehr, um mich zu fragen, wie mein Tag war.
Um mich zu trösten.
Und um mir zu sagen, dass ich sein Stern, seine einzig große Liebe war.
Der Nic, den ich kannte und den ich mehr geliebt hatte als mein Leben, war nun für immer fort …

5.

Alpha und Omega – Anfang und Ende.

Wie in Trance ging ich am nächsten Morgen in Richtung Viktualienmarkt. Der Sonntag hatte einer neuen Woche Platz gemacht. Einer Woche, in der ich würde lernen müssen, nach diesem neuerlichen Schlag wieder aufzustehen und mein Leben weiterzuleben. Doch heute hatte ich weder ein »Guten Morgen« für Sandra übrig, die mit dem Kaffeebecher in der Hand auf dem Gehsteig stand und mich erwartungsvoll anschaute, noch für den freundlichen Herrn am Zeitungskiosk.

Es kam mir seltsam vor, dass sich die Welt um mich herum nicht verändert hatte, während ich innerlich zum zweiten Mal zerbrochen war und meine Seelenscherben wieder kitten musste. Coco war gerade dabei, einen Strauß aus lilafarbenen Lupinen und pinkfarbenen Gerbera zu binden, als ich am Stand eintraf.

»Was ist passiert?«, fragte Coco. Ohne Umschweife legte sie die Blumen beiseite und zog mich an ihre mütterliche, weiche Brust. Dass gerade ein Kunde auf seinen Strauß wartete, interessierte sie ebenso wenig wie die Tatsache, dass meine Wimperntusche schwarze Schlieren auf ihrer cremefarbenen Sei-

denbluse hinterließ. Unterbrochen von Schluchzern, die mich so heftig schüttelten, als sei mein ganzer Körper ein Erdbebengebiet, kramte ich schließlich den zusammengeknüllten Zettel aus meiner Handtasche und reichte ihn ihr. Während Coco las, putzte ich mir die Nase, schnappte mir aus schlechtem Gewissen dem Kunden gegenüber den Strauß, überschlug die Kosten und kassierte achtzehn Euro fünfzig. Kopfschüttelnd ging der Herr davon, und ich hörte ihn leise »Wos woar des denn bittschön?« murmeln, was ich ihm absolut nicht verübeln konnte.
»Wo hast du den gefunden? Und von wem ist der?«, fragte Coco und tupfte mit einem Taschentuch Reste meiner verlaufenen Mascara ab. Ich erzählte von dem Bildband und davon, dass ich das Buch zwar von früher kannte, es mir aber noch nie genauer angesehen hatte. »Und worauf bezieht sich dieses *dort?*«, wollte Coco wissen, zog mich mit sich in das Standhäuschen und hängte das *Wir sind gleich wieder für Sie da*-Schild an die Tür, das wir in Notfällen benutzten.
»Es lag zwischen den Seiten, auf denen ein Hausboot namens Luna abgebildet ist, das an einem der Elbarme in den Vier- und Marschlanden ankert. Das Boot wurde mit einem Preis für besonders originelles Design ausgezeichnet und hat Nic bestimmt gefallen, wie ich seinen Geschmack kenne«, erklärte ich.
Cocos Augenlider, die sie heute mit schwarzem Kajal dramatisch betont hatte, flatterten. »Und wo sind bitte diese … wie nanntest du das gleich … Vierlande?«, fragte sie. »Davon habe ich ja noch nie was gehört.«
Das hatte ich bislang auch nicht. Doch seit gestern Nacht wusste ich, dass es sich bei dieser Region um eine wunderschöne Kulturlandschaft südöstlich von Hamburg handelte, die für den Anbau von Gemüse und Blumen, insbesondere Stiefmütter-

chen und Rosen, bekannt war. Das Gebiet wurde von drei Flussarmen durchzogen: der Dove-Elbe, der Süderelbe und der Gose-Elbe, allesamt entstanden aus dem Urstromtal des Elbflusses. Für einen Liebhaber von Gewässern aller Art und passionierten Segler wie Nic natürlich ein überaus reizvolles Gebiet. Ich erzählte Coco, was ich über *Deutschlands größten Gemüse- und Blumengarten* im Internet gefunden hatte. Noch immer steckte mir die bleierne Müdigkeit in den Knochen, da ich bis in die frühen Morgenstunden vor dem Rechner gesessen und recherchiert hatte. All dies in der Hoffnung, irgendeine Erklärung für Nics Verschwinden zu finden. Die kurze Notiz und die Fotos des Hausbootes schienen mir mit einem Mal der Schlüssel zu allem zu sein. Eine Spur, der ich folgen musste, um endlich, endlich Antworten auf die Fragen zu finden, die mich nun schon so lange quälten. Coco hörte sich alles geduldig an, runzelte jedoch ab und zu die Stirn.
Ich wusste genau, was sie dachte.
Sie befürchtete immer noch, dass Nics Verschwinden mit einer anderen Frau zusammenhing. »Möchtest du hinfahren und dir dieses Hausboot einmal ansehen?«, fragte sie, und ich sah neben der Besorgnis abenteuerlustiges Funkeln in ihren Augen aufblitzen. »Dieser Ort liegt doch in der Nähe von Hamburg. Los, gib dir einen Ruck und komm am Freitag mit mir mit.«
Auch über eine solche Reise hatte ich letzte Nacht nachgedacht und war zu dem Ergebnis gekommen, dass ich wirklich mit Coco fliegen würde, vorausgesetzt, Sandra hatte Zeit, sich um die Mädchen zu kümmern. Coco streckte mir schmunzelnd den Telefonhörer entgegen und sagte in einem Ton, der keinerlei Widerspruch duldete: »Jetzt mach schon und ruf Sandra an. Mit jeder Minute, die du länger wartest, werden unsere Flüge teurer.«

Innerhalb einer halben Stunde war alles geklärt und gebucht. Während der Drucker die Online-Tickets ausspuckte und Coco wegging, um einzukaufen, begann ich, eine Liste all der Dinge zu schreiben, die ich noch besorgen und erledigen musste, bevor ich nach Hamburg flog: Katzenstreu und Futter für Momo kaufen, ein Geschenk für Mollys Freundin Vroni besorgen, die am Samstag ihren Geburtstag feierte. Den Antrag auf Bezuschussung für Louisas Mathe-Nachhilfe ausfüllen und wegschicken. Außerdem musste ich meine Nachbarin fragen, ob wir den Putzdienst für den Hausflur tauschen konnten. Und nachschauen, ob überhaupt noch genug Geld auf meinem Konto war oder ob ich mal wieder meine eisernen Reserven anzapfen musste.
Kaum hatte ich die Liste fertig, sah ich die Kundin, um deren Körper ich neulich die schwarze Aura gesehen hatte, auf den Stand zukommen. Heute trug sie einen engen schwarzen Mantel, dessen Umrisse keinen Zweifel daran ließen, dass sie an der Stelle, die sich letztens noch kugelrund gewölbt hatte, flach wie ein Brett war. Meine Augen suchten nach einem Tragetuch, einem Kinderwagen, nach einem Mann an ihrer Seite, der das Baby in seinen Armen wiegte. Doch ich erblickte nichts außer dieser schmalen, zerbrechlichen Gestalt, die über den Viktualienmarkt wankte wie eine Schlafwandlerin.
Ein blasses, hohlwangiges Gespenst ohne Halt und ohne Ziel.
»Kann ich Ihnen vielleicht helfen?«, fragte ich, einem spontanen Impuls folgend. Die Dame drehte sich zu mir und schenkte mir einen Blick aus vom Weinen geröteten Augen, die zugleich alles und nichts zu sehen schienen. »Möchten Sie ein Glas Wasser oder einen Tee? Ich kann Ihnen auch gern Kaffee kochen«, bot ich an und fasste sie am Arm ihres Mantels, der für diese Jahreszeit viel zu warm war.

»Danke, ein Kaffee wäre wunderbar. Das ist wirklich lieb von Ihnen«, hauchte sie als Antwort, und ich befürchtete einen Moment lang, dass sie vor meinen Augen kollabieren würde. »Mir ist ein bisschen schwindelig und … und ich habe Angst, gleich umzukippen, wenn ich ehrlich bin.«

Ich holte einen Klappstuhl und bat die Dame, darauf Platz zu nehmen. Dann ging ich in die kleine Küche des Marktstandes und schenkte einen Becher voll Kaffee, den Coco gerade gekocht hatte. Während ich Leitungswasser in ein Glas laufen ließ, überlegte ich, ob ich etwas von meinen Naturheilmittelchen hineintun sollte. Baldrian würde ihr bestimmt guttun. Und eine Mixtur aus Lavendel, Mimose, Vanille und Zedernholz, die ich neulich kreiert hatte. Kurzerhand nahm ich eines der drei Fläschchen, die ich in unserem Erste-Hilfe-Schränkchen aufbewahrte, und beschloss, es der jungen Frau zu schenken.

»Hier, trinken Sie das«, sagte ich und reichte der Dame das Glas mit dem Baldrian, das sie dankbar in einem Zug leerte. »Der Kaffee wird Ihren Kreislauf wieder in Schwung bringen – und davon …« Ein wenig unsicher schaute ich auf die Duftessenz, die ich in meiner Hand hielt. Bislang war nur Nic in den Genuss dieser duftenden Medizin gekommen, die aus ätherischen Ölen bestand. »… können Sie abends zwei, drei Tropfen auf ein Stück Stoff träufeln und den Stoff neben Ihr Kissen legen. Nach nur wenigen Nächten werden Sie schlafen wie ein Stein und sich geborgen fühlen.«

Die Dame nahm die birnenförmige Phiole aus Glas, las die Aufschrift auf dem Etikett und drehte das Fläschchen in ihrer linken Hand hin und her. Dann stellte sie den Kaffee auf das Tischchen neben sich und öffnete den Korken, mit dem ich die

Phiole verschlossen hatte. »Das riecht wirklich toll«, sagte sie und schloss verzückt die Augen. »Ein bisschen nach Frankreich, ein bisschen nach Wald … und ein bisschen nach … zarter Babyhaut …« Kaum hatte sie die letzten Worte gesprochen, brach die Frau in Tränen aus. Dabei schluchzte sie so herzzerreißend, dass sich alles in mir verkrampfte.

»So hätte mein Baby auch geduftet, wenn ich es nicht tot zur Welt gebracht hätte«, wisperte sie. Mit Schaudern erinnerte ich mich an die schwarze Aura und das ungute Gefühl, das ich neulich verspürt hatte, als ich ihr die Blumen verkauft hatte. »Können Sie sich vorstellen, wie das ist, sich neun Monate lang auf ein Kind zu freuen, um es dann beerdigen zu müssen, anstatt es liebkosen und aufwachsen sehen zu dürfen?«

Mein Magen drehte sich um, und ich hatte Mühe, mich auf den Beinen zu halten. Ich dachte an die Geburt von Louisa und Molly und an das grenzenlose Glück, das ich empfunden hatte, als beide in meinen Armen lagen. Bewundert und angehimmelt von ihren Eltern, als seien unsere Töchter die schönsten Kinder auf der ganzen Welt. Ich spürte immer noch Nics liebevollen Blick auf mir, als wollte er sagen: *Das haben wir gut gemacht.*

Ein mühsam hervorgepresstes »Es tut mir leid, es tut mir so furchtbar leid« klang in meinen Ohren so platt und hohl, dass ich es beinahe bereute, überhaupt etwas gesagt zu haben. Doch welche Worte waren angemessen angesichts solch unfassbaren Leids? Konnten Worte, Gesten oder Beileidsbekundungen überhaupt trösten – oder gar heilen? »Ich habe vor zwei Jahren meinen Mann verloren und ahne, was Sie jetzt durchmachen. Aber das ist sicher nichts im Vergleich zu dem Verlust des eigenen Kindes«, murmelte ich, mehr zu mir selbst.

Im Übrigen ist Nic auch nicht tot, sondern nur verschwunden.

»Sie hätte Bella heißen sollen«, schluchzte die Dame und umklammerte die Phiole so fest, dass ich befürchtete, sie könnte jeden Augenblick zwischen ihren Fingern zerbersten.
Ich war heilfroh, dass gerade kein Kunde am Stand war, und betete innerlich, dass in der nächsten Zeit auch keiner auf die Idee kam, hier Blumen kaufen zu wollen.
»Also eigentlich Isabella«, murmelte die Frau, »aber Bella ist so eine schöne Abkürzung.«
»Bella ist ein wundervoller Name«, stimmte ich zu und ließ meinen Blick über die Blumenkübel schweifen. Er blieb an den schneeweißen Avalanche-Rosen hängen. Diese neue Züchtung aus den Niederlanden war besonders kräftig und bildschön. *Weiße Rosen symbolisierten seit der Antike Trauer, Abschiedsschmerz, aber auch den Neuanfang,* zitierte ich innerlich einen Satz aus einem Lehrbuch über Rosen.
Und dann einen zweiten: *Nur wenn das Alte weicht, hat das Neue Platz,* hatte meine Therapeutin gesagt, bei der ich ein Jahr nach Nics Verschwinden Rat gesucht hatte. *Wenn Sie nicht lernen, irgendwann loszulassen, werden Sie kaum eine Chance haben, wieder glücklich zu sein.*
Während die Dame Kaffee trank, suchte ich die acht schönsten Rosen heraus, schnitt sie an und kombinierte sie mit einigen Zweigen Silbermantel. Acht war ebenfalls eine symbolische Zahl, sie stand für Unendlichkeit.
Dann überreichte ich der Trauernden den Strauß. »Diese Rosen sind für Bella und Sie«, sagte ich und kämpfte mit den Tränen. »Ich wünsche Ihnen von ganzem Herzen, dass Sie einen Weg finden, mit Ihrem Schmerz fertig zu werden.«

6.

Jasmin und Flieder blühen,
Es ist die schönste Zeit,
Ich aber fühle schlimmer
Als je die Einsamkeit.

Der erste Freitagmorgen im Mai begann mit einem Schlag ins Gesicht. Schlaftrunken rieb ich mir zunächst die Augen und dann die Wange. Anfangs hatte ich als »Täterin« Momo in Verdacht, die sich hin und wieder in mein Schlafzimmer schlich, um sich in meinem Bett breitzumachen. Nicht selten legte sie sich dabei auf mein Gesicht, was ich überhaupt nicht mochte.

Doch das sanfte Schnorcheln und der warme, zarte Körper neben mir zeugten davon, dass nicht Momo meine Bettnachbarin war, sondern Molly. Die Aussicht darauf, zwei Tage ohne mich sein zu müssen, hatte mein Töchterchen nach Mitternacht in meine Arme getrieben, und ich hatte es genossen, eng an sie gekuschelt einzuschlafen. Ich blinzelte müde Richtung Uhr – es war kurz nach fünf. Vielleicht sollte ich die Tatsache, dass Molly mich versehentlich geweckt hatte, nutzen und gleich aufstehen, anstatt mich noch eine Stunde im Bett herumzuwälzen.

Schließlich hatte ich noch jede Menge zu tun, bevor Coco und ich am Nachmittag nach Hamburg flogen. Zum Beispiel Moni, unsere Aushilfe, einweisen – die leider ein Gedächtnis wie ein Sieb hatte. Außerdem musste ich packen, letzte Details mit Sandra besprechen und mir den genauen Lageplan des Hausbootes heraussuchen, in der Hoffnung, dass die Luna immer noch an der Stelle ankerte, die ich im Internet recherchiert hatte. Außerdem musste ich herausfinden, wie ich ohne Auto zur Tatenberger Schleuse kommen konnte.

»Guten Morgen, meine Süße«, begrüßte ich Louisa, die um sieben Uhr mit verstrubbelten Haaren, einem über die Schulter gerutschten Schlafshirt und verschmierter Wimperntusche am Frühstückstisch auftauchte und anstelle einer Begrüßung herzhaft gähnte. Natürlich ohne sich die Hand vor den Mund zu halten. »Hattest du wieder keine Lust, dich abzuschminken? Wenn du nicht aufpasst, brechen deine Wimpern irgendwann noch ab. Was wirklich schade wäre, denn du hast so tolle, lange Wimpern.«

Louisa verzog angewidert das Gesicht und trank im Stehen ihr Glas mit frisch gepresstem Orangensaft leer. »Mensch, Mama, hör auf mit deinen Horrorstorys, da kann ich jetzt echt nicht drauf«, schimpfte sie und schnappte sich eine Brezel, die ich zuvor beim Bäcker geholt hatte.

»Würdest du dich bitte zum Essen an den Tisch setzen wie jeder anständige Mensch auch!«, fuhr ich sie in einem Ton an, für den ich mich selbst hasste. Er war eine Oktave zu hoch und zu schrill. Und so *muttiesque,* wie Nic früher grinsend gesagt hatte, wenn ich mal wieder beschlossen hatte, meinen Töchtern gegenüber energischer und strenger zu sein. »Es ist ungesund, im Stehen zu essen, außerdem kannst du ruhig warten, bis Molly da ist. Schließlich frühstücken wir die nächsten beiden Tage nicht zusammen.«

»Was ja nun echt nicht meine Schuld ist«, antwortete Louisa mit genervtem Unterton und ließ sich demonstrativ stöhnend auf einen der vier Stühle fallen. Keine Ahnung, wieso sie heute so besonders schlecht gelaunt war. »Schließlich fliegst *du* nach Hamburg, nicht ich.«

»Ich find's auch total doof, dass du wegfährst«, kam es nun auch brummelnd von Molly, die barfuß und mit pitschnassen Haaren in die Küche getappt kam.

Okay, wir knüpften also heute Morgen da an, wo wir vor zwei Tagen geendet hatten – nämlich bei der Tatsache, dass meine Töchter dagegen waren, dass ich das Wochenende über verreiste. Um sie nicht zu beunruhigen, hatte ich den wahren Grund für meine Reise verschwiegen und behauptet, Coco hätte mich eingeladen, damit ich endlich mal aus München herauskam. Was allerdings ein fataler Fehler war, wie sich herausstellte. Denn Louisa und Molly waren eifersüchtig auf diese Art von Abenteuer, die ich ihnen aus Geldmangel leider nur selten bieten konnte. Wir waren zwar seit Nics Verschwinden einmal in Italien gewesen, doch das Geld hatte nur für einen Campingurlaub gereicht, was Louisa total *grottoid* und im Gegensatz zu der Art, wie ihre Freundinnen die Ferien verbrachten, *ultraassi* fand. Was sie mir dann auch mit schöner Regelmäßigkeit unter die Nase rieb. Molly hatte die Ferien an der Adria eigentlich genossen, sich aber ab und zu ebenfalls von der Motzerei ihrer Schwester anstecken lassen.

»Sonntagabend bin ich ja wieder da. Und ich bringe euch auch etwas Schönes mit«, versuchte ich, mein schlechtes Gewissen zu überspielen und meine Töchter gnädig zu stimmen. »Passt nur auf, die Zeit vergeht wie im Flug. Außerdem dachte ich, ihr seid ganz froh, mich mal eine Weile los zu sein. Bei Sandra dürft ihr garantiert viel mehr als bei mir.«

»Na toll, und ausgerechnet dieses Wochenende habe ich nichts vor«, maulte Louisa in ihr Müsli.

»Aber ich dachte, du gehst zusammen mit Freunden ins Kino?«, fragte ich erstaunt.

»Tut sie nicht, weil Marco jetzt nämlich eine andere hat«, mischte sich nun Molly ins Gespräch ein und kassierte dafür einen heftigen Tritt ihrer Schwester gegen das Schienbein. »Aua, das war fies«, protestierte sie und rieb sich demonstrativ den Unterschenkel, der unter ihrem hellblauen Frotteebademantel hervorlugte.

»Geschieht dir ganz recht. Du bist voll die üble Petze!«, antwortete Louisa, schmiss den Löffel voller Wucht ins Müsli und stand so schnell auf, dass der Stuhl umkippte und die arme Momo am Kopf erwischte. Dann stürmte sie türenknallend aus der Küche. Das Kätzchen miaute empört; Spritzer von Erdbeermilch liefen an der Wand hinunter. Während ich aufstand, um einen Schwamm aus der Spüle zu holen, unterdrückte ich einen Seufzer. Vorsichtig versuchte ich, die Spur von Louisas Wutausbruch zu tilgen, allerdings mit mäßigem Erfolg.

Oh mein Gott, was für ein grauenvoller Morgen!

Ich schloss meine Augen und atmete tief durch.

Wenn ich jetzt ausrastete, war gar nichts gewonnen, ganz im Gegenteil. Und natürlich wollte ich wissen, ob es stimmte, was Molly da eben ausgeplaudert hatte.

War tatsächlich Liebeskummer der Grund für Louisas Aggressivität?

»Schätzchen, kann ich mit dir reden?«, fragte ich, nachdem ich dreimal an die Zimmertür geklopft hatte, ohne eine Antwort zu erhalten. Mittlerweile war es zwanzig vor acht. Louisa würde zu spät zur Schule kommen. Und ich zu spät zum Markt. Als sie immer noch nicht reagierte, drückte ich die Klinke hinunter. Zu meiner großen Überraschung sprang die Tür sofort auf. Louisa lag bäuchlings auf dem Bett, den Kopf im Kissen vergraben, und weinte bitterlich. Ich setzte mich zu ihr und streichelte sanft ihren Rücken. Obwohl ich damit rechnete, angefaucht zu werden, passierte nichts dergleichen. Ganz im Gegenteil: Louisa richtete sich auf, drehte sich zu mir und vergrub dann das zarte Gesichtchen an meinem Hals.

Ich streichelte ihr über das seidige Haar, sagte »Schhhhh, meine Kleine. Alles wird wieder gut« und wiegte sie in meinen Armen. »Magst du mir nicht erzählen, was los ist? Vielleicht kann ich dir ja helfen.«

Louisas Kiefer mahlte, als sie sich aufrichtete. »Marco ... also, er hat sich in eine andere verliebt«, begann sie stammelnd. »In Paulina, so eine aufgebrezelte blöde Kuh eine Klasse über uns. Und jetzt muss ich mir seit einer Woche anschauen, wie die beiden in den Pausen die ganze Zeit miteinander flirten.«

Oh weh, das klang gar nicht gut. Liebeskummer war eines der schrecklichsten Gefühle überhaupt und nur sehr schwer auszuhalten. Und wenn man so jung war wie Louisa und zum ersten Mal verliebt, dann hatte man das Gefühl, sterben zu müssen. Das Dumme an der Situation war nur, dass Louisa und Marco bislang – außer einigen unschuldigen Küsschen – gar nichts miteinander gehabt hatten. Soweit ich das beurteilen konnte, fand diese Liebe eher im Kopf meiner Tochter statt als in der Wirklichkeit. Doch Fantasie besaß Louisa im Übermaß.

»Das Schlimmste ist, dass Marco es mir nicht selbst gesagt hat. Er hat einfach feige abgewartet, bis ich die beiden beim Knut-

schen auf dem Pausenhof sehe. Ich würde am liebsten die Schule schwänzen oder auswandern. Oder Marco umbringen.«
Okay, nun war klar, weshalb Louisa in den vergangenen Tagen noch biestiger gewesen war als sonst.
»Schätzchen, es tut mir so leid. Ich wünschte, ich könnte dir helfen«, murmelte ich und streichelte ihren Handrücken. Was konnte ich nur tun, um ihren Schmerz zu lindern?
»Hast du nicht irgendein Mittelchen, das macht, dass es nicht mehr ganz so doll weh tut?«, fragte Louisa in kindlichem Tonfall und presste dabei die Hand auf ihr kleines, zerbrechliches Herz. »So wie neulich bei Molly, als ihr so schlecht war.«
Ich überlegte. Melisse hatte eine beruhigende Wirkung, Jasmin und Rose besaßen die Kraft, depressive Spannungen zu lösen. Diese Ingredienzien hatte ich schon für Nics Aromatherapie benutzt, vielleicht würden sie ja Louisa helfen.
»Ich weiß, du magst Tee nicht so besonders, aber ich koche dir jetzt eine Mischung, die du wirklich mal probieren solltest. Komm mit in die Küche, dann kannst du zuschauen.« Zu meinem Erstaunen ließ sie sich nicht lange bitten und folgte mir. Bevor ich den Tee zubereitete, musste ich aber noch Molly zur Schule schicken und Coco Bescheid geben, dass ich einen Tick später als sonst zur Arbeit kommen würde. »Molly, Süße, du musst los«, sagte ich zu meiner Kleinen, die gerade verträumt im Wohnzimmer mit Momo auf dem Sofa kuschelte, anstatt sich fertig für den Unterricht zu machen. Ihre Haare waren immer noch nass und mussten dringend geföhnt werden.
»Aber ich habe heute doch erst zur zweiten Stunde«, antwortete sie ungerührt. »Frau Peters ist krank, hab ich dir gestern Abend gesagt.«

Beschämt bemerkte ich, dass sie recht hatte. Mir gingen zurzeit so viele Dinge durch den Kopf, dass ich ab und an den Überblick verlor.

»Na dann, umso besser. Los, Abmarsch. Du gehst mir nicht mit nassen Haaren aus dem Haus, nur dass das klar ist.« Während Molly sich zu meinem Erstaunen widerspruchslos Richtung Bad trollte, schaute Louisa mir zu, wie ich in der winzigen Vorratskammer unserer Küche nach den Zutaten für ihren Tee suchte. Ich entnahm den luftdicht verschlossenen Einmachgläsern je einen Teelöffel Melisse, Jasmin und einen mit getrockneten Rosenblättern, die ich in einem Keramikgefäß mit purem grünem Tee aus dem Bioladen vermischte. Danach goss ich die Mischung mit auf fünfzig Grad abgekühltem, gefiltertem Wasser auf, um die gesunden Flavonoide des Tees zu erhalten.

»Kakao geht irgendwie einfacher«, sagte Louisa. Ihr Gesicht hatte zu meiner Freude wieder etwas mehr Farbe als vorhin. »Was für ein Monsteraufstand!«

Ich schmunzelte über ihre Bemerkung, denn Louisa war nicht gerade geduldig, eindeutig das Erbe von Nic.

»Du wirst sehen, dieser Tee ist etwas ganz Besonderes und lohnt den Aufwand«, erwiderte ich und verschloss das Glas mit den getrockneten Rosenblättern. Bei den Recherchen über die Vier- und Marschlande war ich auf einen Rosenhof gestoßen, den ich gern besuchen wollte, vorausgesetzt, meine Zeit ließ dies zu. Vielleicht konnte ich dort günstig Rosenblätter bestellen. Louisa setzte sich an den Küchentisch, nahm den großen Becher in beide Hände, schloss die Augen und schnupperte, bevor sie zu trinken begann. »Das riecht irgendwie … eigenartig«, sagte sie. »So ’ne komische Mischung aus lecker und bäh!«

»Na, dann hoffe ich doch mal sehr, dass es eher lecker als bäh schmeckt«, entgegnete ich und unterdrückte ein Lachen. »Versuch, beim Trinken an etwas Schönes zu denken. An etwas, das dich glücklich macht. Etwas, worauf du dich freust.«

Mit hochkonzentrierter Miene widmete sich Louisa ihrer Aufgabe. Ich kannte meine Tochter. Sie hasste sich selbst für den Kummer, den Marco ihr bereitete, und würde alles daransetzen zu verhindern, dass er weiter die Macht besaß, ihr weh zu tun.

»Ciao, Mama. Ich gehe jetzt«, verkündete ein paar Minuten später Molly, deren Haare nun trocken und zu zwei dicken Zöpfen geflochten waren. Ihre grünen Augen schimmerten mit dem Glanz ihrer Haare um die Wette, und ich hätte sie küssen mögen, weil sie so hübsch war. Doch Molly war zurzeit nicht immer in der Stimmung, sich von mir herzen zu lassen, also ließ ich es lieber. Nur nachts, wenn die Kummergespenster mit ihren starken Armen nach ihr griffen, gestand sie sich ein, dass sie ihre Mama doch noch ab und zu brauchte. Und dann war ich da.

»Tschüss, meine Süße, hab Spaß in der Schule – und mit Sandra. Macht es euch nett, und grüß Vroni von mir. Ich hoffe, ihre Geburtstagsparty wird schön. Und ruft an, wenn etwas sein sollte, ich bin Tag und Nacht erreichbar.«

»Das weiß ich, Mama, es wird schon nichts passieren«, antwortete Molly und schulterte ihren Rucksack mit dem Pferdemotiv. Nicht mehr lange, und sie würde die Applikation, die ich daraufgenäht hatte, gegen etwas *Cooleres* eintauschen wollen. »Ciao, Schwesterherz.«

»Mach dir keinen Stress, Mama, wir bauen schon keinen Mist«, kam es nun von Louisa, die den Tee tatsächlich in einem Zug geleert hatte. »Macht euch ein schönes Wochenende. Ich find's super, dass Coco dich einlädt.«

Ich schmunzelte still in mich hinein. Dies waren genau die Worte, auf die ich insgeheim gewartet hatte. Die Worte, die es mir erleichtern würden, das Wochenende in Hamburg durchzustehen und vielleicht sogar ein wenig zu genießen. »Boah, bin ich auf einmal müde.« Louisa gähnte herzhaft. »Was hast du denn in den Tee getan?«

Zuerst bekam ich einen kleinen Schrecken, doch dann durchschaute ich ihre Taktik. »Sobald du an der frischen Luft bist, wirst du schon wieder wach, meine Süße. Also los, ab ins Bad mit dir! Du willst doch Marco zeigen, dass du mindestens so hübsch und toll bist wie diese Paulina, nicht wahr?«

Diese Bemerkung saß, Louisa stürmte ins Bad. Keine zehn Minuten später stand meine eben noch verschlafen-verstrubbelte Tochter als kleine Beauty-Queen wieder vor mir. Ich sagte ihr, wie wunderschön sie sei, gab ihr ein Küsschen und stand noch eine ganze Weile im Rahmen der geöffneten Tür, nachdem Louisa die Treppe hinuntergetrabt war. Im Flur roch es nach Kohlsuppe. Vermutlich machte die Nachbarin über uns mal wieder ihre berühmte Kohlsuppendiät. Wie immer, wenn sie einen Mann kennengelernt hatte.

Ob ich jemals wieder einem Mann gefallen wollen würde?

Nachdem ich die Tür hinter mir geschlossen hatte, blieb mein Blick an Nics Foto hängen, das eingerahmt neben dem Telefon im Flur stand.

Es zeigte ihn beim Segeln, kurz nachdem wir uns am Starnberger See kennengelernt hatten. Braun gebrannt, die waldseegrünen Augen hinter einer Sonnenbrille versteckt, das dunkelblonde, kräftige Haar mit hellen Strähnen durchsetzt.

Molly ähnelte ihm wirklich sehr.
Ich nahm das Bild in meine Hand, betrachtete es eine Weile und stellte es dann wieder an seinen Platz.
»Ich werde versuchen herauszufinden, was es mit dir und diesem Hausboot auf sich hat«, murmelte ich, als ich begann, meinen Koffer für den Hamburg-Trip zu packen.

7.

Dreistromland, Land der Gezeiten,
Land der Hufnerhäuser und der Kirchspiele –
die Vier- und Marschlande: das grüne Herz Hamburgs.

Soll ich dich nicht doch in die HafenCity bringen?«, fragte ich Coco bereits zum x-ten Mal an diesem Samstagmorgen.

Wir saßen beim Frühstück in einem schnuckeligen Hotel und schauten durch das Panoramafenster auf die Alster, auf der zahllose Segel- und Tretboote unterwegs waren. Das Ufer wurde von Spaziergängern, Hundebesitzern und Joggern bevölkert.

»Danke, das ist lieb, aber ich möchte gern diese neue U-Bahn-Linie ausprobieren, die seit einiger Zeit dorthin fährt«, entgegnete Coco und schenkte sich ein Glas Sekt aus der Flasche ein, die, mit einem weißem Leinentuch bedeckt, im Eiskühler stand. »Rolf holt mich an der Station ab, also kann gar nichts schiefgehen. Auch einen Schluck?«

Ich schüttelte den Kopf, da ich tagsüber grundsätzlich nie Alkohol trank und erst recht nicht, wenn ich noch fahren musste. In einer guten halben Stunde würde die Autovermietung mir einen Smart vorbeibringen, den ich bis Sonntagabend gebucht hatte. Ursprünglich hatte ich vorgehabt, die Vier- und Marschlande mit Hilfe von Bus und Bahn zu erkunden, bis Coco energisch auf einem Mietwagen bestanden und ihn für mich reserviert hatte.

»Und was habt ihr beiden heute Schönes geplant?«, fragte ich Coco, die sich für ihr Rendezvous mit dem Hamburger Reeder in Schale geworfen hatte: Sie trug ein silbergraues Kostüm aus Wildseide und eine blutrote Stoffrose im Knopfloch ihres Blazers. Dazu passenden Lippenstift, Nagellack und eine Kette mit zwei ineinander verschlungenen Herzen.

»Rolf will mir erst einmal das Bürogebäude zeigen, in dem er arbeitet. Es soll eine fantastische Dachterrasse mit Blick über die ganze Stadt haben. Anschließend bummeln wir ein bisschen durch die HafenCity, gehen dort schick Mittag essen und machen später die obligatorische Hafenrundfahrt. Es sei denn …«, Coco lächelte anzüglich, »… wir ändern unsere Pläne spontan.«

Nun entdeckte ich auch einen Hauch von schwarzer Spitze, die unter ihrem Revers hervorblitzte. Ich dachte an unser gemeinsames Doppelzimmer und überlegte, ob ich heute Nacht in der Badewanne würde übernachten müssen. »Aber keine Sorge, Süße, wir suchen uns unser eigenes Plätzchen. Dieses Zimmer habe ich im Grunde eh nur für dich gemietet.«

»Na, dann wünsche ich euch viel Spaß«, murmelte ich und fühlte mich mit einem Mal wie benommen. Coco war das blühende Leben, sprühte förmlich Funken und freute sich wie ein kleines Kind auf den vor ihr liegenden Tag.

Und ich?

Ich hatte Panik davor, die unbekannte Strecke mit dem Auto zu fahren, in einer fremden Umgebung zu sein und nicht zu wissen, was mich bei der Suche nach diesem Hausboot, das Nic

scheinbar so am Herzen lag, erwartete. Heute konnte im Grunde alles passieren, und ich war seit Nics Verschwinden kein großer Fan mehr von Überraschungen.
»Soll ich Rolf absagen und lieber mitkommen?«, fragte Coco und setzte ihr Sektglas ab.
Ich schüttelte den Kopf und versuchte, den Anflug von Melancholie abzuschütteln, der gerade zum Sprung auf meine Seele ansetzte. »Danke, aber ich schaffe das alleine. Genieß du lieber diesen traumhaft schönen Tag und deine Verabredung. Du hast dich doch schon die ganze Woche auf Rolf gefreut.«
Coco und Rolf hatten in den vergangenen Tagen wie die Weltmeister gechattet. Nachdem Louisa Coco einen WhatsApp-Account eingerichtet hatte, flogen Nachrichten und Fotos wie Pfeile zwischen den beiden hin und her. Ich hoffte für Coco, dass das Wiedersehen mit diesem Mann auch wirklich so verlief, wie sie es sich in ihren romantischen Träumen ausgemalt hatte.
»Aber du rufst an, falls es Probleme gibt«, sagte Coco und schaute auf ihre filigrane, goldene Armbanduhr, das Abschiedsgeschenk ihres Pariser Freundes. »Egal wann, egal von wo aus. Ich bin sofort da, wenn du mich brauchst.«
»Gut zu wissen«, antwortete ich augenzwinkernd. »So, jetzt muss ich aber los. Und was ist mit dir? Bleibst du noch einen Moment?«
»Ja, das tue ich«, antwortete Coco und beobachtete fasziniert einen hübschen, jungen Pagen, der gerade einen Koffer in den Hoteleingang trug. Ich gab ihr spontan einen Kuss auf die Stirn und wünschte ihr einen wundervollen Tag.
Wenige Zeit später fand ich mich auf der Autobahn in Richtung Bergedorf wieder. Im Radio lief *The Rose,* ein tieftrauriger Song, gesungen von LeAnn Rimes, den ich kaum ertragen

konnte und der mich nach der Hälfte einen anderen Sender wählen ließ. Bei dem Satz »It's the heart, afraid of breaking, that never learns to dance« kullerten die Tränen wie Regentropfen über meine Wangen.

Diesen Song hatten Nic und ich bei der Hochzeit eines befreundeten Paares gehört. Damals hatten wir noch einen großen, gemeinsamen Freundeskreis gehabt. Als Nics Depressionen immer stärker geworden waren, hatten sich viele dieser Freunde nach und nach aus unserem Leben verabschiedet. Nur wenige waren bis zuletzt geduldig genug gewesen, damit klarzukommen, dass der einst so fröhliche und feierfreudige Nic sich in einen Mann verwandelt hatte, der traurig, in sich gekehrt und lustlos war. Auch der Kreis meiner Freundinnen und Bekannten war aufgrund meiner starken Beanspruchung durch Nic im Laufe der Zeit immer kleiner geworden und zuletzt auf Lena und Coco geschrumpft. Da Lena aber in Wien lebte und wegen ihrer vier Kinder nur selten verreisen konnte, hatte Coco nach und nach den Platz der besten Freundin eingenommen. Und ich freute mich jeden Tag darüber, dass diese warmherzige, lebenslustige Frau in mein Leben getreten – oder vielmehr gewirbelt – war.

»Biegen Sie rechts ab, Sie haben das Ziel in wenigen Metern erreicht.«

Die energische Stimme des Navigationssystems machte mich darauf aufmerksam, dass ich mich kurz vor der Tatenberger Schleuse in den Vier- und Marschlanden befand. Mit klopfendem Herzen bog ich auf den kleinen Parkplatz am Ufer der Dove-Elbe, stellte den Motor ab und atmete tief durch.

Wie sollte ich jetzt am besten vorgehen? Schließlich hatte ich keinerlei Informationen über den aktuellen Liegeplatz der

Luna. Alles, was ich wusste, war, dass das Boot früher hier gelegen hatte.
Wie sich herausstellte, war das Ganze nicht weiter problematisch, denn die Hafenanlage war überschaubar. Frustrierend war nur, dass ich weit und breit kein Hausboot entdecken konnte. Ich schritt das Gelände ein paarmal ab, jedoch ohne Erfolg. Mittlerweile schien die Sonne recht kräftig, und ich bekam Durst. Doch nirgends war ein Kiosk, geschweige denn ein Café oder Restaurant zu sehen. Überhaupt erschien mir diese wunderschöne Region – bis auf die Ortschaften – wenig erschlossen.
»Kann ich Ihnen helfen? Suchen Sie etwas Bestimmtes?«, fragte mich ein freundlicher, älterer Herr, der eine Kapitänsmütze trug und mich mit warmen braunen Augen betrachtete. Er saß auf einem Campingstuhl und hielt eine Angelrute ins Wasser.
»Das wäre toll. Ich suche in der Tat etwas, nämlich ein Hausboot namens Luna, das hier mal geankert hat«, antwortete ich, froh über die angebotene Hilfe. »Und etwas zu trinken.«
Der Herr griff mit seiner freien Hand in die Kühltasche, die neben ihm auf dem Boden stand, kramte eine Weile darin herum und reichte mir schließlich schelmisch grinsend eine Flasche mit rötlichem Inhalt. »Das ist selbstgemachter Erdbeerlikör. Damit sucht und findet es sich leichter.«
Ich war kurz versucht, den angebotenen Drink anzunehmen, so sehr klebte mir die Zunge am Gaumen. Doch dann besann ich mich eines Besseren. »Nein danke, kein Alkohol für mich. Ich bin mit dem Auto da.«
»Keine Sorge, das ist nur Erdbeersaft, verdünnt mit Wasser«, erklärte der Herr augenzwinkernd. »Ich wollte Sie nur 'n büschn auf den Arm nehmen. Hier, ich habe sogar einen sauberen Be-

cher für Sie.« Mit diesen Worten füllte er die hellrote Flüssigkeit, die äußerst aromatisch duftete, in einen Pappbecher und reichte ihn mir. »Der Saft ist aus echten Vierländer Erdbeeren, den ersten dieses Jahr.«

Ich erinnerte mich daran, dass diese Region auch der *Garten Norddeutschlands* genannt wurde, und musste sofort an die zahllosen Gewächshäuser denken, die meinen Weg hierher gesäumt hatten. Viele von ihnen schienen noch in Betrieb zu sein, andere wiederum waren komplett verfallen: die Scheiben blind, die Glasdächer zerbrochen. Ihr Anblick erinnerte mich ein wenig an Bauruinen aus südlichen Urlaubsländern – Symbole zerstörter Hoffnungen, Pläne und Träume. Ein seltsamer Anblick; morbide und schön zugleich.

»Haben Sie eine eigene Plantage, auf der Sie Erdbeeren anbauen?«, fragte ich und genoss jeden einzelnen Schluck des köstlich kühlen, süßsauren Saftes. »Ich bin übrigens Aurelia Förster aus München.«

»Ich heiße Torkild Heitmann, und ja, Sie haben recht. Meiner Familie gehört ein kleines Unternehmen, das sich auf den Anbau von Erdbeeren, Rhabarber und Blumen spezialisiert hat, allerdings habe ich mich weitestgehend aus dem täglichen Geschäft herausgezogen und arbeite nur noch ein wenig im Hintergrund mit«, antwortete er und gab mir seine Hand, die von bläulichen Adern und Altersflecken überzogen war. »Und was führt Sie aus München hierher, wenn ich so neugierig fragen darf?«

In wenigen Worten fasste ich zusammen, wieso ich auf der Suche nach der Luna war. Aus irgendeinem Grund vertraute ich diesem fremden Mann so weit, dass ich ihm spontan von Nic erzählte. Aber vielleicht trieb mich auch nur die Verzweiflung.

Torkild Heitmann lauschte konzentriert und murmelte schließlich »So, so«. Dann fuhr er sich mit der Hand über den kurzgeschnittenen grauen Bart. »Das ist ja eine ganz wilde Geschichte … und eine traurige noch dazu. Doch ein Gutes hat die Sache: Ich kann Ihnen weiterhelfen. Die Luna ankert jetzt am Moorfleeter Yachthafen und steht zum Verkauf. Allerdings will keiner sie haben, weil sie sich vor zwei Jahren an einem stürmischen Tag von ihrem Ankerplatz hier losgerissen und dabei mehrere Yachten gerammt hat.« Er räusperte sich, während er an seiner Angel herumhantierte. »Na ja, genauer gesagt gibt es einen anderen Grund. Das alles ist nämlich nur passiert, weil ihr damaliger Besitzer, ein Herr namens Friedrich Hoff, einen Herzanfall bekommen hatte, sein Boot nicht mehr steuern konnte und von Bord gefallen ist. Nun munkelt man, dass der Geist des Verstorbenen noch immer auf dem Boot herumspukt … und keiner möchte sich ein Boot mit einem Geist teilen, wenn Sie wissen, was ich meine.«
Wie betäubt schaute ich hinaus aufs glitzernde Wasser der Elbe. Der Besitzer war auf der Luna verstorben? Und trieb sich nun angeblich als Geist auf dem Hausboot herum? Diese Geschichte wurde ja immer abenteuerlicher und verrückter! Sollte ich mir das wirklich antun?
Obwohl mir mulmig zumute war, spürte ich: Es gab kein Zurück. Ich musste zu diesem Hausboot. Koste es, was es wolle.
»Meinen Sie … also würden Sie …«, ich überlegte fieberhaft, wie ich Torkild Heitmann dazu bewegen konnte, mit mir gemeinsam zum Yachthafen zu fahren.
»Sie zur Luna bringen?«, fragte er umstandslos und lächelte breit. »Aber ja doch, das mache ich sehr gern. Lassen Sie mich nur noch eben meine Angelsachen zusammenpacken, und dann

kann es auch schon losgehen. Der Stint muss heute eben einfach mal warten.«

Ich war so froh über sein Angebot, dass ich nicht einmal nachfragte, was ein *Stint* war. Stattdessen half ich ihm, seine Sachen im Kofferraum seines Wagens zu verstauen.

Danach ließ ich ihn vorfahren.

Während ich durch die Frontscheibe des Smarts schaute, darum bemüht, meinen rettenden Engel nicht aus den Augen zu verlieren, dankte ich dem lieben Gott dafür, dass der Zufall mich mit ihm zusammengebracht hatte. Irgendwann blinkte Torkild Heitmann und fuhr durch ein schweres Eisentor hindurch auf einen Parkplatz direkt am Wasser. Nachdem ich den Smart neben seinem Wagen zum Stehen gebracht hatte, stieg ich aus und betrachtete den Hafen: Ich sah Sportboote und kleinere Yachten und im Hintergrund saftig grüne Laubbäume, die am gegenüberliegenden Elbufer standen. Über allem spannte sich ein tiefblauer, von Schäfchenwolken durchzogener Himmel. Unwillkürlich musste ich an München denken, wo ich an manchen Tagen nichts anderes als Häuser, Menschen und Straßenbahnen sah. Rechts von mir entdeckte ich ein modernes Gebäude mit einem halbrunden grauen Dach, in das ein Bullauge eingelassen war. Die Architektur des Baus ähnelte dem Stil der Hamburger HafenCity. Wie schade, dass ich bisher noch keine Zeit gefunden hatte, die Fotos aus dem Reiseführer mit der Realität zu vergleichen. Meine Gedanken wanderten kurz zu Coco und ihrem Treffen mit Rolf.

Wie es ihr wohl ging?

Was würde sie sagen, wenn ich ihr von dieser seltsamen Gespenstergeschichte erzählte?

»Wir müssen nach links«, sagte Torkild Heitmann und deutete auf ein Hinweisschild mit der Aufschrift *Moorfleeter Yachthafen,*

Wassertreppe 9 sowie einer Telefonnummer, unter der die Liegeplätze gebucht werden konnten.

Ich folgte ihm über einen schmalen Holzsteg, neben dem ein grasbewachsener Deich aufragte, dessen untere Linie von Sträuchern und Bäumen gesäumt wurde. Plötzlich vernahm ich das Getrappel von Hufen und erblickte eine Gruppe Reiter mit drei Kindern, die fröhlich kichernd auf der Straße vorbeitrabten.

»Das würde meiner Tochter Molly gefallen«, sagte ich zu Torkild, der ebenfalls stehen blieb, als ich der Truppe nachschaute. »Sie liebt Pferde über alles und hätte gerne eins, was ich mir aber natürlich nicht leisten kann. Ebenso wenig wie Reitunterricht.«

»Das kenne ich noch von meinem Sohn, als er klein war«, antwortete Torkild. »Er war vom ersten Tag an verrückt nach diesen Tieren. Genau wie nach Hunden. Aber hier auf dem Land ist das ja zum Glück nicht so eine Riesensache wie in der Stadt. Viele Vier- und Marschländer haben Pferde. Wir haben genug Platz und jede Menge Möglichkeiten für günstige Reitbeteiligungen. So, noch ein paar Meter, dann sind wir da.« Er schob einen belaubten Ast beiseite, der auf den Steg ragte, und ließ mich darunter hindurchgehen.

Und da lag sie mit einem Mal, als letztes Boot auf dem Ankerplatz, die Luna. Größer, als ich sie mir aufgrund der Fotos vorgestellt hatte, und zugleich auch kleiner, zerbrechlicher. Sie verströmte die Aura einer vom Leben Verwundeten. Dies war also das Boot, das Nic so fasziniert hatte, dass er irgendjemanden, der ihm wichtig war, dort treffen und vielleicht sogar mit ihm oder ihr auf Reisen gehen wollte. Ich konnte es kaum aushalten, immer noch nicht zu wissen, was mit Nic passiert war!

»Sie erinnert mich ein bisschen an das Boot aus *African Queen*«, murmelte ich, während ein Schauer nach dem nächsten über meinen Körper jagte. Dieser Moment war surreal und real zugleich. Der Ort wirkte, als sei er aus Zeit und Raum gefallen. Zum Glück stand Torkild Heitmann so dicht neben mir, als wüsste er, dass ich in diesem Moment jemanden an meiner Seite brauchte, der mich erdete. »Ach, der alte Schinken mit Humphrey Bogart und Audrey Hepburn? Unsinn, ich meine natürlich Katharine. Ja, das stimmt, der Unterbau der Luna und ihre Form ähneln dem alten Dampfboot tatsächlich. Nur hatten die beiden im Film auf ihrer Fahrt durch die Stromschnellen keinen Wohnraum, sondern bloß ein Sonnensegel. Und jede Menge Streit miteinander.«
Die Luna besaß in der Tat einen *ersten Stock,* sofern man das bei Hausbooten so nannte. Der Rumpf war ehemals dunkelbraun gewesen, doch die Farbe war inzwischen komplett abgeblättert und an vielen Stellen von einem grünen Algenfilm überzogen. An der uns zugewandten Breitseite waren drei bodentiefe Fenster sowie zwei Bullaugen eingelassen. Der Fassadenanstrich mochte früher weiß gewesen sein, ähnelte in seinem jetzigen Farbton jedoch eher einem grauen Regentag. Am Heck gab es eine kleine Terrasse, eine zweite, größere, befand sich auf dem Dach des ersten Stocks.
Hatte Nic hier sitzen wollen, um aufs Wasser zu schauen?
Mit einer anderen Frau an seiner Seite?
Bei dem bloßen Gedanken daran erfasste mich unbändige Wut. Konnte der Mann, mit dem ich so lange glücklich gewesen war, mir das wirklich angetan haben? Ein Teil von mir weigerte sich, diese Version der Geschichte zu glauben, der andere flüsterte mir hämisch zu: *Du wärst nicht die erste Frau, der so etwas passiert.*

Ich versuchte, mich von diesem quälenden Gedanken zu lösen und mich stattdessen darauf zu konzentrieren, weshalb ich hierhergekommen war. Zeit, die Dinge nüchtern und möglichst wertfrei zu betrachten!
Die Luna maß zwanzig Meter Länge, das wusste ich noch aus Nics altem Bildband. Ihre Wohnfläche betrug etwa neunzig Quadratmeter, also mehr als unsere Münchner Wohnung.
»Sie ist wunderschön«, sagte ich leise, erstaunt darüber, dass ein altes, eher abgetakeltes Boot derartige Emotionen und ein seltsames Gefühl von Vertrautheit in mir auslöste, obwohl mit seiner Existenz so viele ungeklärte Fragen und Ängste verbunden waren.
»Das finde ich auch«, antwortete mein Begleiter. »Wenn man ein bisschen Geld in die Hand nimmt und mit Liebe an die Sache herangeht, könnte aus dem alten Kahn wieder ein richtiges Schmuckstück werden.«
Ich dachte an die Gespenstersage, die sich um das Hausboot rankte und es zu einem Ladenhüter machte. Würde ich es ertragen können, mich mit einem solchen Thema auseinanderzusetzen?
Oder war dies der Preis, den ich würde zahlen müssen, um endlich das Rätsel um Nics Verschwinden zu lösen?
»Wie viel kostet sie denn jetzt?«, hörte ich mich mit einem Mal fragen und erschrak zugleich.
»Die Luna sollte ursprünglich mal für fünfundachtzigtausend Euro verkauft werden, aber davon ist schon lange keine Rede mehr. Die Erben wollen das Boot unbedingt noch dieses Jahr loswerden, weil sie keine Lust mehr haben, die Liegeplatzgebühren zu zahlen, und es selbst nicht nutzen können. Zuletzt wurden in den einschlägigen Internet-Portalen an die dreißig-

tausend Euro verlangt, wenn ich mich richtig erinnere. Das kann ich aber gern genauer für Sie herausfinden, wenn Sie wollen.«

Ich schüttelte stumm den Kopf, weil sich angesichts dieser astronomisch hohen Summe alles um mich herum drehte.

Was hatte Nic nur mit diesem Boot gewollt? Als Ingenieur hatte er früher gut verdient, doch seit seiner Krankheit nicht mehr. Und damals hatte die Luna sicher noch den vollen Preis gekostet. Wie hatte er geglaubt, diesen kostspieligen Kauf finanzieren zu können?

»Sagen Sie, seit wann liegt das Boot hier beziehungsweise wann genau hat sich dieser Unfall ereignet?«, wollte ich wissen, um dem Geheimnis um dieses Boot ein kleines Stückchen näherzukommen. Die Reisevorbereitungen hatten mich so sehr in Beschlag genommen, dass ich es nicht geschafft hatte, mehr als den ehemaligen Ankerplatz der Luna zu recherchieren.

Torkild Heitmann fuhr sich erneut über den grauen Bart, bewegte lautlos seine Lippen und zählte mit den Fingern, wie Molly und Louisa es in der ersten Klasse bei ihren Rechenaufgaben getan hatten. »Wenn ich nicht komplett danebenliege, dann muss das am siebenundzwanzigsten April vor zwei Jahren gewesen sein.«

Der Tag von Nics Verschwinden …

Plötzlich wurde mir schwindelig.

Die Boote, die Elbe, die Bäume am anderen Ufer und der Himmel über mir verwirbelten zu einer Art Bildertornado, und ich stand im Zentrum dieses Sturms. Ohnmächtig ausgeliefert – unfähig, irgendetwas zu tun.

Und dann wurde es dunkel um mich …

8.

Luna, die Göttin des Mondes.
Ihre Geschwister sind Sonnengott Sol
und die Göttin der Morgenröte, Aurora.

»Wo bin ich?«, fragte ich und rieb mir benommen die Augen.
Ich lag auf einem breiten, gemütlichen Sofa, das mit blauem Samt bezogen war. Über mir unterteilten schwere, dunkle Balken den mir vollkommen fremden Raum.
»Bei mir daheim«, antwortete Torkild Heitmann, der auf einem Stuhl direkt neben mir saß, und reichte mir ein Glas Wasser.
»Ich habe Ihnen ein leichtes Beruhigungsmittel gegeben, damit Sie schlafen und sich ein bisschen erholen können«, sagte ein Mann, an dessen Brust ein Stethoskop hing, offensichtlich ein Arzt. »Gibt es jemanden, den wir darüber verständigen sollten, dass Sie hier sind?«
Sofort dachte ich an meine Töchter, und Angst kroch in mir hoch. »Wieso, was ist denn passiert?«, fragte ich, während die Alarmsirenen in meinem Kopf schrillten. »Bin ich ohnmächtig geworden, oder hatte ich einen Schlaganfall?« Nicht zu wissen, wie ich in dieses Haus gekommen war, löste nackte Panik in

mir aus. Ich konnte mich nicht daran erinnern, jemals bewusstlos gewesen zu sein.

»Sie hatten einen kleinen … nennen wir es mal Zusammenbruch«, antwortete der Arzt. »Nichts wirklich Schlimmes, aber ein deutliches Zeichen dafür, dass Sie momentan unter Stress stehen oder unter großer Anspannung leiden. Ich rate Ihnen dringend, ein bisschen kürzerzutreten und die Ursache dessen, was Sie so anstrengt, zu beseitigen.«

Ich dachte an die Luna und daran, welch widersprüchliche und überraschend starke Empfindungen ihr Anblick in mir ausgelöst hatte: das Gefühl, Nic nach all der langen Zeit nahe und zugleich Universen von ihm entfernt zu sein.

Hastig trank ich das Glas Wasser leer und überlegte fieberhaft: Wenn ich tatsächlich ein Beruhigungsmittel intus hatte, durfte ich auf gar keinen Fall Auto fahren. Aber wie sollte ich dann zurück zum Hotel kommen?

Ob Coco und Rolf mich abholen konnten? Schließlich hatte Coco versprochen, sofort zur Stelle zu sein, wenn ich sie brauchte. Aber ich wollte sie nicht stören.

»Ich kann Sie sehr gerne über Nacht hier beherbergen«, bot Torkild Heitmann an. »Wir haben ein schönes Gästezimmer, das nur darauf wartet, dass endlich mal wieder jemand zu Besuch kommt. Und wenn Sie Hunger haben, kann ich uns etwas kochen. Oder mein Sohn macht das, wenn er später vom Rosenhof zurückkommt.«

Beim Stichwort *Rosen* überfiel mich mit einem Mal bleierne Müdigkeit. Von wegen, dies sei ein leichtes Beruhigungsmittel gewesen. Momentan fühlte ich mich eher, als hätte ich eine Handvoll Valium geschluckt.

Wie durch einen Wattenebel hörte ich den Arzt »Ich denke, sie wird jetzt eine ganze Weile schlafen« sagen. »Rufen Sie an, sollte es irgendwelche Komplikationen geben, Herr Heitmann.« Bevor ich protestieren oder nachfragen konnte, welche Art *Komplikationen* der Arzt meinte, war ich auch schon wieder weg.

Als ich das nächste Mal erwachte, kitzelte der Duft von aromatischen Kräutern meine Nase, und ich spürte ein großes Loch in meinem Magen. Ich hatte seit dem Frühstück nichts mehr gegessen, und nun war es kurz nach acht Uhr abends, wie ich mit einem Blick auf meine Armbanduhr feststellte. Immer noch benommen, schlug ich die weiche Mohairdecke beiseite, die Torkild über mich gebreitet hatte, und versuchte aufzustehen – was mir jedoch erst beim zweiten Anlauf gelang. Dann machte ich mich auf die Suche nach meinem Gastgeber, der mir auf dem Flur entgegenkam.

»Haben Sie Hunger?«, fragte Torkild Heitmann, der, eine Schürze um die Hüften gebunden, vor mir stand und mich anlächelte. »Es gibt Kartoffelpuffer, Lachs und Salat. Ich hoffe, Sie mögen so was. Wenn ja, kommen Sie einfach mit in die Küche.«

Mit Beinen, weich wie Wackelpudding, folgte ich ihm, um mich kurz darauf in einer äußerst geräumigen Wohnküche in gediegenem, ländlichem Stil wiederzufinden. Der rustikale Holztisch war mit schlichten Platzsets aus Bast gedeckt, neben einer Karaffe Wasser standen drei Gläser. In einer gusseisernen Pfanne brutzelten mehrere Kartoffelpuffer auf einem antiken Herd vor sich hin, während Torkild hastig das Öl wegwischte, das munter herumspritzte. Auf der Arbeitsplatte daneben lagen mehrere Scheiben Räucherlachs auf einer Servierplatte, garniert mit Zitronenscheiben und Dill.

»Haben Sie Lust, die Salatsoße abzuschmecken?«, fragte Torkild, und ich stellte mich neben ihn, um einen Löffel des Dressings zu kosten, das er in einem durchsichtigen Messbecher angerührt hatte. Dabei wurde mir so schwindlig, dass ich befürchtete, gleich vornüberzukippen. Weil es mir aber immer schon ein Greuel gewesen war, mich derart hilflos zu fühlen, versuchte ich, mit aller Macht gegen das Gefühl von Schwäche anzugehen. Zum Glück tat allein schon das Probieren der Soße, bestehend aus Öl, Senf, Essig und verschiedenen frischen Kräutern, erstaunlich gut. Es gaukelte einen Hauch von Normalität vor, die ich in den vergangenen Stunden schmerzlich vermisst hatte. Sobald ich mich fit genug fühlte, musste ich in München anrufen, um mich zu vergewissern, dass mit Louisa und Molly alles in Ordnung war.

»Hmm, schmeckt ausgezeichnet«, murmelte ich, mir durchaus der Absurdität der Situation bewusst. Heute Morgen hatte ich noch zusammen mit Coco im Hotel gefrühstückt, und nun stand ich nach einem körperlichen Zusammenbruch Seite an Seite mit einem wildfremden Mann in einem wildfremden Haus und plauderte über frische Gartenkräuter, als sei es das Normalste der Welt.

»Das Geheimnis liegt im frischen Estragon und einem Hauch von Bohnenkraut«, war Torkild gerade im Begriff zu erklären, als ein Mann ungefähr in meinem Alter die Küche betrat. Verwirrt schaute er von Torkild zu mir und dann wieder zu Torkild.

»Ah, das bist du ja, Stefan. Pünktlich zum Essen. Ich hoffe, du hast Hunger? Diese reizende junge Dame ist übrigens Aurelia Förster aus München. Ich habe sie zu uns eingeladen, weil wir heute Abend noch eine Menge zu besprechen haben, nicht

wahr?« Mit diesen Worten drehte er sich zu mir und zwinkerte verschwörerisch. »Frau Förster, das ist Stefan, mein Sohn.«
»Das klingt ja spannend«, sagte Stefan und gab mir die Hand. Er hatte einen festen, warmen Händedruck, genau so, wie es sein sollte. Ich schenkte ihm ein verlegenes Lächeln und hoffte, dass ich keinen allzu verwirrten Eindruck machte.
Stefan ging zum Kühlschrank und holte eine Flasche Rosé heraus, die er dann entkorkte.
Wenige Minuten später saßen wir am Küchentisch, und ich genoss jeden einzelnen Bissen des einfachen, aber köstlichen Essens. Stefan tat, als sei es nicht weiter ungewöhnlich, dass eine völlig fremde Person mit ihm zu Abend aß, und plauderte unbefangen mit seinem Vater über den hinter ihm liegenden Arbeitstag auf dem Rosenhof. »Wir dürfen nicht vergessen, den Flyer für die Rosentage in den Druck zu geben. Hast du dir schon das Layout angeschaut?«
Dass die beiden sich daraufhin in ein Fachgespräch über die Wirksamkeit von Werbemitteln vertieften, gab mir Gelegenheit, Vater und Sohn genauer zu betrachten. Torkild musste etwa Anfang beziehungsweise Mitte siebzig sein, Stefan Ende vierzig. Seine halblangen Haare changierten zwischen braun und einem rötlichen Farbton, der sich in einigen Strähnen auch noch in Torkilds ansonsten grauer Mähne und seinem Bart wiederfand. Beide Männer hatten warme, blaue Augen und ein energisches Kinn und waren sich in Mimik und Gestik so ähnlich, wie ich es auch von Louisa und mir kannte. Beim Gedanken an meine Tochter durchfuhr mich ein Schreck. Ich hatte vollkommen vergessen, in München anzurufen. Als ich in meiner Handtasche nach dem Handy kramte, stellte ich zu meinem Entsetzen fest, dass der Akku so gut wie leer war.

»Tut mir leid, wenn ich so unhöflich bin und das schöne Essen unterbreche, aber könnte ich wohl bitte mal von Ihrem Festnetz aus telefonieren?«, fragte ich. »Ich muss dringend daheim anrufen und fragen, ob bei meinen beiden Töchtern alles in Ordnung ist.«
Torkild nickte und griff nach dem Telefon, das auf der Anrichte neben dem Esstisch in der Ladestation stand. »Sie können es benutzen, solange Sie wollen. Wenn Sie nach draußen gehen, können Sie auch ein bisschen frische Luft schnappen und den weiten Vierländer Abendhimmel bewundern. Außerdem sind Sie da ungestört.«
Ich wusste nicht, ob dies ein dezenter Hinweis darauf war, dass es ihm durchaus entgegenkam, einen Moment alleine mit seinem Sohn sprechen zu können, oder ob Torkild wirklich meinte, was er sagte. Dankbar nahm ich das Telefon und ging durch die Küche und den Flur, der mich zur Haustür führte. »Hallo, hier ist Aurelia, ist bei euch daheim alles in Ordnung?«, fragte ich, als Sandra nach mehrmaligem Läuten ans Telefon ging.
Im Hintergrund hörte ich gedämpfte Musik und das helle Kichern von Louisa.
»Hier ist alles bestens«, antwortete Sandra vergnügt. »Ich hole Molly bald von Vronis Geburtstag ab, und Louisa und ich vertreiben uns so lange die Zeit mit Nähen. Deine Tochter hat gerade einen echt heißen Entwurf für einen Rock gemacht, den wir demnächst zusammen schneidern wollen. Und du? Hast du eine schöne Zeit in Hamburg?«
Da auch Sandra nichts von meinem Plan wusste, Nics Spuren zu folgen, antwortete ich »Ja, habe ich« und bat sie dann darum, Louisa sprechen zu können. Natürlich erwähnte ich mit keiner Silbe meinen Zusammenbruch und dass ich gar nicht mit Coco

unterwegs war. Da sowohl Louisa als auch Sandra so mit dem Entwurf des Rocks beschäftigt waren, blieben weitere Nachfragen aus, und wir einigten uns darauf, dass ich morgen früh wieder anrief, wenn auch Molly daheim war. Nun musste ich unbedingt versuchen, ein Ladegerät für mein Handy zu besorgen, damit ich im Notfall erreichbar war. Während ich noch überlegte, welches Smartphone Stefan Heitmann wohl benutzte, nahm ich zum ersten Mal die Fassade des wunderschönen Bauernhauses wahr, in dem ich die heutige Nacht verbringen würde. Es lag an einem schmalen Weg, den vier gestutzte Linden säumten. Mit ihrem dichten grünen Blattwerk schirmten sie die Haustür ein wenig vor den Blicken derer ab, die hier vorbeispazierten. Die opulent gestaltete Haustür war dunkelgrün gestrichen und mit Intarsien verziert: eine Reihe von weißen Punkten und Rauten verschönerte das obere Drittel der Eingangstür, die wiederum von Fachwerk ummauert war. Darüber thronte ein Giebel, bei dessen kunstvoller Gestaltung sich mehrere Gewerke verewigt hatten. Das Haus war riesig, und ich hätte zu gern gewusst, ob Vater und Sohn hier unter einem Dach lebten oder ob Stefan Heitmann heute Abend nur zu Besuch war. Seine Frau hatte Torkild bislang mit keiner Silbe erwähnt, und ich fragte mich, wo sie war. Auf Reisen? Lebten die beiden getrennt? Oder waren gar geschieden?

Erst als ich wieder zurück ins Haus ging, fiel mir auf, dass das Innere einem Museum ähnelte. Die Decken waren hoch, die Wände mit dunklem Holz vertäfelt. In der Eingangshalle befand sich ein langer Holztisch, an dem man problemlos zehn Gäste hätte bewirten können. Über der Tafel hing ein Kranz aus getrocknetem Getreide an drei Seilen von der Decke, wie ich ihn aus Bayern von Erntedankfesten kannte. Jeder Stuhl stand so akkurat an seinem Platz, als sei er ein Ausstellungsstück in einem Museum. Doch nichts in diesem Raum deutete darauf hin, dass er genutzt wurde. Eine Sekunde lang war ich unsicher und fragte mich, wo die Küche war. Aber ich brauchte nur den beiden Männerstimmen zu folgen.

»Haben Sie Ihre Familie erreicht?«, fragte Torkild. Stefan war gerade im Begriff, mir ein Glas Rosé einschenken zu wollen, doch ich winkte ab. Beruhigungsmittel und Alkohol waren definitiv keine gute Kombination.

»Danke, das habe ich. Allerdings muss ich noch meine Freundin verständigen, mit der ich zusammen nach Hamburg gekommen bin. Nur bräuchte ich dazu mein Handy, weil ich ihre Nummer nicht auswendig kann, aber dummerweise ist mein Akku leer …« Bevor ich weitersprechen konnte, fragte Stefan, ob ich auch ein Samsung benutzte. Das tat ich, und so war mein Problem kurze Zeit später gelöst, und ich konnte Coco eine Nachricht auf der Mailbox hinterlassen. Um sie nicht unnötig zu beunruhigen, behauptete ich, dass ich so begeistert von der Gegend sei und hier so tolle Kontakte geknüpft habe, dass ich gerne bis morgen hierbleiben wolle, bevor wir wieder zurück nach München flogen.

»Wären Sie eigentlich daran interessiert, die Luna zu kaufen?«, fragte Torkild, nachdem ich meinen Anruf bei Coco – natürlich außer Hörweite – getätigt hatte. Ich dachte an Nics Nachricht – *Wir sehen uns dort* – und die Faszination, die das Hausboot von der ersten Sekunde an auf mich ausgeübt hatte. Ich musste endlich das Geheimnis um sein Verschwinden lösen! Darum antwortete ich: »Es wäre absoluter Wahnsinn, das zu tun, aber irgendetwas an diesem Boot zieht mich geradezu magisch an. Außerdem gefällt es mir hier ausgesprochen gut.« Ich hielt einen Moment inne. »Allerdings würden meine Töchter mich für verrückt erklären, wenn ich beschließen würde, von München wegzuziehen. Abgesehen davon kann ich es mir nicht leisten, meinen Job als Floristin auf dem Viktualienmarkt aufzugeben – und so ein teures Boot schon fünfmal nicht.«

»Sie sind Floristin?«, fragte Stefan und schaute mich zum ersten Mal an diesem Abend genauer an.

Ich nickte. »Ja, das bin ich. Und zwar mit Leib und Seele. Nebenbei stelle ich Naturkosmetik her und experimentiere ein wenig mit Duftessenzen. Rosenöl zum Bespiel wirkt in vielen Bereichen Wunder.«

»Ich weiß«, antwortete Stefan Heitmann lächelnd. »Hätten Sie denn Lust, sich den Rosenhof anzuschauen? Noch ist es hell genug.«

Obwohl gerade eine Welle von Müdigkeit über mich hinwegdonnerte und mich mitzureißen drohte, stimmte ich Stefans Vorschlag zu. Rosen – die Königinnen der Blumen – gehörten zu meinen erklärten Lieblingen. Und wann hatte ich schon mal die Gelegenheit zu so einer persönlichen Führung?

Also folgte ich Torkilds Sohn nach draußen auf einen Kiesweg, der zu dem Gelände führte, auf dem die Rosenstöcke wuchsen.

»Leider blühen sie noch nicht, aber vielleicht können Sie sich anhand der Stöcke einen kleinen Eindruck davon verschaffen, wie es hier ab Juni aussieht«, erklärte Stefan Heitmann.

Ich ließ meinen Blick über das große Areal schweifen, auf dem unzählige Töpfe, Rosenspaliere, Torbögen und Brunnen standen. Im Hintergrund des Geländes erblickte ich einen dunkelgrünen Gartenpavillon, der aussah, als stammte er aus einem Jane-Austen-Roman. Es hätte mich nicht gewundert, wenn plötzlich Elizabeth oder Emma um die Ecke gebogen wären.

»Wir haben uns auf den Verkauf der klassischen Sorten wie Tee- und Kletterrosen, aber auch moderner Strauchrosen wie Aloha oder Proud Bride spezialisiert«, fuhr Stefan fort. »Und im Pavillon bieten wir zusätzlich Produkte aus Rosen zum Verkauf an. Gelee zum Beispiel, Marmelade, Likör, Zucker oder auch Balsamico. Meine eigentliche Liebe gilt aber den Wildrosen. Ich kann es kaum erwarten, bis der Sommer beginnt.« Fasziniert davon, einem Mann begegnet zu sein, der meine Liebe für Blumen teilte, lauschte ich Stefans Worten.

»Stellen Sie diese Produkte selbst her?«, fragte ich und überlegte, wie wohl Rosenlikör oder Balsamico-Essig mit Rosenessenz schmeckte. Torkild hatte angedeutet, dass Stefan kochen konnte.

»Nein, das schaffen wir leider momentan nicht mehr«, antwortete Stefan. »Das erledigt seit einiger Zeit eine Frau aus dem Dorf für uns.« Diese Antwort kam so knapp und war von einer derart versteinerten Miene begleitet, dass ich von weiteren Nachfragen absah, obgleich ich mich wirklich gern weiter mit ihm unterhalten hätte.

»Lassen Sie uns wieder zurückgehen, mein Vater wartet sicher schon auf uns«, war das Letzte, was ich an diesem Abend von Stefan hörte, der sich unmittelbar nach der Rückkehr ins Haus mit einem knappen »Gute Nacht, ich ziehe mich zurück« verabschiedete und irgendwo in dem weitläufigen Haus verschwand. Torkild und ich saßen noch eine kleine Weile zusammen, dann ging auch ich schlafen.

Mit dem Duft von Rosen in der Nase, obgleich diese noch gar nicht blühten. Und der Erinnerung an ein Hausboot, das mich aus unerklärlichen Gründen vollkommen in seinen Bann gezogen hatte …

9.

Die aphrodisierende Wirkung der Rose, die als Königin der Blumen dem Liebesplaneten Venus zugeordnet wird, ist tiefgreifend, aber nicht vordergründig.

Der Montagmorgen fegte die Erinnerungen an das Wochenende in den Vier- und Marschlanden brutal hinweg, als ein heftiger Sturm über München hereinbrach, den Himmel verdunkelte und mit grimmiger Wut an den Marktschirmen zerrte.

Statt mit Coco über alles zu reden, was mir auf dem Herzen lag, hatten wir alle Hände voll damit zu tun, die leichteren Blumenkübel ins Innere des Standes zu schaffen und alles andere notdürftig so zu befestigen, dass es nicht durch die Luft gewirbelt wurde.

»Herrgott, ist das ein Tornado?«, fragte Coco und schaute ängstlich zum Himmel. In diesem Moment prasselten Hagelkörner schmerzhaft wie Pfeilspitzen auf uns herab. Coco zerrte mich in die Küche und warf schnaufend die Tür hinter sich zu.

»Aber die Blumen?!«, protestierte ich, doch Coco winkte ab.

»Vergiss die Blumen, Schätzchen, unser Leben ist mir wichtiger«, sagte sie in derart dramatischem Tonfall, dass ich kichern musste. »Wir stecken hier erst wieder unsere Nasen raus, wenn keine Gefahr mehr besteht.«

Ich schaute auf die Uhr. Zum Glück war gerade weder Pausenzeit noch Sport, so dass ich nicht befürchten musste, dass Molly oder Louisa dem Hagelsturm im Freien ausgesetzt waren.

»Dieser Mai hält sich wohl für April«, sagte ich. »Magst du einen Tee?« Da Coco zähneklappernd nickte – auch die Temperatur war auf einen Schlag gefallen –, stellte ich den Wasserkocher an, kramte aus meiner Handtasche den Rosenblüten-Sahne-Tee, den Stefan Heitmann mir gestern zum Abschied geschenkt hatte, und hielt ihn Coco unter die Nase.

»Mmh, der duftet ja köstlich«, schwärmte sie und schloss einen Moment ihre Augen, um sich ganz und gar diesem Dufterlebnis hinzugeben. »Ist dieser Stefan denn genauso ein Sahneschnittchen wie sein Tee?«, fragte sie, als sie die Augen, deren Lider heute violett geschminkt waren, wieder öffnete. »Du hast nicht zufällig ein Foto von ihm?«

Ich reichte ihr die aufwendig gestaltete Broschüre des Vierländer Rosengartens, in deren rückwärtiger Innenklappe ein Bild von Vater und Sohn Heitmann abgedruckt war. Diesen Katalog hatte ich ebenfalls von Stefan bekommen und trug ihn seitdem bei mir.

Coco vertiefte sich in den Anblick der Fotos mit derselben Intensität, wie sie sie zuvor bei der Rosenblütenmischung an den Tag gelegt hatte. »Nicht schlecht«, lautete ihr Beschluss, nachdem sie die Fotos unter Zuhilfenahme ihrer Lesebrille mehr als eingehend betrachtet hatte. »Weiß man, ob es eine Frau Heitmann gibt? Ich kann nur beim Vater einen Ehering entdecken.«

»Keine Ahnung«, murmelte ich leicht verlegen. Dummerweise hatte ich mich gestern beim Frühstück dabei ertappt, Stefans

Ringfinger nach einem goldenen Reif abzusuchen. Sonntagmorgen war Stefan wieder charmant und zugänglich gewesen, und wir hatten zusammen mit Torkild das Gespräch über Rosen fortgesetzt. Danach hatte ich mich verabschiedet, noch einmal für die Hilfe bedankt und versprochen, mich erkenntlich zu zeigen, sobald ich das nächste Mal in den Vier- und Marschlanden war. Ich war immer noch irritiert von den vielfältigen Gefühlen, die mich seit dem Wochenende umtrieben. Erst verliebte ich mich beinahe in ein Hausboot, dann in die Vier- und Marschlande, und plötzlich blätterte ich so häufig in der Broschüre des Rosenhofs, dass ich ihren Inhalt beinahe auswendig kannte.

»Schätzchen, nuschel hier nicht so rum und schau mich an. Bist du etwa gerade rot geworden?« Selbst wenn ich es bis eben nicht gewesen war – Cocos Frage trieb mir tatsächlich heiße Röte ins Gesicht. Ich konnte mich nicht erinnern, wann mir das zum letzten Mal passiert war. Verlegen widmete ich mich der Zubereitung des Tees und versuchte, mich der betörenden Wirkung des Rosenblütenduftes zu entziehen. Ein Duft, der einen irrationalen Hauch von Hoffnung in mir weckte.

Hoffnung auf eine schöne Zukunft.

»Wie lief es denn nun mit Rolf?«, fragte ich, um Cocos Aufmerksamkeit auf ein anderes Thema zu lenken. »Du warst gestern ein bisschen einsilbig auf dem Rückflug.«

Nun war Coco diejenige, die auf dem Klappstuhl herumrutschte wie ein kleines Kind, das es eilig hat, zum Spielen zu kommen. Nachdem ich ihr eine Tasse Tee gegeben hatte, drehte sie diese zwischen ihren Händen hin und her. »Nicht so toll, wie ich es mir vorgestellt habe«, brummte sie schließlich. »Er ist charmant, kultiviert, höflich und anständig, aber für meinen

Geschmack ein bisschen *zu* anständig …« Mir schwante nichts Gutes. »Ach was, wieso rede ich eigentlich um den heißen Brei herum? Dieser Mann ist leider impotent, und damit hat sich die Sache für mich dann auch erledigt. Drei Versuche, ihn aus der Reserve zu locken, haben nicht gefruchtet.« Nun bekam Cocos Gesicht einen leicht beleidigten, beinahe trotzigen Ausdruck. »Kannst du dir vorstellen, dass ein Mann es tatsächlich fertigbringt, mir zu widerstehen?«

»Auf gar keinen Fall«, antwortete ich mit einer Mischung aus Empörung, Belustigung und Bedauern. »Du bist Erotik und Weiblichkeit pur. Meinst du nicht, dass Rolf vielleicht gerade zu viel Stress hatte? Oder nervös war? Oder einfach schon ein bisschen zu …« Ich suchte angestrengt nach den passenden Worten. »… alt ist? Man sagt doch, dass der Testosteronspiegel bei Männern im Laufe der Jahre immer mehr abnimmt.«

Oje, dieses Thema überforderte mich, und ich wusste auch gar nicht, ob ich Coco dazu raten sollte, Rolf Hansen eine zweite Chance zu geben. Aber war es nicht ein Geschenk des Himmels, jemanden zu finden, mit dem man sich gut verstand, womöglich ähnliche Interessen teilte? Wann war Coco – trotz ihres Hangs zum Flirten – wirklich mal verabredet gewesen? Ich konnte mich kaum daran erinnern.

»Du hast in deinem medizinischen Schatzkästchen nicht zufällig ein Aphrodisiakum?«, fragte Coco, womit klar war: Sie war doch an Rolf interessiert, egal wie cool sie gerade tat.

Ich überlegte. Natürlich gab es Gewürze, die stimulierend wirkten. »Du könntest ihn nach einem Rosmarinbad mit einer Ingwerlotion einreiben und ihm einen Vanilletee mit einem Hauch Chili kochen«, schlug ich vor. Betrübt dachte ich daran, dass sich Nics Depressionen natürlich auch negativ auf unser

Liebesleben ausgewirkt hatten. Antidepressiva, Ängste und Depressionen dämpften nun mal die Libido. Auch in diesem Bereich hatte ich mit pflanzlichen Wirkstoffen und Aromaölen experimentiert, aber bedauerlicherweise in diesem Fall trotz meines festen Glaubens an ihre Heilkraft nur mit mäßigem Erfolg. Diese Art von Fehlschlägen und Enttäuschung wollte ich Coco gern ersparen. Doch sie notierte bereits eifrig meine Tipps und schaute mich dann fragend an. »Und du meinst wirklich, das hilft? Oder sollte ich ihn nicht besser davon überzeugen, Viagra zu nehmen?«

»Das kann ich dir nicht sagen«, antwortete ich wahrheitsgemäß. »Keine Ahnung, wie nahe ihr euch in diesen beiden Tagen gekommen seid und wie offen Rolf dafür ist, mit dir über dieses Thema zu reden. Meiner Erfahrung nach ist das den meisten Männern furchtbar unangenehm. Aber vielleicht lasst ihr es ja auch einfach erst mal langsam angehen und schaut, ob ihr überhaupt zusammenpasst und euch weiter sehen wollt. Schließlich sind München und Hamburg eine gute Ecke voneinander entfernt.«

Coco nickte nachdenklich und trank dann schlückchenweise den Rosenblütentee. »So, jetzt aber genug von mir, Schätzchen. Was ist denn nun mit dieser Luna? Und wieso siehst du heute so verstrahlt aus?«

Trotz meiner etwas melancholischen Gedanken musste ich schmunzeln. Die Frage hätte gerade auch von Louisa kommen können. Nachdem ich ebenfalls an dem aromatischen Tee genippt hatte, berichtete ich schließlich von der Besichtigung des Hausbootes, meiner Begegnung mit Torkild und dessen Sohn – und davon, wie gut es mir in den Vier- und Marschlanden gefallen hatte. Natürlich hatte ich Coco gestern bereits ein bisschen was erzählt, aber nicht so ausführlich, wie es nötig war, um eine Entscheidung zu fällen.

Coco hörte geduldig zu und schaute sich dann die Fotos auf meinem Handy an, die ich am Moorfleeter Yachthafen von der Luna gemacht hatte. »Dieses Boot hat was«, sagte sie abschließend, nachdem sie das eine oder andere Bild größer gezogen hatte, um jedes noch so kleine Detail in Augenschein zu nehmen. »Und es soll dreißigtausend kosten?«

Ich nickte und schaute währenddessen aus der Fensterluke des Marktstandes. Der Sturm tobte noch immer mit einer Heftigkeit, wie ich sie bisher nur selten erlebt hatte. Wir würden uns wohl noch eine ganze Weile hier drinnen verschanzen müssen, ehe wir draußen nach dem Rechten sehen konnten.

»Mal angenommen, Geld würde keine Rolle spielen, und du hättest auch keine Töchter, auf die du Rücksicht nehmen müsstest. Würdest du dann die Luna kaufen und von München wegziehen?«

Cocos Art, die Dinge erbarmungslos auf den Punkt zu bringen, hatte Vor- und Nachteile. Und immer zur Folge, dass man gar nicht anders konnte, als sich ernsthaft mit allem auseinanderzusetzen, wovor man sich am liebsten gedrückt hätte. »So verrückt es auch klingt, ich glaube schon. Nach den letzten zwei Jahren würde ich wirklich gern ein bisschen Abstand zu meinem alten Leben gewinnen und woanders einen Neuanfang wagen.«

»Obwohl du gerade an diesem Ort wieder mit dem Thema Nic konfrontiert bist«, erwiderte Coco.

»Ich weiß, dass das vollkommen verrückt klingt, aber ich habe irgendwie das Gefühl, dass ich dort endgültig mit der Geschichte mit Nic abschließen kann. Dieses Boot hat mir …« Ich wagte es kaum, meine Gedanken laut auszusprechen. »Es hat mir irgendwie … zugezwinkert. So als würde es sagen wollen: Komm her! Bei mir wirst du es gut haben. Ich habe nur auf dich und deine Kinder gewartet.«

»Jedem anderen würde ich nach so einer Bemerkung raten, einen Psychiater aufzusuchen«, erwiderte Coco, ohne jeglichen Hauch von Ironie oder Sarkasmus in der Stimme. »Aber bei dir ist das etwas anderes. Du hast eine besondere Intuition und eine besondere Gabe. Wende sie doch zur Abwechslung mal bei dir selbst an, statt immer nur anderen zu helfen. Meinst du denn, du könntest Molly und Louisa dazu bringen, mit dir umzuziehen?«

Diese Frage war – neben dem finanziellen Aspekt – am schwierigsten zu beantworten. Also erzählte ich Coco in allen Details von Louisas Liebeskummer wegen Marco und Mollys großer Liebe zu Pferden, von denen es in den Vier- und Marschlanden sehr viele gab. Und dass ich mir vorstellen konnte, dass ein Tapetenwechsel den beiden ebenfalls neue Möglichkeiten eröffnen würde.

»Wenn ich dich richtig verstehe, spekulierst du also darauf, Molly mit einem Pferd zu bestechen und Louisas Liebeskummer dadurch zu lindern, dass sie Marco und Paulina künftig aus dem Weg gehen kann«, fasste Coco meine ausschweifenden Ausführungen stirnrunzelnd zusammen. Dann begann sie plötzlich, über das ganze Gesicht zu strahlen. »Ja, das könnte klappen! Die beiden sind jung genug. Anfangs werden sie bestimmt motzen und meckern, aber du wirst sehen, dass sie es schon bald cool finden, mal etwas ganz anderes zu machen. Und hey, was gibt es bitte Tolleres, als auf einem Hausboot zu wohnen? Das klappte doch schon bei Sophia Loren und Cary Grant hervorragend.«

»Es gibt da leider noch einen kleinen Haken«, versuchte ich Cocos Begeisterung zu dämpfen. »Keiner wollte die Luna bislang kaufen, weil auf ihr angeblich der Geist des Besitzers spukt.« Ich wagte kaum, sie anzuschauen, als ich von dem *Gespenst der Luna* erzählte. Nicht umsonst hatte ich mich in den vergangenen Stunden wieder und wieder gefragt, ob ich diese Spukgeschichte wirklich glauben sollte und wie ich damit umgehen würde, für den Fall, dass sie tatsächlich stimmte.

»Der bitte was?«, fragte Coco. »Das ist jetzt aber nicht dein Ernst, oder?«

Nachdem ich sie darüber aufgeklärt hatte, dass die Luna nur aus diesem Grund relativ günstig zu haben war, verzogen sich Cocos bordeauxfarbene Lippen zu einem verschmitzten Lächeln, was mein Unbehagen hinsichtlich dieser Geschichte ein wenig dämpfte, weil es ihr die Schwere nahm. »Klingt zwar alles komplett verrückt, aber das bist du in gewisser Weise auch, Schätzchen. Und *wenn* es eine schafft, ein solches Gespenst zu besänftigen oder es notfalls über Bord zu schmeißen, dann ja wohl du. Schließlich hast du zwei Jahre lang jeden Abend mit dem Geist deines verschwundenen Mannes Tee getrunken – oder hast du das schon vergessen?«

Auch wieder wahr!

»Du führst einfach so ein Ausräucherungsritual durch, das du mal gemacht hast, um negative Energien aus unserem Standhäuschen zu vertreiben, und der Geist ist schneller weg, als du Hui Buh sagen kannst. Dem Verkäufer verschweigen wir dein Talent als weiblicher Ghostbuster natürlich und drücken ihn einfach gnadenlos im Preis. Wenn du willst, übernehme ich das. Fünfzehntausend wirst du ihm zahlen, und keinen Cent mehr! Das restliche Geld nimmst du, um das Boot aufzuhübschen,

Molly zum Reiten anzumelden und die Luna schön einzurichten. Die Zeiten, in denen du in einer winzigen Wohnung mit hässlichem Linoleumboden im Bad haust, sind jetzt vorbei! Und zwar endgültig!«

»Und woher soll ich diese fünfzehntausend Euro nehmen?«, fragte ich, dummerweise angesteckt von Cocos Begeisterung. »Wie du weißt, habe ich kaum noch einen müden Cent auf der hohen Kante, bis auf eine winzig kleine eiserne Reserve, und kreditwürdig bin ich schon mal gar nicht. Außerdem: Kann es sein, dass du mich loswerden willst?«

Coco schüttelte heftig den Kopf. »Nein, natürlich nicht, meine Süße, und das weißt du auch. Ich würde dich höllisch vermissen, wenn du aus München weggehen würdest. Aber ich will deinem Glück nicht im Wege stehen, selbst wenn es in dieser Gegend mit diesem komischen Namen liegt ... Außerdem habe ich Geld«, antwortete sie mit geheimnisvoller Miene. Dann stand sie vom Stuhl auf und streichelte mir übers Haar. »Jean-Jacques hat mir damals eine Art Abfindung gezahlt, als wir uns getrennt haben, und ich habe das Geld seitdem nie angerührt. Ich leihe dir den Betrag, und du zahlst mir das Darlehen irgendwann zinslos zurück, wann immer du kannst und wann immer du willst.«

Wie bitte?

Coco würde mich dabei unterstützen, die Luna zu kaufen? Das war ja der absolute Wahnsinn – und eine Chance, die ich so schnell nicht wieder bekäme. Aber konnte ich das auch wirklich annehmen? Würde ein solches Darlehen nicht irgendwann unsere Freundschaft belasten?

Würde ich jemals in der Lage sein, das Geld zurückzuzahlen? Und was ging hier eigentlich vor? Es schien, als sei das Universum der Ansicht, ich solle umziehen.

»Also, was sagst du zu meinem Angebot?«, fragte Coco, ging zum Fenster, schaute hinaus und öffnete dann die Tür des Marktstandes. »Hey, das ist ja kaum zu fassen. Die Sonne scheint wieder. Na, was sagst du dazu? Ist das ein Zeichen, oder ist das ein Zeichen?!«

Ich öffnete die Tür des Marktstandes und blinzelte ungläubig in die Sonne. Sie schien von einem blankgewischten Himmel, als habe es das heftige Unwetter, das noch vor wenigen Minuten über die Stadt hinweggetobt war, nie gegeben.

Ja, dies war ein Zeichen. Eindeutig. Ein Zeichen, mein Leben und das der Kinder in die Hand zu nehmen und das Glück beim Schopf zu packen.

Davon war ich mittlerweile felsenfest überzeugt.

10.

Wir können den Wind nicht ändern,
aber wir können die Segel richtig setzen.

Wie es schien, war es leichter, die Besitzer der Luna im Preis zu drücken, als meine Töchter dazu zu bewegen, von München wegzuziehen.
Natürlich hatte ich mir nicht die Illusion gemacht zu glauben, ich müsse nur »Wir ziehen um« sagen, und beide würden »Hurra« rufen und sofort ihre Siebensachen packen. Aber dass es so schwer werden würde, hätte ich auch nicht gedacht.
Seit gut einer Woche tat ich alles, um meinen Mädchen den neuen Wohnort in den Vier- und Marschlanden in den rosigsten Farben auszumalen. Als Louisa jedoch voller Wut »Ich hasse dich« zu mir sagte, sah ich ein, dass es keinen Sinn hatte, gegen den Willen der beiden anzukämpfen.
Am späten Abend dieses grauenvollen Tages, an dem die Wände wackelten, weil Molly und Louisa abwechselnd mit den Türen knallten, kam paradoxerweise die endgültige Zusage: Die aktuellen Besitzer der Luna, Rieke und Hannes Hoff, waren tatsächlich bereit, mir das Hausboot zum Spottpreis von fünfzehntausend Euro zu überlassen. Aufgeregt rief ich Coco an, die die

Verhandlungen in meinem Namen mit erbarmungsloser Härte geführt hatte.

»Wenn du eines Tages keine Lust mehr auf Blumenhandel hast, dann kannst du problemlos auf Immobilienmaklerin umsatteln«, sagte ich anstelle einer Begrüßung, als ich sie auf dem Handy erwischte. »Die haben doch tatsächlich dem Verkaufspreis zugestimmt, wenn ich den gesamten Betrag bar bezahle.«

Coco stieß einen Freudenschrei aus. »Das sind ja fantastische Neuigkeiten, Schätzchen. Und was sagen deine beiden Süßen dazu? Bocken sie immer noch rum?«

Ich erzählte ihr, dass ich befürchtete, mir meine Umzugspläne abschminken zu können, wenn ich Wert darauf legte, weiter von meinen Töchtern geliebt zu werden.

»Dann musst du sie eben diesmal zu ihrem Glück zwingen«, sagte Coco pragmatisch. »Allerdings brauchst du auch einen Job, bevor du euch alle umsiedelst. Hast du denn schon eine Idee, womit du in den Vierlanden dein Geld verdienen willst?«

Zum Glück hatte ich die.

»Torkild Heitmann hat mir versprochen, mich einer Gärtnerei zu empfehlen, die ihre Blumen auf den Märkten in Hamburg und im Umland verkauft«, erzählte ich Coco. »Da würde ich zwar nicht so viel verdienen wie bei dir, aber ich könnte nachmittags komplett für Louisa und Molly da sein und versuchen, den Verkauf meiner Naturkosmetik übers Internet voranzutreiben. Wenn alle Stricke reißen, suche ich mir zusätzlich noch einen 450-Euro-Job als Kassiererin, oder ich gehe putzen. Mir ist zwar total mulmig bei dem Gedanken, komplett von vorne anzufangen, aber ich weiß, dass ich mich das nie wieder trauen werde, wenn ich es nicht jetzt tue.«

»Das klingt, als wärst du fest entschlossen, ins kalte Wasser zu springen, was ich sehr mutig und toll finde«, erwiderte Coco. »Dann würde ich mich an deiner Stelle jetzt auch nicht mehr vom Weg abbringen lassen. Die Zeichen stehen ganz eindeutig auf Neuanfang und deuten Richtung Norden. Und ich werde dich als gute Freundin in allem unterstützen, wenn ich kann. Ich soll dich übrigens von Rolf grüßen, der spontan hier aufgekreuzt ist und mich zu einem Abendessen im Literaturhaus eingeladen hat. Schön, nicht wahr?«

Ah, deshalb war Coco um diese Zeit nicht zu Hause …

Um sie nicht weiter bei ihrer Verabredung zu stören, wünschte ich beiden einen schönen Abend und beschloss, ein letztes Mal mit Nic Kontakt zu suchen. Auch wenn ich ihn seit jenem Abend vor vier Wochen nicht mehr gesehen hatte, konnte ich doch den Versuch unternehmen, mental mit ihm in Verbindung zu treten. Ich musste mir sicher sein, dass ich seine Zustimmung für den Neuanfang in Norddeutschland hatte, ehe ich diese Entscheidung in die Tat umsetzte – notfalls auch gegen den Willen der Mädchen. Also kochte ich mir, nachdem ich mich davon überzeugt hatte, dass meine beiden Töchter schliefen, einen Tee und setzte mich dann mitsamt dem Hausboot-Bildband, den Verkaufsunterlagen der Luna und verschiedenen Broschüren aus der Region aufs Sofa und schloss die Augen. Ich spürte in mich hinein und hoffte inständig, dass Nic bereit war, mir ein Signal zu geben, dass meine Entscheidung auch in seinem Sinne war. Doch so intensiv ich auch an ihn dachte und mit ihm innere Zwiesprache hielt, ich bekam keine Antwort. Natürlich war es ein wenig naiv gewesen zu glauben, dass Nic sich konkret äußern wurde. Was sollte er denn auch tun?

Ein Familienfoto umwerfen, einen Sturm aufziehen lassen?

Eine Nachricht an die Wand schreiben?
Kurz vor Mitternacht gab ich auf. Auch wenn Nic sich nicht gezeigt hatte, nahm ich doch eine wichtige Erkenntnis aus dem heutigen Tag mit: Ich war seit zwei Jahren auf mich allein gestellt und ebenfalls alleine verantwortlich für meine Töchter. Da mir ihr Wohl am Herzen lag und ich tief in meinem Inneren fest davon überzeugt war, dass der Umzug uns allen langfristig guttun würde, würde ich – letztlich auch zum Wohl von Louisa und Molly – diesmal eine Entscheidung ohne ihre Zustimmung fällen. Wenn es *mir* besser ging, konnte ich auch eine bessere Mutter für die beiden sein …
Also schrieb ich eine Mail an die Besitzer der Luna und kündigte an, am kommenden Wochenende in den Norden zu fahren, um den Kauf abzuwickeln. Diese Gelegenheit wollte ich ebenfalls nutzen, um mich bei der Gärtnerei vorzustellen, der Torkild Heitmann mich empfohlen hatte.
Mit einer Mischung aus dem Gefühl, genau das Richtige zu tun, aber auch großer Angst vor der Zukunft ging ich schließlich zu Bett.
Dort lag Momo zusammengerollt auf meinem Kopfkissen und schlief so süß und friedlich, dass ich es nicht übers Herz brachte, sie zu wecken. Also schnappte ich mir meine Decke, nachdem ich das Kätzchen eine Weile beobachtet hatte, und ging ins Wohnzimmer, um mich dort aufs Sofa zu legen. Als ich meine Armbanduhr auf den Couchtisch legen wollte, blieb mir beinahe das Herz stehen. Der Hausboot-Bildband lag plötzlich aufgeklappt auf dem Tisch, obwohl ich ihn zuvor – dessen war ich mir ziemlich sicher – geschlossen hatte. Und er zeigte genau die Doppelseite, auf der die Luna abgebildet war …

Am nächsten Tag erwachte ich wie gerädert.

Morgens um drei war ich endlich in mein Bett gekrochen, nachdem Momo genug geschlafen und sich der Tatsache besonnen hatte, dass Katzen nachtaktive Tiere sind. Auch ich wäre am liebsten rastlos durch die Wohnung getigert, denn neben der Aufregung über die mysteriöse Sache mit dem Bildband gingen mir eine Million Dinge durch den Kopf, die nun erledigt werden mussten. Neben der Suche nach einer neuen Schule für Louisa und Molly sowie der Abmeldung von der alten musste ich dringend den Hausstand ausmisten und unser Hab und Gut in Kartons packen. Konnte ich es mir leisten, ein Umzugsunternehmen zu beauftragen, oder traute ich es mir zu, einen Transporter zu mieten und selbst zu fahren? Nachmieter für meine Wohnung zu finden würde bestimmt einfach sein, schließlich war München ein heißbegehrtes Pflaster. Auch Coco würde schnell Ersatz für mich bekommen, nicht umsonst erhielt sie wöchentlich zwei bis drei Initiativbewerbungen. Einzig und allein der Gedanke daran, sie nicht mehr jeden Tag sehen und mit ihr reden zu können, ließ mir das Herz schwer werden. Nun musste ich erneut einem liebgewonnenen Menschen adieu sagen. Ich erinnerte mich noch genau daran, wie schmerzlich ich meine Wiener Freundin Lena vermisst hatte, als klarwurde, dass unsere Wege auf lange Sicht voneinander wegführen würden. Schließlich hatten wir beide ein anstrengendes Leben, das uns nur wenig Freiraum für Reisen zur Freundin ließ. Denn auch München und Wien trennten viele, viele Kilometer, die im Einerlei des Alltags nur schwer zu überbrücken waren.

Doch das Allerschwerste war, Molly und Louisa meine Entscheidung mitzuteilen. Ich beschloss, dies am Abend zu tun und etwas besonders Leckeres für die beiden zu essen zu machen. Louisa liebte den Leberkäse von Vinzenz Murr, und Molly war jedes Mal überglücklich, wenn es Kaiserschmarrn gab.

Zum Glück war wenigstens Coco blendend gelaunt, als ich auf dem Markt ankam. »Weißt du was? Das muss gefeiert werden«, sagte sie, als ich ihr erzählte, dass ich dem Kauf der Luna zugestimmt hatte. »Ich weiß zwar, dass du tagsüber nichts trinkst, was ja auch äußerst löblich ist. Aber heute musst du eine Ausnahme machen. Ich flitze mal eben in die Schrannenhalle und besorge uns was Schickes zu trinken.« Keine zehn Minuten später tauchte Coco mitsamt einer eisgekühlten Flasche Champagner von Feinkost Käfer und zwei langstieligen Gläsern wieder auf.

»Du kannst es wohl kaum erwarten, mich loszuwerden«, sagte ich lachend und nahm ihr die Gläser aus hauchdünnem Glas ab, bevor Coco sie in ihrem Überschwang womöglich noch zerbrach.

»Das ganz bestimmt nicht, Schätzchen«, protestierte Coco und ließ mit geübter Hand den Korken knallen. Schon perlte das edle Getränk in meinem Glas. »Ich werde dich jeden Tag vermissen, meine Süße. Ach was, jeden Tag, jede Minute und jede Sekunde. Aber ich sehe auch, dass sich in deinem Leben etwas ändern muss, bevor du hier noch komplett versauerst. Außerdem werde ich euch so oft besuchen, bis ich dir so richtig schön auf die Nerven gehe. Ihr habt doch ein Gästezimmer auf der Luna für mich?«

Voller Freude dachte ich daran, dass wir künftig auf deutlich mehr Quadratmetern leben würden als bisher, was Louisa und Molly ebenfalls mehr Freiraum gab. Und wir würden sogar zwei Terrassen haben anstatt des Minibalkons, auf dem nur ein

Klappstuhl Platz fand. Ich freute mich wie verrückt darauf, die Außenflächen der Luna zu bepflanzen – und ein schönes Zimmer für Coco einzurichten.

»Natürlich haben wir das, du kennst ja die Fotos und den Grundriss. Du wirst immer bei uns willkommen sein, egal wann und egal, wie lange du bleibst. Aber jetzt erzähl mal, wo hast du Rolf gelassen? Und wieso ist er auf einmal hier in München aufgetaucht?«

»Er hatte wohl Sehnsucht nach mir«, antwortete Coco mit zufriedenem Lächeln. »Ein weiterer Grund, um häufiger mal nach Hamburg zu fliegen.«

»Dann solltest du dir aber gleich *zwei* neue Mitarbeiterinnen suchen, wenn du deinen Laden so oft alleine lassen willst«, schlug ich lachend vor, weil ich mich darüber freute, dass Coco mir allem Anschein nach als Freundin erhalten bleiben würde. Ein echter Lichtblick inmitten dieses großen Abenteuers. »Also, meine Liebe, lass uns anstoßen: auf Rolf, auf die Luna, auf Hamburg und auf die Vierlande. Möge uns das alles Glück bringen.« Während ich meinen Trinkspruch aufsagte und den ersten Schluck des Champagners genoss, durchzuckte mich erneut das schlechte Gewissen. »Ganz ehrlich, Coco«, murmelte ich und dachte dabei an meine Töchter. »Bin ich eine Rabenmutter, weil ich Louisa und Molly aus ihrem gewohnten Umfeld reiße? Sie auf eine neue Schule schicke und von ihren Freundinnen trenne?«

Coco zögerte einen Moment. Gerade als sie zu einer Antwort ansetzen wollte, klingelte mein Handy. Auf dem Display erschien Louisas Name. Alarmiert ging ich ran.

»Mama, du musst mich sofort von hier wegholen. SOFORT!«, brüllte meine Tochter mir entgegen. Genauso wütend hatte sie geklungen, als sie mir gestern »Ich hasse dich« an den Kopf geworfen hatte. »Marco ist so ein Idiot! Er geht mit Paulina zum Abschlussfest, obwohl er es mir versprochen hatte«, schrie sie vollkommen außer sich.

Dummerweise war ich ein wenig überfordert von der Situation, denn offenbar fehlten mir einige Informationen, was den aktuellen Stand der Dinge zwischen meiner Tochter und ihrem Schwarm betraf. Also fragte ich nach. Zwischen vielen Schluchzern glaubte ich die Worte »total verarscht«, »trau keinem Jungen« und »mieser Typ« zu hören.

Mit der Frage »Sag mal, wo um Himmels willen bist du eigentlich?« versuchte ich, Louisas Gefühlsausbruch ein wenig einzudämmen.

»Auf'm Klo«, antwortete sie schluchzend, und in mir zog sich alles zusammen. Meine Tochter hatte Liebeskummer der schlimmsten Sorte und musste sich auf die Schultoilette flüchten, um mich anzurufen.

»Hältst du es noch bis Schulschluss aus, oder möchtest du, dass ich dich krankmelde?«

»Kannst du mich nicht abholen?« In diesem Moment klang Louisa wie ein Kleinkind. Also entschied ich, genauso zu handeln: als sei sie noch zu klein, um eine Situation wie diese allein zu meistern. Ich versprach, in spätestens einer Viertelstunde bei ihr zu sein und Louisas Fernbleiben vom Unterricht mit der Klassenlehrerin zu besprechen.

Dann erklärte ich Coco, weshalb ich dringend wegmusste.

»Ach Gottchen, die arme Maus«, erwiderte diese mitfühlend. »Richte ihr aus, dass wir uns diesen Marco vorknöpfen, wenn er weiter blöde Spielchen mit ihr treibt, und dass er sich sehr, sehr warm anziehen soll, wenn er sie weiter unglücklich macht.«

»Das sage ich ihr«, antwortete ich grinsend, weil ich mir gerade vorstellte, wie die korpulente Coco sich den schlaksigen Marco schnappte und ordentlich zusammenstauchte. Danach würde er sich garantiert nie wieder in Louisas Nähe trauen.

»Danke, Mama«, rief Louisa, als ich sie am Treppenabsatz des Gymnasiums abfing, und warf sich in meine Arme.
Ich streichelte ihr über den Kopf und überlegte, wie ich sie am besten trösten konnte. Als Kind war ihre Welt bereits wieder in Ordnung gewesen, wenn Nic oder ich ihr ein Schokoladeneis spendiert hatten oder im Winter eine Schoko-Crêpe.
»Es tut mir übrigens leid wegen gestern«, murmelte Louisa, während ihre Tränen mein T-Shirt benetzten. »Ich hasse dich natürlich nicht. Vielleicht sollten wir wirklich umziehen, dann muss ich mir den ganzen Mist hier nicht mehr geben. Und vielleicht stellt Marco irgendwann fest, dass Paulina eine arrogante Zicke ist und dass ich ihm fehle.«
»Wir werden aber nicht nur umziehen, weil du gerade vor Problemen weglaufen willst«, antwortete ich, wenngleich ich nicht umhinkonnte zu denken, dass das Schicksal auf meiner Seite war und mir gerade einen Rettungsanker zuwarf. »Du weißt, was das bedeuten würde?«, fragte ich. »Du kannst die Schule hier nicht mehr zu Ende machen und kommst in eine neue Klasse, wo du niemanden kennst. Und du wirst dir auch neue Freundinnen suchen müssen«, zählte ich auf, während ich ihr ein Taschentuch reichte. »Willst du das wirklich?«
Louisa schneuzte sich umständlich, dann sah sie mir fest in die Augen. »Marga hat gestern erfahren, dass sie auf die Gesamtschule wechseln muss, weil ihre Noten zu schlecht fürs Gymnasium sind. Also werden wir ab den großen Ferien eh nicht

mehr zusammen in einer Klasse sein«, erklärte sie und klang, als sei es ihr wirklich ernst. Auch von Margas schulischen Problemen hörte ich heute zum ersten Mal.

Wann hatte Louisa nur begonnen, sich mir so zu entziehen? Egal wie ich es drehte und wendete: Die Situation schrie nach einem Neuanfang. Einem Neuanfang für uns alle.

Teil zwei

11.

Und plötzlich weißt du, es ist Zeit, etwas Neues zu beginnen
und dem Zauber des Anfangs zu vertrauen.

Knapp vier Wochen später standen Louisa, Molly und ich mitsamt einer maunzenden Momo im Katzenkörbchen an einem späten Freitagnachmittag auf dem Bootssteg des Moorfleeter Yachthafens und betrachteten unser künftiges Zuhause. Der Juni neigte sich dem Ende zu, genau wie mein Kräftereservoir. Es war unglaublich anstrengend gewesen, alles für den Umzug zu organisieren, mir selbst einen Job und den Mädchen neue Schulen zu suchen, uns alle umzumelden und Nics Mutter eine Karte mit der neuen Adresse zu schicken.
Mit dem heutigen Tag waren wir offizielle Bewohner der Stadt Hamburg. Und gleich würde ich die Tür zur Luna aufschließen – unserem frisch renovierten Hausboot.
Um den Mädchen einen schönen Empfang zu bereiten, war ich bereits am vergangenen Wochenende hier gewesen. Mit Cocos Hilfe hatte ich Vorhänge angebracht, bunte Sisalteppiche ausgelegt und anderen Deko-Schnickschnack verteilt, der gut zum maritimen Ambiente des Hausbootes passte. Zuvor hatten Maler und Handwerker die Luna auf Vordermann gebracht, net-

terweise beaufsichtigt von Torkild Heitmann, der offenbar einen Narren an mir gefressen hatte und über genügend Freizeit verfügte, um mir zu helfen. Er war – genau wie Coco – ein Geschenk des Himmels. Es gab Momente, in denen ich glaubte, Nic hätte ihn mir geschickt.

Am Tag zuvor hatte die Umzugsfirma unsere Möbel angeliefert und in die dafür vorgesehenen Räume gestellt – zumindest hoffte ich, dass das geklappt hatte.

Wir drei Förster-Mädels waren mit unserem knallroten Fiat Twingo nach Moorfleet gefahren. Da man hier ein Auto brauchte, hatte ich mir einen Gebrauchtwagen gekauft. In den Vier- und Marschlanden gab es zwar Busse, aber die Entfernungen zwischen den einzelnen Ortschaften waren ziemlich groß, und ich wollte nicht, dass Louisa und Molly alle Wegstrecken mit dem Fahrrad bewältigen mussten. Zum Glück gab es aber Schulbusse, die die beiden zu ihrem Unterricht nach Bergedorf bringen würden.

»Die Luna sieht ja in echt noch viel schöner aus als auf dem Foto«, durchbrach Mollys Kommentar das Schweigen.

Mein Herz schlug schneller, denn gerade Molly hatte sich bis zuletzt gegen den Umzug gesträubt, erst recht, als sie gewittert hatte, dass Louisa plötzlich ihre Meinung geändert hatte und auf meine Seite umgeschwenkt war. Dass sie das Hausboot insgeheim schön fand, hörte ich soeben zum ersten Mal.

»Dann wart erst mal ab, bis du siehst, wie toll es drinnen ist«, erwiderte ich lächelnd und gab den beiden ihre Schlüssel. An Louisas kleinem Bund hing jetzt ein Anhänger in Gestalt einer Meerjungfrau mit Glitzerschwanz, an Mollys ein schwarzes Pferd. Meinen Schlüssel verzierte seit neuestem eine weiße Rose, die in Plexiglas eingelassen war.

Die weiße Rose – das Symbol für den Neuanfang …

»Darf ich?«, fragte Louisa, und ich nickte. Ich freute mich darüber, dass gerade sie die Tür zu unserem neuen Zuhause öffnen wollte. Keine Sekunde später ertönten Bemerkungen wie »Boah! Krass!« und »Hammer«, aus denen ich schloss, dass ihr das Hausboot gefiel. Nun wurde auch Molly neugierig und flitzte ihrer Schwester hinterher, das Körbchen mit der immer noch maunzenden Momo stellte sie einfach in dem kleinen Flur ab. Neben vielen anderen Sorgen beschäftigte mich die Frage, wie das Kätzchen mit dem Leben auf dem Wasser klarkommen würde. Blieb sie – wie in München – drinnen, oder ließen wir sie besser frei, damit sie nach Herzenslust in der Gegend herumstromern und Mäuse fangen konnte?
»Das ist ja supercool!«, hörte ich nun auch Molly juchzen, die sofort ihr Zimmer gefunden hatte. Kein Wunder: An der Tür hing ja auch ein *Bitte nicht stören!*-Schild mit Pferdemotiv, das ich neulich durch Zufall gefunden und günstig ergattert hatte. Auf ihren Schreibtisch hatte ich die Broschüre des Reiterhofs Timmann gelegt, wo ich Molly bereits für Reitstunden angemeldet hatte.
Auf dem unteren Deck der Luna befanden sich neben Mollys und Louisas Zimmern das Bad, die geräumige Wohnküche samt Wohnzimmerecke und die Terrasse. Nach dem Tod des Besitzers hatten seine Erben bis auf die Ausstattung im Bad und in der Küche alles entfernt. Vom Flur aus führte eine Wendeltreppe nach oben in die *Galerie,* wie ich den ersten Stock des Hausbootes nannte. Dort lagen mein Zimmer, das Gästezimmer mit separatem WC und der Zugang zur Dachterrasse.
Nachdem meine Töchter mehrfach treppauf, treppab gerannt waren, um jeden noch so kleinen Winkel für sich zu erobern, ließ ich Momo aus dem Körbchen. Das Kätzchen schüttelte sich und begann dann unsicher tapsend seinen ganz persönli-

chen Erkundungsrundgang. Ich versuchte, mein Angst, Momo könne ins Wasser fallen, ebenso im Zaum zu halten wie meine Furcht, der *Geist* der Luna würde gleich in der ersten Nacht auf dem Hausboot sein Unwesen treiben. Ich hatte Louisa und Molly wohlweislich nichts davon erzählt – genau wie ich den beiden nach wie vor verschwieg, dass es irgendeine Verbindung zwischen der Luna und ihrem Vater gab.

»Hat ja zum Glück bestens geklappt«, murmelte ich erleichtert, als ich sah, dass die Mitarbeiter des Umzugsunternehmens auch wirklich alles an den dafür vorgesehenen Platz gestellt hatten. Was sicherlich auch daran lag, dass ich mit Louisas Hilfe eine Skizze am Computer angefertigt hatte, in der jedes noch so kleine Detail aufgezeichnet war. Meine Tochter hatte zwar kein Talent für Mathe, war dafür aber in technischen Dingen ein absolutes Ass. Binnen Sekunden hatte sie schon – kunstvoll bearbeitete – Fotos von der Luna an all ihre Freundinnen geschickt, die sie in der WhatsApp-Gruppe *I love Munich* zusammengefasst hatte. Ich hoffte sehr, dass sie mit Hilfe von Skype und sonstigen Chatmöglichkeiten für den Anfang gut über die Runden kommen würde. Außerdem hatte ihre beste Freundin Marga bereits ihren Besuch in den Sommerferien angekündigt, genau wie Mollys Freundin Vroni.

»Habt ihr Hunger? Oder wollt ihr erst eure Koffer auspacken, bevor wir essen?«, fragte ich und stellte fest, dass ich zum ersten Mal in meinem Leben laut rufen musste, damit die beiden mich auch tatsächlich hören konnten. So viel Platz zu haben war der pure Luxus, und ich genoss ihn schon jetzt.

»Erst auspacken«, antwortete Louisa.

»Erst essen«, kam von Molly als Antwort.

Ich schmunzelte. Wäre ja auch zu schön gewesen, wenn die beiden sich mal einig gewesen wären. Also galt es – wie immer – einen Kompromiss zu finden. »Dann also Essen in einer halben Stunde auf dem Oberdeck«, rief ich und nahm drei Fertigpizzen aus der Kühltasche, die ich extra mitgenommen hatte. Ich heizte den Backofen vor, der bereits vorhanden und zum Glück in gutem Zustand war, befreite die Pizzen von der Verpackung und kramte in der Besteckschublade des Einbauschranks nach dem Pizzaroller. Und tatsächlich: Auch dieser befand sich genau an dem Platz, an den er gehörte. *Danke, Coco!,* schickte ich gedanklich einen von vielen Dankesseufzern an meine Freundin. Sie hatte mir nicht nur das zinslose Darlehen für den Kauf des Hausbootes gewährt und es aufgerundet, damit ich ausreichend Geld für andere Ausgaben hatte, sondern mir auch noch den Umzug mit einem Profiunternehmen geschenkt. Ich hatte zwar keinen blassen Schimmer, wie ich all dies jemals wiedergutmachen konnte, aber ich beschloss, diesen Gedanken zunächst einmal beiseitezuschieben und mich stattdessen einfach darüber zu freuen, dass sich gerade alles so wunderbar fügte.

Und tatsächlich: Kurz darauf ließen wir drei uns auf der oberen Terrasse unsere Pizzen schmecken und genossen den weiten, unverstellten Blick über den Hafen, das gegenüberliegende Ufer und die grünblau schimmernde Elbe. Wie gut, dass wir heute so tolles Wetter hatten. Nicht auszudenken, wie es gewesen wäre, an einem grauen Tag oder bei strömendem Regen hier einzuziehen. Ich versuchte, den Gedanken daran, wie einsam es hier im Herbst und Winter werden würde, zu verscheuchen. Die Luna hatte eine gute Heizung, alles andere würde sich finden müssen.

»Ist ein bisschen wie am Starnberger See, nur anders«, bemerkte Molly kauend und trank dann in einem Zug das Glas Cola leer, das ich ihr zur Feier des Tages erlaubt hatte.

»Ich finde es spannender als am Starnberger See«, erwiderte Louisa, deren Handy so dicht neben dem Teller lag, dass ich mir ziemlich sicher war, dass sie auf eine Nachricht von Marco hoffte. Ich hatte zwar nach wie vor keine Ahnung, was genau zwischen den beiden da eigentlich gelaufen war, aber eines war sicher: Meine Tochter schlief mit dem Smartphone unterm Kopfkissen, egal wie viele Vorträge ich ihr über die Schädlichkeit von Strahlung hielt. »Ich kann jede Minute vom Bus überfahren werden oder in der Isar ertrinken«, lautete ihre lapidare Antwort auf meine »spießige« Standpauke. Und da ich nicht davon ausging, dass Louisa wegen ihrer Freundin Marga pausenlos online war, vermutete ich Marco als Ursache für ihr Verhalten.

»Habt ihr Lust, morgen eine kleine Spritztour durch eure neue Heimat zu machen?«, schlug ich vor – neugierig darauf, einen gesamten Überblick über die Region zu bekommen, die seit heute unser Zuhause war.

»Aber du kennst dich doch hier selbst noch nicht aus«, sagte Molly und verfütterte eine Scheibe Salami an Momo, die um das Bein des Teakholztisches herumstrich, den ich zusammen mit vier Stühlen für die Terrasse gekauft hatte. Ein dunkelblauer Sonnenschirm mit weißen Streifen untermalte das maritime Ambiente, genau wie die Sitzkissen der Stühle und die Tischsets, die aus demselben Stoff waren.

»Und das Navi spinnt auch total rum«, bekam ich nun auch Gegenwind von Louisa.

Ich unterdrückte ein Stöhnen, denn darauf warteten meine beiden Süßen nur. Sie liebten es eben, mich immer wieder mal zu provozieren und ihre Grenzen auszuloten.

»Deshalb hat Torkild Heitmann angeboten, uns in seinem Auto mitzunehmen und uns alles zu zeigen, was sehenswert ist«, konterte ich. »Davor müssen wir aber auf alle Fälle noch einkaufen gehen, damit wir alles haben, was wir für die nächste Woche brauchen. Ihr habt beide am Montag Schule, und ich fange mit meinem Job bei der Gärtnerei an.« Ich würde nach dem Wochenende in Eimsbüttel beginnen. Ein näher gelegener Markt wäre mir zum Einstieg deutlich lieber gewesen, aber Bergedorf stand leider erst am Mittwoch auf dem Plan. »Torkild hat angeboten, uns nach dem Mittagessen abzuholen. Dann können wir später zusammen mit ihm im Café der Riepenburger Mühle etwas trinken und Kuchen essen«, versuchte ich, den beiden meinen Vorschlag schmackhaft zu machen.

»Weiß er auch, wo wir hier schwimmen gehen können?«, erkundigte sich Molly mit abenteuerlustigem Funkeln in den waldseegrünen Augen. »In die Elbe dürfen wir ja wegen der starken Strömung nicht, oder?«

»Leider nein«, antwortete ich. »So praktisch das auch wäre. Aber ich bin mir sicher, dass es hier irgendwo ein Schwimmbad gibt. Außerdem soll der Hohendeicher See sehr schön sein. Da wird sogar gesurft und gekitet.«

»Echt? Gekitet?« Nun hatte ich Louisas volle Aufmerksamkeit. »Das würde Marco bestimmt gefallen.« Kaum waren diese Worte ihren geschwungenen, vollen Lippen entschlüpft, schlug sie sich schon die Hand vor den Mund. Ich tat so, als hätte ich nichts gehört.

»Ich finde das mit der Mühle cool!«, sagte Molly. »Meinst du, wir dürfen da auch mal rein und auf den Turm steigen?«

Nachdem wir zu Ende gegessen und unsere Koffer ausgepackt hatten, verstaute ich das leere Gepäck in einer kleinen Kammer, die vom Flur abging. Obwohl hier insgesamt viel Platz war, fehlte der nötige Raum für den ganzen Krempel, den wir in

München auf dem Speicher gelagert hatten. Vieles davon hatte ich weggeworfen oder verschenkt. Das Puppenhaus hatten wir in die Obhut von Coco gegeben. Sie hatte es sofort in ihrem Wohnzimmer aufgestellt und würde es mindestens einmal die Woche abstauben.
Die ersten Stunden auf der Luna vergingen wie im Flug, und schon wurde es dunkel. Nach und nach erloschen die Lichter auf den Booten um uns herum, es wurde still. Man hörte nur noch das Plätschern des Wassers, das gegen den Rumpf der Luna klatschte, und das Kreischen der Seeschwalben und Möwen, die auf der Suche nach Futter das Hafenbecken überflogen.
Ich saß noch einen Moment an Deck, nachdem ich Louisa und Molly eine gute Nacht gewünscht und mich vergewissert hatte, dass es beiden gutging. Eingemummelt in eine Fleecedecke, schaute ich in den nachtblauen Himmel, der nur von wenigen Sternen erhellt wurde. Meine einzige Lichtquelle war das Windlicht auf dem Tisch, das munter vor sich hin flackerte, während ich mir ein Glas eisgekühlten Rosé genehmigte. Ich seufzte wohlig, atmete die Nachtluft ein und stellte fest, wie wohltuend rein und klar sie war.
Was für ein Unterschied zu München! Dort war es an sonnigen Tagen schnell stickig, oder es wehte der berühmte Föhn, der bei vielen für Kopfschmerzen sorgte. Von dem Minibalkon unserer alten Wohnung aus schaute ich mit nur wenig Abstand in das gegenüberliegende Fenster. Zum Nachbarbalkon mussten wir uns durch eine Pergola abschirmen, die alles andere als hübsch war. Hier war so etwas nicht nötig, denn außer der Luna lagen keine weiteren Hausboote im Hafen und die Besitzer der kleinen Motoryachten hatten sich entweder schon in ihre Kajüten

verzogen oder genossen den lauen Sommerabend irgendwo anders. Alles in allem war es hier so friedlich, wie ich es selten zuvor erlebt hatte. Und ich hoffte sehr, dass das auch so bleiben würde. Überflutet von einer Welle aus Dankbarkeit, schickte ich eine SMS mit den Worten *Das werde ich dir nie vergessen!* an Coco und schloss für einen Moment die Augen. Als mich ein Windhauch streifte und sanft über mein Gesicht und meine Lippen strich, fühlte es sich an, als hätte mich jemand geküsst …

12.

In jedem Anfang liegt die Ewigkeit.

Herr Heitmann, das sind meine Töchter Louisa und Molly«, sagte ich, nachdem Torkild geklingelt hatte, um uns zu unserem Ausflug abzuholen. »Ihr Süßen, das ist Herr Heitmann.«

»Wenn Sie nichts dagegen haben, Frau Förster, wäre dies doch die perfekte Gelegenheit, uns auf ein *Du* zu einigen. Als der Ältere darf Ihnen das doch anbieten, nicht wahr?«

»Sehr gern«, antwortete ich erfreut. »Ich bin Aurelia.«

Nachdem die Mädchen ihm die Hand gegeben hatten, gingen wir gemeinsam über den Bootssteg zu seinem Auto. Louisa und Molly nahmen auf der Rückbank Platz, ich setzte mich neben Torkild. »Und, wie war die erste Nacht auf dem Boot? Seid ihr seekrank geworden?«

Molly kicherte verlegen, statt eine Antwort zu geben, Louisa hingegen schien verwirrt. »Echt? Kann man auf der Luna seekrank werden?«

»Nur wenn hoher Seegang ist«, antwortete Torkild lächelnd und startete den Motor. »Das kommt aber praktisch nie vor. Der Moorfleeter Yachthafen ist nämlich nicht nur vor Schwell geschützt, sondern durch das Sperrwerk der Billwerder Bucht auch sicher vor Sturmfluten.«

»Sturmfluten? Gibt's so was hier normalerweise? Und was ist Schwell?«, fragte Molly neugierig. Obwohl die Kinder ein paarmal mit Nic und mir segeln waren, waren ihnen Begriffe wie diese – zumal als Großstadtkinder – fremd.

»Schwell ist eine Dünung, die in den Hafen drückt«, erklärte Torkild, »oder einfacher gesagt, so nennt man die Wellen, die durch einlaufende oder vorbeifahrende Schiffe erzeugt werden. Aber das passiert hier nur sehr selten, da es in der Billwerder Bucht kaum Schiffsverkehr gibt. Und Sturmfluten hält wie gesagt das Sperrwerk von euch fern. Generell sind die Vier- und Marschlande aber schon durch das steigende Wasser der Elbe bei Flut gefährdet, deshalb haben wir auch so viele Deiche, wie ihr gleich sehen werdet. Wollt ihr euch denn etwas Bestimmtes anschauen, oder gurken wir erst einmal ein bisschen in der Gegend herum?«

»Da ich Molly und Louisa morgen den Reiterhof zeigen wollte und die Gärtnerei, in der ich arbeite, würde ich vorschlagen, wir fahren einfach mal drauflos und Sie zeigen uns … pardon, *du* zeigst uns alles, was hier deiner Meinung nach sehenswert und wichtig ist.«

Torkild zwinkerte den Mädchen im Rückspiegel zu und sagte: »Aye, aye, Käpt'n. Dann mal los!«

Während der Fahrt über zahllose Deiche passierten wir hübsche Häuser mit prächtigen Bauerngärten. Sie waren direkt an den Deichrand gebaut worden und teils mit Fachwerk verziert, teils aber auch aus einfachem Rotklinker gemauert.

»Die sind ja süß. Und total viele!«, rief Molly verzückt aus, als sie auf der Deichkrone Lämmer entdeckte, die friedlich an ihre

Mamas gekuschelt im Gras lagen und vor sich hin dösten. Louisa bekam davon nichts mit, weil sie über Kopfhörer Musik hörte und schon wieder in ihre eigene Louisa-Welt abgetaucht war.

»Schafe werden hier auch Deich-Rasenmäher genannt«, erklärte Torkild und fuhr ein bisschen langsamer, damit Molly mit dem Handy Fotos durch die hinuntergelassene Scheibe machen konnte. »Sie dienen dem Deichschutz, weil sie mit ihren Hufen die Löcher im Boden zutreten, aber auch das Gras abfressen, das sonst mühsam gemäht werden müsste. Es gibt hier einen Schäfer, der insgesamt fünfhundert Schafe hat. Der ist ganz schön mit seinen Tieren beschäftigt, das kann ich euch sagen.«

Molly gluckste, und ich wusste genau, dass sie am liebsten eines der knuddeligen Lämmchen mitgenommen und zusammen mit Momo als Haustier gehalten hätte. Mich hingegen faszinierte der Anblick auf der linken Seite des Deiches weitaus mehr: Dort standen ein Wagen, in dem Brötchen verkauft wurden, und ein paar Meter weiter ein alter Marktkarren, auf dem Kohl, Kartoffeln, Rhabarber und Erdbeeren angeboten wurden.

»Sind das die Food-Trucks der Vier- und Marschlande?«, fragte ich, weil Street Food zurzeit der neueste Schrei war.

»So ähnlich«, antwortete Torkild schmunzelnd. »Allerdings geht es hier nicht darum, modern und hip zu sein, sondern schlicht und einfach darum, die ländliche Region mit Lebensmitteln zu versorgen. Dieser Bäckereiwagen hat neben Backwaren auch Zeitungen und Zeitschriften dabei und fährt täglich die gesamte Gegend ab. Genau wie unsere mobile Bibliothek.«

»Eine mobile Bibliothek?«, fragte Louisa und zog die Stöpsel aus ihren Ohren. Offenbar hatte sie doch keine Musik gehört, sonst hätte sie Torkilds Bemerkung wohl kaum verstanden.

»Fährt da ein Bus mit Büchern drin über die Dörfer, oder wie geht das?« Auch Molly schaute Torkild fragend an, sie las schließlich ebenso gern wie ihre große Schwester. Beide waren in München Dauergäste in der Leihbücherei gewesen und hatten von dort jede Woche stapelweise Bücher mit nach Hause geschleppt.

»Genau das«, antwortete Torkild. »Wir haben hier zwei blaue Busse, die neben Büchern auch CDs, DVDs, Spiele und Zeitschriften anbieten. Außer dem Fahrer sind zwei Bibliotheksmitarbeiter an Bord, die sich um die Ausleihe und Rückgabe kümmern. Wenn ihr mögt, schreibe ich euch die Internet-Adresse raus, unter der ihr die Haltestellen des Bücherbusses findet.«

»Nicht nötig, ich hab sie«, sagte Louisa, die bereits via Smartphone auf die Seite der Hamburger Bücherhallen gelangt war, wie ich mit einem Blick auf das Display, das sie mir entgegenstreckte, feststellte. »Er hält in Fünfhausen, Hower Hauptdeich, Zollenspieker und Kirchwerder«, las sie vor, während sich Molly neugierig zu ihr hinüberbeugte. »Außerdem in Neuengamme, Ochsenwerder und Moorfleet. Mann ey, das sind vielleicht Namen! Daran muss ich mich erst mal gewöhnen.«

»Cool! Dann ist der Bücherbus ja immer freitags bei uns«, jubelte Molly und klatschte begeistert in die Hände, was ich schon länger nicht mehr bei ihr erlebt hatte. »Ich hab nämlich fast nichts mehr zu lesen.«

Nachdem wir eine ganze Weile an Feldern und zahllosen Gewächshäusern vorbei über Land gefahren waren, erreichten wir unsere erste Station, den See, und parkten dort.

»Die meisten kennen diesen Baggersee unter dem Namen Oortkatener See, aber offiziell heißt er Hohendeicher«, erklärte

Torkild. »Hier gibt es eine Surfschule, die mit der auf Fehmarn zusammengehört. Und einen Segelclub. Ist eine von euch zufällig eine Wasserratte?«

»Ich kann schwimmen und Tretboot fahren«, antwortete Molly.

»Und ich hätte Bock, Kitesurfen zu lernen«, erklärte Louisa zu meinem großen Erstaunen. »Ich finde diese bunten Segel sooo cooool!«

Okay, ich hatte die Botschaft verstanden: Nachdem ich Molly zum Reiten angemeldet hatte, würde ich auch Louisa einen Kurs spendieren müssen. Aber wieso gerade Kitesurfen? Ich persönlich fand Surfen ja schon nicht ohne. Vor dem Kitesegel und den damit verbundenen Gefahren hatte ich einen Heidenrespekt. Allerdings war auch Reiten nicht ganz ungefährlich.

»Hier könnt ihr also zum Schwimmen herkommen«, sagte ich, ohne auf Louisas Bemerkung einzugehen. »Ist doch super, oder?«

»Wenn ihr zwischendurch mal ins Freibad wollt, empfehle ich euch das Sommerbad in Altengamme. Das Wasser hat dort zwar nur sechzehn Grad, dafür liegt das Becken aber an einem lauschigen Plätzchen im Wald. Das kann ich euch auch gern noch zeigen, wenn ihr mögt. Altengamme ist überhaupt ein hübsches Dörfchen, mit seiner wunderschönen Kirche und dem Alten Pastorat.«

»Ich möchte lieber zu der Mühle«, erklärte Molly bestimmt. »Oder baden.«

»Wir haben aber keine Schwimmsachen dabei«, widersprach ich. »Außerdem hatten wir vereinbart, dass Torkild uns die Gegend zeigt. Wir kommen morgen wieder hierher, okay?«

»Also dann, auf in Richtung Kirchwerder und dann zur Riepenburger Mühle«, erklärte Torkild fröhlich, und so gingen wir wieder zurück zum Auto.

Nach einer Weile sah ich die Flügel der Mühle am Horizont aufragen und verstand, was Molly daran so faszinierte: Ihr Anblick hatte etwas Märchenhaftes, Malerisches – etwas Besonderes, das es in Bayern so gut wie gar nicht gab. Hinter der Kirchwerder Kirche lag die Mühle und neben ihr ein kleiner Tümpel, der mit einer schlammig-gelblichen Schicht überzogen war. »Entengrütze«, sagte Torkild lapidar, als wir zu viert davorstanden und eine Ente beobachteten, die so aussah, als würde sie im Tümpel feststecken. Ich war beinahe erleichtert, als sie irgendwann mit den Flügeln schlug und davonflog. Um den Teich standen riesige Kastanienbäume, deren Blüten gerade verblüht waren, ebenso wie die der weißen und violetten Fliederbüsche, die hier so hoch gewachsen waren, dass sie aus einer bestimmten Perspektive sogar beinahe die Mühle verdeckten. Zu ihr gehörte auch das Café, von dem Torkild auf der Fahrt erzählt hatte. Es war angeblich nicht nur äußerst schnuckelig und liebevoll eingerichtet, sondern es fanden dort auch regelmäßig Konzerte mit Künstlern von internationalem Renomée statt, die allerdings nirgends beworben wurden und somit ausschließlich für einen persönlich geladenen Kreis von Gästen bestimmt waren. Ich hoffte sehr, dass andere Vierländer Institutionen nicht ganz so elitär waren, denn ich wollte gern so bald wie möglich Anschluss finden.
»Hier ist schon immer der Standort der ältesten Kornmühle Hamburgs gewesen«, erklärte Torkild, als wir vor dem Eingang angekommen waren. »Die erste wurde 1318 erbaut und gehörte damals zur Riepenburg, einem befestigten Schloss am Elbdeich. Die Mühle, die ihr jetzt hier seht, stammt von 1828. Hier haben früher die Bergedorfer und die Bewohner von Geesthacht ihr Korn malen lassen.«

Zum Eingang der Mühle gelangte man über eine Terrasse, deren roter Ziegelsteinboden hervorragend zum dunklen Holz der Mühlenfassade passte. Schöne Holzmöbel und mit bunten Sommerblumen bepflanzte Zinkwannen luden zum Verweilen ein.
»Ach menno, die ist ja geschlossen«, maulte Molly, als sie sah, dass man die Mühle ohne vorherige Anmeldung nur dienstags und donnerstags zwischen zwölf und sechzehn Uhr und an jedem ersten und dritten Sonntag im Monat zwischen dreizehn und siebzehn Uhr besichtigen konnte. Louisa scherte sich nicht um das Schild mit den Öffnungszeiten, sondern drückte einfach die Klinke nach unten. Wie durch Zauberhand sprang die Tür auf.
»Meinst du, wir können da so einfach rein?«, fragte ich Torkild, der zustimmend nickte. »Ich kenne den Herrn, der sonst die Führungen macht. Ich denke, das ist kein Problem.«
»Aber seid vorsichtig«, ermahnte ich meine beiden Mädchen, als sie vornewegstürmten und sofort die Treppenstufen erklommen. Meine Augen mussten sich nach dem hellen Sonnenschein zunächst an das schummrige Licht gewöhnen. Schließlich erblickte ich ein Schild, das an die Wand gelehnt war. Darauf stand:

Solange die Welten stehen,
solange Menschen sind,
werden Mühlenräder gehn
durch Wasser, Strom und Wind.

Diese Worte zu lesen berührte mich zutiefst. Ich dachte an die menschliche Vergänglichkeit und daran, dass so vieles auf dieser Welt die Zeiten überdauerte – die Natur, Bauwerke … Diese

Mühle war so alt, wie ein Mensch niemals werden würde. Wir lebten so lange, wie es uns vergönnt war.
Manche länger, manche kürzer.
Und wieder einmal fragte ich mich, ob Nic tot war.
Oder ob er irgendwo am anderen Ende der Welt lebte, weil er nicht mehr mit mir und den Kindern zusammen sein wollte.
»Alles in Ordnung?«, fragte Torkild und legte spontan seinen Arm um mich. Es war so schön, ihn in meiner – in unserer – Nähe zu wissen. Er war mir mittlerweile so vertraut wie ein väterlicher Freund, und ich war unglaublich dankbar dafür, dass sich unsere Wege an der Tatenberger Schleuse gekreuzt hatten.
»Ich musste nur gerade an Nic denken, aber es geht schon wieder«, antwortete ich leise, während Molly und Louisa weiter die oberen Etagen inspizierten und Molly »Es klappert die Mühle am rauschenden Bach« sang.
Auch manche Lieder überdauerten die Zeiten …

13.

Seliger Sterne schimmernde Scharen
Schweben so ferne, blinken so schön …

Torkild und ich saßen nebeneinander auf dem Deck der Luna und schauten in den Nachthimmel, der heute mit zahllosen Sternen übersät war, die wie Diamanten funkelten. Wir tranken beide Rotwein, ein Geschenk von Torkild zum Einzug auf der Luna. Zuvor hatten wir ihn als Dankeschön für die Fahrt zu uns zum Essen eingeladen. Ich hatte Pasta gekocht und Salat gemacht. Zum Nachtisch gab es Vierländer Erdbeeren mit Vanillezucker und Zitrone. Louisa und Molly hatten sich wenige Minuten zuvor in ihre Zimmer verkrümelt und schauten DVD oder lasen. Ihnen hatte der Ausflug gefallen, genau wie Torkild, der seinerseits von den beiden schwärmte, kaum dass wir allein an Deck waren. Die Stichworte Familie und Kinder boten mir eine wunderbare Gelegenheit, eine Frage zu stellen, die mich schon eine ganze Weile beschäftigte: »Was ist eigentlich mit deiner Frau?«

»Sie ist letztes Jahr gestorben«, antwortete Torkild, schaute angestrengt zum Himmel und räusperte sich. »Zum Glück für sie ging alles recht schnell, aber es blieb uns nur wenig Zeit, uns voneinander zu verabschieden.«

»Das tut mir sehr leid. Ich weiß genau, wie es dir geht. Nic und ich hatten gar keine Gelegenheit, Lebewohl zu sagen«, murmelte ich bedrückt. Der Schock über sein plötzliches Verschwinden hatte eine tiefe Wunde in meinem Herzen geschlagen, die vermutlich niemals heilen würde.

»Fühlst du dich ihm jetzt, wo ihr auf der Luna wohnt, näher? Und meinst du, dass der Kauf die richtige Entscheidung war?«, fragte Torkild mit sanfter Stimme.

»Dazu kann ich noch gar nicht viel sagen, wir sind ja gerade erst angekommen – zumindest körperlich. Meine Seele hängt noch irgendwo zwischen München und dem Nirgendwo«, antwortete ich und spürte eine Weile in mich hinein. »Keine Ahnung, wie lange es dauert, bis sie mich hier findet.«

Torkild schmunzelte, wie ich im Schein des Windlichtes sehen konnte. »Tja, die Seele, die macht so ihr eigenes Ding … Man denkt, man hat sie im Griff, weil sie ja zu einem gehört. Aber keiner bereitet dich darauf vor, wie sie reagiert, wenn du deine tote Frau im Arm hältst, mit der du über fünfzig Jahre verheiratet warst.« Seine Stimme klang so rauh, dass es mir das Herz zusammenzog. »Oder darauf, dass dein Mann von einer Sekunde auf die andere verschwindet, so als hätte es ihn nie gegeben. Du sagst: Liebe Seele, sei nicht so traurig, leide nicht so. Das hätte Anna nicht gewollt. Das hätte Nic nicht gewollt. Doch die Seele geht ihren eigenen Weg und hält sich nicht an die Spielregeln. Und plötzlich spürt man, dass sie tausendmal mehr Kraft hat als der eigene Körper oder der eigene Wille. Und das sind die Momente, in denen ich am liebsten bei Anna im Himmel sein würde.«

Trauer, wie ich sie schon länger nicht mehr verspürt hatte, legte sich über mich wie ein Panzer und drohte mich zu ersticken. Würde dieser Schmerz denn niemals aufhören?

Würde ich nie wieder glücklich werden?
»Wo ist sie denn begraben?«, fragte ich leise. Immerhin hatte Torkild einen Ort zum Trauern. Er hatte sich noch verabschieden und seine Liebste im Arm halten können.
»Auf dem Friedhof in Altengamme, da sie von dort stammt, direkt neben einem Rosenspalier. Anna liebte Rosen über alles. Diese Blumen waren beinahe wie ihre Kinder, oder die Enkel, die sie sich so sehr gewünscht hat. Sie sprach jeden Tag mit ihnen, kannte all ihre Namen und wusste bestens darüber Bescheid, in welchem Zustand die Rosen gerade waren. Sie sprach mit ihnen, streichelte ihr Blattgrün, wenn sie kränkelten, und besprühte sie mit unendlicher Geduld mit Lavendelwasser, oder was auch immer ihr gerade einfiel, um ihre Lieblinge wieder aufzupäppeln. Wenn sie sich etwas in den Kopf gesetzt hatte, ruhte sie nicht eher, bis sie ihr Ziel erreicht hatte. Anna war eine sehr starke und mutige Frau. Ich kann mich immer noch glücklich schätzen, dass sie mich damals erhört hat.«
Ich schluckte schwer. Noch zwei, drei Worte in dieser Art, und es war endgültig um meine Fassung geschehen. »Und wie geht Stefan mit dem Tod seiner Mutter um?«
»Er trauert, aber auf seine eigene Weise. Ganz für sich allein. Ich weiß, dass er sehr, sehr oft auf dem Friedhof ist, seitdem er wieder hier wohnt. Das sehe ich daran, welche Rosen gerade in der Vase am Grab stehen. Anna hatte besonders die Duftrosen geliebt. Und Wildrosen, genau wie Stefan.«
»Wo hat er denn vorher gelebt?«, fragte ich, um wieder zu einem neutraleren Thema zu finden.
»Er hat nach dem Garten- und Landschaftsbau-Studium noch eine Ausbildung bei einem bekannten Rosenzüchter in Shropshire absolviert und wollte an sich auch in England bleiben, wo er

über zehn Jahre gelebt hat. Als Anna krank wurde, hat er sofort seine Zelte abgebrochen und ist hierher zurückgekehrt. Nachdem sie gestorben war, entschloss er sich, den Rosenhof zu übernehmen, obwohl er das ursprünglich gar nicht wollte. Und dann traf er Tanja und verliebte sich in sie. Seitdem wohnen wir gemeinsam in einem Haus, was sich vermutlich ändern wird, sobald Stefan und Tanja zusammenziehen und eine eigene Familie gründen.«

Nun wusste ich es also: Stefan war zwar nicht verheiratet, aber gebunden. Coco würde sehr enttäuscht sein, das zu erfahren. Und ich war es auch ein bisschen, wie ich zu meiner Verwunderung feststellte. Oder wie sollte ich sonst das sanfte Ziehen in meinem Magen deuten?

»Hat sich der Geist der Luna eigentlich schon blicken lassen?«, fragte Torkild, während ich noch damit beschäftigt war, all die Informationen zu verarbeiten, die ich gerade über die Familie Heitmann erhalten hatte.

»Bislang Gott sei Dank noch nicht«, antwortete ich. »Aber wir haben ja auch erst eine einzige Nacht hier geschlafen.« Dass ich gestern Abend diesen seltsamen Windhauch, einem Kuss sehr ähnlich, verspürt hatte, behielt ich für mich. Dieser Kuss konnte auch ein Produkt meiner Fantasie gewesen und meiner großen Sehnsucht nach Nähe, Zärtlichkeit und Geborgenheit geschuldet sein.

»Gib mir gern Bescheid, wenn er sich meldet und dich nervt. Ich kenne da so ein paar Rituale, mit denen man Gespenster in ihre Schranken weisen kann«, sagte Torkild lächelnd.

»Die kenne ich auch«, entgegnete ich. »Außerdem habe ich gar nicht so viel Angst vor übernatürlichen Erscheinungen, weil ich fest daran glaube, dass es mehr zwischen Himmel und Erde gibt, als wir Menschen uns eingestehen wollen.«

»Na dann ist's ja gut«, meinte Torkild verschmitzt und nippte an seinem Wein. »Sag mal, darf ich dir eine persönliche Frage stellen?« Nun war seine Miene wieder ernst. Ich nickte gespannt.

»Hast du gar keine Nachforschungen anstellen lassen, nachdem Nic verschwunden war? Hat er denn keine Familie, die sich um ihn sorgt? Keinen Arbeitgeber?«

»Aber natürlich habe ich das«, erwiderte ich. »Da bin ich genau wie deine Frau Anna. Ich habe alle Hebel in Bewegung gesetzt, um ihn zu finden, das kannst du mir glauben. Doch weder die Polizei noch ich sind auf irgendeine Spur gestoßen. Erschwerend kam hinzu, dass Nic außer seiner Mutter keinerlei Familie hat. Sein Vater ist direkt nach seiner Geburt gestorben, und seine Mutter hat ihn alleine großgezogen. Sie lebt in der Nähe vom Bodensee und hatte nie ein gutes Verhältnis zu ihrem Sohn. Wieso, weiß ich nicht, weil Nic nicht gern über sie gesprochen hat. Als ich sie damals angerufen und über sein Verschwinden informiert habe, hat sie sehr verhalten reagiert. Und sie hatte getrunken, was es beinahe unmöglich machte, mit ihr zu sprechen. Ihr Alkoholproblem war einer der Gründe gewesen, weshalb Nic den Kontakt zu ihr abgebrochen hatte und auch nicht wollte, dass Louisa, Molly oder ich sie kennenlernen. Anfangs fand ich die Vorstellung, meinen Töchtern ihre Oma vorzuenthalten, grausam, zumal meine Eltern auch nicht mehr leben. Ich hätte den beiden liebevolle Großeltern gewünscht, die für sie da sind und sie ein bisschen verwöhnen. Aber das sollte leider nicht sein. Und ich wollte ihnen keine Großmutter zumuten, die psychisch ähnlich labil war wie ihr Vater.«

»Was für eine abgrundtief traurige Geschichte«, sagte Torkild nach meinem langen Monolog. Betreten senkte ich den Kopf. So offen hatte ich bislang nur mit Coco über dieses Thema gesprochen. »Da wundert es mich schon fast nicht mehr, dass Nic Depressionen hatte. Unter solchen Umständen aufwachsen zu müssen ist ein furchtbares Schicksal. Es tut mir wirklich leid, dass er das alles mitmachen musste – genau wie du und deine Kinder. Und ich wünsche dir von ganzem Herzen, dass es euch gelingt, hier einen glücklichen Neuanfang zu finden.«

Wir saßen noch eine ganze Weile stumm nebeneinander und schauten in die Sternennacht. Dann begann Torkild zu gähnen und verabschiedete sich kurz darauf.

Ich bedankte mich für den schönen Ausflug und das Gespräch und wollte mich anschließend noch ein bisschen an Deck setzen, um mein halbvolles Glas Wein auszutrinken. Danach wollte auch ich schlafen gehen. Als ich die Treppe nach oben ging, erblickte ich im Schein des flackernden Windlichtes die Silhouette eines Mannes, der auf der Terrasse der Luna auf und ab ging. Mein Herz begann zu flattern. Nun war es also so weit! Die *Erscheinung* inspizierte die Möbel, nahm mein Glas in die Hand, schnupperte kurz daran und stellte es dann wieder auf den Tisch zurück. Zuerst dachte ich, es sei Nic, der uns gefolgt war und sich entschlossen hatte, sich mir wieder zu zeigen. Erst war ich froh, ihn wiederzusehen. Doch dann erkannte ich, dass der nächtliche Besucher deutlich älter war, etwa in Torkilds Alter. War das etwa der Geist des verstorbenen Besitzers, der gerade seinen Antrittsbesuch machte? Mit pochendem Herzen und Schweiß auf der Stirn verharrte ich auf dem Absatz der letzten Stufe. Ich wagte kaum zu atmen, geschweige denn mich zu rühren, um die Aufmerksamkeit nicht auf mich zu ziehen. Obwohl ich zuvor Torkild gegenüber behauptet hatte, mit einer Spukerscheinung wie dieser fertig zu werden, hatte ich weiche Knie.

Was wollte der Geist auf der Luna?
Wieso fand er keine Ruhe? War er uns wohlgesinnt, oder würde er uns vertreiben, wie alle anderen Interessenten zuvor?
In der Sekunde, in der ich überlegte, ob ich die Luna wieder verkaufen sollte, erblickte die Gestalt mich. Und mich überflutete mit einem Mal ein unerklärliches Gefühl von Wärme. Wärme und Mitleid. Dies war kein Geist, der uns Böses wollte, das spürte ich mit jeder Faser meines Körpers. Hier spukte eine einsame Seele umher, die nach Frieden und Erlösung suchte. Also antwortete ich mit einem Lächeln und den stummen Worten: *Ich werde dir helfen, Ruhe zu finden. Das verspreche ich dir.*
Und dann war es mit einem Mal leer an Deck der Luna …

14.

Es gibt mehr Ding' im Himmel und auf Erden …

Der erste Tag meiner Arbeitswoche begann mit einem Schrei.

»Mama, hast du das Foto von Papa weggenommen?«

Mollys Stimme war so durchdringend, dass ich sie bis nach oben in mein Zimmer hörte. Schlaftrunken rieb ich mir die Augen.

Es war zehn vor sechs. Gleich würde mein Wecker klingeln.

Ich warf mir den Bademantel über, schlüpfte in meine Pantoffeln und rannte nach unten zu Molly. »Was ist denn los, Süße?«, fragte ich, bemüht, meine Augen offen zu halten. »Wieso bist du denn schon wach, und warum schreist du hier so herum?«

Molly stand in der Mitte des Zimmers, ihren alten Kuschelteddy fest an sich gepresst, und deutete auf ihr Nachtkästchen. Dort hatte gestern Abend noch ein gerahmtes Foto von Nic und ihr gestanden. Doch nun war dieser Platz leer.

»Ich bin aufgewacht, weil jemand im Zimmer war und mich angefasst hat«, erklärte Molly, kalkweiß im Gesicht. »Dann ging die Tür zu, ich habe Licht gemacht, und nun ist das Foto weg.«

Schauer jagten über meinen Körper, aber ich bemühte mich, mir nichts anmerken zu lassen. Statt meiner Angst freien Lauf zu lassen, nahm ich Molly in den Arm und versuchte, sie zu beruhigen. »Ich schaue mal eben nach Louisa. Vielleicht war sie ja hier drin und hat sich das Foto ausgeliehen«, schlug ich vor und spürte Mollys kleines Herz aufgeregt gegen meine Brust hämmern. »Am besten du gehst jetzt ins Bad, und ich spreche währenddessen mit deiner Schwester. Danach wird dann gefrühstückt. Möchtest du Toast mit Hagebuttenmarmelade?«
Die Aussicht auf ihre geliebte Konfitüre lenkte Molly wie erhofft ab. Außerdem kam Momo durch den Spalt der geöffneten Tür ins Zimmer getappt und forderte maunzend Mollys Zuwendung ein. Ihre Barthaare zitterten, und sie sah zum Anbeißen süß aus. Als ich an Louisas Zimmertür klopfte, bekam ich auch nach mehrmaligen Versuchen keine Antwort, also öffnete ich die Tür einfach. Dem leisen Röcheln nach zu urteilen, schlief meine Tochter tief und fest, konnte also unmöglich zuvor in Mollys Zimmer gewesen sein. Nachdenklich zog ich die Vorhänge des Bullauges beiseite und strich Louisa behutsam über die Schulter. »Mäuschen, aufstehen«, sagte ich so leise wie möglich, weil ich genau wusste, wie empfindlich Louisa um diese Uhrzeit war. Während sie sich stöhnend in ihrem Bett herumrollte, ließ ich meinen Blick durch ihr Zimmer schweifen. Auch Louisa besaß neben mehreren Familienbildern ein gerahmtes Foto, das sie und Nic zeigte. Es stand auf ihrem Schreibtisch. Mollys verschwundenes Bild konnte ich jedoch nirgends entdecken. »Ich mache jetzt Frühstück. Magst du Kakao oder lieber Kaffee?«, fragte ich Louisa, die sich immerhin schon im Bett aufgesetzt hatte, allerdings so aussah, als würde sie im Sitzen weiterschlafen. Ihre schmale Hand umklammerte das Handy.

»Kaffee«, presste sie mühsam hervor. Louisa durfte seit ihrem fünfzehnten Geburtstag *echten* Kaffee trinken, aber nicht jeden Tag. Heute wollte ich jedoch meine beiden Mädchen ein bisschen verwöhnen, damit sie gut in ihren ersten Schultag starteten.
»Dann sehen wir uns in einer Viertelstunde in der Küche«, sagte ich. »Aber nicht wieder einschlafen!« Danach ging ich in die Bootskombüse, wie Molly sie nannte, stellte die Kaffeemaschine an, deckte den Tisch und steckte Weißbrotscheiben in den Toaster. Jeder Handgriff ging viel zu langsam vonstatten.
Alles war noch neu und ungewohnt.
Deshalb war ich auch heilfroh, dass ich heute später zur Arbeit gehen konnte, um sicherzustellen, dass die Mädchen pünktlich und sicher zu ihrer Schule in Bergedorf kamen.
Um kurz nach sieben mussten sie an der Haltestelle des Schulbusses sein. Beide würden ab heute auf das Luisen-Gymnasium, kurz *Lui* genannt, gehen. Und ich hoffte sehr, dass sie sich dort gut einlebten und wohl fühlten.
»Kann ich das anziehen?«, fragte Molly und riss mich mit ihrer Frage aus meinen Grübeleien. Sie tänzelte in der Küche auf und ab wie auf einem Laufsteg und trug eine enge Flickenjeans, Sneakers und ein schwarzes T-Shirt. Die Haare hatte sie zum Pferdeschwanz gebunden, was ich sehr an ihr mochte. Diese Frisur wirkte frech und mädchenhaft zugleich.
»Du siehst zauberhaft aus. Aber ist Schwarz nicht ein bisschen zu düster für einen schönen Sommertag wie heute? Du hast so schöne andere Shirts. Das grüne mit den weißen Punkten passt doch so toll zu deinen Augen.«
»Die Punkte sind aber voll Baby«, widersprach Molly, stemmte die Hände in die Hüften und streckte ihre Brust heraus. Offensichtlich hatte sie ein paarmal zu oft *Germany's next Topmodel*

geschaut, obwohl ich es ihr verboten hatte. »Schwarz ist viel cooler!«

»Na, dann bleib so«, antwortete ich, schenkte Kakao in den Becher mit dem Schriftzug *Molly* und beschmierte beide Scheiben Toast mit Butter und Hagebuttenmarmelade.

Als Nächstes kam Louisa herein, ebenfalls sichtlich darum bemüht, optisch einen guten Eindruck auf ihre neuen Mitschüler zu machen: Sie trug einen Jeansrock, schwarze Pantoletten und ein enganliegendes, dunkelgraues Shirt. Kleine Perlenstecker, die Coco ihr zum letzten Geburtstag geschenkt hatte, zierten die Ohrläppchen. Auch Louisa hatte die langen Haare zu einem Zopf gebunden, allerdings zu einem hochanliegenden, seitlichen, dessen unteres Ende mit einer weiteren Spange festgemacht war. Diese Frisur hatte ich ein paar Tage zuvor in einem Werbespot gesehen. »Du siehst auch toll aus, Schatz«, lobte ich sie und gab ihr einen Kuss auf die Wange. »Und? Seid ihr aufgeregt?« Ich war immer noch dankbar dafür, dass es mir gelungen war, beide auf derselben Schule unterzubringen. Das würde ihnen die Eingewöhnungsphase sicher erleichtern.

»Wird schon«, gab Louisa murmelnd zur Antwort und tippte mit den türkis lackierten Fingernägeln eine WhatsApp-Nachricht ins Handy.

»Ich hab 'n bisschen Bammel«, gab Molly zu und schenkte mir einen tiefen Blick aus ihren waldseegrünen Augen. In diesem Moment überrollte mich wieder eine Woge schlechten Gewissens. Hatte ich wirklich die richtige Entscheidung getroffen? Wenn ich an den geisterhaften nächtlichen Besuch und an das verschwundene Foto dachte, wurde mir übel. Doch ich durfte mich jetzt auf gar keinen Fall unterkriegen lassen. Schließlich konnten wir jetzt nicht mehr zurück, egal was auch passierte.

»Vielleicht sind in deiner Klasse ja Mädchen, die auch gerne reiten«, versuchte ich, Molly zu ermutigen. »Lass den Tag einfach auf dich zukommen. Du wirst sehen, das wird alles nur halb so wild.«

Genau diesen Satz betete ich mir selbst vor, als ich auf dem Weg nach Eimsbüttel war, wo ich heute am Marktstand der Gärtnerei arbeiten sollte. Während ich den Twingo auf der Autobahn Richtung Hamburger Innenstadt steuerte, dachte ich an die Gesichter meiner Töchter, als sie in den Schulbus gestiegen waren. Beide tapfer, aber angespannt. Genau wie ich, die ebenfalls Muffensausen vor dem ersten Arbeitstag hatte.

»Hallo, da bin ich«, sagte ich zur Begrüßung, als ich an dem kleinen Markt nahe der U-Bahn-Haltestelle Schlump eintraf, auf dem nicht besonders viel los war. Für den Start war es sicher gut, einen weniger hektischen Tag zu erwischen.

Dennoch pochte mein Herz, als ich mich meinem neuen Arbeitsplatz näherte, allerdings vor Begeisterung: Der Verkaufswagen der Gärtnerei war mit Blumen bemalt, das Sortiment ließ keine Wünsche offen. Sommerblumen in den leuchtendsten Farben wetteiferten um die Gunst der Käufer, und ich hätte am liebsten selbst zugeschlagen, so schön fand ich das bunte Blumenmeer. Wie gut, dass ich Mitarbeiterrabatt bekam.

»Schön, dass du da bist, dann kann's ja jetzt losgehen«, antwortete Mina, meine neue Kollegin, mit der ich auch an den anderen Markttagen zusammenarbeiten würde, zur Begrüßung. »Es ist doch hoffentlich in Ordnung, wenn wir uns duzen?«

Ich sagte »Hallo, na klar. Ich bin Aurelia, freut mich« und gab ihr die Hand. Mina war ungefähr Mitte fünfzig, eine sympathische, freundliche Frau, der es aber ein wenig an Esprit mangelte. Das konnte ich schon auf den ersten Blick erkennen. Aber natürlich durfte ich nicht den Fehler machen, sie mit der temperamentvollen, exzentrischen Coco zu vergleichen. Das war nämlich zum einen ungerecht. Und zum anderen suchte ich ja auch keine neue Freundin. »Hier ist die Kasse, da vorne steht alles, was wir im Angebot haben. Die Preise stehen auf den Tafeln«, erklärte Mina. »Da hinten sind die Rollen mit Bast und Blumendraht, genau wie das Einwickelpapier. Sag einfach Bescheid, wenn du Fragen hast.« Schon wandte sie sich einer Kundin zu, die einen Strauß Freilandrosen haben wollte. Ein kleines bisschen mehr Kommunikation hätte ich mir schon gewünscht, aber ich beschloss, erst mal abzuwarten und meinen Job zu machen, der kein Hexenwerk war. Vielleicht taute Mina ja später auf. Doch statt zwischendrin mal ein paar persönliche Worte zu wechseln, arbeiteten wir routiniert und stumm Seite an Seite, bis der Stand um dreizehn Uhr geschlossen wurde.

»So, das wäre geschafft!«, sagte Mina und lächelte zum ersten Mal an diesem Tag ein wenig offener. »Das hat doch für den Anfang schon ganz gut mit uns beiden geklappt. Morgen sehen wir uns dann früher, oder?«

Okay – meine Kollegin war keine Frau der überflüssigen Worte, so viel stand fest.

Während ich erklärte, dass ich heute nur wegen des ersten Schultages meiner Töchter so spät gekommen war und dies mit der Chefin der Gärtnerei abgesprochen hatte, erblickte ich auf einmal einen Schimmer um Minas Kopf, der von zartem Hellgrün zu kräftigem Dunkelgrün changierte. Ich blinzelte ein paarmal, um sicherzugehen, dass dieser Eindruck nicht täuschte, doch der Schimmer blieb. Natürlich fühlte ich mich sofort an die schwarze Aura erinnert, die ich bei der Dame in München wahrgenommen hatte, und mein Puls beschleunigte sich. Oh nein, bitte nicht schon wieder! Ich hatte doch noch nicht einmal die letzte Erscheinung verdaut.

»Ist irgendwas? Hab ich einen Krümel im Gesicht?«, fragte Mina auch prompt und strich sich unsicher über ihr ungeschminktes Gesicht. Mit ihrem blassfahlen Teint, den dunkelblonden, kurzen Haaren und der mehr als praktischen Kleidung in Beige war sie beinahe unsichtbar. Ein bisschen Make-up, eine andere Frisur und farbenfrohe Kleidung würden hier Wunder wirken, dachte ich. Doch natürlich stand es mir nicht zu, ihr das zu sagen. Stattdessen beschloss ich, heute Nachmittag im Internet zu recherchieren, was die Farbkombination, die sie umgab, symbolisierte. Ich musste mich diesem Phänomen auf rationalem Weg nähern, nur so konnte ich verhindern, dass ich mich total verrückt machte. Einmal eine solche Erscheinung zu haben war schon irre genug. Aber zweimal?!

»Nein, alles gut«, antwortete ich, um Mina nicht zu verwirren. »Also dann, bis morgen. Hat Spaß gemacht.«

Mit diesen Worten verließ ich den Marktwagen, den Mina zurück zur Gärtnerei fuhr, und ging gedankenverloren zu meinem Auto. Wäre heute nicht gerade der erste Schultag von Louisa und Molly gewesen, wäre ich gern noch ein wenig durch Eimsbüttel gestromert, was mich mit Sicherheit ein wenig abgelenkt hätte, schließlich sollte dieser Stadtteil laut Reiseführer einer der schönsten Hamburgs sein. Hier wohnten viele Kreative, Familien mit Kindern, und es gab zahllose besondere Lädchen und originelle Cafés. Sobald meine Tagesplanung es zuließ, würde ich mir auf alle Fälle mal einen Bummel nach der Arbeit gönnen.

Doch zum Glück war ich nicht auf die Hambuger Innenstadt angewiesen, wenn es darum ging, Einkäufe zu erledigen, weil es

im Einkaufszentrum CCB in Bergedorf wirklich alles gab, was man zum Leben brauchte – unter anderem die Buchhandlung Heymann, die mir am Samstag beim Einkaufen sofort ins Auge gefallen war. Da mich die farbige Erscheinung um Minas Kopf immer noch beschäftigte, beschloss ich, dort vorbeizufahren.
In der Buchhandlung angekommen, schaute ich mich in den Regalen zu den Themen Esoterik und Spiritualität um. Und siehe da: Ich fand einige Titel zum Thema Aura und kaufte gleich alle, in der Hoffnung, dass mir die Lektüre weiterhelfen würde. Für Louisa und Molly nahm ich ebenfalls je ein Buch mit, dann mussten sie nicht bis Freitag auf den Bücherbus warten.

Nachdem ich meine Einkäufe über den Bootssteg gewuchtet und die Tür der Luna aufgeschlossen hatte, stellte ich fest, dass beide schon zu Hause waren. »Na, wie war euer Tag?«, fragte ich, begierig zu hören, wie es meinen beiden Süßen ergangen war. Und froh über einen Hauch Normalität und Alltag.
»Eigentlich ganz cool«, antwortete Louisa, und Molly nickte zustimmend. »Sag mal, ist es okay, wenn wir gleich zum Oortkatener See zum Schwimmen fahren? Ein paar Mädels aus meiner Klasse wollen dahin.«
Ich verkniff mir die Bemerkung, dass ich gerade Quiche und andere Leckereien zum Essen besorgt hatte, und fragte stattdessen: »Und wie wollt ihr dorthin kommen? Soll ich euch fahren?«
»Nicht nötig«, winkte Louisa ab. »Ben, der ältere Bruder von Katja, kann uns mit dem Auto abholen. Ich muss Katja nur eben schnell sagen, dass du es erlaubst.«
Obwohl ich mich überrumpelt fühlte, nickte ich. Schließlich war es kaum zu glauben, dass meine Töchter bereits am ersten Schultag Anschluss gefunden hatten, und ich freute mich dar-

über, dass es so war. »Und du, Molly? Hast du auch Lust? Ich meine … kennst du diese Katja denn auch?«
»Ich hab sie in der Pause auf dem Hof getroffen. Die ist voll cool«, antwortete Molly und grinste von einem Ohr zum anderen. »Nach dem Schwimmen wollen wir grillen und Beachball spielen.«
»Habt ihr denn gar keine Hausaufgaben auf?«, fragte ich, immer noch verblüfft von der unerwarteten Wendung dieses Tages. Sollte die Umstellung für meine beiden Töchter wirklich so einfach sein? Nun, das wäre ja schön.
»Hier sind doch schon bald Sommerferien«, klärte Louisa mich auf. »Die Zeugnisse sind alle geschrieben, und alle sind total gechillt.«
»Na, wenn das so ist, dann wünsche ich euch viel Spaß. Aber spätestens um acht seid ihr wieder daheim, ja? Ruft an, falls dieser Ben, den ich übrigens gern kennenlernen möchte, länger bleiben will. Dann hole ich euch ab.«
»Alles klar«, antwortete Louisa und gab mir einen flüchtigen Kuss auf die Nase. »Los, Molly, Sachen packen! Abmarsch!«
Keine Viertelstunde später waren die beiden auch schon abfahrbereit. Ich ging mit ihnen zum Parkplatz, wo besagter Ben und seine Schwester Katja auf meine Töchter warteten.
»Hallo, Frau Förster, schön, Sie kennenzulernen«, sagte Katja, Typ Supermodel: groß, schlank, raspelkurze schwarze Haare und schrägstehende, hellblaue Augen. Ihr Bruder sah hingegen aus wie einer der smarten Surfer-Boys, auf die Louisa seit einiger Zeit stand: ebenfalls groß, durchtrainiert, breitschultrig und hellblond. Er trug die von der Sonne gesträhnten Haare zum Zopf, mehrere verwitterte Lederarmbänder ums Handgelenk und schenkte mir ein strahlendes Lächeln, das selbst mir die Knie weich werden ließ. Es würde garantiert nicht lange dauern, und Louisa war verliebt.

»Dann wünsche ich euch ganz viel Spaß«, sagte ich lahm, denn mit einem Mal fühlte ich mich furchtbar alt und grau. Wann war ich zuletzt so unbedarft und mit Leichtigkeit durchs Leben gegangen? War dies ein Vorrecht, das nur für die Jugend galt? Musste dieses Lebensgefühl zwangsläufig dem Alter und den Realitäten des Alltags weichen?

Ich unterdrückte einen schwachen Anflug von Neid, der natürlich nicht meinen Töchtern galt, sondern meinen Lebensumständen geschuldet war. Ich wollte auch mal wieder flirten und mich amüsieren!

Doch anstatt den schönen Sommerabend mit einem tollen Mann zu verbringen und mich der Leichtigkeit des Seins hinzugeben, verstaute ich die Einkäufe, reinigte Mollys Katzenklo, fütterte und bürstete sie und räumte anschließend auf. Weil auf der Luna aber alles so wunderbar neu war und nach Neuanfang duftete, summte ich schon nach kurzer Zeit fröhlich vor mich hin, während ich das tägliche Einerlei erledigte. Es war unfassbar toll, auf einmal so viel Platz zu haben und auf die Elbe schauen zu können anstatt auf eine Häuserwand. Echter Luxus.

Nachdem alles erledigt war, lud ich mir ein Stück Quiche auf einen Teller, schnappte mir die Aura-Bücher und setzte mich auf die obere Terrasse. Wohlig seufzend schaute ich aufs Wasser, das im Licht der Sonne grün-golden glitzerte.

Über mir zog ein Bussard seine Kreise. Auf der Elbe segelten einige Jollen und größere Boote.

»Hier hätte es dir gefallen, Nic«, flüsterte ich und wurde wieder einmal, ohne es zu wollen, von einer Welle aus Trauer und Unsicherheit erfasst. »Du hast dir intuitiv den richtigen Ort ausgesucht. Aber wen verdammt noch mal wolltest du hier treffen?«

15.

Liebe ist ein Stoff, den die Natur gewebt
und die Fantasie bestickt hat.

Als ich am frühen Freitagnachmittag vom Hamburger Isemarkt im noblen Stadtteil Eppendorf zur Gärtnerei fuhr, um den Marktwagen abzugeben, empfing mich Carola Sander, meine neue Chefin, mit den Worten: »Könnten Sie mir einen Gefallen tun? Ich bin mit den Blumensträußen für die Vernissage in der Künstlerwerkstatt im Verzug und habe gerade niemanden, der mir helfen kann.«
»Aber sicher doch, was genau soll ich tun?«, fragte ich, weil ich gerade keine anderweitigen Verpflichtungen hatte. Louisa und Molly waren direkt nach der Schule wieder zum See gefahren, um dort eine Kitesurf-Schnupperstunde zu machen. Danach wollten sie grillen und es sich gutgehen lassen. Das Wetter war zum Glück immer noch fantastisch und hochsommerlich warm.
Wer hätte gedacht, dass es im Norden Deutschlands so schön und auch so heiß werden konnte?
»Oh, das ist toll, Sie sind ein Schatz«, entgegnete Frau Sander, sichtlich erleichtert.

Ich folgte ihr in den kühlen Raum, in dem zahllose Schnittblumen in Kübeln standen und ein langer Holztisch aufgebaut war, an dem man wunderbar herumhantieren konnte.
»Lola Nocht braucht insgesamt drei Sträuße aus weißen Lupinen, lila Disteln und zartem Blattgrün.« Sie zögerte. »Hätten Sie zufällig auch Zeit, sie nach dem Binden gleich noch auszuliefern? Die Werkstatt liegt direkt neben der Riepenburger Mühle, falls Sie die kennen.«
Ich lächelte. »Da war ich letzten Samstag zusammen mit Torkild und den Mädchen. Es ist wunderschön dort. Klar, das mache ich gerne, kein Problem.«
Carola Sander wirkte, als fielen ihr tausend Steine vom Herzen. »Ich freue mich riesig, dass Torkild uns beide zusammengebracht hat«, sagte sie. »Sie sind eine tolle Floristin! Sie können wunderbar mit Kunden umgehen, und man spürt, dass Sie Ihren Beruf lieben. Diese Kombination findet man heutzutage leider nur noch selten. Mina schwärmt in den höchsten Tönen von Ihnen.«
Ach ja, tat sie das? Mir gegenüber war meine Kollegin immer noch ziemlich reserviert, doch ich versuchte, mir meine Verwunderung nicht anmerken zu lassen.
Nachdem ich die Blumensträuße gebunden hatte, stieg ich in den Twingo, um Richtung Kirchwerder zu fahren. Die Künstlerwerkstatt lag direkt neben dem Eingang der Mühle. Am Samstag war ich allerdings nicht hineingegangen, weil die Mädchen sich ausschließlich für die Mühle interessiert hatten. Umso mehr freute ich mich, heute einen Blick auf die Arbeiten von Lola Nocht werfen zu können. Bereits die Deko am Eingang machte neugierig. Ein riesiges Ölbild zeigte einen schwarzen Vogel mit Krone auf dem Kopf und sexy Overknee-Stiefeln an

den langen Beinen. Darüber stand *La Piepshow,* was ich äußerst amüsant fand. Als ich eintrat, begrüßte mich eine wunderhübsche Blondine, die sich als Lola vorstellte, Künstlerin und Besitzerin des Ateliers. Ich schätzte sie auf Mitte, Ende dreißig und war sofort gefangen von ihrer starken weiblichen Ausstrahlung.

»Hier sind die Sträuße«, sagte ich und überreichte Lola die Deko für die Vernissage. »Um wie viel Uhr geht es denn los?«

»Um acht«, antwortete Lola, den Arm voller Blumen, und schenkte mir einen tiefen Blick aus violetten Augen. »Interessierst du dich für Kunst?«

Erfreut darüber, geduzt zu werden, schaute ich mich um und nickte. »Für diese Art auf alle Fälle. Ich sehe auf den ersten Blick sehr viel Humor und Poesie. Wie lange machst du das schon?«

»Beinahe zehn Jahre«, antwortete Lola und verteilte die Sträuße auf drei Vasen. »In diesem Atelier bin ich allerdings erst seit einem Jahr. Deshalb muss die Vernissage auch ein voller Erfolg werden. Vorher war ich im Hamburger Karoviertel, aber da wimmelt es nur so von Leuten wie mir, und das nervt auf Dauer. Und du? Bist du aus dieser Gegend?«

»Nein, ich komme aus München«, antwortete ich, erstaunt darüber, dass Lola mein leicht süddeutsch eingefärbter Tonfall offenbar nicht auffiel. Aber vielleicht war sie auch nur zu aufgeregt, um ihn zu bemerken.

»Echt?! Was hat dich denn aus dem Süden hierherverschlagen? Ein Kerl? Also … ich meine natürlich, die Liebe?«

»So ähnlich«, antwortete ich vage und kramte in der Tasche nach meinem Autoschlüssel. »Dann will ich dich mal nicht länger stören, du hast sicher noch jede Menge zu tun, bevor es losgeht. Ich komme einfach ein andermal vorbei, wenn du mehr Zeit hast.«

»Ach was, du störst überhaupt nicht«, antwortete Lola mit einer wegwerfenden Handbewegung. »Ganz im Gegenteil. Du könntest mir helfen, meine Nervosität wegzuquatschen. Vorausgesetzt natürlich, *du* hast Zeit. Magst du was trinken?«

Ich überlegte kurz. Louisa und Molly waren unterwegs, ich hatte morgen frei und nichts für den heutigen Abend geplant. Warum also nicht die Feste einfach feiern, wie sie fielen?

»Wenn das so ist, bleibe ich gern.« Ehe ich es mich versah, hielt ich ein rustikales Einmachglas mit einem rötlich-braunen Getränk mit Eiswürfeln in den Händen, aus dem eine Selleriestange ragte.

»Das ist ein selbstgemixter Smoothie«, erklärte Lola, als sie meinen überraschten Blick sah. »Ich hoffe, du magst Rote Beete?«

Ich nippte an dem Getränk, das auf den ersten Blick ein wenig befremdlich aussah. Doch es schmeckte wider Erwarten köstlich. Und sehr gesund.

»Schau dich gern hier um. Oder ich mache eine kleine Führung durchs Atelier, wenn du magst. Nachher wird es so voll, dass du kaum noch etwas von meinen Bildern zu sehen bekommen wirst. Kannst den Smoothie auch mitnehmen.«

»Dann lasse ich mich sehr gerne von dir führen«, antwortete ich und folgte Lola durch den langgezogenen, teils mit Holz vertäfelten Raum. Im vorderen Bereich lud eine Sitzecke mit stylishen Möbeln aus den sechziger Jahren zum Hinsetzen ein. Überall im Raum standen Staffeleien mit Lolas Arbeiten, und auch an den Wänden hingen die Bilder dicht an dicht. Die meisten von ihnen zeigten Vogelmotive, mindestens genauso frech und hintergründig wie das große Acrylbild am Eingang.

Der hintere Teil des Ateliers war abgetrennt. Dort stand ein langer Tisch mit vielen Stühlen. Auf der Tischplatte türmten sich Skizzenblöcke, Stifte, Pinsel, Farbpaletten und alle möglichen Malutensilien.

»Hier gebe ich meine Workshops und Malkurse für Kinder«, erklärte Lola mit beinahe verklärtem Lächeln. »Es ist so süß mitanzusehen, wie viel Spaß die alle daran haben, einfach mal wild draufloszumalen oder zu basteln, ohne dass jemand sie bewertet oder es eine Note dafür gibt. Ich sage immer, es geht einem gut, wenn es bei einem manchmal ein bisschen piept. Das Leben ist doch ernst genug.«

»Meine Töchter sind elf und fünfzehneinhalb«, erzählte ich, ein wenig nachdenklich. Lola würde Louisa und Molly sicher gefallen. Aber ob sie Lust auf einen Malkurs hatten?

Vielleicht eher im Winter, wenn Molly nur in der Halle reiten konnte und Louisa keine Gelegenheit mehr zum Kitesurfen hatte.

»Dann bring sie doch einfach mal mit«, schlug Lola vor. »Wir bemalen und bedrucken auch T-Shirts, je nachdem, worauf wir alle gerade Lust haben.«

Lola schien ein Freigeist zu sein, was mir nicht nur gefiel, sondern auch imponierte.

»Hast du denn auch Kinder?«, fragte ich, obwohl ich mir das eigentlich nicht vorstellen konnte. Lola wirkte wie jemand, der sich nur ungern binden wollte.

»Nein«, antwortete sie prompt. »In gewissem Sinne sind die Bilder meine Kinder. Ich bin bislang einfach viel zu viel in der Weltgeschichte herumgetingelt, um eine Familie zu gründen. Außerdem wäre ich, glaube ich, keine gute Mutter, weil ich dafür einfach zu flatterhaft bin.«

»Tja, Kinder erden einen, ob man will oder nicht«, murmelte ich. »Und man kommt tatsächlich nicht mehr so viel herum wie früher.«

»Aber sie haben dich nicht daran gehindert, von München wegzuziehen. Fühlen die beiden sich denn hier wohl?« Lola schien wirklich interessiert und schaute mich erwartungsvoll an.

»Wir sind erst seit einer Woche hier, und bislang klappt es erstaunlich gut«, antwortete ich und klopfte dreimal auf den Ateliertisch aus Holz. »Ein bisschen zu gut für meinen Geschmack, wenn ich ehrlich bin. Ich befürchte immer noch, dass ich eines Morgens aufwache und die beiden mich anflehen, wieder zurück nach München zu gehen. Sie haben schnell Anschluss in der Schule gefunden, wo momentan ja auch nicht mehr viel los ist, so kurz vor den Ferien. Richtig ernst wird es dann erst wieder Ende August, wenn das neue Schuljahr anfängt. Louisa ist zum Beispiel furchtbar schlecht in Mathe, und Molly tut sich ein bisschen schwer mit Sprachen.«

»Ach was, das findet sich schon alles«, sagte Lola lächelnd. »Wir sollten uns nicht ständig so den Kopf zerbrechen und Panik schieben vor Dingen, die wir sowieso weder beeinflussen noch verhindern können. Das Leben ist zu kurz, um es sich mit Kummer und Sorgen zu vermiesen. Außerdem bekommt man davon nur hässliche Stirnfalten und schläft schlecht.«

Ich lachte, auch weil Lola mich mit ihrem Optimismus und der schwungvollen Energie an Coco erinnerte. Die beiden würden sich bestimmt bestens verstehen.

Nachdem wir noch eine Weile geplaudert hatten, füllte sich das Atelier nach und nach mit ersten Besuchern. Lola posierte für Fotos, da auch die Bergedorfer Zeitung mit ihrem Team gekommen war, um einen Artikel über die Ausstellungseröffnung zu schreiben. Mittlerweile hatte ein Cateringservice Häppchen und Fingerfood geliefert. Eine Kellnerin ging mit einem Tablett in der Hand herum und servierte Getränke. Von Hugo über Sekt, Rot- und Weißwein war alles vorhanden, was das Herz begehrte.

Ich fragte mich, ob Lola gut von den Bildern und den Workshops leben konnte, denn so ein Abend war sicher kostspielig. Und die Ateliermiete garantiert auch kein Pappenstiel. Neugierig betrachtete ich die Besucher und versuchte, mir einen Reim darauf zu machen, woher sie kamen, ob sie nur Lola zuliebe hier waren oder ob sie sich wirklich für Kunst interessierten und später Bilder kaufen würden. Dann erblickte ich im Eingang einen Mann, den ich kannte: Es war Stefan Heitmann, der Sohn von Torkild. Ohne seine Freundin Tanja, soweit ich das sehen konnte. Ich beschloss, zu ihm zu gehen und hallo zu sagen.

»Oh, Frau Förster, das ist ja eine Überraschung«, sagte er, nachdem er einen kurzen Moment gebraucht hatte, um mich zu erkennen. »Sie sehen heute ganz anders aus als beim letzten Mal.« Ich verkniff mir die Frage, ob das ein Kompliment war oder nicht. »Mein Vater schwärmt ja in den höchsten Tönen von Ihnen und Ihren Töchtern. Sie scheinen ihm sehr zu gefallen.«

»Ich mag Torkild auch sehr, und ich bin wahnsinnig dankbar, dass ich ihn getroffen habe. Er hat mir den Einstieg hier wirklich erleichtert und auch einen tollen Job in der Gärtnerei besorgt.«

»Ach ja?«, fragte Stefan und zog eine Augenbraue hoch. »Davon hat er mir ja gar nichts erzählt. Wie schön. Also haben Sie sich gut hier eingelebt?«

Ich nickte und erzählte von der ersten Woche auf der Luna, von der Arbeit auf dem Markt und davon, wie erstaunlich gut Louisa und Molly hier klarkamen. Dann hielt ich erschrocken inne, denn ich hatte mindestens eine Viertelstunde ohne Punkt und Komma geredet.

»Oh nein, ich quatsche Sie hier voll, und Sie haben bislang noch kein einziges Bild gesehen, geschweige denn etwas zu trinken. Bitte entschuldigen Sie«, sagte ich.

Stefan grinste. »Ach was, kein Thema, außer dass ich jetzt wirklich Lust auf ein Glas kühlen Weißwein und auf dieses Fingerfood habe, das verdammt lecker aussieht. Begleiten Sie mich zum Büfett?«

Als ich zusammen mit Stefan das Essen in Augenschein nahm, erhaschte ich einen kurzen Seitenblick auf Lola, die mir verschmitzt zuzwinkerte. Ihre Lippen formten »Cooler Typ«. Dann wandte sie sich einem Ehepaar zu, das sichtlich von einem der Bilder fasziniert war.

»Und? Was macht die Rosenblüte?«, fragte ich, um Stefan zu zeigen, dass auch ich Interesse daran hatte zu erfahren, was ihn beschäftigte und wie es ihm ging. »Die muss doch schon in vollem Gange sein beziehungsweise fast verblüht, so warm, wie es in den letzten Tagen war. Ihre Mitarbeiter haben bestimmt alle Hände voll damit zu tun, all die Blumen zu wässern.«

»Wenn Sie mögen, fahren wir nach der Vernissage vorbei«, antwortete Stefan, »dann können Sie sich selbst ein Bild machen.« Er schob sich ein mariniertes Tofubällchen in den Mund, und nachdem er es mit einem Happs hinuntergeschluckt hatte, meinte er grinsend: »Dummerweise schleppe ich keine Fotos von den Rosen herum, so wie man es mit Kinderbildern macht.«

Ich musste lachen und sagte: »Sehr gern. Aber Sie haben sich doch bislang noch kein einziges Ausstellungsstück angeschaut.«

»Wollen wir das mit dem lästigen *Sie* nicht einfach lassen?«, schlug Stefan vor, ohne auf meinen Einwand einzugehen. »Ich bin Stefan. Und ich habe jetzt mehr Lust, dir die Rosen zu zeigen, als mir hier etwas anzusehen. Ich bin im Grunde nur hier, weil … nun ja, weil …«

Diesen Satz konnte Stefan nicht mehr beenden, weil die Redakteurin der Bergedorfer Zeitung ihn begrüßte und in ein Gespräch über die bevorstehenden Rosentage verwickelte. Ich schaute auf die Uhr und schickte eine WhatsApp-Nachricht an Louisa, um ihr zu sagen, dass ich erst später zurück auf die Luna kommen würde. Mein Herz klopfte ein wenig angesichts der Vorstellung, gleich mit Stefan unterwegs zu sein. Doch dann dachte ich an seine Freundin. Merkwürdig, dass sie heute Abend gar nicht dabei war. Vielleicht hatte sie ja etwas anderes vor oder war verreist. Es stand auf alle Fälle fest, dass es sie gab, und das war alles, was für mich zählte. Da ich keine neuen Komplikationen in meinem Leben wollte, ermahnte ich mich, dieses Gefühl in Bezug auf Stefan schnell wieder dorthin zu verbannen, wo es hergekommen war – und ohne große Erwartungen in diesen Abend zu starten.

16.

Die Rose stand im Tau.
Es waren Perlen grau.
Als Sonne sie beschienen,
Wurden sie zu Rubinen.

Der Duft der Rosen umfing mich wie die Arme eines Geliebten; zart schmeichelnd, intensiv-verlockend und verführerisch.

Ich fühlte mich wie im Himmel, als ich – dicht neben Stefan – die Gänge zwischen den Rosenspalieren und -stöcken abschritt. Unwillkürlich musste ich an seine verstorbene Mutter denken. Rosen waren Annas Ein und Alles gewesen – neben Torkild ihre wahre, große Liebe. Entsprechend schön war der Rosenhof.

»So stelle ich mir das Paradies vor«, sagte ich leise, um den Zauber dieses ganz besonderen Sommerabends nicht zu zerstören. Im Schein der untergehenden Sonne sah ich, wie ein warmes, weiches Lächeln Stefans Gesicht umspielte, das zugleich von Nics Antlitz überdeckt wurde.

Ich erschrak, denn ich hatte seit dem Nachmittag in Lolas Atelier kein einziges Mal an ihn gedacht.

Zum ersten Mal, seit er verschwunden war.

»Wieso hast du dich eigentlich nicht für einen Job auf unserem Hof beworben?«, fragte Stefan und schaute mich unverwandt an. »Du experimentierst doch wegen der Aromaöle mit Rosenblüten und liebst diese Blumen. Hier wärst du direkt an der Quelle.«

»Aber ich bin nur Floristin, keine Gärtnerin«, wehrte ich ab. »Und mit Rosen zu arbeiten scheint mir doch eine Kunst zu sein, die dir – im Gegensatz zu mir – in die Wiege gelegt wurde. Davor habe ich einen Heidenrespekt. Ich bin gut darin, mich in die Bedürfnisse der Kunden einzufühlen und schöne Sträuße für sie zu binden. Aber das hier ist etwas ganz, ganz anderes. Das überlasse ich lieber Experten wie dir. Außerdem macht mir die Arbeit auf den Märkten Spaß.«

»Ach was«, widersprach Stefan. »Wenn man ein paar einfache Regeln beachtet, ist das gar kein Hexenwerk. Das Geheimnis liegt im LSD.«

»Im LSD?!« Meine Fantasie schlug Purzelbäume.

»Lehm, Sonne und Dünger«, ergänzte Stefan mit einem breiten Lächeln, das ihm etwas Jungenhaftes verlieh. Sehr charmant – und sehr attraktiv. »Rosen brauchen einen lehmigen Boden, Sonne und guten Dünger. Am besten Humus. Wenn man dann noch einige Regeln beim Schneiden und bei der Pflege beachtet, ist das schon die halbe Miete.«

»Und wieso hast du dann nach deinem Studium noch eine Ausbildung bei einem Züchter in Shropshire gemacht, wenn das alles so einfach ist? Die Engländer sind doch Profis in Sachen Rosenzucht und haben bestimmt noch ein paar Tricks mehr auf Lager, nicht wahr? Oder wolltest du einfach weg von daheim?« Kaum hatte ich die Frage ausgesprochen, bereute ich sie schon wieder. Es ging mich rein gar nichts an, wieso Stefan sich entschlossen hatte, in England zu leben.

Ihn schien meine Indiskretion jedoch nicht weiter zu stören. »Ich wollte tatsächlich mal woanders leben als hier«, antwortete er freimütig. »Aber nicht, weil es mir in den Vierlanden nicht gefällt, sondern weil ich es wichtig finde, andere Eindrücke zu sammeln, dazuzulernen und die Dinge aus einer anderen Perspektive zu betrachten. Außerdem wusste ich zu dieser Zeit noch gar nicht, ob ich den Hof wirklich übernehmen wollte. Neben den Rosen baut mein Vater ja hauptsächlich Rhabarber und die berühmten Vierländer Erdbeeren an.«

»Ach? Ich dachte er hätte sich nach dem Tod deiner Mutter aus dem Geschäft zurückgezogen«, erwiderte ich verwundert. »Wer kümmert sich denn um den Obst- und Gemüseanbau, und wo stehen diese Gewächshäuser?«

»Das machen alles Angestellte. Mein Vater schaut nur ab und zu vorbei und ist hauptsächlich für das administrative Geschäft im Hintergrund zuständig.« Ich folgte Stefan in die letzte Reihe von Rosenstöcken, die Richtung Haus zurückführte. »Der Anbau von Erdbeeren ist hier in den Vierlanden immer schon ein wichtiger Wirtschaftsfaktor gewesen, den auch unsere Familie nie aufgeben wollte. Schon vor zweihundert Jahren sind die reichen Hamburger mit ihren Kutschen raus aufs Land gefahren, um hier Erdbeeren mit Milch zu essen. Damals wurde das Obst *di ole* oder *lütte Dütsche* genannt. Die Gewächshäuser stehen übrigens in Richtung des Moorfleeter Yachthafens, gehören also streng genommen schon zu den Marschlanden.«

»Oh, ganz in meiner Nähe«, sagte ich. Wieso hatte Torkild dies in unseren Gesprächen nie erwähnt?

Ich fuhr mit den Fingern über die samtigen Blütenblätter einer rosafarbenen, prall gefüllten Rose, die laut Schild *Lovely Kiss* hieß. Sie verströmte einen zarten Duft von Limone. »Diese

Blätter würden sich mit ihrem feinen Zitrusaroma bestimmt auch gut im Tee machen«, sagte ich gedankenverloren.
Stefan nickte und deutete dann auf eine lilafarbene Rose, die aussah, als sei sie aus Stoff. »Wie findest du diese Sorte?«
Ich befühlte die Blume, schnupperte an ihr, doch ihr Anblick ließ mich seltsam kalt. »Die ist ehrlich gesagt nicht so mein Ding, so toll die Farbe auch ist. Aber sie sieht für meinen Geschmack zu künstlich aus. Ich mag es lieber, wenn die Blumen nicht so überzüchtet sind. Meinetwegen müssen Rosen und Tulpen auch nicht so üppig gefüllt sein. Je natürlicher, desto schöner.«
»Genau wie die Wildrosen«, murmelte Stefan. »Aber mal etwas ganz anderes: Hast du Proben von deiner Naturkosmetik und von den Aromaölen? Wenn sie gut sind, könnten wir sie in unser Sortiment aufnehmen und sowohl im Gartenpavillon verkaufen als auch online.«
Mein Herz schlug etliche Takte schneller. Dieses Angebot war großartig, aber auch mit viel Verantwortung verbunden. Die Heitmanns arbeiteten qualitativ auf hohem Niveau, und das seit sieben Generationen. Ich hingegen stand mit meinen Experimenten erst am Anfang.
»Ich kann dir gern mal bei Gelegenheit etwas vorbeibringen«, antwortete ich, darum bemüht, mir meine Aufregung nicht anmerken zu lassen. »Aber erwarte nicht zu viel. Ich mische meine Öle nach Bauchgefühl und nicht nach irgendwelchen Rezepten. Um ein bisschen professioneller zu werden, habe ich mir gerade Bücher über die menschliche Aura besorgt. Sobald ich ein wenig tiefer in diese Materie eingestiegen bin, kann ich meine Mischungen individueller auf die jeweiligen Menschen abstimmen, die Unterstützung durch Aromatherapie brauchen.«

»Auren?«, fragte Stefan und runzelte die Stirn. »Das musst du mir genauer erklären. Wollen wir uns nicht einen Moment setzen?« Er deutete auf die rotgeklinkerte Rückwand des Wohnhauses, vor der ich eine hübsche, gedrechselte Holzbank entdeckte. Sie wurde beidseits von hellgelben und zartrosa Kletterrosen umrankt, und jemand hatte zahllose Kissen in Streifen-, Blumen- und Karomustern darauf drapiert. Davor standen ein Tischchen und zwei Stühle.

Ein Ort wie aus einem Märchenbuch.

»Ich kann uns gern etwas zu trinken aus dem Haus holen«, bot Stefan an. »Setz dich doch schon mal und genieß die Abendstimmung. Ich bin gleich wieder da. Möchtest du Rosé, Wasser, einen Kaffee oder Tee? Saft?«

Ich dachte daran, dass ich noch fahren musste. »Gern einen winzigen Schluck Rosé für den Geschmack und ein großes Wasser«, antwortete ich und machte es mir auf der Bank gemütlich. Während Stefan weg war, hatte ich die Chance, mir ganz ungestört das komplette Gelände des Rosenhofs anzuschauen. Dieser Ort war viel zu schön, um wahr zu sein. Wie gerne hätte ich ihn Louisa und Molly gezeigt. Louisa hätte zwar bestimmt etwas in der Art wie »Das sieht ja aus wie in einem Rosamunde-Pilcher-Film« gesagt, aber sie würde es hier bestimmt genauso traumhaft finden wie ich.

Ich konnte gut verstehen, dass Anna Heitmann all ihre Liebe und Hingabe in diese Arbeit gesteckt hatte. Schließlich gab es kaum Schöneres, als mit den eigenen Händen solche Kunstwerke zu bewahren, zu hegen und zu pflegen und womöglich sogar zu erschaffen.

»Und? Gefällt es dir hier?«, fragte Stefan und stellte ein Tablett auf den Tisch. Darauf standen zwei Wein- und zwei Wassergläserser, eine Flasche Rosé im Kühler sowie zwei Schüsselchen mit Pistazien und Walnüssen. »Eine kleine Grundlage für den Wein«, erklärte er augenzwinkernd und schenkte uns beiden ein. Mir tatsächlich nur ein winziges Schlückchen. Ich trank zuerst das Wasser und nahm mir dann eine Pistazie. Während ich die Schale knackte, gab ich mich – trotz meiner Vorbehalte – einen winzigen Moment lang der Vorstellung hin, es gäbe weder Nic in meinem Leben noch Tanja in Stefans.

Wie gern wäre ich in diesem Augenblick die Frau an der Seite dieses Mannes gewesen, der so viel Ruhe, Gelassenheit und Souveränität ausstrahlte. Charaktereigenschaften, die mir zurzeit guttun würden.

Nic war – trotz seines Charmes und seiner Warmherzigkeit – immer mal wieder launisch gewesen und manchmal sehr in sich verkapselt. Zudem konnte er in Situationen ausflippen, die meiner Ansicht gar nicht im Verhältnis standen. Doch all das hatte mich nicht gestört, denn ich war jung gewesen und verliebt. Sehr verliebt! Ich hatte mit ihm lachen können und hatte mich geborgen gefühlt, egal wie turbulent es in unserem Leben zuweilen zugegangen war. Und er war Louisa und Molly immer ein guter und liebevoller Vater gewesen, egal wie schlecht es ihm psychisch ging. »Es ist einfach traumhaft hier, aber das weißt du ja«, antwortete ich ein wenig verspätet auf Stefans Frage.

Ich musste mir dringend abgewöhnen, immer wieder in Gedanken bei Nic zu sein, anstatt mich auf das zu konzentrieren und das zu genießen, was gerade jetzt passierte. »Wirst du denn erst mal eine Weile bleiben, oder gehst du wieder zurück nach England?«

»Momentan fühle ich mich hier sehr wohl«, antwortete Stefan und schaute versonnen in die Ferne. »Ich habe eine Freundin und genieße die Nähe zu meinem Vater. Außerdem braucht er mich nach Mamas Tod, auch wenn er das nie zugeben würde. Und ich möchte ihm gern ein bisschen von der Liebe und Zuwendung zurückgeben, mit der ich als Kind aufgewachsen bin. Familie zu haben ist etwas Wunderschönes.«

Um zu überspielen, wie sehr Stefans Worte mich berührten, die Erwähnung von Tanja mich aber wieder ermahnte, vorsichtig zu sein, schaute ich auf die Uhr. Es war zehn vor zehn, bald würde es dunkel werden. »Apropos Familie«, sagte ich. »Meine Töchter kommen gleich heim, und ich möchte sie nicht allzu lange auf der Luna alleine lassen. Also, vielen Dank für diese spontane Einladung und den schönen Abend. Ich komme sehr gern auf dein Angebot zurück und bringe dir bei Gelegenheit eine kleine Auswahl meiner Öle vorbei.«

Mit diesen Worten stand ich auf.

»Das würde mich freuen«, antwortete er und erhob sich ebenfalls. »Und dann musst du mir bitte auch mehr über diese Auren-Sache erzählen. Dazu sind wir ja nun leider nicht mehr gekommen.«

Stefan begleitete mich noch zu meinem Wagen, dann verabschiedeten wir uns. Verwirrt von den unerwarteten Ereignissen dieses Tages fuhr ich los. Ich wäre wirklich gern noch geblieben, denn ich fühlte mich wohl in seiner Gegenwart. Aber anstatt betrübt darüber zu sein, dass Stefan unerreichbar für mich war – zumindest in Hinblick auf romantische Fantastereien –, ermahnte ich mich, diesen unerwartet schönen Abend einfach als Anlass zur Freude zu nehmen.

Mittlerweile war die Sonne untergegangen, und nur wenige Lichter erhellten den Weg in Richtung Moorfleet. In München war das ganz anders gewesen: Die nächtliche Stadt funkelte und leuchtete wie eine Neonreklame. Und kam – gerade im Sommer – nur selten zur Ruhe.

Hier war es dunkel, still und friedlich.

Ich genoss die Fahrt nach Hause in vollen Zügen und beglückwünschte mich zu der Entscheidung, hierherzuziehen. Und ich freute mich auf meine Töchter.

»Hallo, ihr Süßen, ich bin wieder daheim«, rief ich, nachdem ich die Tür der Luna geöffnet hatte. Louisa und Molly lümmelten in der Küche und aßen beide eine Scheibe Brot. »Nanu, ich denke, ihr wart gerade grillen?«, fragte ich verwundert.

»Ja, schon«, antwortete Louisa und kippte ein Glas Milch in einem Zug hinunter. »Aber klopp dich mal mit Jungs um Grillfleisch. Da ziehst du echt den Kürzeren, wenn du nicht schnell genug bist.«

Ich grinste. »War's denn trotzdem schön?«

Beide kauten weiter und nickten synchron. Auch Momo saß an ihrem Futternapf und verspeiste die restlichen Krümel Trockenfutter. Bislang hatte sie keinerlei Ambitionen gezeigt, die Luna zu verlassen, sondern war in ihrem Revier geblieben.

Nun begann auch mein Magen zu knurren. Die paar Häppchen bei Lolas Vernissage und eine Handvoll Pistazien waren als Abendessen eindeutig zu wenig gewesen. Also holte ich alles, was ich im Kühlschrank fand, heraus. »Na, dann wollen wir mal noch ein bisschen picknicken. Keine von uns soll hungrig ins Bett gehen. Mal sehen, was haben wir denn da noch alles? Kartoffelsalat, geräucherten Fisch, eingelegte Tomaten und hartgekochte Eier. Irgendjemand Interesse daran?«

Nachdem wir gegessen und ein wenig über die zurückliegende Woche geplaudert hatten, räumte ich die Küche auf und machte mich im Bad bettfertig. Danach ging ich in Mollys Zimmer, um ihr gute Nacht zu sagen. Doch die musste todmüde gewesen sein, denn sie schlief bereits tief und fest. Das Buch, das sie gerade las, war direkt von ihrem Bett zu Boden gefallen. Ich bückte mich, um es aufzuheben, und stieß dabei mit meinem Fuß gegen etwas flaches Hartes.

Als ich mit den Fingern danach tastete, spürte ich Metall und Glas. Ich zog den Gegenstand unter dem Bettgestell hervor und erkannte im fahlen Licht des Mondes, der durch den Spalt des Vorhangs in Mollys Zimmer schien, das Foto, das angeblich verschwunden war.

Wahrscheinlich hatte Momo es irgendwann zu Boden gefegt, als sie auf Mollys Nachtkästchen herumspaziert war, und dann war es unters Bett geraten.

Mir fiel ein Stein vom Herzen.

Der Geist der Luna war also nicht im Zimmer meiner Tochter gewesen.

17.

Die Aura des Menschen ist ein komplexes System aus Energiefeldern. In ihr vereinigen sich Muster und Strukturen der Persönlichkeit sowie das Karma aus früheren Leben. Ihr Lichtkörper formt sich aus dem Maß an Liebe, die der Mensch in sich entwickelt hat und von der er durchdrungen wird …

Hallo, Mina. Wie war dein Wochenende?«
Meine Kollegin sah an diesem Montagmorgen noch blasser und fahler aus als sonst, ihre Augen waren gerötet.
»So weit ganz okay«, antwortete sie, jedoch ohne mich direkt anzuschauen. »Und deins? Wie geht es deinen Töchtern?«
Es war das erste Mal, dass Mina sich nach meiner Familie erkundigte. Andererseits wusste ich genauso wenig, wie sie lebte und womit sie den Tag verbrachte, wenn sie nicht zusammen mit mir auf den Märkten Blumen verkaufte.
»Danke, erstaunlich gut«, antwortete ich und begann, die Kübel und Zinkwannen mit den Schnittblumen auf den Verkaufstresen des Wagens zu stellen. Neben den berühmten Vierländer Rosen waren Hortensien zurzeit sehr gefragt. Kugeldisteln, Lilien und Sommerflieder waren ebenso heiß begehrt wie die Vierländer Sommersträuße, die ich liebend gern band und mit

Getreidehalmen kombinierte. Am schönsten sahen sie aus, wenn Pastelltöne sich mit Pastelltönen paarten und kräftige Töne mit kräftigen.

»Ich habe keine Ahnung, wann der große Crash kommt, aber bislang scheint es Louisa und Molly hier wirklich zu gefallen. Allerdings befürchte ich, dass sie das Ganze momentan eher als eine Art Urlaub empfinden, schließlich haben sie bald Ferien. Das Wetter ist toll, und sie können mit ihren Mitschülern Sachen unternehmen, die sie in München niemals hätten machen können. Molly ist total begeistert vom Reiten, und Louisa hat gerade beschlossen, Kitesurferin zu werden.«

»Das zu tun, worauf man Lust hat, ist das Schönste, was es gibt«, murmelte Mina und füllte Wechselgeld in die Kasse. »Freut mich für deine beiden. Der Herbst und die langen, öden Winter kommen noch früh genug.«

Ich beschloss, einen Vorstoß zu wagen. »Und was hast du am Wochenende gemacht? Wart ihr auch am See?« Mit dem Wort *ihr* wollte ich herausfinden, ob Mina verheiratet war oder Kinder hatte.

Sie seufzte. »Leider nein, mein Mann mag keine Seen. Zu viele Menschen und zu viele Mücken, sagt er immer. Er hockt lieber daheim auf unserer Terrasse, anstatt etwas zu unternehmen. Das kostet alles nur Geld, meint er. Wieso woanders sein, wenn man es zu Hause doch am schönsten hat.«

Die Bitterkeit in Minas Stimme war mit Händen zu greifen, aber gerade, als ich ihr antworten wollte, bekamen wir Kundschaft, und als der Ansturm sich gelegt hatte, war meine Kollegin wieder verschlossen wie eine Auster. Verstohlen betrachtete ich sie aus dem Augenwinkel. Die grünliche Farbaura um ihren Körper, die ich vor einer Woche schon wahrgenommen hatte, hatte sich intensiviert. Vor ein paar Tagen noch hatte ich mir gesagt, dass das sicher nur eine einmalige Geschichte gewesen war, doch nun musste ich mir eingestehen, dass ich die schimmernde Farbe noch immer sah. Womöglich musste ich mich mit dem Gedanken auseinandersetzen, dass ich seit neuestem die Fähigkeit besaß, Auren wahrzunehmen, warum auch immer.

Dank der Lektüre meiner neu erstandenen Bücher wusste ich inzwischen, was die Farbkombination, die Minas Körper in Form einer Ellipse umhüllte, bedeutete. Meine Kollegin stellte ihre eigenen Wünsche und Bedürfnisse so sehr zurück, dass ihre Persönlichkeit begann, sich aufzulösen. Nur ein radikaler Neubeginn würde ihr dabei helfen, ihre innere Balance wiederzufinden. Ich hätte ihr gern meine Unterstützung angeboten, weil deutlich zu spüren war, wie sehr sie unter der Situation litt. Doch dazu kannten wir einander nicht gut genug, und ich würde mir keinesfalls anmaßen, mich ungefragt in ihr Leben einzumischen. Und so verabschiedeten wir uns auch am Ende dieses gemeinsamen Arbeitstages freundlich voneinander, aber ohne ein weiteres persönliches Wort.

Vielleicht, überlegte ich, konnte ich Mina ja zumindest ein Duftöl schenken und ihr damit eine Freude machen?

Zurück auf der Luna, beschloss ich, dass dies die perfekte Gelegenheit war, endlich die fünf letzten Kartons mit meinen Büchern auszupacken, die immer noch verschlossen in einer Ecke meines Zimmers standen. Louisa und Molly waren auf Klassenausflügen und würden beide erst heute Abend wiederkommen, daher musste ich weder Mittagessen kochen noch eine von beiden irgendwohin fahren. Genug Zeit und Muße, um die Sachbücher und Romane in den Schrank zu sortieren, den der Vorbesitzer extra hatte anfertigen lassen. Er war in die Wand eingelassen, und es gab sogar einen Tresor, in dem ich wichtige Papiere aufbewahrte, ein Album mit Familienfotos und drei besonders schöne Schmuckstücke, das Erbe meiner Mutter: eine Kette, dazu passende Ohrringe und einen Ring. Der Schmuck war aus Silber und mit schwarzen Steinen verziert. Er stammte aus den zwanziger Jahren. Mein Vater hatte ihn in einem Münchner Antiquitätenladen entdeckt und ihn meiner Mutter zum zwanzigsten Hochzeitstag geschenkt, kurz vor ihrem tödlichen Unfall.

Aromaöle, Gesetze der Intuition, Duftessenzen, Der innere Seelengarten … meine Güte! Wann hatten sich nur all diese Ratgeber angesammelt? Wann waren meine heißgeliebten Romane und Biografien der Fachliteratur über Heilung, Krisen als Chance und Krankheiten als Weg gewichen?

Wann hatte ich begonnen, mit Nics Krankheit zu verschmelzen, dahinter zu verschwinden und mich in ihr aufzulösen?

Galt für mich nicht auch ein Stück weit das, was ich zuvor bei Mina geglaubt hatte zu sehen?

Nachdem ich die unteren Regalreihen mit Büchern gefüllt hatte, musste ich mir einen Stuhl nehmen, um an die oberen Fächer zu kommen. Hier würde ich nur Titel einsortieren, die ich selten brauchte. Um nicht hinunterzufallen, zog ich meine Sandaletten aus und stellte mich auf Zehenspitzen auf den Stuhl. Klassiker von Jane Austen, den Brontë-Schwestern und Thomas Hardy gesellten sich zu neueren Romanen von Patrick Modiano, Grégoire Delacourt und Carlos Ruiz Zafón.

Doch halt! Was war das? Meine Finger ertasteten einen metallenen Griff auf der Rückseite des Wandschranks. Neugierig zog ich daran und erkannte, dass der Griff zu einem Türchen gehörte, das in das Holz eingelassen war. Dahinter befand sich ein kleiner Schacht. In diesem Schacht lag ein Bündel Briefe, fein säuberlich zusammengeschnürt mit einer Kordel. Ich nahm das Bündel, stieg vorsichtig vom Stuhl und setzte mich damit auf das kleine Sofa.

Neugierig sah ich mir die Umschläge genauer an – und schnappte überrascht nach Luft, als mein Blick auf den Absender fiel: Die Briefe waren von Friedrich Hoff, dem verstorbenen Besitzer der Luna. Die Härchen auf meinen Armen stellten sich auf, und ich begann zu zittern. Wieso hatte das Schicksal ausgerechnet mir diesen Nachlass in die Hände gespielt?

Ich atmete ein paarmal tief durch, ehe ich mich wieder meinem Fund widmete.

Friedrich Hoff hatte eine kräftige, energische Handschrift, die in einem spitzen Winkel nach oben wies. Und er hatte einen Füllfederhalter mit schwarzer Tinte benutzt. Einige der Absenderzeilen waren verwischt, wie die Spuren längst vergangener Tage. Ein Empfänger war auf keinem der Umschläge vermerkt, es klebten auch keine Marken darauf.

Diese Briefe waren also nie abgeschickt worden und zu ihrem Adressaten gelangt. Dennoch waren sie alle – dem sauberen Schnitt am oberen Rand des Umschlags nach zu urteilen – mit einem Brieföffner geöffnet worden, wie es früher üblich gewesen war. Neugier und Respekt vor der Privatsphäre des Toten lieferten sich ein kurzes Duell. Die Neugier siegte. Mit fliegenden Fingern zog ich den Brief aus dem Umschlag, der zuunterst gelegen hatte. Das Gefühl, etwas Verbotenes zu tun, ließ mein Herz schneller schlagen, während ich das Papier auseinanderfaltete, das bereits einen leichten Gelbstich aufwies. Auch den Brief selbst hatte Friedrich Hoff mit schwarzer Tinte geschrieben.

Mein Schatz,
Dir zu schreiben fällt mir unendlich schwer.
Bitte verzeih, sollte ich nicht die richtigen Worte finden, sollte ich zu pathetisch sein oder zu dramatisch. Die richtigen Worte sind der Schlüssel zu allem. Sie nicht zu finden oder nicht auszusprechen kann ein großer Fehler sein. Mitunter sogar ein Fehler, den man den Rest seines Lebens bereut. Ich habe einmal, in meiner Jugend, einen solch fatalen Fehler begangen, und ich möchte ihn nicht wiederholen.
Ich weiß nicht, ob ich diese Briefe jemals abschicken werde, ob Du sie, solltest Du sie erhalten, überhaupt lesen würdest. Schließlich habe ich Dir – ohne es zu wollen – unendlich weh getan. Und ich würde es verstehen, wenn Du mir nicht verzeihen kannst, sosehr ich mir auch wünsche, dass Du es eines Tages kannst. Ich würde Dich so gern in meine Arme schließen.
Dein Friedrich

Gänsehaut überzog nun meinen ganzen Körper.
Am liebsten hätte ich sofort den zweiten Brief gelesen, doch diese Zeilen waren so intim, so intensiv, dass es mir schier den Atem raubte. Sie waren das Zeugnis einer großen Liebe und gingen mich schlicht und ergreifend nichts an. Ich würde sie den Kindern von Friedrich geben, denn er hatte sie sicher für ihre Mutter geschrieben.
In dem Moment, als ich den Brief wieder zurück unter den Stapel schob und die Kordel zuknoten wollte, durchzuckte mich ein Gedanke: Was, wenn diese Zeilen gar nicht für die Ehefrau von Friedrich Hoff bestimmt gewesen waren, die ein Jahr vor ihm verstorben war, wie ich von Torkild gehört hatte, sondern für eine andere?

Für eine heimliche Geliebte?
Wie würden sich die Kinder fühlen, wenn sie nach all der Zeit plötzlich Zeugen und Mitwisser einer geheimen Liebe wurden, die nicht ihrer eigenen Mutter gegolten hatte?
Ich würde klug abwägen müssen, bevor ich ihnen die Briefe gab und womöglich Dinge in Gang setzte, die besser für immer ruhten. Schließlich hatte Friedrich sie nie abgeschickt und an einem geheimen Ort aufbewahrt.
»Mama, bist du daheim?« Mollys Stimme zerriss die Stille, die über der Luna lag.
Mit dem Gefühl, ein Dieb fremden emotionalen Eigentums zu sein, legte ich das Bündel in den Schrank und verschloss die Tür. Vielleicht konnte Coco mir raten, wie ich mich am besten verhalten sollte. Ich wollte sowieso heute Abend mit ihr telefonieren.
»Hey, meine Süße«, begrüßte ich Molly, nachdem ich die Treppe hinuntergegangen war. »Wieso bist du schon wieder zurück? Ich dachte, euer Ausflug dauert bis fünf?«
»Dachte ich auch«, antwortete Molly. »Aber irgendwie waren wir schneller mit der Führung durch die Speicherstadt durch. Ich glaube, Frau Ehlers wollte nach Hause.«
Frau Ehlers war Mollys Klassenlehrerin und sehr nett, wie ich anlässlich eines kurzen Elterngesprächs vergangene Woche festgestellt hatte.
»Aber war's denn trotzdem schön?«, fragte ich und nahm Molly den Rucksack ab, wie ich es immer tat, seit sie zur Schule ging.
»War ganz okay«, antwortete Molly gedehnt. »Ich geh jetzt mit Vroni skypen.«
»Alles klar, mach das, Spätzchen, und grüß sie schön«, antwortete ich ein wenig zerstreut. »Wenn du Hunger hast, meldest du

dich, ja?« Weil Molly nur ein undefinierbares Murmeln von sich gab, ging ich wieder zurück in mein Zimmer. Dort holte ich das Bündel erneut aus dem Fach – und las den zweiten Brief, auch wenn alles in mir schrie, dass das eigentlich nicht in Ordnung war.

Mein Schatz,
heute hast Du Geburtstag, und ich kann wieder nicht bei Dir sein. Ich kann Dir nichts schenken, Dich nicht umarmen, Dir nicht persönlich Glück und alles Liebe wünschen. Ich hoffe, das wird sich eines Tages ändern. Bis dahin muss ich den Schmerz ertragen.
Dein Friedrich

Aufgewühlt von dem großen Kummer, der aus diesen wenigen Zeilen sprach, ließ ich den Brief sinken. Mittlerweile war ich mir ziemlich sicher, dass diese zärtlichen, traurigen Worte nicht der Frau galten, mit der Friedrich Hoff verheiratet gewesen war. Also würde ich sie auf gar keinen Fall seinen Kindern geben, sondern zunächst einmal behalten.
Dieser Meinung war auch Coco, die ich kurze Zeit später anrief.
»Schätzchen, es nützt niemandem, den Staub vergangener Tage aufzuwirbeln«, sagte sie, nachdem ich ihr von meinem geheimnisvollen Fund im Wandschrank erzählt hatte. »Der Mann hat sich entschieden, die Briefe nicht abzuschicken, und das ist alles, was zählt. Es ist nicht deine Aufgabe, Schicksal zu spielen, sondern dieses Geheimnis in seinem Namen zu bewahren.« Coco zögerte einen Moment. »Kann es sein, dass der alte Friedrich deshalb nachts auf der Luna durch die Gegend geistert, weil er

seine Briefe sucht?« Natürlich hatte ich Coco auch von jenem Abend an Deck der Luna erzählt, als ich das Gefühl hatte, nicht alleine an Bord zu sein.

»Das glaube ich nicht. Er wird doch wissen, dass er sie in das Geheimfach gelegt hat«, antwortete ich, während ich zeitgleich überlegte, ob an ihrer Theorie doch etwas dran sein könnte.

»Oder dein Geist hat Alzheimer«, wandte Coco kichernd ein. »So oder so, ich würde die Briefe wieder dahin zurücklegen, wo du sie herhast, und einfach vergessen. Allerdings frage ich mich gerade, wieso sie geöffnet sind …«

Das hätte ich in der Tat auch gern gewusst. Hatte Friedrich die Umschläge später selbst aufgeschlitzt, oder hatte bereits jemand vor mir diese Korrespondenz gefunden?

»Ich habe nicht den blassesten Schimmer«, antwortete ich. »Genau wie ich in der Sache mit Nic kein Stückchen weitergekommen bin, weil ich bislang nur damit beschäftigt war, mich mit den Kindern hier einzuleben. Außerdem habe ich keine Ahnung, wie und wo ich mit der Suche anfangen sollte. Ich weiß ja nicht mal, ob er *überhaupt* hier gewesen ist. Und um dem Ganzen noch eins draufzusetzen, sehe ich seit neuestem auch noch die Aura meiner Kollegin. Meinst du, ich werde allmählich irre?«

»Nicht verrückter, als du es vorher schon warst«, gluckste Coco gut gelaunt. »Versuch, das alles nicht so schwer zu nehmen und nicht so viel zu hinterfragen, Aurelia. Freu dich stattdessen einfach, dass deine beiden Süßen sich ganz gut halten und bislang noch nicht Amok gelaufen sind. Und lass dir Zeit mit der Sache mit Nic. Kommt erst mal alle in Ruhe in eurem neuen Leben an, und schaut in die Zukunft. Apropos: Hast du diesen Stefan noch einmal getroffen?«

Froh über Cocos Vorschlag, mich nicht mit unnötigen Grübeleien zu belasten, berichtete ich ihr von meinem zufälligen Zusammentreffen mit Stefan anlässlich Lola Nochts Vernissage. Danach erzählte sie mir von ihren *Fortschritten* in ihrem Liebesleben mit Rolf Hansen. Er war ein paar Tage bei ihr in München gewesen, und die beiden hatten eine schöne Zeit gehabt.

»Deine Mittelchen wirken tatsächlich – oder meine Ausdauer und die neuen Dessous, die ich gekauft habe. Wenn das so weitergeht, lasse ich mehr Geld in den Wäschegeschäften, als mir guttut. Außerdem habe ich mich zu einem Burlesque-Tanzkurs angemeldet. Mal sehen, wie Rolf das findet.«

»Ach was, das bisschen Wäsche kannst du dir leisten«, antwortete ich schmunzelnd. Coco so glücklich und aufgedreht zu erleben war schön. Während ich versuchte, sie mir beim Showtanzen vorzustellen, rief Molly, dass sie Hunger hatte, und wie aufs Stichwort kam auch Louisa nach Hause.

»Sorry, Coco Von Teese, ich muss jetzt auflegen. Louisa und Molly brauchen was zu essen. Wir telefonieren ganz bald wieder, ja? Oder noch besser: Du kommst uns besuchen. Das Wetter ist gerade so traumhaft hier.«

»Dann füttere mal deine Kleinen ab und hab noch einen schönen Abend. Ich schau jetzt *Burlesque* mit Cher und Christina Aguilera auf Video. Danach checke ich meinen Terminkalender, versprochen. Bussi.«

Nachdem ich aufgelegt hatte, stand ich noch eine Weile in meinem Zimmer und schaute durch das Bullauge nach draußen.

So sehr es mir hier auch gefiel, ich vermisste Coco und hoffte, dass sie es bald einrichten konnte, mich zu besuchen. So oder so würde ich aber auf ihren Vorschlag hören und zunächst einmal nichts unternehmen, um Nic zu suchen. Alles hatte seine Zeit, und es würde kommen, wie es kommen sollte. Darauf musste ich einfach vertrauen.

18.

Nach dem Tod eines Menschen verblasst die Aura-Ätherschicht seines Körpers. Er befindet sich im Astralkörper und verweilt drei Tage nach dem Ableben am Ort seines Wirkens. In dieser Zeit ist es der Seele noch möglich, Abschied von geliebten Menschen und Plätzen zu nehmen …

Als ich am späten Dienstagnachmittag vom Hamburger Isemarkt zurück zum Moorfleeter Yachthafen kam, sah ich zu meinem Erstaunen, dass ein neues Boot rechts neben der Luna ankerte. Auf dem Deck saß ein älteres, sympathisch aussehendes Paar, das gerade Kaffee trank und Kuchen aß.

Ich grüßte mit einem flüchtigen Nicken.

»Na, so was!«, rief die Dame aus und winkte mir fröhlich zu. »Huhu. Hallöchen. Haben Sie Lust, auf 'nen Kaffee zu uns rüberzukommen, Frau Nachbarin?«

Wieso *Nachbarin?!* Das klang ein bisschen so, als würde das Paar länger im Hafen bleiben.

Ein wenig verwirrt stellte ich die drei schweren Einkaufstüten auf den Steg und schirmte meine Augen mit der Hand gegen die Sonne ab. Bislang hatte ich noch keinen der Bootsbesitzer im Hafen näher kennengelernt, was ich persönlich schade fand.

Diese Frau sah nett aus und schien äußerst kommunikativ zu sein. Also antwortete ich spontan: »Schöne Idee. Ich komme gern. Geben Sie mir aber bitte noch zehn Minuten, um meine Einkäufe auszupacken.« Nachdem ich dies getan hatte, schrieb ich einen Zettel für Louisa und Molly, die ebenfalls jeden Moment nach Hause kommen mussten, und klebte ihn gut sichtbar an die Eingangstür der Luna. Danach ging ich zurück auf den Steg, wo ich bereits erwartet wurde.

»Geben Sie mir Ihre Hand«, sagte der freundliche ältere Herr mit karierten kurzen Hosen an den hellen Beinen, einem T-Shirt mit der Aufschrift *I love NRW* und einem knallroten Basecap auf dem Kopf. Ich legte meine Hand in seine und war auch schon an Bord der Möwe, wie die mittelgroße Motoryacht hieß. »Ich bin übrigens Siggi aus Dortmund. Und das ist meine Frau Petra.«

Die rotwangige Petra umarmte mich so innig zur Begrüßung, als würden wir uns schon ewig kennen, und klappte einen Stuhl aus, den sie an den kleinen Holztisch stellte. »Wir sind die Reinickes und machen hier jedes Jahr mehrere Wochen Urlaub. Ist ein bisschen wie Camping, nur direkt auf'm Wasser. Und Sie haben jetzt also die Luna gekauft, obwohl der alte Hoff da herumspukt. Haben Sie denn gar keine Angst vor dem?«

»Petra, nun lass die Dame doch erst mal Luft holen«, tadelte Siggi seine Frau.

»Ach, das macht doch nichts, ich mag es gern direkt«, entgegnete ich schmunzelnd. »Ich bin Aurelia Förster und vor kurzem zusammen mit meinen beiden Töchtern aus München hierhergezogen.« Frau Reinicke schenkte mir Kaffee ein, den ich mit Milch verdünnte. »Kannten Sie Friedrich Hoff denn persönlich?«

»Nur flüchtig, weil die Luna bis zu seinem Tod ja an der Tatenberger Schleuse lag«, antwortete Siggi. »Wirklich tragisch, was

da passiert ist. Erst seine Frau Magdalena, und fast genau ein Jahr später dann er selbst. Es heißt, er ist an gebrochenem Herzen gestorben, weil er nicht ohne seine Frau leben wollte.« Siggi tätschelte liebevoll das rechte Knie seiner Frau. »Wir haben die beiden ein paarmal auf dem Erdbeerfest und beim Erntedankfest im Rieck-Haus getroffen und uns mit ihnen unterhalten. Sie waren so ein nettes, harmonisches Paar, das diese Gegend sehr geliebt und viel für sie getan hat. Die zwei hatten sich auch in verschiedenen Vereinen engagiert.«
Petra nickte eifrig und schenkte ihrem Mann ein verliebtes Lächeln. »Jetzt sehen wir ihn manchmal in hellen Mondnächten als Gespenst an Deck der Luna herumwandern. Die arme Seele, sie findet wohl keine Ruhe. Wirklich ein Jammer!«
»Ach was, Unsinn! Das passiert nur, wenn meine Frau ein bisschen zu tief ins Bierglas geguckt hat«, winkte Siggi grinsend ab.
Petra schürzte die Lippen. »Du kannst glauben, was du willst, Siggi, aber was ich gesehn hab, hab ich gesehn.«
Ich dachte an den nächtlichen Besuch von neulich und schluckte schwer. Dann war ich also nicht die Einzige, der der Verstorbene erschienen war. In diesem Moment erblickte ich Louisa und Molly, die den Steg entlanggeschlendert kamen. »Da kommen übrigens gerade meine Töchter«, erklärte ich und winkte den beiden zu.
»Mögen sie Kakao?«, fragte Petra. »Sonst habe ich noch Apfelsaft.« Ich bezweifelte zwar, dass die Mädchen Lust hatten, an Bord der Möwe zu kommen, hatte aber meine Rechnung ohne die kontaktfreudigen neuen Nachbarn gemacht. »Huhu, eure Mutter ist hier, und es gibt Kakao«, zwitscherte Petra und winkte Louisa und Molly zu. Die beiden stießen einander an, blieben jedoch stehen, als sie mich sahen.

»Kommt doch für ein paar Minuten hier rauf«, sagte ich, um die Reinickes nicht zu verstimmen. Zu meinem Erstaunen ließen die zwei sich nicht so lange bitten wie üblich und waren mit Hilfe von Siggi keine Minute später an Deck. Ich machte alle miteinander bekannt und bemerkte, dass Petra Reinicke Molly von Kopf bis Fuß musterte. »Du siehst jemandem, den ich kenne, sehr, sehr ähnlich«, sagte sie und kniff die Augen zusammen. Ihr Blick war nicht unfreundlich, nur intensiv. »Diese irren grünen Augen … wo hab ich die nur schon mal gesehen?«
Molly schaute verwundert drein, sagte aber nichts dazu.
»Petra, lass die junge Dame in Ruhe, die setzt sonst nie wieder einen Fuß auf die Möwe«, brummte Siggi und holte zwei weitere Klappstühle.
Louisa zupfte verlegen am Saum ihres T-Shirts, auch Molly war die Situation sichtlich unangenehm. Wie gut, dass in diesem Moment ein kleiner, krummbeiniger Dackel an Deck auftauchte.
»Da bist du ja, Hansi. Na, hast du gut geschlafen?«, fragte Siggi und streichelte den Hund. Die grauen Barthaare rund um die Schnauze verrieten, dass Hansi nicht mehr der Jüngste war. Sofort waren Louisa und Molly Feuer und Flamme. Beide kreischten »Oh, ist der süß« und freuten sich, dass sie ihn mit Leckerlis füttern durften. Hansi war ebenso begeistert von den beiden, vor allem als sie ausgiebig mit ihm schmusten und später Bällchen warfen, denen der alte Dackelherr behäbig hinterherwackelte.
»Mama, ich will auch einen Hund«, bettelte Molly, nachdem wir uns eine halbe Stunde später von den Reinickes verabschiedet und für ihre spontane Einladung bedankt hatten.
»Das würde Momo bestimmt nicht gut finden«, konterte ich. »Außerdem braucht so ein Hund viel Auslauf und Beschäftigung.

Ihr zwei seid in der Schule, ich bin auf dem Markt. Wer sollte sich also um ihn kümmern? Ihr schafft es ja kaum, das Katzenklo sauber zu machen und unseren kleinen Tiger zu füttern.«
Wie aufs Stichwort kam uns Momo maunzend entgegen, als ich die Tür zur Luna öffnete. In den vergangenen Wochen hatte sich das vormals rundliche Fellknäuel zu einer schlanken, jungen Katzendame gemausert, die seit ein paar Tagen selbstbewusst ihre Erkundungstouren auf das Areal rund ums Hausboot ausgeweitet hatte. Zum Glück war sie bislang immer zurückgekehrt und hatte nach ihren Streifzügen auf der Fußmatte gesessen und auf uns gewartet, wenn wir nicht da waren. Ich würde in den nächsten Tagen Torkild fragen, ob er mir dabei helfen konnte, eine Katzenklappe einzubauen.
»Nicht wahr, Momo, du würdest es gar nicht gut finden, unsere Liebe mit einem Hund zu teilen?« Momo maunzte wie zur Bestätigung und leckte mir mit ihrer rauhen Katzenzunge über den Handrücken. »Und wo wir grad beim Thema Tiere sind: Wann hast du eigentlich deine nächste Reitstunde, Molly?«
Bislang war sie einmal auf dem Reiterhof geritten und hatte danach geholfen, die Ponys zu striegeln und den Stall auszumisten. Am Ende dieses Tages sah sie so glücklich aus und duftete so wunderbar nach Heu, Pferdehaaren und Sonne, dass ich sie von morgens bis abends hätte abküssen mögen. Schon in München hatte ich mir immer gewünscht, meine beiden Mädchen auf dem Land großziehen zu können. Ich selbst hatte mit meinen Eltern lange Zeit in einem Dorf nahe des Altmühltals gelebt, bis wir nach München umgezogen waren, weil mein Vater dort beruflich zu tun hatte. Doch ich vermisste die Sommer auf dem Land, wenn es in München heiß und stickig war. Ich vermisste die Weite, das Streifen durch hohe Maisfelder, den erdigen Ge-

ruch von Kuhmist, das aufgeregte Geschnatter und Gegacker der Gänse und Hühner, die dem Bauern von nebenan gehörten. Genau wie das freundliche Grunzen seines Schweins Herbert, das sich in einem Koben im Schlamm suhlte. Zum Glück konnte Herbert glücklich in seinem Stall sterben, weil der Bauer es letzten Endes nicht fertigbrachte, ihn auf dem Markt zu verkaufen.

»Am Freitag«, antwortete Molly und riss mich damit aus meinen Erinnerungen an eine glückliche Kindheit in Bayern, die mir mit einem Mal so lebendig vor Augen stand wie schon lange nicht mehr. »Herr Timmann sagt, dass ich das super mache«, fuhr sie stolz fort.

»Das ist ja toll«, antwortete ich und gab ihr spontan einen Kuss auf die Nase. Diesmal hielt Molly tatsächlich still, spielte aber verlegen mit einem ihrer Zöpfe herum. »Darf ich denn mal zuschauen?«

Molly nickte mit leuchtenden Augen.

»Und wann kommst du mit zum Kiten?«, fragte Louisa mit eifersüchtigem Unterton in der Stimme. Sie ließ sich gerade von Ben in die Kunst des Surfens einweisen. Sehr zu meiner Erleichterung, da ich auf diese Weise keinen weiteren kostspieligen Kurs finanzieren musste. Als Ausgleich hatte ich ihr jedoch einen Neoprenanzug und alle weiteren Utensilien gekauft, die zum Kiten nötig waren. Zum Glück hatte ich alles günstig im Internet ersteigern können, anders wäre dieser Luxus nicht finanzierbar gewesen.

»Möchtest du denn wirklich, dass ich dabei zuschaue?«, fragte ich verwundert nach. »Ich dachte, das sei total peinlich für dich.«

Louisas Mund verzog sich zu einem schiefen Lächeln. »Ist es auch, aber vielleicht mache ich ja mal eine Ausnahme. Weil du nämlich ab und zu eine coole Mum bist, egal wie langweilig du dich anziehst oder wie doof deine Frisur ist. Du musst vorher jedenfalls dringend zum Friseur und diesen weißen Balken auf deinem Kopf wegmachen lassen, sonst nehme ich dich nicht mit.«

Langweilige Kleidung? Balken auf dem Kopf?

Anstatt Louisa dafür zu schimpfen, in welchem Ton sie mit mir sprach, ging ich hinauf in mein Zimmer und stellte mich vor den großen Spiegel, der in der linken Tür meines Kleiderschranks eingelassen war. Louisa hatte recht. Meine Haare brauchten dringend Farbe (Seit wann war mein Ansatz eigentlich weiß und nicht grau?), und ich trug mal wieder das Übliche: bequeme Jeans, Flip-Flops und ein dunkelblaues T-Shirt. Für die Arbeit auf dem Markt war das vollkommen okay und natürlich auch für mich privat. Doch ich dachte mit Schrecken an den Abend der Vernissage bei Lola Nocht. Was um Himmels willen hatte ich letzten Freitag angehabt, als ich in ihrem Atelier Stefan über den Weg gelaufen war?

Beschämt kam ich irgendwann zu der Einsicht, dass es etwas Ähnliches gewesen sein musste wie das, was ich jetzt trug. Nur dass ich zumindest halbhohe Sandalen an den Füßen gehabt hatte anstelle der Flip-Flops, die breite Entenfüße und beim Gehen gelegentlich seltsame Geräusche machten.

Oh mein Gott! Ich hatte vor lauter Bemühen, hier mit den Mädchen heimisch zu werden, meinen neuen Job anständig zu machen und auch sonst alles dafür zu tun, dass es uns gutging, komplett vergessen, auf mich und mein Äußeres zu achten. Zerknirscht dachte ich daran, wie ich zu Anfang über meine Kollegin Mina geurteilt hatte – und nun war ich nur wenige Millimeter davon entfernt, selbst eine graue Maus zu sein.

Mein Blick fiel auf eines der gerahmten Fotos, das Nic und mich auf einer Sommerparty bei Freunden am Tegernsee zeigte. Natürlich war ich da jünger gewesen, aber zwischen der Frau im Spiegel und der auf diesem Bild lagen Welten. Mir fielen Cocos Worte ein, ihr mahnendes »Wende deine Kenntnisse doch zur Abwechslung mal auf dich selbst an statt immer nur auf andere«, und plötzlich traf mich die volle Wucht meiner Gefühle wie ein Faustschlag.

Mir wurde schwindelig, und ich musste mich aufs Bett legen, aus Angst davor, umzukippen. Ich verlor mich immer noch in den Anforderungen des Alltags und dem Leben anderer und tat im Grunde kaum mehr, als zu funktionieren. In München war es stets Coco gewesen, die mich regelmäßig daran erinnerte, auch mal Spaß zu haben und an mich zu denken. Die mir sagte, wann es Zeit war, sich die Haare zu färben, oder mir erzählte, wenn sie ein schönes Kleid im Schlussverkauf entdeckt hatte, das mir gut stehen würde. Ich dachte an Lola Nocht, die so wirkte, als könnte sie bestens auf sich aufpassen und als gäbe es nicht einen einzigen Tag in ihrem Leben, an dem sie nicht Glamour pur ausstrahlte.

Entschlossen, etwas zu ändern, stand ich auf, kramte in meiner Handtasche nach der Visitenkarte der Künstlerwerkstatt, schnappte mir mein Handy und tippte Lolas Nummer ein.

»Hier ist Aurelia, ich hoffe, du erinnerst dich noch an mich«, sagte ich, als Lola nach mehrmaligem Klingeln endlich dranging. »Ich habe eine Frage: Kennst du hier in der Gegend zufällig einen guten günstigen Friseur? Und hast du einen Tipp, wo man schöne Klamotten kaufen kann, ohne ein Vermögen dafür auszugeben?«

Lolas Antwort kam schnell und knapp: »Aber na klar doch! Wann soll's losgehen?«

19.

Bereits die alten Ägypter wussten um die Heilkraft von Pflanzen. Sie verwendeten deren Essenzen zur Einbalsamierung der Pharaonen. Oder sie machten sich die desodorierende Wirkung von Thymian, Myrrhe und Weihrauch zunutze.

Bereit für den Shopping-Exzess?«, fragte Lola, nachdem sie mich von ihrem Lieblingsfriseur im Hamburger Schanzenviertel abgeholt hatte. Der suchte zum Glück gerade Probe-Modelle und verlangte daher nur den halben Preis. »Du siehst übrigens toll aus. Jetzt noch weg mit den ollen Klamotten und Schuhen, und deine Töchter werden dich nicht wiedererkennen. Also, los geht's.«

Mit diesen Worten schob Lola mich über den Bürgersteig der Susannenstraße im lebendigen Szene-Stadtteil, in dem sie lange Zeit gelebt und in dessen Nachbarviertel sie ihr Atelier gehabt hatte. »Voilà, erste Station: Große Freiheit.«

Ich staunte nicht schlecht, als ich die Boutique betrat. Sie war ganz anders als die eher biederen Geschäfte in München und natürlich kein Vergleich zu den großen Ketten, in denen ich einkaufte, wenn Louisa oder Molly etwas brauchten. Doch schon beim bloßen Anblick der Preisschilder bekam ich weiche

Knie. Natürlich hatte ich noch Geld von Coco für *besondere Anlässe* übrig, aber musste ich das gleich verpulvern, indem ich mir Kleider für hundertfünfzig Euro kaufte? Einen solchen Luxus hatte ich mir noch nicht einmal gegönnt, als Nic noch gut verdiente, schließlich mussten wir eine vierköpfige Familie ernähren. Andererseits waren diese Kleidungsstücke auch etwas Besonderes und wunderschön.

»Keine Sorge, die Treppe rauf gibt's die ersten Schnäppchen aus der Sommerkollektion«, sagte Lola. »Ich plädiere für ein kleines Schwarzes, eine coole Lederjacke, natürlich vegan, und eine bunte Schluppenbluse. Eine neue Jeans und ein paar scharfe High Heels brauchst du aber auch noch. Ohne die lasse ich dich nämlich nicht auf die Finissage meiner Ausstellung.«

Ich dachte an ihr Bild *La Piepshow* mit dem Vogel in Overknee-Stiefeln und musste kichern. »Eine vegane Lederjacke?«, fragte ich leicht verwirrt, während Lola mir ein Modell in einem zarten Karamellton gegen die Brust drückte.

»Kannst auch Kunstleder dazu sagen, klingt nur nicht so gut«, erwiderte sie, und ich scannte das Preisschild: 39,90 Euro, definitiv bezahlbar. Die Jacke war federleicht und im Biker-Stil geschnitten. Ich würde sie allerdings vor Louisa in Sicherheit bringen müssen, wenn ich sie wirklich tragen wollte, sonst würde sie sie okkupieren.

»Und was hältst du davon?« Vor meinen Augen baumelte ein enges schwarzes Kleid aus einem seidigen Material, das gleichzeitig Stretch-Anteile enthielt. Es war zum Glück knielang, kürzer konnte ich leider nicht mehr tragen. »Na los, probier schon an. Ich schaue mich inzwischen weiter um. Betrachte mich als deine persönliche Shopping-Assistentin und ruf mich, wenn du eine andere Größe oder Farbe brauchst.« Und schon

stürmte Lola ins Erdgeschoss, wo sie sich lebhaft mit der Verkäuferin über die kommende Herbstmode unterhielt.
Ich schlüpfte erst in das Kleid und dann in die Jacke, beides saß erstaunlicherweise wie angegossen. In Kombination mit meinen frisch gefärbten, glänzenden Haaren wirkte der Look sehr feminin und stark zugleich. In der Tat fehlten jetzt noch die passenden Schuhe, um mich ein paar Zentimeter größer zu machen, und auffällige Accessoires wie eine tolle Kette oder Tasche. Ich knipste ein Foto und schickte es per WhatsApp an Coco, die mir prompt mit einem Kussmund und drei *Daumen hoch* antwortete.
Nach dem ersten Stopp kämmten wir noch viele weitere Geschäfte rund um die Rote Flora, das Schulterblatt und den Neuen Pferdemarkt durch. Hier würde es Louisa und Molly bestimmt gefallen, dachte ich und nahm mir fest vor, die beiden an einem der kommenden Samstage hierher mitzunehmen.
»Ich finde, wir haben uns jetzt eine Pause verdient«, beschloss Lola, nachdem ich auch noch ein Paar hochhackige Riemchenschuhe mit trendigem Blockabsatz, eine schwarze Tasche und schließlich mehrere günstige Ketten in einem Indien-Shop gekauft hatte. »Magst du Thai?« Ich nickte.
Kurz darauf saßen wir bei BOK, einem der angesagtesten Thailänder des Viertels, weil man dort gut und relativ günstig essen konnte, und speisten genüsslich gebratenen Lachs mit Kava-Gemüse auf einem Bananenblatt.
»Schau mal, der Typ da schräg neben uns glotzt dich schon die ganze Zeit so an. Soll ich ihn mal fragen, ob er an unseren Tisch kommen möchte?«, fragte Lola plötzlich, und mir fiel prompt der Reis von der Gabel. So unauffällig wie möglich drehte ich den Kopf, hatte aber das Gefühl, dass alle Welt genau wusste,

was ich da tat: nämlich nachprüfen, ob Lolas Theorie stimmte oder er nicht viel eher sie ansah. Doch tatsächlich. Der gutaussehende Mann nickte mir zu und lächelte. Ich lächelte verlegen zurück und verstand die Welt nicht mehr. Brauchte es nur einen neuen Haarschnitt und hippe Kleidung (die neue Jeans und das knappe, türkisfarbene Shirt hatte ich gleich angelassen), und schon war ich wieder im Rennen?!

Und wollte ich das überhaupt?

Bevor ich meinen plötzlichen Sehnsüchten einen gedanklichen Riegel vorschieben konnte, tauchte Stefans Gesicht vor meinem inneren Auge auf. Er war seit Nics Verschwinden bislang der erste und einzige Mann, der mir wirklich gefiel. Aber was nützte mir das, wenn er glücklich mit seiner Freundin war und vermutlich bald mit ihr eine Familie gründete? Während Lola amüsiert zwischen dem Mann am Nachbartisch und mir hin- und herblickte, rang ich mit mir, ob ich sie nach Stefan fragen sollte.

»Bitte schau da nicht so auffällig hin, ich habe gar keine Lust zu flirten«, sagte ich zu Lola, spürte aber, dass genau das Gegenteil der Fall war. Diese Situation, die vollkommen losgelöst von meinem Alltag war, stachelte irgendetwas in mir an, von dem ich geglaubt hatte, es existierte gar nicht mehr. »Erzähl mir mal lieber etwas über Stefan Heitmann. Kennst du ihn gut, oder wieso war er auf deiner Vernissage?«

Lolas großer, sinnlicher Mund verzog sich zu einem breiten Lächeln. »Der gefällt dir, was? Ja, das kann ich verstehen. Groß, breitschultrig, attraktiv, intelligent. Und fast Tag und Nacht mit dem beschäftigt, was du am liebsten magst, nämlich Blumen. Zu schade, dass er eine Freundin hat.«

Zum ersten Mal versetzte mir das Wort *Freundin* einen echten, spürbaren Stich. Mit einem Anflug von schlechtem Gewissen

Nic gegenüber und aus Angst vor Enttäuschung beschloss ich, dieses Gefühl in mir gar nicht erst weiter groß werden zu lassen. »Kennst du diese Tanja denn?«, fragte ich trotzdem.

»Nur flüchtig«, antwortete Lola und schenkte uns beiden Wasser nach. »Sie hat mich ein paarmal im Atelier besucht, weil sie meine Bilder mag. Tanja ist nett und hübsch, mehr kann ich dazu nicht sagen. Stefan war ursprünglich auf der Vernissage, um eines meiner Bilder für sie zu kaufen. Aber dann hat er sich mit dir unterhalten, und plötzlich wart ihr beide weg – ohne Bild. War's denn schön mit ihm?«

»Ja, das war's. Stefan hat angeboten, meine Aroma-Duftessenzen in sein Sortiment aufzunehmen«, erzählte ich und versuchte, mich gegen das aufgeregte Pochen meines Herzens zu wehren. Der Abend auf dem Rosenhof war wirklich wunderschön gewesen. Ich hätte auf der Stelle dort einziehen und ewig bleiben können.

»Duftessenzen?«, fragte Lola interessiert und legte das Besteck beiseite. »Das klingt ja spannend. Was genau habe ich mir darunter vorzustellen? Bist du so etwas wie eine Parfumeurin?«

»Nein, nein«, winkte ich ab. »Ich arbeite mit Aromaölen und mische sie eher unter dem gesundheitlichen Aspekt, nicht wegen des Duftes. Wobei diese Öle natürlich durch ihre Düfte wirken. Du kennst doch sicher diese Essenzen, die man in Asia-Shops findet oder in gut sortierten Drogerien. Sie werden dort in kleinen Fläschchen angeboten. Orangenöl oder Vanille stehen meist zu Weihnachten hoch im Kurs und sind der Renner bei Kunden, die Duftlampen haben.«

»Stimmt, ich erinnere mich«, antwortete Lola grinsend. »Diese Phase hatten wir mal im Atelier. Eine der Künstlerinnen schwor, dass sie nicht ohne dieses ultrakrasse Zitruszeugs malen kann. Berga…, Bergo…«

»Bergamotte«, half ich Lola auf die Sprünge. »Das ist eine Essenz, die Ängste löst, die Nerven entspannt und belebt. Zusammen mit Wacholder- oder Zirbelkieferöl bewirkt sie wahre Wunder.«
Lola schaute mich bewundernd an. »Wow, was du alles weißt! Ich hingegen höre das Wort Zirbelkiefer heute zum ersten Mal. Ganz schöner Zungenbrecher. Mal sehen, vielleicht kann ich das ja als Überschrift bei einem meiner Vogelbilder aufgreifen. Und woher weißt du das alles? Hast du das studiert? Ich dachte, du bist Floristin.«
»Bin ich auch. Glaub mir, das ist alles kein Hexenwerk, man kann sich im Prinzip alles selbst aneignen. Es gibt tolle Bücher über Aromatherapie und natürlich auch gute Blogs im Internet. Als mein Mann krank wurde, habe ich begonnen, mich nach Methoden umzuschauen, die neben der klassischen Schulmedizin helfen könnten, und bin dabei über die heilende Wirkung von Lavendelöl gestolpert. Damit fing alles an, und seitdem experimentiere ich mit mehr oder weniger großem Erfolg mit Essenzen – was nebenbei bemerkt auch eine kostspielige Angelegenheit ist. Rosenöl und Iris sind zum Beispiel fast unbezahlbar.«
»Weshalb dir ein Rosenkavalier wie Stefan auch sehr zupasskäme«, ergänzte Lola schmunzelnd. »Aber jetzt im Ernst: Was war denn mit deinem Mann, wenn ich das so neugierig fragen darf?«
Und so erzählte ich Lola die traurige Geschichte von Nic und hatte erneut das Gefühl, mich in einer emotionalen Endlosschleife zu befinden. Lola schien vor Mitgefühl förmlich überzufließen, denn sie streichelte mir liebevoll die Hand.
»Das tut mir wirklich, wirklich leid für dich, und ich hoffe sehr, dass dir der Umzug in die Vierlande weiterhilft, eine Spur zu

finden, die dich irgendwie weiterbringt. Es ist fast unmöglich, problematische Situationen und Ereignisse für sich abzuschließen, wenn man sich nicht mit ihnen auseinandersetzen kann, weil das Gegenüber fehlt. Und das sage ich, die Meisterin der Verdrängung.« Lola trug plötzlich eine derart zerknirschte Miene zur Schau, dass ich kichern musste.

»Ach was, so schlimm wird es schon nicht sein«, widersprach ich. »Zumindest machst du einen ganz glücklichen Eindruck auf mich. Aber du hast recht. Ich lese gerade Bücher über die Aura des Menschen und die Energiefelder, aus denen er und die Seele bestehen. Darin lagern sich natürlich verdrängte Probleme ab und können langfristig zu Krankheiten führen. Aber das weißt du ja sicher selbst.«

Nun begann Lola zu kichern. »Du heißt Aurelia und beschäftigst dich mit der menschlichen Aura? Wie abgefahren ist das denn? Hat deine Mum dich absichtlich so genannt?«

So merkwürdig das auch schien – mir war bislang noch nie die Ähnlichkeit zwischen beidem aufgefallen. Ich schüttelte den Kopf. »Nein, meine Mutter war eine sehr realistische, bodenständige Frau. Allerdings hat auch sie schon auf die Heilkraft von Kräutern geschworen und sie hin und wieder benutzt, als wir noch auf dem Land gelebt haben. Sie nannte mich Aurelia, weil ich nach meiner Geburt so glänzendes, goldenes Haar hatte. Momentan kaum noch vorstellbar, ich weiß. Als ich etwa ein Jahr war, dunkelten meine Haare auf einmal nach.«

Wie schön es war, mit Lola hier zu sitzen und zu plaudern. Auch wenn sie nicht Coco war, war ich doch sehr froh, sie so kurz nach unserer Ankunft kennengelernt zu haben. Ich mochte ihre unverblümte Art und die positive Energie, die sie ausstrahlte. Aufmerksam betrachtete ich ihr Gesicht. »Habe ich dir eigentlich schon erzählt, dass ich auch Naturkosmetik herstelle? Wenn du magst, bringe ich dir mal eine Creme vorbei, von der ich mir vorstellen könnte, dass sie deiner Haut guttun würde. Sie sieht ein bisschen arg trocken aus, wenn ich das so sagen darf.«

»Oh, das wäre toll«, rief Lola erfreut aus und fuhr sich übers Gesicht. »Du glaubst gar nicht, was ich schon alles ausprobiert habe. Mein halbes Vermögen steckt in teuren Cremes aus der Apotheke und dem Reformhaus, aber nichts hilft. Außer tonnenweise Make-up, aber das ist eigentlich nicht so mein Ding.«

»Also abgemacht«, antwortete ich. »Ich stelle dir ein Sortiment an kleinen Wundermitteln zusammen, als Dankeschön für deine Hilfe und spontane Unterstützung in Sachen Shopping und Co. Außerdem war das ein wirklich toller Abend mit dir.«

»Das fand ich auch«, sagte Lola zum Abschied, als wir beide in unsere Autos stiegen, um zurück in die Vier- und Marschlande zu fahren. »Das sollten wir bald mal wiederholen.«

Als ich gegen zehn Uhr nach Hause kam, lagen Louisa und Molly auf der Couch und schauten eine Serie im Fernsehen.

»Ey, das sieht cool aus«, meinte Louisa anerkennend, die als Erste bemerkte, dass ich beim Friseur gewesen war und neue Sachen trug. »So darfst du mit zum Kiten kommen. Was hast du denn noch so gekauft?« Neugierig ließ sie ihren Blick über meine Tüten schweifen, und ich bekam sofort ein schlechtes Gewissen, weil ich weder Louisa noch Molly etwas von meinem Einkaufsbummel mitgebracht hatte.

»Hier, die gefällt dir bestimmt«, antwortete ich und zog meine neue Jacke aus der Tragetasche. »Wenn du versprichst, nicht damit durchzubrennen, darfst du sie dir mal ausleihen.«

Molly bekam kugelrunde Augen und schaffte es endlich, sich von der Tüte Chips loszureißen, die sie umklammert hatte. »Mama, was hast du vor?«, fragte sie erstaunt. »Willst du dir einen neuen Mann angeln?«

20.

Noch ist die blühende, goldene Zeit,
Noch sind die Tage der Rosen.

Traumhafte Stille lag über der Luna.

Die Morgendämmerung breitete ihre Arme aus und tauchte den Himmel in ein zartviolettes Rosarot, das von den Vögeln zwitschernd begrüßt wurde.

Ich saß mit einem Becher Kaffee an Deck des Hausbootes und ließ meinen Blick über den Yachthafen schweifen, erfüllt von tiefer Dankbarkeit. Seit unserem Umzug hierher waren meine Wege – und die der Mädchen – begleitet von netten Menschen, die uns liebevoll helfend ihre Hände reichten, beinahe so, als wollten sie all den Kummer vertreiben, der uns dreien das Leben in den vergangenen Jahren so schwer gemacht hatte.

Vor mir auf dem Tisch lagen zwei Bücher über Aromatherapie, und ich hatte auch meinen Holzkasten mit den Duftessenzen und alle anderen Utensilien mit nach oben genommen, die ich für meine Arbeit brauchte: Glasschalen, Pipetten und Löschpapierstreifen, eine Auswahl an dunklen Flaschen sowie kaltgepresstes Avocado-, Mandel- und Sesamöl, die als Trägeröle für die Mischungen dienten.

»Man benötigt fünftausend Kilogramm Rosenblätter, um aus ihnen ein Kilogramm Rosenessenz zu gewinnen«, murmelte ich, während ich die kleine Phiole öffnete, in der ich wenige Milliliter der Kostbarkeit aufbewahrte. Ich schloss die Augen und inhalierte den Duft der Rosen, der für mich zu den schönsten auf der Welt gehörte. Stefan hatte wirklich unendliches Glück, mit diesen Blumen arbeiten und damit seinen Lebensunterhalt verdienen zu dürfen. Ob ihm diese Tatsache bewusst war?

Voller Freude begann ich mit der Mischung der drei Proben, die ich nachher auf dem Rosenhof vorbeibringen würde. Weder Stefan noch Torkild wussten von meinem Plan, denn ich wollte ein bisschen Schicksal spielen: War einer von beiden da, um meine Essenzen entgegenzunehmen, sollte es so sein. Wenn nicht, dann war dies auch ein Zeichen. Ich hatte heute Nacht beschlossen, je ein Fläschchen Badezusatz, ein Massageöl sowie eine Mischung für Duftlampen zu kreieren und der Rosenbasis Ingredienzien hinzuzufügen, die meines Wissens nach in dieser Form noch nicht kombiniert worden waren. Um mich voll darauf konzentrieren zu können, war ich um vier Uhr aufgestanden. Nur um diese Zeit war mein Kopf noch so klar und leer, wie es für diese Aufgabe erforderlich war. Ich begann, die ersten Aromen zu mischen – noch ohne die kostbare Rosenessenz – und sie auf die vor mir liegenden Löschpapierstreifen zu träufeln. Auf diese Weise konnte ich die Mischungen einen Moment liegen und sich entfalten lassen und später nach und nach an ihnen riechen. Ich kombinierte verschiedene Versionen mit Jasmin, Citrus, Lavendel, Sandelholz und Patchouli. Doch obwohl jede Mixtur nicht nur gut duftete, sondern auch in ihrer Wirkungsweise harmonisch zusammengestellt war, war

ich nicht zufrieden. Dies alles gab es schon in der einen oder anderen Form.
Wenn ich Stefan etwas anbot, musste es etwas ganz Besonderes sein.
Etwas, das zu dem hohen Standard seiner Rosenzüchtungen passte, ihnen ebenbürtig war. Also blätterte ich weiter in den beiden Büchern, in der Hoffnung, schnell fündig zu werden, um meinen Plan einhalten zu können. Zum Glück schliefen die Mädchen an den Wochenenden lange, aber man konnte sich trotzdem nie sicher sein, ob eine von ihnen nicht doch früher als geplant aus dem Bett fiel und meine Aufmerksamkeit einforderte.
Als ich eine Stunde später immer noch nicht weitergekommen war, musste ich einsehen, dass ich mich gerade viel zu sehr unter Druck setzte. Ich trank meinen Kaffee leer und stand auf, um über die Reling der Luna auf die Elbe zu schauen. *Manchmal muss man seinen Blickwinkel verändern, um Lösungen für ein Problem zu finden …*
Meine Augen folgten einem Möwenpaar, das am Himmel seine Kreise zog und immer wieder kreischend hinabstieß, um Beute aus dem Fluss zu fischen. Unter mir paddelten Haubentaucher, Enten und Wasserhühner und ließen sich von den Wellen der Elbe schaukeln. Zum ersten Mal, seit wir hier waren, glaubte ich, einen Hauch von salziger Nordseeluft zu riechen – immerhin mündete die Elbe in die Nordsee. Vielleicht konnten wir bald mal einen Ausflug dorthin machen, der breite Strand von St. Peter-Ording sollte traumhaft sein, und dort wurde viel gekitet, was insbesondere Louisa gefallen dürfte. Aber auch Molly liebte es, im Meer zu planschen und Muscheln zu sammeln, aus denen wir früher gemeinsam Armbänder und Ketten gebastelt hatten.

Und plötzlich – als hätte die Muse mich geküsst – hatte ich eine Eingebung: Ich würde Stefan kein klassisches Badeöl anbieten, sondern ein Badesalz, das in der Wanne mit Öl gemixt werden konnte. Ich würde das Salz, gewonnen aus dem Toten Meer, mit getrockneten Rosenblättern und Kornblumen mischen und dazu eine kleine Flasche mit einer Mixtur aus Sandelholz-, Ylang-Ylang-, Jasmin-, Zimt-, Orangen- und Rosenessenz herstellen.
Beschwingt kehrte ich an den Tisch zurück, vermischte sorgsam die sechs Duftessenzen zu unterschiedlich starken Teilen und träufelte eine Probe davon auf das Löschpapier. Dann schloss ich die Augen, schnupperte – und versuchte, mir das Ganze in Kombination mit dem Duft des herben Meersalzes vorzustellen. Ja, das war's.
Mit dieser Mischung konnte ich mich sehen lassen.
Aufgeregt und voller Vorfreude ging ich nach unten und durchstöberte die Vorratskammer neben der Küche nach Badesalz. Zum Glück wurde ich fündig und entdeckte ebenfalls ein hübsches Einmachglas, in das ich die Salzkristalle und die getrockneten Blütenblätter füllte. Danach durchsuchte ich meinen Bestand an Geschenkpapier und Schleifen nach etwas Passendem, um das Glas zu beschriften und mit einem schönen Band zu versehen. Nach einigem Hin und Her entschied ich mich dafür, ein roséfarbenes Samtband mit dunkelblauem Bast zu kombinieren. Als Etikett nahm ich einen ovalen Aufkleber in Zartrosa, auf den ich mit meiner schönsten Handschrift *Rosenmeerzauber* schrieb. Zugegebenermaßen ein wenig kitschig, aber für den Anfang nicht schlecht.
»Mama, was machst du da? Wieso bist du schon wach?« Erschrocken blickte ich in die braunen Augen von Louisa, die ich gar nicht hatte kommen hören.

»Tut mir leid, wenn ich dich geweckt habe, Mäuschen«, antwortete ich. »Was tust du denn so früh hier?«
»Mich hat eine WhatsApp von Marco geweckt«, antwortete Louisa gähnend. Wie immer hielt sie das Smartphone so fest umklammert, als fürchtete sie, es könne sich in Luft auflösen, wenn sie es auch nur eine winzige Sekunde aus den Augen ließ.
»Wieso schaltest du dieses blöde Ding nachts nicht aus?«, fragte ich, leicht verärgert. »Oder stellst es zumindest auf lautlos. Wenigstens am Wochenende solltest du mal ausschlafen. Außerdem dachte ich, ihr beide hättet gar keinen Kontakt mehr …« *… und du interessierst dich gerade für Ben?,* erweiterte ich meine Frage in Gedanken. Offenbar waren die Dinge viel komplizierter oder zumindest komplexer, als ich geglaubt hatte.
»Seit Marco weiß, dass ich Kite-Stunden bei Ben nehme, und ich ihm Fotos vom Unterricht geschickt habe, schreibt er mir regelmäßig«, antwortete Louisa mit einem ungewohnt triumphierenden Lächeln. »Tja, mit Paulina scheint es nicht mehr so toll zu laufen. Meinst du, ich kann in den Ferien nach München?«
Oh nein – bitte nicht! Ich wusste, dass es früher oder später Probleme geben würde. »Und wo willst du schlafen beziehungsweise wohnen, wenn du in München bist? Bei Marga?«
Louisa nickte. Ihre Augen glänzten und funkelten wie Sterne. Einerseits freute mich das natürlich, andererseits keimte Angst in mir auf, Louisa könnte wieder zurück nach München wollen. »Hast du sie denn schon gefragt, ob das geht? Und was sagen ihre Eltern dazu? Eigentlich wollte sie doch hierherkommen, um dich zu besuchen.«
»Das wollte sie auch. Aber jetzt, wo Marco sich wieder für mich interessiert, hat sie eingesehen, dass es schlauer ist, wenn ich zu ihr nach München fahre. Außerdem will Marga eine Sommer-

party bei sich im Garten machen, und da sind Marco und ich auch eingeladen.«

Da diese Sache so gut wie beschlossen zu sein schien, versuchte ich, sie positiv zu sehen. »Na gut, wenn das so ist … Ich erlaube es dir aber erst, wenn ich mit Margas Mutter gesprochen habe.«

Louisa strahlte.

»So, und was jetzt? Wollen wir frühstücken, oder kriechst du noch mal zurück ins Bett?«

»Au ja, frühstücken«, erklang es hinter uns.

Ich drehte mich um und sah Molly, die mit verstrubbelten Haaren und Momo auf dem Arm in die Küche getapst kam. Das ehemalige Dunkelblond – eindeutig Nics Erbe – war durch die Sonne aufgehellt, was Molly sehr, sehr gut stand.

»Okay, dann mal los«, antwortete ich und stellte den Ofen an, um Brötchen aufzubacken. Anschließend kochte ich für die Mädchen Kakao und für mich noch einen Kaffee. Schließlich hatte ich heute Nacht nur wenige Stunden geschlafen.

»Das sieht hübsch aus, wofür ist das?«, fragte Molly, als sie das Glas mit dem Badesalz entdeckte und in ihren Händen drehte, während Momo sich über das Frischfutter hermachte, das ich ihr gerade ins Schüsselchen gefüllt hatte.

»Dieses Salz will ich über den Vierländer Rosengarten verkaufen«, erklärte ich. »Ich werde das Glas zusammen mit einigen Duftölproben später dort vorbeibringen. Habt ihr Lust, mitzukommen? Es ist wunderschön dort auf dem Hof. Und vielleicht ist ja auch Torkild da. Ich wollte ihn noch um Hilfe bei der Türklappe für Momo bitten.«

»Ich eher nicht«, antwortete Louisa gedehnt. »Rosen sind nicht so mein Ding. Ich häng nachher lieber noch ’ne Runde mit Katja ab. Musik hören und so.«

»Aber ich will mit«, sagte Molly mit einem unternehmungslustigen Blitzen in den Augen.

Und so fuhren wir zwei Stunden später, nachdem ich mich zuvor sorgfältig geschminkt und einen Teil meiner neuen Sachen angezogen hatte, los. Ja, so konnte ich mich sehen lassen!

Als wir uns dem Rosenhof näherten, wunderte ich mich über die vielen Autos, die entlang der Straße parkten.

»Guck mal, da ist ein Fest«, rief Molly aus, als wir aufgrund rangierender Autos und mangelnder Parkmöglichkeiten im Schritttempo am Hof vorbeifahren mussten. Und dann sah ich das Banner, das quer über dem Eingang der schmiedeeisernen Tür hing: *Vierländer Rosentage*. Ich kramte in meinem Gedächtnis. Hatten Torkild und Stefan sich nicht über Werbeflyer und Anzeigen für dieses Event unterhalten, als ich nach meinem Zusammenbruch bei Torkild gestrandet war? Gerade als ich dachte, dass dies ein denkbar ungünstiger Zeitpunkt war, um mein Rosenbadesalz abzuliefern, erblickte ich die Reinickes, die Richtung Rosenhof gingen. Ich trat auf die Bremse, ließ die Scheibe herunter und begrüßte unsere Bootsnachbarn.

Petra freute sich. »Schön, Sie zu sehen. Kommen Sie auch mit rein? Diese Rosentage sind ein echtes Highlight. Wir kommen jedes Jahr hierher, um neue Stöcke zu kaufen, die wir dann daheim verschenken. Unsere Bekannten sind schon ganz süchtig danach.«

»Zumindest die weiblichen«, fiel Siggi seiner Frau grinsend ins Wort. »Wenn Sie noch einen Parkplatz suchen, habe ich einen Geheimtipp für Sie. Biegen Sie einfach da vorne rechts in den kleinen Feldweg. Da trauen sich nur die wenigsten hin, weil sie denken, dass es verboten ist, dort zu parken. Na ja, das ist es zwar auch, aber die Heitmanns sehen das nicht so eng. Erst

recht nicht an den Rosentagen, wenn hier so viel los ist. Schließlich sind sie geschäftstüchtig, wie alle Vier- und Marschländer.«
Ich bedankte mich für den Tipp und setzte den Blinker.
»Wir warten am Eingang auf Sie«, sagte Petra und winkte mir hinterher.
Kurz darauf schlenderten wir gemeinsam auf das Gelände des Hofes, auf dem es von Besuchern nur so wimmelte. Unwillkürlich dachte ich an den lauschigen Freitagabend, als Stefan und ich nach Lolas Vernissage allein hier gesessen hatten. Nun glich dieser vormals stille Ort einem Bienenkorb. Während ich in der Menge nach Torkild oder Stefan Ausschau hielt, plauderte Petra Reinicke mit Molly, die es ihr ganz besonders angetan zu haben schien. Sie fragte sie über den Umzug aus, über ihre Reitstunden und die neue Schule. Erstaunlicherweise antwortete Molly ziemlich ausführlich, was bedeutete, dass sie Petra mochte. Dann erklärte sie jedoch, dass sie kurz auf eigene Faust einen kleinen Streifzug über den Hof unternehmen und Fotos für ihre Münchner Freundinnen knipsen wollte.
»Jetzt weiß ich, an wen Ihre Tochter mich erinnert, Frau Förster. Seit Sie bei uns auf dem Boot waren, hab ich mir darüber den Kopf zerbrochen«, rief Petra plötzlich unvermittelt in einer Lautstärke aus, dass sich einige Besucher, die in unserer Nähe standen, neugierig nach uns umdrehten. Petra knuffte Siggi in die Seite. »An den jungen Mann, der an dem Tag, an dem Friedrich Hoff gestorben ist, an der Tatenberger Schleuse war und nach der Luna gefragt hat. Er hatte genau solche Augen. Nur seine Haare waren ein bisschen dunkler als die von Molly. Ich kann mich noch gut an ihn erinnern. Er sah so traurig aus. Und dazu diese schönen grünen Augen. Weißt du noch, Siggi? Ich hab noch gesagt …«

Unter mir schwankte der Boden. Konnte es wirklich sein, dass Petra Reinicke Nic getroffen hatte?
Das unwirkliche Grün seiner Augen war in der Tat einzigartig. Und Mollys Haare waren zurzeit nur durch die Sonne aufgehellt, sonst hatten sie genau die gleiche Farbe wie die von Nic.
»Ist alles in Ordnung mit Ihnen?«, fragte Petra und fasste mich am Arm. »Sie sehen ehrlich gesagt aus, als würde Sie jede Sekunde aus den Latschen kippen. Siggi?! Holst du Frau Förster bitte ein Glas Wasser? Oder, noch besser, eine Cola. Die bringt den Kreislauf wieder in Schwung.«
Während Siggi sich auf den Weg zu dem Getränkestand machte, der in der Nähe des Gartenpavillons aufgebaut war, kramte ich ein Foto von Nic heraus, das ich stets in meinem Portemonnaie bei mir trug, und zeigte es Petra. »Ist das der Mann, den Sie meinen?«, fragte ich mit leicht zittriger Stimme.
Sie betrachtete das Foto kurz und sagte dann: »Ja, das ist er. Eindeutig. Aber was haben Sie denn mit ihm zu tun?«
»Das würde ich Ihnen gerne in Ruhe und unter vier Augen erzählen«, antwortete ich.
»Wollen wir eine Runde spazieren gehen?«, schlug Petra vor. »Siggi kann ein Auge auf Molly haben, und wir beide sprechen mal darüber, warum Sie in manchen Momenten genauso traurig aussehen wie dieser Mann auf dem Foto.«
Nachdem ich die Cola, die Siggi mir gebracht hatte, dankbar in einem Zug geleert hatte, versprach er, nach Molly zu suchen und sie so lange zu beschäftigen, bis wir wieder zurück waren.
»Am Hinterdeich ist es schön ruhig. Haben Sie Lust, sich dort ein bisschen die Beine zu vertreten?«, fragte Petra fürsorglich.
In der Tat war es dort wunderschön. Der unverstellte Blick über die umstehenden Weidenbäume, das schilfumsäumte Ufer und

die Elbe, die hier besonders breit war, waren genau das, was ich jetzt brauchte.

»Nic ist der Vater von Molly und Louisa«, erklärte ich schließlich, nachdem ich mich wieder ein bisschen gesammelt hatte. Wie oft schon hatte ich davon gesprochen? Hundertmal? Tausendmal?

Weil ich kaum abwarten konnte zu hören, was Petra über Nic zu berichten hatte, fasste ich mich jedoch kurz und beschränkte mich auf die wichtigsten Fakten.

»Nic wollte sich, soweit ich weiß, damals mit Friedrich treffen, weil er die Luna gern für eine Tour mieten wollte«, erzählte Petra und ließ meine Geschichte zunächst unkommentiert. »Siggi und ich haben uns eine ganze Weile mit ihm über Boote, und ganz speziell über Hausboote unterhalten. Er sagte, dass er durch einen Beitrag in einem Bildband auf die Luna aufmerksam geworden war, und schwärmte davon, wie schön es sein müsse, auf einem solchen Boot Urlaub zu machen oder sogar darauf zu wohnen.«

»Hat er gesagt, mit wem er diese Reise machen wollte?«, fragte ich und verkniff mir die Frage danach, ob Nic damals alleine gewesen war.

»Nein, das hat er leider nicht«, antwortete Petra. »Er wirkte aber so, als sei das Boot unglaublich wichtig für ihn. Das war weit mehr als nur einfaches Interesse an einem Ferientrip, das konnte ich in seinen Augen lesen.«

Wir sehen uns dort …

Sofort standen mir die Worte, verfasst in meerblauer Tinte, wieder vor Augen, als hätte ich die Notiz gerade erst gefunden. War Nic hier gewesen, um sich die Luna anzuschauen, damit wir später alle zusammen mit ihr eine Tour machen konnten?

Als es ihm noch gutgegangen war, hatte Nic durchaus Freude daran gehabt, die Mädchen und mich zu überraschen. Mal mit kleinen Geschenken, mal mit größeren, spontanen Unternehmungen. Doch es war schon ein weiter Weg von München hierher, nur um eine Reise zu buchen – zumal es ihn zum damaligen Zeitpunkt bereits Kraft gekostet hatte, die Wohnung zum Einkaufen zu verlassen. »Hat Nic Friedrich Hoff denn noch angetroffen?«, fragte ich. »Er ist doch, soweit ich weiß, in den frühen Abendstunden gestorben.«

»Das kann ich Ihnen leider nicht sagen, weil wir Ihrem Mann nur den Weg zum Liegeplatz der Luna gezeigt haben und danach weitergefahren sind. Wir haben an dem Tag nämlich eine Radtour gemacht und wollten noch zum Zollenspieker Fährhaus. Hilft Ihnen meine Information denn bei der Suche weiter?«

»Keine Ahnung«, murmelte ich und fühlte mich mit einem Mal schrecklich leer und hohl. »Aber ich bin froh, dass Sie mir von der Begegnung mit ihm erzählt haben. Und dass Sie so ein fantastisches Gedächtnis für Gesichter haben.«

»Ich wollte früher Fotografin werden«, antwortete Petra mit verklärtem Lächeln. »Am liebsten wollte ich Promis vor die Linse kriegen, und zwar ungeschminkt. Siggi ist schon total genervt davon, dass ich immer wieder Leute auf der Straße erkenne, die bekannt sind. Doch außer mir kriegt das kaum einer mit, weil die Stars eben ungeschminkt und nicht zurechtgemacht sind. Aber ich kann hinter die Fassaden blicken.«

Diese Worte riefen mir in Erinnerung, dass Petra ebenfalls den Geist von Friedrich Hoff an Deck der Luna gesehen hatte. »Und wieso sind Sie's nicht geworden?«, fragte ich und versuchte, einen Ausstieg aus dem Gedankenkarussell zu finden, das mich gerade mit voller Wucht durch die Gegend schleuderte.

»Weil wir vier Kinder bekommen haben. Da blieb nur noch Zeit für einen Abendlehrgang, der mir die Ausbildung zur Kosmetikerin ermöglichte, ein Beruf, den ich auch ganz gern ausübe. Das Wichtigste ist für mich sowieso meine Familie. Kinder zu haben ist doch das Schönste, was es gibt. Nicht wahr?« Ich nickte zustimmend. »Aber jetzt würde ich vorschlagen, dass wir zurückgehen und uns Molly schnappen. Danach sollten Sie nach Hause fahren und sich vielleicht ein bisschen hinlegen. Diese Nachricht muss Sie ja komplett umgehauen haben.«

Das hatte sie, in der Tat.

Und ich hatte nicht die leiseste Ahnung, wie ich mit dieser Information umgehen sollte.

21.

Was die Monde nimmer bieten,
Rosen aus verwelkten Blüten …

Es war zum Verrücktwerden!

Seitdem ich wusste, dass Nic hier gewesen war, um die Luna für eine Tour zu chartern, war ich noch verstörter als zuvor. Zwar hatte ich nun die Gewissheit, dass er nach seinem Verschwinden aus unserem Leben am siebenundzwanzigsten April vor zwei Jahren noch einmal gesehen worden war, aber wie sollte ich jetzt konkret weiter vorgehen? Obwohl ich mir keine große Hilfe oder Erkenntnis davon versprach, rief ich am Sonntagvormittag Rieke Hoff, Friedrichs Tochter, an, um sie zu fragen, ob sie zufällig etwas über eine Person namens Nic Lankers wusste.

»Tut mir leid, dieser Name sagt mir nichts«, antwortete Rieke mit ehrlichem Bedauern in der Stimme. Natürlich hatte ich ihr zuvor erzählt, weshalb die Antwort auf meine Frage mir so sehr auf der Seele brannte. »Das Einzige, was ich an der Geschichte seltsam finde, ist, dass mein Vater die Luna niemals vermietet hätte. Er hatte sich anfangs sogar gegen das Foto in dem Bildband gewehrt, weil er keine Lust auf großen Rummel hatte. Ich frage mich, wie Ihr Mann darauf kam, dass er für ihn eine Ausnahme machen würde. Und wieso er dafür extra aus München angereist ist, schließlich hätten die beiden das doch auch telefonisch klären können. Es sei denn …« Mein Herz tat einen Satz. »… es sei denn, die beiden hatten doch telefoniert, Nic war meinem Vater sympathisch und er wollte sich persönlich davon überzeugen, dass er ihm die Luna für eine Tour überlassen konnte. Papa hatte nämlich immer schon ein Herz für Menschen, die für das kämpfen, was ihnen wichtig ist. Er war selber so.«

Ich dachte an Friedrich Hoffs Briefe und die Leidenschaft, die aus ihnen sprach.

»Für den Moment kann ich Ihnen leider nicht weiterhelfen, Frau Förster. Aber ich melde mich, sollte ich irgendetwas über Ihren Mann erfahren – oder etwas anderes, das Ihnen in diesem Zusammenhang weiterhilft. Fühlen Sie sich denn ansonsten wohl auf dem Boot? Gefällt es Ihren Töchtern dort?« In ihrem Tonfall schwang deutlich eine ganz andere Frage mit, nämlich die nach dem Geist des Verstorbenen. Nicht umsonst hatte es beinahe zwei Jahre gedauert, bis Rieke und ihr Bruder Hannes das Hausboot hatten verkaufen können.

»Es gefällt uns ganz ausgezeichnet«, antwortete ich wahrheitsgemäß. »Louisa und Molly finden es cool, in der Schule erzählen zu können, dass sie auf einem Hausboot wohnen. Außerdem haben die beiden zum Glück sehr schnell Anschluss gefunden. Molly liebt das Reiten, und Louisa hat Spaß am Kiten gefunden.

»Das ist schön«, antwortete Rieke. »Ich melde mich auf alle Fälle bei Ihnen, sollte ich etwas hören.«

Nachdem wir uns voneinander verabschiedet hatten, blieb ich noch einen Moment auf der Bettkante sitzen. Ich hatte das Te-

lefonat bewusst oben in meinem Zimmer geführt, damit die Mädchen es nicht hören konnten. Auch wenn sie es sonst vollkommen uninteressant fanden, was ich den ganzen Tag tat, änderte sich das schlagartig, sobald ich telefonierte. Dann bekamen beide Ohren, groß wie Blumenkohl, und lauschten aufmerksam jedem noch so kleinen Detail meiner Gespräche.
Etwas ratlos starrte ich vor mich hin.
Wie sollte ich jetzt weiter vorgehen?
Sollte ich das Thema Nic endlich ruhen lassen oder die Nachricht, dass er hier gewesen war, zum Anlass nehmen, ganz aktiv nach seinem Verbleib zu forschen, obwohl ich mir eigentlich mehr Zeit damit hatte lassen wollen?
Da ich gerade wieder mal nicht wusste, wohin mit meinen widerstreitenden Gefühlen, rief ich Coco an und erzählte ihr, was passiert war. Coco schnappte förmlich nach Luft, das konnte ich sogar über die achthundert Kilometer Entfernung spüren.
»Das ist ja der Knaller!«, rief sie aus. »Und nun?«
»Nun bin ich leider genauso schlau wie vorher«, antwortete ich. »Ich kann jetzt nur hoffen, dass Rieke etwas Näheres in Erfahrung bringt.«
»Kannst du nicht in den Pensionen in der Umgebung anrufen und fragen, ob Nic in einer von ihnen übernachtet hat?«, schlug Coco vor. Eine gute Idee. Wieso war ich da nicht selbst drauf gekommen? »Übrigens, super, dass du anrufst. Ich wollte mich nämlich auch melden, um dich zu fragen, ob ich Samstagmittag kommen kann. Dann können wir gemeinsam Detektiv spielen, wenn du magst.«
Ich stieß einen Jubelschrei aus. Cocos Besuch war genau das, was ich jetzt dringend brauchte. Mit der Aussicht darauf, bald wieder meine geliebte Freundin um mich zu haben, schnappte

ich mir den Laptop und googelte alle Pensionen und Vermieter von Ferienwohnungen. Eine stattliche Liste. Es würde viel Arbeit machen und lange dauern, bis ich damit durch war. Außerdem war es den Vermietern aus datenschutzrechtlichen Gründen sicher nicht erlaubt, solche Informationen preiszugeben. Dass Nic und ich nicht verheiratet waren, hatte die Suche nach ihm schon in der Vergangenheit erheblich erschwert. Nachdem ich bei den ersten Pensionen freundlich, aber bestimmt abgeblitzt war, klingelte mein Handy. Es war Rieke Hoff.

»Mir lässt die Sache mit Ihrem Mann ehrlich gesagt keine Ruhe«, sagte sie und klang aufgeregt. »Deshalb habe ich mir den Kopf darüber zerbrochen, wie ich Ihnen helfen kann. Jemand, der den weiten Weg aus München hierherkommt, muss auf alle Fälle mindestens einmal hier übernachten, richtig? Entweder am Abend zuvor oder am selben Abend. Da Ihr Mann die Reinickes am späten Vormittag an der Tatenberger Schleuse getroffen hat, musste er also die Nacht zuvor irgendwo hier in der Gegend verbracht haben.« Ich ließ Rieke weiterreden, ohne zu sagen, dass ich dank Cocos Hinweis gerade dabei war, das selbst zu recherchieren. »Und weil mein Vater sich garantiert nicht mit Ihrem Nic getroffen hätte, wenn die beiden nicht verabredet gewesen wären, hat er ihm vielleicht auch einen Tipp für eine Unterkunftsmöglichkeit gegeben. Und so war's auch. Nic hat eine Nacht auf dem Hof Aggers in der Nähe von Kirchwerder gewohnt. Das hat mir Gregor Aggers, der Besitzer, soeben verraten.« Mein Herz hämmerte so schnell gegen meine Brust, dass es kaum zu ertragen war. »Wenn Sie mögen, können Sie dort heute Nachmittag zum Kaffee vorbeikommen und mit Gregor sprechen. Er ist ein wirklich beeindruckender Herr, und seine Frau ist ein Schatz. Beide waren gut mit meinem Vater befreundet und würden Ihnen aus Verbundenheit zu unserer Familie gern helfen, wenn sie können.« Hastig notierte ich die Telefonnummer, die Rieke mir diktierte. Jetzt musste ich mir nur noch eine Ausrede für meine Mädchen einfallen lassen, dann konnte es losgehen. Ich bedankte mich bei Rieke für ihre Hilfe und versprach, sie in der Sache auf dem Laufenden zu halten. Mit Gregor Aggers verabredete ich mich für fünfzehn Uhr.

»Kommt ihr beiden heute Nachmittag ohne mich klar?«, fragte ich Molly und Louisa beim Mittagessen. Da es heute zwar schön, aber merklich kühler war als sonst, saßen wir in der »Bootskombüse« anstatt an Deck. »Ich würde gerne nachher noch mal zu Lola ins Atelier fahren.« Meine Töchter zu belügen fiel mir schwer, aber es ging nicht anders. Bevor ich nicht mehr wusste, machte es überhaupt keinen Sinn, die Mädchen unnötig zu belasten.

»Hast du denn vorher noch Zeit, mich in den Stall zu fahren?«, war alles, was Molly wissen wollte, und Louisa war sowieso mit Katja zum DVD-Schauen verabredet.

Nachdem ich Molly am Reiterhof abgesetzt hatte, gab ich die Adresse ins Navi ein und fuhr weiter. Es war mir schon beim Mittagessen schwergefallen, mir nicht anmerken zu lassen, wie aufgewühlt ich war. In Momenten wie diesen war es ganz praktisch, dass meine Töchter überwiegend mit sich selbst beschäftigt waren. Doch nun zitterten meine Knie und Hände so sehr, dass ich Mühe hatte, das Gaspedal, die Bremse und das Lenkrad unter Kontrolle zu halten.

Das schaffst du, das schaffst du!, sprach ich mir mantraartig Mut zu und bemühte mich mit aller Kraft, mich auf die Straße zu konzentrieren, anstatt mir über Dinge das Hirn zu zermartern, auf die ich sowieso keinerlei Einfluss hatte. Gregor Aggers würde mir alles sagen, was er wusste, also hatte es keinen Sinn, darüber zu spekulieren, was das wohl sein könnte. Nach einer Weile, die ich wie in Trance verbracht hatte, bog ich schließlich auf einen breiten Feldweg ein und folgte dem Hinweisschild zum Hof. Ich traute meinen Augen kaum, als ich sah, wie groß das Gelände war, das die Familie Aggers bewirtschaftete. Rechts erstreckte sich eine große Koppel, auf der Pferde und Schafe in friedlicher Eintracht grasten, umrahmt von hohen Kastanienbäumen, die mehrere hundert Jahre alt sein mussten. Das saftig grüne Gras war durchsetzt von Pusteblumen, Löwenzahnblattgrün und bunten Wiesenblumen, ein einziger farbiger Blütenteppich. Dazwischen ragten Magnolienbäume auf, die im Frühjahr sicher wundervolle Blüten trugen.

Rechts von mir erblickte ich zwei kleinere Fachwerkhäuser und eine parkähnliche Anlage. Links befand sich ein hochherrschaftliches Gebäude mit Reetdach, in dessen Eingang ein stattlicher Mann mit silberweißem Haar stand, der offensichtlich auf mich wartete. Er dirigierte mich zum Parkplatz und begrüßte mich formvollendet, als ich aus dem Twingo stieg. Hätte er mir einen Handkuss gegeben, ich wäre nicht sonderlich erstaunt gewesen. Ein echter Gutsherr, dachte ich bei mir und folgte Gregor Aggers ins Haus, wo bereits seine Frau Tilda auf uns wartete. Sie ging in ein traumhaft schönes Esszimmer voran, das durch eine geöffnete Flügeltür in eine Bibliothek überging, die wiederum in ein großes Wohnzimmer mit Kachelofen führte. Eine wahre Zimmerflucht, beinahe wie im Schloss.

»Ich hoffe, Sie haben Appetit auf Kuchen«, sagte Tilda Aggers, nachdem wir uns miteinander bekannt gemacht hatten. Tilda war ebenfalls groß, um die siebzig, genau wie ihr Mann, und immer noch eine bildschöne Frau. Sie trug eine weiße Hemdbluse, eine helle Stoffhose und flache Schuhe, beides praktisch und edel zugleich. »Ich habe extra etwas vom Verkauf aus dem Hofladen abgezweigt, als ich hörte, dass wir heute spontan Besuch bekommen.« Mit diesen Worten deutete sie auf eine Kuchen-Etagere aus schwerem Kristall, auf der mehrere Stücke Butter- und Erdbeerkuchen sowie Rhabarberstreusel lagen. In einer Schale aus hauchdünnem Porzellan türmte sich steifgeschlagene Sahne. Die Kuchengabeln und Kaffeelöffel waren aus echtem Silber, die Servietten aus feinem Leinen. Das grün-weiß gemusterte Geschirr schien ebenfalls antik zu sein und sah sehr wertvoll aus. Vermutlich befand es sich schon seit Generationen in Besitz der Familie.

»Ich nehme gern ein Stück Erdbeerkuchen«, antwortete ich und setzte mich auf einen der schweren, mit Samt bezogenen Stühle aus dunklem Holz, deren Lehnen gedrechselt waren. Neben dem Esstisch stand ein Beistelltisch mit aufwendigen Intarsienarbeiten. Torkild hatte neulich mal erwähnt, dass diese Tischlerarbeiten einen wertvollen Teil des Kulturguts der Vierländer darstellten. »Dass Sie einen Hofladen haben, wusste ich nicht«, fuhr ich fort, im Bemühen darum, mir meine Nervosität nicht anmerken zu lassen.

»Ich kann Ihnen nach dem Kaffeetrinken gerne das Gut zeigen, zu dem auch ein Backhaus, Stallungen und vieles mehr gehören. Wir sind ein großer Betrieb, einer der ersten der Region, die auf bio umgesattelt haben«, erklärte Gregor Aggers und betrachtete mich aus aufmerksamen hellblauen Augen. »Außerdem haben wir eine kleine Ferienwohnung, in der Ihr Mann gewohnt hat, als er vor zwei Jahren hier war. Ich nehme an, dass Sie die gern sehen würden. Aber jetzt lassen Sie uns erst einmal diese Köstlichkeiten genießen und einander ein wenig kennenlernen. Rieke erzählte, dass Sie die Luna gekauft haben und dort zusammen mit Ihren beiden Töchtern wohnen.«

Ich nickte und schilderte kurz, wie ich zum Kauf des Hausbootes gekommen war und wie wohl wir uns dort alle fühlten. Es fiel mir schwer, erst mal Small Talk zu machen, denn natürlich brannte ich darauf, endlich über Nic zu sprechen. Doch es lag eine gewisse Strenge im Blick des Hausherrn, die mir verbot, allzu ungeduldig zu sein. Nachdem ich erzählt hatte, wie wir auf der Luna lebten, und die Aggers wiederum von dem Leben auf ihrem Hof berichtet hatten, war es endlich so weit.

»Ihr Mann – pardon, wenn ich ihn so nenne, obwohl Sie beide gar nicht verheiratet sind – kam am späten Abend des sechsundzwanzigsten April vor zwei Jahren ohne telefonische Voranmeldung zu uns«, begann Herr Aggers. »Er war laut eigener Aussage mit Friedrich zu einem Treffen an der Tatenberger Schleuse verabredet, aber das wissen Sie ja bereits. Herr Lankers traf mit einem Mietwagen direkt aus Hamburg hier ein und wollte ursprünglich zwei bis drei Nächte bei uns wohnen. Doch dann reiste er entgegen dieser Planung am frühen Nachmittag des Siebenundzwanzigsten wieder ab, obwohl gerade dieser schreckliche Sturm wütete. Als wir vorsichtig nachfragten, was ihn zu seiner überstürzten Abreise veranlasst hatte, sagte er so etwas wie *Fragen Sie doch den alten Hoff, der weiß schon, warum,* und war dann relativ schnell verschwunden. Er wirkte sehr wütend und machte einen recht aggressiven Eindruck auf mich, so dass ich nicht weiter in ihn gedrungen bin. Ich hatte mich nur gewundert, da wir am Abend zuvor noch gemeinsam in der Stube gesessen und Wein getrunken haben. Tilda hatte ihm damals noch eine Kartoffelsuppe warm gemacht und Brote geschmiert, weil er so hungrig war.«

Tilda lächelte zustimmend.

Ich hingegen dachte schmerzvoll an den Abend des sechsundzwanzigsten April. Nic hatte mir gesagt, dass er zusammen mit einem Freund auf dem Starnberger See segeln und anschließend bei ihm übernachten wollte. Vor lauter Freude darüber, dass Nic inmitten seiner Depression plötzlich einen Funken Lebensfreude zeigte und endlich mal wieder etwas mit einem Freund unternehmen wollte, hatte ich seine Pläne nicht hinterfragt und ihm geglaubt.

Erst am nächsten Tag, als Nic längst wieder hätte zurück sein sollen, weil er einen Termin bei seinem Therapeuten gehabt hätte, erfuhr ich, dass es diese Verabredung zum Segeln nie gegeben hatte. Stattdessen war Nic offenbar in die Vierlande gefahren und hatte die Nacht im Gästezimmer dieses Hofes verbracht, das an diesem Abend frei gewesen war.

»Darf ich fragen, ob Nic alleine war?«, stellte ich die Frage, die mir seit zwei Jahren auf der Seele brannte, die zu stellen ich bislang jedoch nicht gewagt hatte.

»Er war alleine, und er hat sehr liebevoll von Ihnen und Ihren Töchtern gesprochen«, antwortete Tilda Aggers. »Wir wussten zwar nicht genau, worum es ging, hatten aber beide den Eindruck, dass Ihr Mann hier etwas, was ihm sehr am Herzen lag … nun, nennen wir es mal, zu erledigen hatte. Ich meine sogar mich zu erinnern, dass er so etwas gesagt hat wie *Dann wird alles besser, und wir können endlich wieder glücklich sein.* Eine andere Frau hat bei dieser Geschichte meiner Einschätzung nach keine Rolle gespielt.«

Obwohl es nichts an Nics Verschwinden änderte, überflutete mich eine gewisse Erleichterung.

Ohne Vorwarnung verlassen zu werden, nicht zu wissen, wo der andere war und ob er jemals wiederkommen würde, war schon schwer genug zu ertragen. Doch die Vorstellung, dass Nic uns all dies angetan haben sollte, um mit einer anderen Frau durchzubrennen, war grausam.

»Haben Sie denn nie eine Abrechnung über ein Flugticket oder den Mietwagen erhalten?«, fragte Gregor Aggers. »Ich kann mir einfach nicht vorstellen, dass in den heutigen Zeiten jemand verschwinden kann, ohne auch nur die geringste Spur zu hinterlassen. Wir sind doch mittlerweile alle nahezu gläsern.«

»Nic hat am Tag seines … Aufbruchs einen größeren Betrag von unserem gemeinsamen Konto abgehoben, also wird er alles bar bezahlt haben. Er ist vermutlich mit dem Zug in den Norden gereist, denn die Polizei hat bei keiner Fluggesellschaft seinen Namen auf der Passagierliste gefunden. Außerdem wurde weder von der Partner-EC-Karte noch von der gemeinsamen Kreditkarte jemals wieder etwas abgebucht. Das machte ja die Suche so schwierig.«

Gregor Aggers schüttelte den Kopf. »Er war ein sympathischer Mann, und ich bin mir sicher, dass er sich eigentlich auch gut mit Friedrich hätte verstehen müssen, von daher weiß ich nicht, worüber die beiden in Streit geraten sind. Da Friedrich noch am selben Tag an einem schweren Herzanfall gestorben ist, hatte ich keine Chance mehr, mit ihm zu sprechen. Ob Ihr Mann überhaupt von dieser Tragödie erfahren hat, weiß ich nicht. Er hat uns leider nicht gesagt, wohin er wollte. Es schien nur, dass er es eilig hatte wegzukommen. Er war mit einem Mal wie ausgewechselt. Und Sie wissen ja, Reisende soll man nicht aufhalten.«

Nein, das sollte man nicht, dachte ich, während meine Augen sich mit Tränen füllten …

22.

Lieb' ist wie Wind,
Rasch und lebendig,
Ruhet nie,
Ewig ist sie,
Aber nicht immer beständig.

Wie betäubt saß ich hinter dem Steuer meines Twingo. Nachdem ich mich von den Aggers verabschiedet hatte, war es mir gelungen, ein paar Kilometer Richtung Elbe zu fahren, dann musste ich anhalten, weil mir übel wurde.

Aus Angst davor, womöglich einen Unfall zu bauen, war ich zu einem Parkplatz vor einer Pension gefahren, in der Hoffnung, dort so lange stehen bleiben zu können, bis es mir wieder besser ging.

Nun umklammerten meine Hände das Lenkrad mit solcher Kraft, als hätte ich dadurch die Macht, Nic wieder zu mir zurückzuholen. *»Er war alleine und hat sehr liebevoll von Ihnen und Ihren Töchtern gesprochen«,* hallten Tildas Worte in meinen Ohren nach. Cocos Verdacht, eine andere Frau habe eine Rolle in diesem Drama gespielt, hatte sich also als unbegründet erwiesen.

Ein Teil von mir empfand grenzenlose Erleichterung, der andere befürchtete nun noch mehr, dass Nic tatsächlich etwas zugestoßen war und er nicht mehr lebte.
Natürlich hatte ich schon von Unglücksfällen gehört, bei denen Menschen in der Elbe zu Tode gekommen waren: Schwimmer, die die tückische Strömung unterschätzten, Segelunfälle und Ähnliches kamen bedauerlicherweise immer mal wieder vor. Nicht immer konnten die Toten geborgen werden, manche Familien mussten damit leben, dass es für sie weder einen Ort zum Trauern noch zum Abschiednehmen gab.
Dass Friedrich Hoff ausgerechnet an dem Tag gestorben war, als sich seine und Nics Wege gekreuzt hatten, konnte ich immer noch nicht fassen. Gregor Aggers hatte gesagt, dass die beiden sich gestritten hatten, dass Nic aggressiv gewesen war.
Doch was war der Grund für ihr Zerwürfnis gewesen, und was war mit Nic passiert, nachdem er bei den Aggers ausgecheckt hatte? Um frische Luft zu schnappen, stieg ich aus dem Auto und kletterte auf den Deich. In unmittelbarer Nähe grasten Schafe. Das leise Blöken hatte für den Moment etwas Beruhigendes, genau wie ihr gleichmäßiges Kauen und ihre Gelassenheit. Es störte sie nicht im mindesten, dass ich auf dem Deich hin und her ging.
Vor mir erstreckte sich die Elbe, immer wieder durchsetzt von Stacks, die man am Meer auch Buhnen nannte. Steinaufschüttungen, die rechtwinklig zum Ufer errichtet wurden, um die dahinterliegende Landschaft vor Sturmfluten zu schützen. Die Naturgewalten spielten laut Torkild in den Vier- und Marschlanden von jeher eine große Rolle, man war sich der stetigen Gefahr durchaus bewusst und versuchte, sich nach Kräften vor der starken Strömung der Elbe oder vor Hochwasser zu schüt-

zen. Nic hatte als erfahrener Segler um die Tücken von Sog und Schwell gewusst und hätte sich garantiert niemals fahrlässig einer solchen Gefahr ausgesetzt. Es sei denn …
Wie immer, wenn sich dieser unerträgliche Gedanke an mich heranpirschte wie eine hinterlistige Schlange, versuchte ich, ihm einen Riegel vorzuschieben. Doch heute gelang mir das nicht, egal wie sehr ich mich auch bemühte.
Musste ich mich nun dem Gedanken stellen, dass Nic womöglich Suizid begangen hatte? Schließlich wäre er nicht der Erste, den ein depressiver Schub zu einer solchen Verzweiflungstat getrieben hätte.
Was, wenn ihn die Begegnung mit Friedrich Hoff derart aufgewühlt hatte, dass sie eine Art Kurzschlussreaktion in ihm ausgelöst hatte?
Hatte der Streit zwischen beiden am Ende sogar Friedrichs Herzinfarkt verschuldet?
Bei dieser Vorstellung begann ich, am ganzen Leib zu zittern, und war mit einem Mal so wütend, dass ich meinen Zorn am liebsten in die Welt hinausgeschrien hätte.
Warum musste mir so etwas Schreckliches widerfahren?
Was hatte ich getan, um diese grausame Ungewissheit zu verdienen?
Wieso war es mir nicht, wie Millionen anderen Frauen auch, vergönnt, ein ganz normales Familienleben zu führen?
Ich verlangte ja gar nicht das große Glück, keine immerwährende Leidenschaft, nur einen Hauch von Normalität.
Ein bisschen Geborgenheit für Louisa, Molly und mich. War das denn ein so abwegiger Wunsch?
Ich legte den Kopf in den Nacken und atmete tief durch. Plötzlich zog eine Bewegung meine Aufmerksamkeit auf sich. Ein

majestätischer Vogel mit weißem Federkleid und schwarzen Schwungfedern kreiste ungewöhnlich tief über meinem Kopf und setzte dann zu meinem großen Erstaunen zur Landung an, unweit von mir entfernt. Als sei dies nichts Ungewöhnliches, stakste er auf seinen langen rötlichen Beinen auf und ab, ganz so, als nähme er den Deich in Augenschein.

Fasziniert beobachtete ich das Tier. Ich hatte gelesen, dass Weißstörche in den vergangenen Jahren hier in den Vier- und Marschlanden heimisch geworden waren. Doch noch nie zuvor hatte ich ein Exemplar dieser Gattung aus solcher Nähe gesehen. Der Storch war so groß und beeindruckend, dass ich einen Moment lang die Luft anhielt. Auch das fröhliche *Mäh* der Schafe verstummte jäh – ein Hauch von Magie lag in der Luft. Im Baltikum deutete man den Flug eines Storches über dem Kopf einer jungen Frau als Hinweis auf eine bevorstehende Schwangerschaft. In weiten Teilen der Welt galt dieser wunderschöne Vogel als Glücksbringer.

»Meinst du, es wird alles wieder gut?«, fragte ich den Storch unter Tränen. Das Tier legte seinen Kopf schief, gab einen klappernden Laut von sich und erhob sich dann wieder in die Lüfte. Meine Augen folgten seiner Flugroute, und dann entdeckte ich den Horst auf dem Schornstein eines reetgedeckten Hufnerhauses in der Nähe des Deiches. In diesem Nest wartete die Storchenfamilie darauf, wieder vereint zu sein. Was mich wiederum daran erinnerte, dass ich sehr viel länger weggeblieben war, als ich es mit Molly und Louisa vereinbart hatte.

Also ging ich zurück zu meinem Auto und hoffte, dass ich jetzt in der Lage war, sicher nach Hause zu fahren. Mein Herzschlag hatte sich zum Glück wieder verlangsamt, die Übelkeit gelegt. Auch wenn es vollkommen absurd war, so hatte ich doch das

Gefühl, dass der Storch zu mir gekommen war, um mich ein wenig zu beruhigen.
Und um mir zu zeigen, dass es auch für mich noch Glück gab, wenn ich nur geduldig genug war, darauf zu warten.
Doch als Voraussetzung dafür musste ich endlich lernen loszulassen. Ich musste akzeptieren, dass es Nic nicht mehr in meinem Leben und dem der Kinder geben würde, egal wie sehr ich mir dies auch noch immer wünschte.

»Du warst ja lange weg«, empfing Louisa mich mit angesäuerter Miene, als ich nach Hause kam. »Hast du uns vergessen? Wir wollten doch heute Abend zusammen Pfannkuchensuppe machen.«
»Ich hab's ein paarmal auf dem Handy versucht, um dich zu bitten, mich abzuholen«, maulte Molly vorwurfsvoll. »Doch es war aus. Also musste Herr Timmann mich nach Hause bringen.«
»Es tut mir leid«, murmelte ich betreten. Auch das noch!
Ich hatte jetzt keine Kraft, mich mit meinen Töchtern zu streiten. »Lola hat ein paar Probleme, und ich wollte ihr gern helfen. Also los, dann lasst uns mal anfangen. Wer hat Lust, den Teig zu rühren?«
Zum Glück lenkte eine WhatsApp-Nachricht von Marco Louisa ab, und Molly klang schon etwas versöhnlicher, als ich ihr versprach, darüber nachzudenken, ihr künftig zweimal die Woche eine Reitstunde zu erlauben, obwohl ich keinen blassen Schimmer hatte, wie ich das bezahlen sollte.
»Sag mal, vermisst du München eigentlich gar nicht?«, fragte Louisa, während sie kurze Zeit später die ausgebackenen Pfannkuchen in Streifen schnitt. Es tat gut, nach diesem aufwühlen-

den Nachmittag wieder über etwas Alltägliches zu sprechen und bei meinen Töchtern zu sein. Ich hackte Schnittlauch, Molly deckte den Tisch, beinahe so, als wäre nichts passiert.

»Doch, schon«, gab ich vage zur Antwort. Wollte Louisa mit dieser Frage etwa elegant dazu überleiten, dass sie Marcos wegen wieder zurück in ihre alte Heimat wollte? »Aber ich muss auch sagen, dass es mir hier so gut gefällt, dass ich gern hierbleiben möchte. Am meisten vermisse ich Coco und das Pfisterbrot. Du kannst sagen, was du willst, aber die Norddeutschen können einfach nicht mit Sauerteig umgehen. Allerdings machen sie Franzbrötchen, und die sind extrem lecker.«

»Das finde ich auch«, kam es fröhlich von Molly. »Die könnte ich tonnenweise verputzen, wenn du es mir erlauben würdest.« Genüsslich fuhr sie sich mit ihrer rosa Zunge über die Lippen.

»Hab ich euch eigentlich schon gesagt, dass Coco am Samstag zu Besuch kommt?« Wie erwartet, stießen die beiden Jubelschreie aus, womit der Abend eindeutig gerettet war. Nun waren wir allesamt damit beschäftigt, Pläne zu schmieden und zu überlegen, was wir Coco alles zeigen wollten. Die Pfannkuchensuppe war ausgesprochen gelungen, und das gemeinsame Abendessen hatte eine tröstliche Wirkung auf mich. Es war wichtig, mir immer wieder klarzumachen, dass unser Leben hier und jetzt stattfand und nicht dauernd dadurch gestört werden durfte, dass ich der Vergangenheit nachtrauerte und versuchte, Dinge ins Rollen zu bringen, die vielleicht besser ruhten.

Nach mehreren Runden Scrabble, bei denen wir viel und laut über schräge Wortkombinationen gelacht hatten, verzogen Louisa und Molly sich in ihre Zimmer, um noch ein bisschen zu lesen. Und ich musste überlegen, wie ich den heutigen

Abend nach diesem verrückten Tag so gut über die Runden brachte, dass ich morgen fit für die Arbeit auf dem Eimsbüttler Markt war und mich noch ein bisschen weiter erdete. Der kurze Gedanke an morgen und an meine Kollegin erinnerte mich daran, dass ich für sie noch ein Duftöl mischen und für Lola ein paar Produkte für ihre empfindliche, trockene Haut zusammenstellen wollte. Erfahrungsgemäß half kaum etwas besser gegen Anflüge von Traurigkeit, als sich mit etwas zu beschäftigen, das volle Konzentration erforderte und mit dem man am Ende anderen auch noch eine Freude machen konnte. Also holte ich alle Utensilien hervor, die ich gestern Morgen benutzt hatte, um das Badesalz für Stefan zu mischen. Es war kaum zu fassen. War es wirklich erst einen Tag her, dass ich erfahren hatte, dass Nic hier gewesen war? Seitdem hatte die Welt sich in Höchstgeschwindigkeit gedreht – und schien trotzdem stillgestanden zu haben. Absurder ging es kaum noch.

Sorgfältig mischte ich das Öl für Mina, bestehend aus Jojobaöl, Atlas-Zeder, Weihrauch, Vanille und Zistrose, in der Hoffnung, dass es ihr dabei half, sich besser gegen die egoistische Haltung ihres Mannes abzugrenzen. Danach wandte ich mich dem Pflegesortiment für Lola zu. Ich wählte eine Feuchtigkeitsmaske, bestehend aus Honig, Aprikosenkernöl, gemahlenen Mandeln, Ringelblume, Patchouli und Orange sowie klärendes Gesichtswasser aus Hagebuttentee und Lavendel und eine Creme aus den Ingredienzien Myrrhe, Erdnussöl, Joghurt und Wildrose, die ich stets im Kühlschrank aufbewahrte. Das Öl der Wildrose beinhaltete reichlich Vitamin A, das die Kollagenproduktion der Haut förderte und für einen ausgewogenen Feuchtigkeitshaushalt sorgte. Zudem schenkte es der Haut Elastizität, half gegen erweiterte Äderchen und regulierte die Talgdrüsenfunktion.

Während ich die Phiole mit der kostbaren Wildrosenessenz in der Hand hin- und herdrehte, musste ich an Stefan denken. Die für den Hof so wichtigen Vierländer Rosentage waren nun vorbei und mit Sicherheit ein Erfolg gewesen, wenn ich an die Menschenmassen dachte, die gestern zu diesem Event geströmt waren. Es wäre wirklich großartig, wenn er einige meiner Produkte in seinem Sortiment aufnehmen könnte. Auf diese Weise hätte ich einen kleinen Zusatzverdienst und konnte mir zum Beispiel weitere Reitstunden für Molly leisten.
Entschlossen, gegen mein emotionales Tief anzukämpfen und noch mehr für die Zukunft zu leben, schickte ich eine SMS an Stefans geschäftliche Handynummer und bat ihn um einen Termin.
Kaum hatte ich die Nachricht versandt, erfolgte auch prompt die Antwort:

Gern. Mittwochabend um 19 Uhr bei uns zum Essen? Mein Vater und ich würden uns freuen.

So bald schon?!
So sehr ich mich über die schnelle Reaktion und die nette Einladung freute, ich konnte Louisa und Molly unmöglich schon wieder alleine lassen. Obwohl sie es cool fanden, möglichst viel Freiraum zu haben, wusste ich nur allzu genau, wie wichtig es ihnen war, mich in ihrer Nähe zu wissen, selbst wenn wir gar nichts gemeinsam machten.

Ich möchte meine Töchter ungern alleine lassen, würde mich aber freuen, wenn du zusammen mit deinem Vater zu uns auf die Luna zum Essen kommst.
Aurelia

Keine fünf Minuten später schrieb Stefan, dass beide gern kommen und Wein mitbringen würden. Ich konnte mir ein Lächeln nicht verkneifen, als ich die Antwort las.
Das erste Lächeln seit vielen, vielen Stunden …

23.

In China ein Symbol für Reichtum, in der Antike verehrt: Götterarzt Paian kurierte mit Hilfe der Pfingstrose den verwundeten Pluton, Artemis erweckte mit ihrer Hilfe den getöteten Virbios.

Mina verschwand beinahe inmitten des Blütenmeers aus roséfarbenen Pfingstrosen, Anemonen, Hirtentäschel, Schafgarbe, Wicken, Phlox und hauchzarten Gräsern. Als ich »Guten Morgen« sagte, tauchte sie mit hochrotem Kopf hinter einem Zinkbottich auf, der randvoll mit Freilandrosen gefüllt war, und wirkte so, als hätte ich sie gerade aus einem tiefen Traum gerissen.

»Hallo, Aurelia, schön, dich zu sehen«, antwortete sie mechanisch. Ihre Augen verrieten, dass sie gar nicht bei der Sache war. »Hattest du ein nettes Wochenende?«

Ich wollte gerade »Frag lieber nicht« antworten, entschied mich dann jedoch dafür, halbwegs gute Laune vorzutäuschen. »Es war ganz okay, und ich hatte sogar ein bisschen Zeit, um kreativ zu sein«, antwortete ich und streckte Mina die dunkle Flasche mit der Duftmischung entgegen, um die ich eine grüne Samtschleife gebunden hatte. »Ich habe gestern ein paar Duftöle gemischt

und dachte, du hast vielleicht Freude daran«, fuhr ich fort und blickte in ein vollkommen fassungsloses Gesicht.
»Ein Geschenk? Für mich?«, fragte Mina ungläubig. »Aber ich habe doch gar nicht Geburtstag oder so.«
»Man muss doch nicht immer Geburtstag haben, um Geschenke zu bekommen«, antwortete ich, dachte aber sogleich: Vielleicht ist das aber so, wenn man mit einem Mann verheiratet ist, wie Mina ihn beschrieben hat. »Reib dich damit einmal täglich ein«, fuhr ich fort. »Entweder an den Fußsohlen oder an irgendeiner anderen Stelle, die dir passend erscheint. Du kannst dir aber auch ein paar Tropfen davon aufs Kopfkissen träufeln.«
»Und was passiert dann?«, fragte Mina mit einer Mischung aus Skepsis, Fassungslosigkeit und Neugier.
»Wenn das Öl so wirkt, wie ich mir das denke, wirst du dich schon nach kurzer Zeit fitter und frischer fühlen«, antwortete ich in dem Bemühen, den wahren Anlass für das Geschenk zu verheimlichen. »Ich hoffe, du magst den Duft?!«
Mina öffnete die Flasche so vorsichtig, als hielte sie eine teure Ming-Vase in der Hand. Dann schloss sie die Augen, schnupperte und stieß ein verzücktes »Das ist ja toll« aus. »Duftet irgendwie geheimnisvoll.«
»Das macht der Weihrauch, kombiniert mit Vanille. Weihrauch hat eine starke energetische Schwingung«, erklärte ich und freute mich wie ein kleines Kind darüber, dass ich offensichtlich Minas Interesse geweckt hatte. Jetzt blieb nur noch zu hoffen, dass sie das Öl auch wirklich benutzte. »Aber sag mal, hast du vielleicht eine Idee, was ich am Mittwochabend kochen könnte? Ich bekomme Gäste und hab's nicht so damit, am Herd zu stehen, wenn schon alle da sind. Das halten meine Nerven einfach nicht mehr aus. Für fünf Personen zu kochen ist echt kein Kinderspiel.«

Mina fühlte sich sichtlich geschmeichelt davon, dass ich sie um Rat bat.
»Mögen denn alle deine Gäste Fisch?«, fragte sie, und ich dachte kurz nach. Louisa und Molly rissen sich zwar nicht darum, aber sie würden auch nicht gleich in Hungerstreik treten. Also nickte ich. »Dann würde ich Stint kaufen und ihn sauer marinieren, wie Brathering. Man könnte ihn auch wunderbar mit Roggenmehl panieren und eine deftige Specksoße dazu machen, aber das bedeutet natürlich, dass du à la minute Fisch braten müsstest und hinterher das ganze Hausboot danach mieft.«
Stint, Stint, Stint.
Diesen Begriff hatte ich schon mal gehört …
Ach ja, den hatte Torkild geangelt, als ich ihn an der Tatenberger Schleuse getroffen hatte. Also aß er ihn mit Sicherheit gerne.
»Wo bekomme ich denn diesen Stint? Und könntest du mir ein Rezept geben, um ihn zu marinieren?«
»Wenn du nicht zum Hamburger Fischmarkt fahren willst, kannst du ihn morgen beim Fischwagen am Neuengammer Hausdeich kaufen. Bis kurz vor drei hat er geöffnet, das müsstest du zeitlich schaffen. Eigentlich sollte der Stint zwar drei Tage in der Marinade liegen, aber es geht zur Not bestimmt auch kürzer. Zum Fisch kannst du einen schönen Gartensalat machen oder auch Süßkartoffelsalat mit Cherrytomaten, grünen Bohnen und Frühlingszwiebeln. Das Rezept habe ich neulich in einer Landzeitschrift gesehen und wollte es demnächst selbst mal ausprobieren. Ich schicke dir beide Links heute Abend über WhatsApp.«
»Mmh, das klingt total lecker«, antwortete ich und mein Magen begann zu knurren. »Und außerdem so, als könnte ich das alles ganz entspannt am Dienstagabend vorbereiten. Danke für den tollen Tipp, ich werde dann berichten.«

Der Rest dieses Arbeitstages verlief vollkommen anders als sonst. Mina zeigte sich ungewöhnlich kommunikativ und unterhielt mich zwischendurch immer wieder mit Geschichten und Anekdoten aus der Region. Während sie mit rosig schimmernden Wangen von dieser oder jener Begebenheit erzählte, die sie besonders berührt hatte, konnte ich förmlich dabei zusehen, wie sich ihre Aura veränderte. Kurz bevor wir Feierabend hatten, changierte das Grün eher in Richtung Silbergrün, ein Zeichen dafür, dass sich Mina deutlich besser fühlte als noch heute Morgen.

Beglückt von dieser Wendung, fuhr ich am frühen Nachmittag schließlich Richtung Vier- und Marschlande und beschloss spontan, einen Abstecher zur Riepenburger Mühle zu machen, um Lola einen kurzen Besuch abzustatten und ihr die Kosmetikproben vorbeizubringen. Lola war tatsächlich da und freute sich, mich zu sehen. Doch was war das? Um ihren Kopf und um ihren Bauch erblickte ich mit einem Mal silbrig blinkende Lichter. Oh nein, was war das denn jetzt schon wieder?

Konnte ich nun auch Lolas Aura sehen?

Und wenn es so war, wieso ähnelte dieses energetische Phänomen nicht den anderen, die ich bislang wahrgenommen hatte?

»Ist irgendwas? Ist mein Lippenstift verschmiert, oder habe ich Schokolade im Gesicht?«, fragte Lola, die gerade ein Schoko-Croissant verputzt hatte, als ich hereingekommen war. Ihre verschmierten Fingerspitzen wiesen deutlich darauf hin, dass sie sich die geschmolzenen Reste genüsslich vom Finger geleckt, ihre Hände aber noch nicht gewaschen hatte.

»Nein, nein, alles gut«, antwortete ich und blinzelte ein paarmal. Doch die Silberlichter blieben und umkreisten Lola wie umherflirrende Glühwürmchen. Ich versuchte, meinen Blick auf den üppigen Strauß Pfingstrosen zu lenken, der auf ihrem Couchtisch stand. »Ich weiß auch gar nicht so genau, wieso ich eigentlich hier bin«, murmelte ich zerstreut.

»Weil du Sehnsucht nach mir hattest?!«, antwortete Lola grinsend. »Was machen die neuen Klamotten? Hattest du schon einen coolen Auftritt damit?«

Dies war das geeignete Stichwort, um Lola davon zu erzählen, dass Stefan und Torkild am Mittwochabend zu uns zum Essen auf die Luna kommen würden.

»So, so«, antwortete Lola gedehnt. »Du wirfst also die Angel nach Stefan aus. Finde ich gut. Sooo lange ist er ja noch gar nicht mit Tanja zusammen. Und wenn du mich fragst: Ich finde, du passt besser zu ihm. Sie ist nämlich reichlich unterkühlt, du hingegen bist die Warmherzigkeit in Person. Das mit dem Kochen ist eine gute Idee, schließlich heißt es nicht umsonst, Liebe geht durch den Magen. Ich würde mir nur nach dem Essen die Zähne putzen, wenn du ihn küsst. So ein Fisch-Kuss rangiert auf der Attraktivitäts-Skala nämlich ziemlich weit unten!«

Ich musste lachen, und dieses Lachen brachte mich wieder in die Realität zurück, so dass ich für eine Sekunde das seltsame Lichtphänomen um Lola vergaß. Wie konnte ich mich davon nur so irritieren lassen? Schuldbewusst überreichte ich ihr eine kleine Papiertüte, in der die Creme, das Gesichtswasser und die Feuchtigkeitsmaske waren. Alle drei abgefüllt in schlichte weiße Plastiktiegel beziehungsweise eine kleine Flasche.

»Hier, die sind für dich. Ich hoffe, sie helfen und beruhigen deine gereizte Haut.«

Lola nahm die Tüte und stieß einen verzückten Schrei aus. »Oh, wie lieb, dass du daran gedacht hast. Und das hast du wirklich alles selbst gemacht?«

»Ja, habe ich. Und Stefan ist übrigens am Mittwoch in allererster Linie bei uns, damit ich ihm einige Proben meiner Essenzen und Badesalze geben kann. Wäre wirklich toll, wenn er die zusammen mit seinem Sortiment anbieten würde, denn ich könnte momentan gut eine Finanzspritze brauchen.«

»Wer nicht?«, entgegnete Lola seufzend und schmierte ein wenig von der Creme auf ihren Handrücken. »Mmh, die duftet ganz wunderbar und zieht auch sofort ein. Ich werde berichten, wie ich die drei Produkte vertrage, versprochen. Aber sag mal, wieso haben diese Tiegel gar kein Etikett? Du brauchst doch einen Firmennamen und ein Logo. So sieht das Ganze fast nach einem medizinischen Produkt aus. Schlicht, aber so gar nicht sexy. Oder bin ich jetzt zu hart?«

»Geht momentan nicht anders«, erwiderte ich bedauernd. »Ich hatte schon länger keine Zeit und Muße mehr, mich damit zu beschäftigen. Deshalb trägt der Shop auch nur meinen Namen und liegt seit einer ganzen Weile mehr oder weniger brach. Um ihn wieder aktiv aufleben zu lassen und mehr Produkte herzustellen, als ich momentan vorrätig habe, fehlt mir einfach die Zeit. Nic ist leider genau dann krank geworden, als ich mit der Naturkosmetiklinie richtig durchstarten wollte. Die Website ist aus diesem Grund leider auch kein Knaller. Aber mein eigentliches Geld verdiene ich ja eh als Floristin.«

»Was aber mit einem Halbtagsjob auf dem Markt auch nicht gerade die Welt sein kann«, wandte Lola ein. »Weißt du was? Ich setze mich in den nächsten Tagen mal hin und entwerfe was Schönes für dich. Vielleicht animiert es dich ja dazu, wieder weiterzumachen. Wozu habe ich schließlich Grafikdesign studiert? Und wenn alles steht, kann sich ein Freund von mir ja mal deine Website anschauen und sie auf Vordermann bringen.

Diese Art von Produkten boomt, warum also nicht richtig viel Geld damit verdienen?«

»Aber ich kann es mir zurzeit nicht leisten, dich zu bezahlen«, versuchte ich, Lolas Vorschlag abzuwehren. »So eine Logo-Entwicklung ist sehr zeitaufwendig und teuer, das weiß ich. Schließlich hatte ich dafür schon etliche Kostenvoranschläge vorliegen.«

»Dann bezahlst du mich eben einfach in Naturalien«, erwiderte Lola. »Ein Nein lasse ich auf gar keinen Fall gelten. Erst recht nicht, wenn deine Cremes gut sind, wovon ich ausgehe. Ach komm schon, das macht Spaß. Und ist mal was anderes, als ewig meine Bilder zu pinseln und Kurse im Atelier zu geben. Genau genommen machst du mir eine Freude damit.« Die Silberlichter hatten nun eine solche Dichte angenommen, dass sie Lolas ganzen Körper umtanzten wie magischer Feenstaub. Was war hier nur los?

Ich versuchte, so gut es ging, dieses sphärische Phänomen auszublenden, doch es gelang mir nicht wirklich. Gehörten diese Lichter zu Lolas Aura? Und wieso häuften diese Erscheinungen sich so? Würde ich irgendwann einmal um jeden, dem ich begegnete, ellipsenförmige Farbgebilde sehen?

»Okay, wenn das so ist, dann tob dich gern aus«, antwortete ich lahm, in Gedanken ganz woanders.

Ich musste unbedingt in meine Bücher schauen und nachforschen, was diese Blinklichter bedeuteten. Hoffentlich wurde ich fündig – und nicht irre. »Also dann, ich muss jetzt los. Louisa und Molly kommen bald nach Hause. Viel Spaß mit den Cremes. Bin wirklich gespannt, ob sie helfen.«

»Na dann, komm gut heim. Schön, dass du da warst.« Lola herzte mich zum Abschied und duftete ganz wunderbar nach Wildrosen, den schönsten aller Rosen.

Kaum zu Hause angekommen, hastete ich nach oben in mein Zimmer, dicht gefolgt von Momo, die schnurrend hinter mir hertappte, ganz offensichtlich in Schmuselaune. »Süße, jetzt nicht«, murmelte ich und streichelte der Katze kurz übers Fell. »Gleich kommt Molly heim, dann könnt ihr beide euch austoben.«

Mittlerweile hatte ich eine ganze Auswahl an Aura-Büchern, zum Teil aus der fahrenden Leihbücherei. Einige von ihnen waren so gut und hilfreich, dass ich sie mir später in der Buchhandlung bestellen würde. Mit fliegenden Fingern durchblätterte ich Hunderte von Seiten, las Kapitelüberschriften und Registerangaben. Gerade als ich glaubte, nichts dazu zu finden, entdeckte ich in dem Buch eines amerikanischen Mystikers einen kleinen Abschnitt, der das Phänomen der silbernen Blinklichter beschrieb. Hastig überflog ich die Zeilen. Was ich bei Lola gesehen hatte, gehörte tatsächlich zu ihrer Aura. Diese Lichter standen im weitesten Sinne für Kreativität und Fruchtbarkeit. Sie konnten eine Schwangerschaft innerhalb der nächsten sechs bis neun Monate ankündigen, aber auch für eine äußerst schöpferische, kreative Phase stehen. Es passte zu Theorie Nummer zwei, dass diese Lichterscheinung sich in dem Moment vermehrt hatte, als Lola voller Leidenschaft über die Entwicklung eines Logos für meine Produktlinie gesprochen hatte.

Halb benommen ließ ich mich aufs Bett sinken. Erst die Dame vom Viktualienmarkt, dann Mina und nun auch Lola.

Würde das jetzt so weitergehen?

24.

Ylang-Ylang stammt aus dem Malaysischen und bedeutet »Blume der Blumen«. Ihr Öl wird zu Heilzwecken verwendet, genau wie für die Produktion von Chanel N° 5.

Willkommen auf der Luna«, flötete ich eine Tonlage höher als nötig, was mir sofort einen strafenden Blick von Louisa einbrachte. Zum Glück sagte sie nicht »Mama, das nervt. Du bist voll peinlich!«. Doch auch Louisa und Molly freuten sich über Torkilds Besuch und waren natürlich gespannt auf Stefan. Vor allem Molly war Feuer und Flamme, weil Torkild nach dem Essen die Klappe für Momo einbauen wollte.

Außerdem mochte sie den alten Herrn.

»Soll ich eine kleine Führung veranstalten, bevor wir oben an Deck essen?«, fragte ich und fuhr mir nervös durch meine Haare, denen ich gestern Abend eine warme Ölmaske aus Ylang-Ylang, Lavendel, Rose und Jojobaöl gegönnt hatte, damit es nicht mehr so trocken und strohig war.

»Sehr gern«, antwortete Stefan, der heute Abend verboten gut aussah, mit einem charmanten Lächeln. »Ich war bislang noch nie auf einem Hausboot, wenn man von den Malen absieht, als ich zusammen mit meiner Mutter *Hausboot* mit Sophia Loren und Cary Grant geguckt habe.«

»So, so«, antwortete ich und versuchte mir Stefan als Jungen vorzustellen, der gemeinsam mit seiner Mutter einen Hollywood-Schmachtfetzen geschaut und dabei vermutlich Sophia Loren angehimmelt hatte, und das nicht wegen ihrer schauspielerischen Qualitäten. »Die Luna erinnert vom Design her allerdings eher an die *African Queen,* aber das Prinzip ist natürlich dasselbe: Es ist ein schwimmendes Zuhause.«

»Und was für ein schönes«, entgegnete Stefan, der alles aufmerksam betrachtete, während Torkild und Molly darüber diskutierten, wo die Klappe für Momo am sinnvollsten angebracht wäre.

Louisa verkrümelte sich derweil mit den Worten »Ihr ruft mich, wenn es Essen gibt, ja?« in ihr Zimmer. Bestimmt chattete sie wieder mit Marco oder Katja.

»Hast du das alles selbst eingerichtet?«

»Ja, zusammen mit Coco, meiner Freundin aus München. Aber da gab es gar nicht soooo viel zu tun, denn ein Ambiente wie dieses genügt, um alles, was darin ist, gut aussehen zu lassen. Allerdings hatten die Handwerker vor unserem Einzug so einiges zu tun, denn die Luna war ziemlich heruntergekommen, als ich sie gekauft habe.«

»Und was ist mit …« Stefan rang sichtlich nach Worten, als wir in meinem Zimmer angelangt waren. »Also mit den Geschichten, die man sich so über das Boot erzählt?«

»Du meinst den Geist von Friedrich Hoff?«, antwortete ich und versuchte, einen beifälligen Tonfall anzuschlagen. »Sagen wir es mal so: Wir respektieren einander.«

Stefan lächelte und zwinkerte mir wohlwollend zu. Da ich das

Gefühl hatte, dass er meine Aussage eher für einen Scherz hielt, vertiefte ich die Sache nicht weiter.

»Na, Geschichten hin oder her, die Hauptsache ist ja, dass es euch dreien hier gefällt und ihr euch gut eingelebt habt. Macht dir dein neuer Job denn Spaß?«

Erfreut über so viel Zuwendung und Interesse, erzählte ich Stefan von meiner Kollegin Mina und davon, wie unterschiedlich die einzelnen Märkte waren, gerade was die Kundschaft und ihre Bedürfnisse betraf. »Auf dem Isemarkt in Eppendorf geht es eindeutig gehobener zu als auf dem Markt in Eimsbüttel. Ich möchte nicht wissen, wie hoch da der Anteil an Pelzmanteltrรägerinnen im Winter ist.«

»Sehr hoch, glaub mir«, stimmte Stefan mir schmunzelnd zu. »Das Thema unterschiedliche Kundschaft kenne ich nur allzu gut von meiner Arbeit«, meinte er dann. »Ich gehe ja mit meinen Rosen das ganze Jahr über auf Ausstellungen und Messen, da bekommt man es auch mit der gesamten Palette zu tun. Aber ich finde es unglaublich spannend zu sehen, wie Menschen auf Blumen reagieren und welche Bedeutung sie für sie haben. Manche brauchen sie als Trost, manche zur Belohnung, manche als Geschenk, für andere wiederum sind sie nichts weiter als Deko, ohne jede emotionale Verbindung. Und meine Aufgabe ist es, für jeden potenziellen Kunden die passende Rosensorte zu finden. Von daher haben wir doch beide ganz wunderbare Berufe.«

»Das stimmt«, murmelte ich, berührt von Stefans Worten. Ihn hier so dicht neben mir zu haben, zu sehen, wie er – scheinbar beiläufig – jedes noch so kleine Detail in Augenschein nahm, machte mich nervös und zugleich traurig. Ich versuchte, das Zimmer mit den hellblauen Wänden durch seine Augen zu sehen: das weißlackierte Holzbett, auf dem eine gequiltete Tagesdecke mit Rosenmuster lag. Den weißen Schaukelstuhl mit zwei pastellfarben gemusterten Kissen, in dem ich saß, wenn ich las. Die vielen Romane und Sachbücher, die in Stapeln herumlagen, weil sie nicht mehr in den Wandschrank passten. Die Familienfotos auf meinem Schreibtisch und dem antiken Nachttisch mit den gedrechselten Beinen.

»Wunderschöne Stockrosen«, meinte Stefan mit Blick auf den Strauß, der auf dem emaillierten, runden Beistelltisch neben dem Schaukelstuhl stand. »Die mag ich, obwohl sie in der Vase leider nicht lange überleben.«

»Lass uns mal nach den anderen schauen«, sagte ich ein wenig verlegen. Die vielen Gemeinsamkeiten mit Stefan machten mir zu schaffen. Wie es wohl wäre, wenn ... doch diesen Gedanken durfte ich auf gar keinen Fall zu Ende denken! »Ich hoffe, ihr habt Hunger mitgebracht. Nach dem Essen würde ich dir dann gern einige meiner Produkte vorführen, ganz speziell eines davon.«

»Tolle Werkstatt übrigens.« Stefan wies mit dem Kopf auf den Holztisch im hinteren Teil des Zimmers, auf dem noch alle Utensilien ausgebreitet lagen, die ich zum Mischen der Duftöle und Kosmetikproben benutzt hatte. »Nur ein bisschen zu wenig Platz, oder nicht? Andererseits: Wahre Kreativität und Leidenschaft brauchen keine großen Räume, um sich zu entfalten.«

»Ganz genau«, stimmte ich murmelnd zu und war froh, dass Molly nach oben kam, um zu fragen, wann es endlich Essen gab. Diese Nähe zu Stefan und der Gleichklang zwischen uns waren schön und erschreckend zugleich, weil beides zu nichts anderem führen würde als zu einem: Kummer.

Kurze Zeit später saßen wir alle um den Tisch auf dem oberen Deck und ließen es uns schmecken. Es war zwar eng, dadurch aber auch besonders gemütlich. Ich versuchte, die Sehnsucht danach, häufiger so viele liebe Menschen um mich herum zu haben, weit von mir zu weisen und stattdessen meinen Verstand einzuschalten, um Fantasien dieser Art einen Riegel vorzuschieben.

»Mmh, dieser Stint ist ein Gedicht«, lobte Torkild das Essen und prostete mir mit dem Weinglas zu: »Danke für die Einladung, liebe Aurelia, du bist eine wirklich tolle Köchin.«

»Das finde ich auch«, pflichtete Stefan ihm bei. »Und auch der Süßkartoffelsalat schmeckt super. Und? Mögt ihr zwei das Essen auch?«

Diese direkte Ansprache brachte Louisa und Molly, die beide ihrerseits Stefan aufmerksam taxierten, sichtlich aus der Fassung. Ich konnte mir schon vorstellen, was in ihren Köpfen vor sich ging. Zum ersten Mal seit Nics Verschwinden stellte ich mir die Frage, wie die Mädchen eigentlich damit umgehen würden, sollte es jemals wieder einen Mann in meinem Leben geben.

»Lecker!«, kam es wie aus der Pistole geschossen von beiden.

»Und was habt ihr in den Sommerferien vor? Verreisen?«

»Ich besuche meine beste Freundin Marga in München«, erklärte Louisa, die in einer Woche mit der Bahn von Hamburg aus in ihre alte Heimat fahren würde.

»Und ich bleibe hier«, erklärte Molly. »In den Ferien können die mich prima im Stall gebrauchen, und ich kann extra kostenlose Reitstunden kriegen, wenn ich dort mithelfe. Mögen Sie Tiere?«

Stefan schmunzelte, und ich war gerührt. Mollys direkte Art konnte einen immer wieder umwerfen. Sie strahlte Stefan gerade so an, als sei er auf dem besten Weg, ihr neuer bester Freund zu werden.

»Na klar mag ich Tiere«, antwortete er. »Als Kind bin ich auch geritten, und ich hatte eine süße Mischlingshündin namens

Lolli. Ich habe sie so genannt, weil sie mir als Welpe den Lolli geklaut hat, als ich sie auf dem Arm hielt. Im Grunde hieß sie also so ähnlich wie du. Schau mal. So sah sie aus.« Mit diesen Worten zückte er sein Smartphone und zeigte der kichernden Molly Bilder einer strubbeligen, knuffigen Hündin, die er von alten Fotografien gemacht hatte.

Molly kriegte sich vor Begeisterung kaum ein und betonte wieder und wieder, wie süß die Hündin gewesen sei. Dabei schaute sie mich so flehentlich an, dass ich Mühe hatte, standhaft zu bleiben, obwohl ich ihr diesen Herzenswunsch gern erfüllt hätte.

»Wir haben das doch schon besprochen, Molly. Wir können es uns nicht leisten, einen Hund zu halten, weil keiner die Zeit hat, sich um ihn zu kümmern. Außerdem haben wir Momo«, erklärte ich.

»Gutes Stichwort«, sagte Torkild, der der Unterhaltung amüsiert gefolgt war und mir nun offensichtlich beispringen wollte. »Lass uns doch noch mal wegen der Katzenklappe schauen. Dann ist das erledigt, und wir können nachher in Ruhe das Dessert essen.«

Dies ließ sich Molly zum Glück nicht zweimal sagen und folgte Torkild nach unten, genau wie Louisa. Stefan und ich schauten auf die Elbe, die im Licht der untergehenden Sonne glitzerte, als hätte sie sich Millionen winziger Krönchen aufgesetzt. Über unseren Köpfen zogen Bussarde und Möwen ihre Kreise auf der Suche nach einem lohnenden Fang, auf den Wellen ließen sich Haubentaucher, Blesshühner und andere Wasservögel gemütlich treiben.

Es war so still, dass ich einen Moment lang sogar meinte, das Säuseln des Windes in den Blättern zu hören.

»Ein traumhaftes Fleckchen Erde, nicht wahr?«, sagte Stefan und seufzte wohlig. »Unser Haus und der Rosenhof liegen natürlich ebenfalls wunderschön, aber dieser Blick aufs Wasser hat etwas absolut Unvergleichliches. Man hat unweigerlich das Gefühl, dass hier alles miteinander verschmilzt.«

In der Tat. Das Farbenspiel des Himmels mischte sich mit dem der Elbe und wurde dadurch wieder zu einem neuen Gesamtkunstwerk. Einem einzigartigen Kunstwerk, wie es nur die Natur zu erschaffen vermochte.

»Ich genieße auch jede Sekunde, in der ich hier oben sitzen kann«, antwortete ich. »Keine Ahnung, wie das alles im Herbst wird oder im Winter. Aber bis dahin ist es ja noch ein Weilchen hin.«

»Vermisst du denn gar nicht die Berge und die bayerischen Seen? Oder bist du nicht so der Wander-Typ?«

»Eher nicht«, antwortete ich. »Mir machen Berge Angst. Und ich kriege schon Muskelkater und Schnappatmung beim bloßen Gedanken an Klettereisen und prall gefüllte Rucksäcke. Ich mag nur das Essen auf den Almhütten, wie Speckknödel oder Kaiserschmarrn.« Dass meine Eltern bei einem Lawinenunglück ums Leben gekommen waren, mochte ich jetzt nicht erzählen, stattdessen flüchtete ich mich lieber ins Herumwitzeln. »Das Einzige, was ich wirklich toll finde, sind die Alpenblumen. Vor allem Edelweiß. Und Postkartenmotive, auf denen Berge zu sehen sind. Die muss ich dann wenigstens nicht besteigen.«

Stefan lachte. Ein warmes, sanftes Lachen, in das man am liebsten einstimmen würde. »Kann man denn auch Bergblumen für die Produktion von ätherischen Ölen nutzen?«, fragte er. »Ich kenne mich damit so gar nicht aus.«

Ich wusste es selbst nicht. Konnte man aus Alpen-Gemskresse, Maßliebchen, Süßklee oder Leinkraut Duftessenzen kreieren?

Obwohl ich in der Nähe der Alpen gelebt hatte, war ich nie auf die Idee gekommen, das vielfältige Angebot der dort heimischen Blumen für meine Mixturen zu nutzen.

»Ehrlich gesagt habe ich nicht den leisesten Schimmer einer Ahnung«, antwortete ich. »In jedem Fall gehören sie nicht zu den Klassikern der Ingredienzien für Aromatherapie. Aber ich kann mich ja mal schlaumachen. Wer weiß? Vielleicht finde ich durch deine Frage die ultimative Mischung, die die Aromatherapie revolutioniert. Übrigens ist das ein gutes Stichwort, um dir mein neues Badesalz auf Rosenbasis vorzuführen. Bin gleich wieder da.«

»Das duftet alles toll«, murmelte Stefan, nachdem ich ihm das Glas mit der Aufschrift *Rosenmeerzauber* sowie fünf Phiolen mit den Klassikern aus meinem Repertoire in die Hand gedrückt hatte. »Und die helfen wirklich gegen Stress, Einschlafstörungen, Angstzustände … und sogar …« Er runzelte ungläubig die Stirn, als er die jeweiligen Aufschriften der Etiketten studierte. »… Liebeskummer?!«

»Kannst ja nach und nach alles an dir selbst ausprobieren. Oder du gibst die Essenzen und das Salz an Tanja weiter«, entgegnete ich. Ich bemühte mich, keine Miene zu verziehen, als ich Tanjas Namen aussprach. Und ich ließ mir auch nichts anmerken, als Stefan »Gute Idee, Tanja badet nämlich gerne. Allerdings ist sie zurzeit verreist, und es dauert noch eine Weile, bis sie wiederkommt« antwortete.

Später am Abend, als Stefan und Torkild gegangen waren und Louisa und Molly fest schliefen, drückte ich mein Gesicht in Momos flauschiges Katzenfell. Ich sehnte mich so sehr nach Wärme und Zärtlichkeit, dass es weh tat. Würde ich jemals wieder in den Armen eines Mannes liegen, oder war es mir bestimmt, nach Nics Verschwinden für den Rest meines Lebens allein zu bleiben?

25.

Du bist der Vogel, dessen Flügel kamen,
wenn ich erwachte in der Nacht und rief.

»Juhu, ihr Süßen, ich bin gleich bei euch.«

Durch die Tür, die die Gepäckausgabe mit der Wartehalle des Hamburger Flughafens Fuhlsbüttel verband, konnte ich Coco winken und uns Kusshände zuwerfen sehen, während Dutzende Passagiere an uns vorbeiströmten, sehnsüchtig erwartet von Familie, Freunden oder Partnern.

»Was hat die denn da schon wieder an?«, fragte Louisa, offensichtlich amüsiert über Cocos knallrotes, ausgestelltes Kleid mit Rüschenbesatz. »Will sie zu einer Flamenco-Show, oder was?«

»Ich find's hübsch. Ich mag Rot!«, widersprach Molly, die zu Cocos Begrüßung eine langstielige rote Rose in der Hand hielt. »Außerdem sieht sie in allem toll aus.«

»Das finde ich auch«, stimmte ich Molly zu. Ich konnte es kaum erwarten, bis Coco endlich durch die Absperrung kam, damit ich sie in den Arm nehmen konnte. Wenige Minuten später fand ich mich umgekehrt an ihrer Brust wieder und bekam kaum Luft. Das Einzige, was ich wahrnahm, war ihr schweres

Parfüm, eine Mischung aus Zuckerwatte, Karamell, Amber, Vanille und Mandarine. Vermutlich Angel von Thierry Mugler. Als Nächstes waren Molly und Louisa dran, die sich geduldig abherzen und küssen ließen, wenngleich beide anschließend den Kussmund von ihren Gesichtern wischen mussten, was nicht ganz leicht war.

»Pirate von Chanel hält eben fast so lange wie ein Abzieh-Tattoo, sieht aber besser aus«, kommentierte Coco lapidar und verteilte Feuchttücher. »Kommt, lasst uns los, ich sterbe vor Hunger.«

Ich schnappte mir ihren Trolley und dirigierte alle zur Ausgangstür. Coco hatte vorgeschlagen, auf der Terrasse des Zollenspieker Fährhauses zu Mittag zu essen. Das Restaurant lag am Zollenspieker Hauptdeich und war ihr von Rolf Hansen wärmstens empfohlen worden. »Abends können wir es uns dann immer noch auf eurer Luna mit Rotwein und Chips gemütlich machen.«

Auf der Fahrt in Richtung Vierlande plapperten Louisa und Molly wild durcheinander, jede von ihnen begierig darauf, Coco von ihren Erlebnissen in der neuen Heimat zu erzählen. Coco versprach, sowohl einmal mit in den Reitstall zu kommen als auch an den Oortkatener See zu fahren. »Diese Kitesurfer-Dudes sind so sexy, die darf ich mir auf gar keinen Fall entgehen lassen«, sagte sie, giggelnd vor Vorfreude, und Louisa blieb vor Staunen der Mund offen stehen: »Woher weißt du denn, dass die Surfer *Dudes* genannt werden?«

»Louisa-Schätzchen, nur weil ich sechzig bin, heißt das noch lange nicht, dass ich scheintot bin oder hinter dem Mond lebe.«

Ich musste lachen, weil ich es immer wieder witzig fand, dass Coco in ihrem Alter in Louisas und Mollys Augen cooler war als ich. »Zeigst du mir nachher ein Bild von deinem Ben? Oder, noch besser: Schick es mir per WhatsApp, damit ich ein Foto von deinem Freund habe.«

»Er ist nicht mein Freund, er bringt mir nur das Kitesurfen bei«, erklärte Louisa, und Coco warf mir einen fragenden Blick zu, wie ich aus dem Augenwinkel feststellen konnte. Ich würde sie später darüber aufklären müssen, dass zurzeit Marco wieder hoch im Kurs stand.

»Ach Gottchen, wie reizend!«, rief Coco aus, nachdem wir geparkt hatten. Verzückt zeigte sie auf ein reetgedecktes Fachwerkhaus hinter dem Deich, von dem nur das Dach sowie das weiße Dreieck des Prunkgiebels zu sehen waren – vor der Kulisse einer mit sonnengelbem Löwenzahn gesprenkelten Deichwiese. »Versteckt sich da etwa jemand?« Kichernd knipste sie ein Foto mit ihrem Smartphone und schickte es mit den Worten *Ein echtes Hideaway, das wär doch was für uns!?* nach Stockholm, wo Rolf bis Mitte kommender Woche auf Geschäftsreise war.

»Du hast wirklich ein Auge für Perspektiven und Details«, sagte ich anerkennend. »Und davon kommen hier, glaube ich, noch jede Menge. Bin selbst schon ganz gespannt.«

»Schau mal, Mama, ein Biergarten. Das ist ja wie bei uns daheim im Bayern«, rief Molly begeistert aus, als wir uns einem der vielen Eingänge des Zollenspieker Fährhauses näherten. In der Tat: Unter einem ovalen Emaille-Schild, das mit Ketten an einem schmiedeeisernen Torbogen befestigt war, gelangte man auf den Teil der Terrasse, der eher rustikal möbliert war: Die hölzernen Tische mit integrierter Bank erinnerten ein bisschen an die Tische auf Rastplätzen, die nach einer Wanderung zu einem gemütlichen Picknick einluden. Sie waren in Reih und Glied an dem schmiedeeisernen Geländer entlang aufgestellt,

und man hatte von dort aus einen fantastischen Blick auf den Yachthafen und die Elbe. Bei Hitze saß man angenehm kühl im Schatten hoher, ausladender Laub- und Kastanienbäume.
»Und das da vorne sieht aus wie ein Baumhaus, nur ohne Baum«, sagte Louisa mit Blick auf ein Holzhäuschen, das auf einem rotgeklinkerten Turm stand. Erstaunt betrachtete ich das kleine Haus, an dem ein Schild befestigt war, das ich auf die Entfernung jedoch nicht lesen konnte.
»Oder wie ein großes Vogelhäuschen«, sagte Molly, ebenfalls ganz fasziniert. »Vielleicht wohnen darin ja aber auch die sieben Zwerge.«
»Oder ein paar Hobbits, denen es im Auenland zu langweilig war«, stimmte Coco gut gelaunt in den Chor der Mutmaßungen ein. »Lasst uns doch einfach mal nachschauen, was das ist.«
Das ließen sich die Mädchen kein zweites Mal sagen und stürmten auf den Steg zu, der das Häuschen mit der Terrassenebene verband. Egal wie cool sie sich auch sonst gaben, es steckte in beiden zum Glück immer noch eine gehörige Portion Kind und damit kindliche Neugier.
»Das ist ein Pegelhäuschen«, erklärte Molly, die als Erste die Aufschrift auf der roten Tafel entziffert hatte. »Damit hat man früher den Wasserstand gemessen.«
»Und heute scheint das Fährhaus es als Minirestaurant zu nutzen, für so was wie Dinner for two«, erklärte Louisa mit verzücktem Gesichtsausdruck, begleitet von einem tiefen Seufzer. Vermutlich stellte sie sich gerade vor, wie sie hier mit Marco saß und romantisch zu Abend aß. Oder hatte sie in ihrem Alter gar keine derartigen Fantasien?
Coco und ich schauten abwechselnd neugierig durch das Fenster der Puppenstube. »Diese blau-weiß gestreiften Leinenvor-

hänge und der Kronleuchter sind ja ein Traum«, geriet Coco sofort ins Schwärmen. »Da möchte ich unbedingt mal mit Rolf essen gehen. Am besten, sobald er aus Schweden zurück ist.«

»Und diese weiß lasierten Möbel sind einfach zu schön«, stimmte ich in ihre Schwärmerei ein. »Zuckersüß und märchenhaft.«

»Hier drin ist übrigens genug Platz für vier, ich plädiere also für ein Doppel-Date«, sagte Coco und knipste schon wieder eifrig Fotos. »Am besten mit deinem Rosen-Stefan.« Froh darüber, dass Louisa und Molly außer Hörweite waren, weil sie sich das neue Pegelhäuschen anschauen wollten, klärte ich Coco erneut darüber auf, dass Stefan glücklich vergeben war und seine Freundin demnächst sogar in meinem Rosensalz Probe baden würde.

»Ups!«, war alles, was Coco dazu einfiel.

»Ja, ups. Also streichen wir das Thema Stefan am besten von unserer Gesprächsliste. Außerdem bin ich noch nicht so weit, egal ob er eine Freundin hat oder nicht. Es ist immer noch zu früh. Die neuen Informationen über Nic haben mich leider nicht unbedingt weitergebracht, sondern eher noch mehr verstört.«

»Lass uns heute Abend über Nic reden und jetzt einfach diesen traumhaften Tag genießen, ja? Du musst echt mal abschalten und auf andere Gedanken kommen. Komm, lass uns gehen, deine Süßen warten da vorn schon auf uns.«

Da vorn war die andere Seite der Terrasse, über dem Zollenspieker Yachtclub gelegen. Die Computer, die heute den Pegelstand der Elbe maßen, waren vollkommen unspektakulär in einem gläsernen Häuschen untergebracht. Da fand ich das vor uns liegende Fährschiff Hoopter Möwe 2, das zwischen Zollenspieker und Hoopte im Zehn-Minuten-Takt fuhr, schon deutlich interessanter. Genau wie den Ausblick auf den Yachthafen und die dort festgemachten Boote. Die Promenade und die Stege waren durch aufgeschüttete Steine vor der Flut gesichert, zwischen den Gesteinslücken hatten sich Gräser und Blumen tapfer einen Platz erstritten und begrüßten mit ihren gelben Blütenköpfen jeden, der hier vorbeispazierte. Auch die Duckdalben, in den Hafengrund gerammte Pfähle, die der Befestigung von Schiffen dienten, boten hölzernen Nährboden für unterschiedlichste Pflanzen, was Coco ebenfalls zum Fotografieren animierte. »Das sieht ja aus wie ein Miniaturwald«, sagte sie amüsiert. »Oder wie das kleinste Weinanbaugebiet der Welt. Wenn man die Dinger abholzen würde, könnte man damit auf dem Viktualienmarkt ein Vermögen verdienen. Heutzutage ist diese Naturdeko doch so was von angesagt.«

»Du meinst, wie die Stühle, deren Sitzfläche mit einem Rasenstück belegt ist, auf dem sogar Blumen wachsen können?«, fragte ich schmunzelnd. »Oder alte Vitrinen, in deren Schubladen man seit neuestem rankendes Immergrün pflanzt und die Ablageflächen mit Kieseln bestreut? Ich sehe schon, wir haben beide dieselbe Landzeitschrift gelesen.«

»Offensichtlich!« Coco grinste von einem Ohr zum anderen. »Schön zu hören, dass du dir für so etwas mal Zeit nimmst, anstatt immer nur zu arbeiten oder über das Leben nachzugrübeln. So, jetzt aber los, ich sterbe vor Hunger.«

»Na dann. Die Mädels haben bestimmt auch schon Appetit, und mir knurrt ebenfalls der Magen.«

Kaum hatten wir vier im Inneren des Restaurants Platz genommen, weil auf der Terrasse so spontan kein Tisch mehr frei gewesen war, brachte uns eine junge, hübsche Kellnerin die Speisekarte. Ihren gesamten Körper umgab eine ellipsenförmige

Aura aus Violett und Purpur, um ihren Kopf sah ich einen goldenen Ring. Halo oder Heiligenschein, dachte ich und bekam augenblicklich Gänsehaut. Die Farbe Violett symbolisierte Wärme und Verwandlung.

»Was können Sie uns denn heute Besonderes empfehlen?«, fragte Coco, während ich damit beschäftigt war, die Kellnerin anzustarren. Sie war bereits die vierte Frau innerhalb weniger Wochen, deren Aura ich sehen konnte.

»Ich frage gern mal in der Küche nach oder hole Ihnen einen Kollegen«, antwortete die Kellnerin und wirkte leicht verlegen. »Normalerweise arbeite ich gar nicht hier, weil ich eine Ausbildung als Therapeutin mache. Bin gleich wieder da.«

»Na, wenigstens nicht als Schauspielerin«, brummte Coco, nachdem das zarte, elfengleiche Wesen verschwunden war.

»Ich finde die aber voll hübsch, die könnte gut in einer Serie mitspielen«, meldete sich nun Molly zu Wort, und selbst Louisa nickte zustimmend.

Nur ich war mit etwas ganz anderem beschäftigt, nämlich der Frage, wie das in Zukunft werden sollte. Allein die bloße Vorstellung, irgendwann inmitten eines Farbenmeers aus unterschiedlichen Auren zu versinken, flößte mir unsägliche Angst ein.

War ich jetzt endgültig auf dem Weg, verrückt zu werden?

»Schätzchen, ich fürchte, diese Frage musst du einem Psychologen stellen, denn ich bin damit definitiv überfordert«, sagte Coco, als ich ihr am Abend bei einem Glas Wein von meinen Sorgen erzählte. »Und ich würde an deiner Stelle nicht mehr allzu lange warten, bevor du noch total durchknallst. Das ist ja wie in *Sixth Sense,* wo der arme Junge die vielen Toten sieht.

Aber sag mal, kannst du ein Muster in dem Ganzen erkennen? Ich meine, wieso siehst du bei einigen etwas, bei anderen wiederum nicht?«

»Genau darüber denke ich auch schon die ganze Zeit nach«, antwortete ich, nippte an meinem Rotwein und kuschelte mich tief in die Decke meines Bettes, auf dem ich mit Flauschsocken an den Füßen lümmelte. Coco und ich waren in meinem Zimmer, da es an diesem Abend zu kalt war, um draußen zu sitzen. Der leise Wind, der heute Nachmittag aufgekommen war, hatte sich inzwischen zu einem kräftigen Sturm entwickelt, der zwischen den Booten hindurchpustete, die Elbe aufwirbelte und damit sogar die Vögel verschreckte. Weder auf dem Wasser noch in der Luft war auch nur einer von ihnen zu sehen. Am Abendhimmel zuckten Blitze, die jedoch eher einem Wetterleuchten glichen als einem herannahenden Gewitter.

Coco thronte in meinem Schaukelstuhl und schaute mich fragend an. »Weißt du denn, ob es in dieser Gegend überhaupt Therapeuten gibt?«, fragte sie besorgt. »Oder müsstest du nach Hamburg, wo die Wartelisten garantiert ähnlich lang sind wie in München?«

»Es gibt tatsächlich nur einen einzigen, mit dem grandiosen Namen Jan von Bodenstein. Den rufe ich am Montag gleich mal an. Du hast recht, ich brauche professionelle Hilfe. Auch in der Sache mit Nic. Ich schwanke zurzeit immer zwischen dem Bedürfnis, das Thema endlich ad acta zu legen, und dem Schuldgefühl, ihn allein schon dadurch sterben zu lassen, indem ich ihn für mich selbst für tot erkläre. Ich kann ihn aber nicht loslassen, wenn ich keinen richtigen Ort zum Trauern habe. Ein ewiger Kreislauf, der mich noch ganz kirre macht.«

»Mama, ich hab hier einen Brief für dich«, sagte Louisa, die auf einmal im Zimmer stand und mir einen länglichen Umschlag entgegenstreckte. »Sorry, den hab ich schon ein paar Tage. Ist irgendwie zwischen meine Sachen gerutscht. Ich hoffe, es ist nichts Wichtiges.«
Verwundert drehte ich das handschriftlich adressierte Kuvert um und las die Absenderzeile: Julia Langner aus München. Wer war das?
Coco und Louisa warteten beide neugierig ab, bis ich den Umschlag geöffnet und die Zeilen gelesen hatte. Zutiefst gerührt erklärte ich kurz darauf, wer mir geschrieben hatte. Es war die Dame vom Viktualienmarkt, die das Baby verloren hatte. Sie bedankte sich für meine Hilfe und wollte gern Duftöl bestellen.

Die weißen Rosen,

schrieb sie,

aber vor allem das Duftöl haben mir sehr geholfen, liebe Frau Förster. Natürlich schmerzt dieser Verlust immer noch ungeheuer, aber ich schlafe seit einiger Zeit besser, genau wie Sie es vorhergesagt haben.
In meinen Träumen erscheint mir die kleine Bella und sagt, dass ich nicht weinen und um sie trauern soll. Es geht ihr gut, da, wo sie ist. Ich danke Ihnen aus tiefstem Herzen.
Ihre Julia Langner

Teil drei

26.

Die Wegwarte zählt zur Gattung der Heil- und Orakel-Kräuter. Bei den Germanen galt die blaue, oftmals auch weiße Blüte als Zauberpflanze. Sie könne sogar zu Unsichtbarkeit verhelfen, so sagte man …

»Von allen Sommern, die ich bislang erlebt habe, war dies eindeutig der verrückteste«, sagte ich, während ich an einem Becher Rooibostee mit Orangenschalen nippte.

Jan von Bodenstein schaute mich mit undurchdringlicher Miene über den Rand seiner Lesebrille hinweg an. Wie durch ein Wunder hatte ich kurz nach dem Besuch von Coco Ende Juli einen Termin bei dem begehrten Therapeuten bekommen und war nun schon zum dritten Mal in seiner Praxis im wunderschönen Stegel-Viertel, einem Ortsteil von Neuengamme.

»Ist das nun ein gutes oder ein schlechtes Zeichen?«, fragte der Therapeut und machte sich eine Notiz. Der akkurate Anzug, der exakte Haarschnitt und das glattrasierte Gesicht ließen ihn eher wie einen Banker wirken. Mit seinen fünfundfünfzig Jahren war Jan von Bodenstein ein äußerst erfahrener Therapeut mit exzellentem Ruf, der das beschauliche Leben in den Vier- und Marschlanden dem hektischen Großstadttrubel Hamburgs vorzog, wo er bis vor fünf Jahren gelebt hatte. Mittlerweile nahm er nur noch Patienten an, die ihn wirklich *interessierten,* wie er es bei unserem Vorgespräch am Telefon formuliert hatte. Entsprechend groß war meine Nervosität vor dem ersten Termin gewesen, und ich hatte mich wie ein kleines Mädchen am ersten Schultag gefühlt, nachdem seine Frau die Tür geöffnet und mich in das Wartezimmer des alten Fachwerkhauses mit gepflegtem Vorgarten geführt hatte. Sämtliche Häuser in diesem Viertel mit den engen Gassen glichen zauberhaften Puppenstuben. Ich konnte gut verstehen, dass es viele Leute nahezu magisch hierher zog.

»Nun ja …«, druckste ich herum. »Sie wissen ja, wie sehr ich es mag, mit Hilfe meiner Duftessenzen Menschen eine Freude zu machen oder sogar helfen zu können. Aber die Umstände sind weniger schön. Schließlich herrscht seit Nics Verschwinden schon genug Wirrwarr in meinem Kopf, auch ohne das Aura-Sehen.«

Das Aura-Sehen war anstrengend, jedoch meine Eintrittskarte in diese Praxis gewesen. Jan von Bodenstein hatte sich bei unserem ersten Treffen zugleich verwirrt und fasziniert gezeigt und danach begonnen, sich ebenfalls mit dieser Thematik zu beschäftigen.

»Wäre es Ihnen lieber, diese Fähigkeit wieder zu verlieren? Immerhin haben Sie aufgrund dieses Talentes, und natürlich ihrer Kenntnisse in der Aromatherapie, vier Kundinnen gewonnen. Das muss doch ein enormes Erfolgserlebnis sein, von dem Sie zehren können.«

Diese »Kundinnen« waren zwei Freundinnen von Mina, die so begeistert von meiner Duftmischung gewesen war, dass sie mich gefragt hatte, ob sie zwei ihrer Freundinnen zu mir schicken dürfte, damit ich sie beraten konnte. Die vierte war Julia

Langner aus München, die zusätzlich zu ihrer persönlichen Duftmischung Badeessenzen, Notfalltropfen und Teemischungen bei mir bestellt hatte.
Auch Lola war ganz begeistert von meiner Kosmetiklinie, genau wie ich von ihrem strahlenden Teint. Es hatte eine Weile gedauert, aber nun war es mehr als deutlich zu erkennen, dass meine Rezepturen ihrer empfindlichen Haut äußerst guttaten. Als Dankeschön dafür war sie seit Wochen neben ihrer Arbeit im Atelier eifrig damit beschäftigt, ein einheitliches Design für meine Produkte und meine Website zu kreieren.
»Ja, das stimmt auch alles«, gab ich ein bisschen widerstrebend zu. Ausgerechnet mit jemandem, der Psychologie studiert und so viel Praxis in diesem Metier hatte, über die Heilung seelischer Probleme durch Duftessenzen zu sprechen, kam mir seltsam und irgendwie überheblich vor. »Aber Sie wissen auch, dass ich das alles gar nicht geplant habe. Ich bin in erster Linie Floristin und nur durch Zufall an diese Geschichte geraten.«
»Dieser *Zufall* ist die schwere Erkrankung Ihres Partners gewesen«, korrigierte Jan von Bodenstein mich. »Was zeigt, dass Sie die Dinge immer schon selbst in die Hand genommen haben, anstatt passiv zu bleiben und Ihr Schicksal zu bedauern. Vertrauen Sie darauf, dass Sie diese Stärke immer haben werden und Sie stets auf diese enormen Ressourcen werden zurückgreifen können – egal was das Leben noch so für Sie bereithält.«
In meinem Hals bildete sich ein dicker Kloß, und meine Augen füllten sich mit Tränen.
Wieder einmal.
Immer wenn ich glaubte, jede mögliche Art von Schmerz durchlitten, jede Träne geweint zu haben, musste ich feststellen, dass dem nicht so war.

»Und deshalb werden Sie irgendwann nicht mehr erschrocken oder irritiert reagieren, wenn Sie die Aura von Menschen wahrnehmen, sondern diese Fähigkeit als einen selbstverständlichen Bestandteil Ihres Lebens akzeptieren, dessen bin ich mir sicher. Hilft Ihnen die Beschäftigung mit diesen Themen denn wenigstens dabei, sich abzulenken und Nic endlich ein bisschen besser loslassen zu können?«

Der Kloß in meinem Hals wurde so unerträglich groß, dass ich glaubte, ersticken zu müssen. Da ich nicht in der Lage war zu antworten, schüttelte ich also nur den Kopf und nahm mehrere Kleenex-Tücher aus der Box, die Jan von Bodenstein stets für seine Patienten bereithielt.

»Was halten Sie davon, wenn wir gemeinsam eine Aufstellung zu diesem Thema machen? Ich weiß, ich kenne Ihre – durchaus berechtigt kritische – Einstellung dazu«, sagte Herr von Bodenstein, ehe ich ihn unterbrechen konnte. »Schließlich haben wir bereits darüber gesprochen, dass Sie nichts von dieser Art Gruppentherapie halten. Aber ich möchte Ihnen gern helfen und würde mich bereit erklären, diese Sitzung allein mit Ihnen durchzuführen.«

»Ginge das denn?«, fragte ich verwundert. »Ich meine, wer soll dann Nics Rolle übernehmen?«

»Das werde wohl ich tun müssen, liebe Aurelia«, antwortete Jan von Bodenstein unerwartet milde. Er lächelte selten, aber in diesem kurzen Moment konnte ich in ihm einen Menschen erkennen, der mir gegenüber nicht nur professionelles Mitgefühl an den Tag legte, sondern echte Empathie.

Von ihm hatte ich auch gelernt, dass es einen großen Unterschied zwischen Mit*gefühl* und Mit*leid* gab. Letzteres führte zu nichts, außer dass die Person, die mit einer anderen litt, in eine emotionale Abhängigkeit oder – im schlimmsten Fall – selbst in eine Krise geriet. Dieses Wissen half mir auch bei meiner Arbeit mit Minas Freundinnen und im Umgang mit Julia Langner, mit der ich seit ihrem ersten Brief in engerem Mail-Kontakt stand.

»Das … das wäre wirklich toll«, hauchte ich mit letzter Kraft. »Sie wissen ja, was ich schon alles getan habe, um endlich frei zu werden. Aber seitdem ich befürchte, dass Nic sich umgebracht hat, stehen meine Gefühle endgültig kopf. Es macht mich verrückt, nicht zu wissen, was damals an Bord der Luna zwischen Nic und Friedrich Hoff vorgefallen ist. Ich zerbreche mir Nacht für Nacht den Kopf und grüble darüber nach, ob ich nicht irgendein wichtiges Mosaiksteinchen übersehen habe. Etwas, das mir helfen würde, endlich alles anzunehmen.«

»Machen Sie sich einmal die Bedeutung des Wortes *zerbrechen* bewusst«, entgegnete Jan von Bodenstein. »Und dann wissen Sie auch, dass niemandem damit geholfen ist. Also, lassen Sie es uns so machen wie eben besprochen. Ich denke, dass es Ihnen nach der Aufstellung wesentlich besser gehen wird.« Dann stand er auf, ging zu seinem Bücherregal, zog ein Buch heraus und gab es mir. »Dieses Buch von Thich Nhat Hanh würde ich Ihnen gerne schenken. Es geht darin um Achtsamkeit und darum, im Hier und Jetzt zu leben. Ich weiß, dass das schwierig für Sie ist, aber es würde Ihnen guttun, die Dinge möglichst wertfrei zu betrachten und zu akzeptieren, wie sie sind. Alles andere entwickelt sich sowieso von ganz alleine …«

Ich bedankte mich für das Buch und die wohltuende Sitzung. Der dicke Kloß in meinem Hals war deutlich kleiner geworden.

Nachdem ich mich verabschiedet und mit seiner Frau einen Termin für die Aufstellungssitzung vereinbart hatte, verließ ich

die Praxis mit einem ungewohnten Hauch von Leichtigkeit und einem winzigen Hoffnungsschimmer im Herzen.
Ich spazierte eine Weile durch die schmalen, mit Kopfstein gepflasterten Gassen des Stegel-Viertels und erfreute mich an der Schönheit der kleinen, aber hübsch bepflanzten Vorgärten, in denen Stockrosen und Malven in den kräftigsten Farbtönen um die Wette blühten. Nicht mehr lange, dann würde die bunte Pracht den Blumenköniginnen des Spätsommers weichen: leuchtenden Sonnenblumen, hellblauen Wegwartenblüten, Astern und Dahlien in allen Farben des Regenbogens. Sonnengelben Rudbeckien oder weißer Goldmelisse, deren gekochte oder gegarte Blütenblätter man sogar essen oder zum Tee aufbrühen konnte. Wie jedes Jahr um diese Zeit verspürte ich auch jetzt eine starke energetische Veränderung: Nicht nur die Natur bereitete sich auf eine neue Phase, eine neue Jahreszeit vor, auch ich würde einen neuen Weg einschlagen, das spürte ich ganz deutlich.
Und ja, es half mir, mich durch die Beschäftigung mit meinen »Kundinnen«, wie Jan von Bodenstein sie bezeichnet hatte, ein wenig von Nic und meinem immer wiederkehrenden Kummer abzulenken.
In den letzten beiden Wochen hatte ich das Gästezimmer, in dem zuletzt Coco gewohnt hatte, in einen Besucherraum umgewandelt und auch den Tisch mit meinen Utensilien für die Produktion der Duftessenzen und Naturkosmetika dort aufgestellt. Der gemütliche Schaukelstuhl diente nun ratsuchenden Frauen dazu, sich im geschützten Raum an Bord der Luna bei Tee oder Kaffee zu entspannen und mit mir über ihre oftmals geheimen Sorgen und Nöte zu sprechen. Bislang wusste ich allerdings immer schon, wo das Problem lag, bevor die Betreffende mir sagte, woran sie aktuell zu knapsen hatte.

Die Farbe und Beschaffenheit der jeweiligen Aura verrieten alles, und ich war mittlerweile zu einer Expertin darin geworden, diese Energiefelder zu lesen und ihre Bedeutung zu erkennen. Besonders schlimm stand es um eine Person, wenn die Aura beschädigt war, also Löcher und Risse aufwies.
Dann war es allerhöchste Zeit zu handeln, und ich half gern dabei, die versehrte Aura wieder zu heilen.
Nur bei Lola hatte ich die silbernen Blinklichter kein zweites Mal gesehen, genau wie ich – und darüber war ich sehr froh – offenbar nicht die Aura der Menschen sehen konnte, die mir besonders nahestanden.
Nach meinem Spaziergang fuhr ich wieder in Richtung Moorfleeter Yachthafen, um zur Feier des ersten Schultages nach den Sommerferien mit Louisa und Molly Sushi zu essen, das wir bei einem guten Lieferservice bestellten.
Seit die Mädchen diese Spezialität für sich entdeckt hatten, war ihre Vorliebe für Pfannkuchensuppe, Leberknödel und Rostbratwürstchen – bis auf seltene Ausnahmen – kulinarisch gesehen Schnee von gestern.
»Wollen wir uns nicht mal dieses ganze Zeugs holen, das man braucht, um Sushi selber zu machen?«, schlug Louisa vor, nachdem ich den netten Herrn vom Lieferservice bezahlt und die gigantisch große Plastikschale voller Maki- und California-Rolls in die Küche gebracht hatte. Momo folgte mir maunzend, weil sie vermutlich hoffte, dass heute mal wieder ein Stückchen Lachs oder Thunfisch für sie abfiel.
»Au ja, coole Idee!«, stimmte Molly zu. »Dann können wir uns selbst ausdenken, was wir alles draufmachen wollen. Ich würde es zum Beispiel super finden, wenn wir Obst reinrollen. Äpfel oder getrocknete Aprikosen. Oder Nüsse.«

»Bist du noch ganz dicht? Das schmeckt bestimmt voll eklig«, protestierte Louisa und hangelte im Schrank nach den quadratischen Schälchen aus weißem Porzellan, in die wir die Sojasoße füllten. Dann kramte sie in der Besteckschublade nach *richtigen* Holzstäbchen, die wir neulich bei einem Bummel durchs Bergedorfer Einkaufszentrum gemeinsam gekauft hatten.

»Wieso?«, fragte Molly mit unschuldigem Augenaufschlag. »Das ist dann so ähnlich wie Milchreis, und den magst du doch ganz gern?!«

Ich schmunzelte still in mich hinein, weil mir nicht ganz klar war, ob Molly ihre Schwester auf den Arm nehmen und provozieren wollte oder ob sie es wirklich ernst meinte.

»Ist das schön, dass ihr wieder da seid«, sagte ich, einem spontanen Impuls folgend, und gab beiden nacheinander einen mütterlichen Schmatzer auf die hauchzarten Wangen.

Louisa und Molly hatten sich während der Sommerferien quasi die Türklinke in die Hand gegeben: Erst war Louisa fast drei Wochen bei ihrer Freundin Marga in München gewesen, danach Molly zwei Wochen bei Vroni. Nur die letzte Woche vor Schulbeginn hatten wir alle gemeinsam mit nachmittäglichen Ausflügen in die Umgebung verbracht.

Und ich hatte darauf geachtet, in dieser Zeit keine »Kundin« zur Beratung auf der Luna zu Besuch zu haben, um mich voll und ganz meinen Töchtern widmen zu können.

Gerade als wir mit dem Essen beginnen wollten, klingelte es an der Tür. Als ich öffnete, stand zu meinem großen Erstaunen eine vollkommen verheulte Lola vor mir und fragte: »Darf ich bitte reinkommen? Ich brauche unbedingt deine Hilfe.«

27.

Mischen Sie 5–7 Tropfen Limette, Rosmarin, Sandelholz und Neroli im Behältnis Ihrer Duftlampe. Der erdig-frische Duft stimuliert den Kreislauf und wirkt ausgleichend auf den Organismus und die Seele.

Bislang hatte ich die sonst so coole und selbstbewusste Lola noch nie in einem derartigen Zustand gesehen: Ihre violetten Augen waren knallrot und die Lider vom Weinen so verquollen, dass sie sichtlich Mühe hatte, die Augen offen zu halten. Ihre Lippen waren rissig und spröde. Schlieren von schwarzer Mascara hatten sich über ihr Gesicht verteilt.

»Aber klar doch, komm rein«, antwortete ich. »Ich sage nur eben Louisa und Molly Bescheid, dass sie ohne mich essen sollen, und wir gehen hinauf in mein Zimmer.«

»Oh, stör ich? Am besten, ich gehe eine Runde spazieren, und vielleicht hast du dann ja später Zeit für mich.«

»Oder Sie essen einfach mit uns mit, denn Mama hat mal wieder so viel Sushi bestellt, dass wir ein Restaurant damit eröffnen könnten«, schlug Molly vor, die aus der Küche gekommen war, um den unangemeldeten Besuch neugierig in Augenschein zu nehmen. Da Lola und sie einander bislang noch nicht begegnet waren, machte ich beide miteinander bekannt.

»Süßes Outfit.« Molly deutete auf das weiße Shirt, auf dem Lolas Vogelmotiv mit dem Titel *La Piepshow* gedruckt war. Sah Molly denn gar nicht, dass Lola weinte, oder war es ihre Art, sie zu trösten, indem sie so tat, als sei nichts Ungewöhnliches passiert?
»Danke, das ist wirklich lieb von dir, Molly«, antwortete Lola. »Aber roher Fisch ist gerade keine so gute Idee, fürchte ich. Außerdem habe ich eh keinen Appetit.«
Aha, Lola war also schwanger!
Ich dachte an die Aura von silbernen Blinklichtern, die ich vor den Ferien um sie herum gesehen hatte. Dann waren sie also nicht nur Vorboten einer besonders kreativen Schaffensphase gewesen, sondern auch die einer Schwangerschaft.
»Ist es okay für euch, wenn ich mir eben was vom Sushi schnappe und mit Lola nach oben gehe?«, fragte ich, obgleich ich ein schlechtes Gewissen hatte. An sich hatte ich geplant, die Mädchen zu fragen, wie der erste Schultag nach den Ferien gelaufen war. Außerdem wollte ich in Erfahrung bringen, was in den kommenden Wochen alles in Sachen Reiten, Kitesurfen, Klassenfahrten und Praktika anstand. Schließlich mussten all diese Aktivitäten geplant, organisiert und vor allem bezahlt werden.
»Wenn wir dafür vor dem Fernseher essen dürfen, kein Thema«, antwortete Louisa, und Molly grinste breit.
Eine Sekunde rang ich mit mir, dann gab ich klein bei. »In Ordnung, aber nur ausnahmsweise.«
So schnell konnte ich gar nicht schauen, wie die beiden ihre vollbeladenen Teller auf ein Tablett stellten und in Louisas Zimmer abdampften.
»Magst du was Heißes trinken?«, fragte ich Lola, die unschlüssig und hilflos wirkend vor unserem Esstisch stand. »Ich könnte dir einen Tee mit Kamille, Rosen und Fenchel machen.«

Lola nickte dankbar und setzte sich an den Tisch, während ich einen Teelöffel Kamille, zwei Teelöffel Rosenblüten und einen halben Teelöffel Fenchelsamen in dem Einsatz einer Glaskanne mit einem Viertelliter heißem Wasser übergoss. »So, der muss jetzt zehn Minuten ziehen, dann kannst du ihn trinken. Wenn du magst, schaue ich nach, ob ich noch irgendwo Zwieback habe.«

»Danke, nein, Tee reicht«, antwortete Lola kopfschüttelnd. »Und danke, dass du dir Zeit für mich nimmst. Ich weiß nämlich gerade echt nicht, wohin mit mir.«

»Weiß der Vater denn schon von deiner Schwangerschaft?«, fragte ich aufs Geratewohl.

Lola hatte bislang ein ziemliches Geheimnis um das Thema Männer gemacht, doch ich hatte aus einigen ihrer Bemerkungen geschlossen, dass sie eine Affäre mit jemandem haben musste, der entweder verheiratet war oder nicht bereit, sich fest zu binden. Beides keine idealen Voraussetzungen, um ihn mit einer baldigen Vaterschaft zu konfrontieren.

»Nein, weiß er nicht, und ich werde es ihm auch nicht sagen«, antwortete Lola düster. »Aber woher weißt du es?« Ich beschloss, nichts über die silberne Aura zu sagen, um sie nicht noch mehr zu verwirren. »Na ja, du willst keinen rohen Fisch essen, bist blass wie die Wand, vollkommen durch den Wind und hast keinen Appetit. Was, wenn ich dir jetzt ein Glas Rosé oder einen Becher Kaffee anbieten würde?«

»Dann würde ich wohl dankend ablehnen«, antwortete Lola. Die Andeutung eines Lächelns umspielte ihre Lippen.

»Magst du mir erzählen, was passiert ist, oder besser gesagt, wobei ich dir helfen kann?«, fuhr ich fort in dem Bemühen, ein bisschen Leichtigkeit in unser Gespräch zu bringen.

Lola rutschte unruhig auf dem Küchenstuhl hin und her und putzte sich immer wieder die Nase. »Der Mann, mit dem ich seit mehreren Monaten eine Affäre habe, ist verheiratet, und es gibt leider null Chancen, dass er sich von seiner Frau trennt. Wenn ich ihm jetzt sage, dass ich schwanger bin, weil ich zu blöd war zu verhüten, wäre das das Ende der Geschichte.«

»Und was willst du jetzt tun?«, fragte ich, während Lola in den heißen Rosenblütentee pustete. »Ich meine, verheiratet hin oder her. Der Mann hat ein Recht darauf zu erfahren, dass du ein Kind von ihm erwartest.«

»Aber dann würde er nur denken, dass ich ihn unter Druck setzen will, und das ist das Letzte, was ich möchte. Das mit uns hat bislang nur funktioniert, weil ich mein eigenes Ding durchziehe und ihm nie Stress gemacht habe. Ein Kind verändert aber alles – auch in meinem Leben. Und ich glaube nicht, dass ich bereit dafür bin, Mutter zu werden, so süß ich Kinder auch finde. Molly zum Beispiel ist wirklich zum Knuddeln.«

»Wie alt bist du jetzt?«, fragte ich, in der Hoffnung, das Richtige zu sagen und angemessen zu reagieren.

»Achtunddreißig«, antwortete Lola. »Also bleiben mir noch ein paar Jährchen, um Kinder zu bekommen, sofern ich überhaupt den passenden Mann dazu finde. Aber vielleicht will ich auch was ganz anderes machen. Ich bin kein Familientier, ich bin's noch nie gewesen. Alles, was ich will, ist, meine Bilder zu malen, meine Kurse zu geben, zu verreisen und Spaß zu haben. Das Leben ist kompliziert genug, und man weiß nicht, wie lange es dauert. Ich möchte jede Sekunde davon genießen.«

»Und das geht nur ohne Kind?«

»Sag du es mir«, stieß Lola hervor und klang mit einem Mal gar nicht mehr so sicher. »Ist es nicht unglaublich anstrengend, alleine für zwei Töchter zu sorgen? Ich stelle es mir ja schon stressig vor, wenn man zu zweit ist. Aber allein?!«

»Natürlich ist es das«, antwortete ich wahrheitsgemäß. »Und es ist dabei vollkommen egal, wie alt ein Kind ist. Wenn man Mutter ist, trägt man Verantwortung, ein Leben lang. Und Verantwortung zu haben ist nun mal anstrengend, weil es bedeutet, sich selbst gelegentlich zurückzunehmen, und weil man auch ständig Sorge hat, etwas falsch zu machen. Nicht zu genügen. Falsche Entscheidungen zu treffen. Es nicht zu schaffen.« Lola schaute mich mit kugelrunden Augen an. Erst jetzt sah ich, dass ihre langen, gebogenen Wimpern ohne Mascara weißblond waren, genau wie ihre Haare. »Aber es ist auch das Allerschönste, was mir in meinem Leben passiert ist. Natürlich gibt es Tage, an denen ich die beiden an die Wand klatschen könnte – und sie mich. Aber da ist diese tiefe und unverbrüchliche Liebe, die uns drei immer verbinden wird. Egal was passiert. Und egal wie doof wir einander manchmal finden. Egal wie weit wir räumlich voneinander entfernt sind.« Ich dachte daran, wie häufig Louisa und Molly sich aus München gemeldet hatten. Und zwar nicht aus Pflichtgefühl, sondern weil ich ihnen tatsächlich fehlte, genau wie sie mir.

»Du meinst also so was wie *Wenn es dich anlächelt, ist alles vergeben und vergessen?*«, fragte Lola, die nun einen Hauch mehr Farbe im Gesicht hatte. Der Tee schien bereits zu wirken.

»So ähnlich«, antwortete ich schmunzelnd und tunkte eine Maki-Rolle in das Schälchen mit Sojasoße und Wasabi. Danach aß ich brennend scharfen Ingwer. »Wovor hast du denn am meisten Angst, kannst du mir das sagen?«

»Davor, die Mutterschaft nicht mit meiner Kunst vereinbaren zu können«, antwortete Lola wie aus der Pistole geschossen. »Davor, nachts nicht mehr durchschlafen zu können. Außerdem

habe ich Angst vor Kinderkrankheiten, die dann meine Pläne torpedieren, Angst davor, alleine mit allem zu sein.«
»Aber du bist nicht allein«, widersprach ich und streichelte Lolas Handrücken. »Keiner ist das. Wo leben denn deine Eltern? Freuen die sich denn nicht über ein Enkelkind?«
»Sie wohnen in Eppendorf«, antwortete Lola. »Also gar nicht sooo weit weg. Und ja, sie würden sich freuen, weil sie die Hoffnung auf ein Enkelkind schon lange aufgegeben haben, oder vielmehr: nie wirklich hatten.«
»Na siehst du. Und ich bin ja auch noch da. Ich arbeite nur halbtags, wie du weißt. Und ob du's glaubst oder nicht: Louisa und Molly stehen beide total auf Babys und würden sicherlich auch gerne mal auf das Kleine aufpassen. Du weißt doch, wie es heißt: Man braucht ein ganzes Dorf, um ein Kind zu erziehen – und hey! Wir wohnen hier auf dem Dorf.«
Lola kicherte, während wieder Tränen in ihren Augen schimmerten. »Allerdings. Aber gerade das macht mir ja solche Angst: Ich möchte keine unhippe Mutti werden, die auf dem Land versauert. Die nur noch Babybrei und Windelpreise im Kopf hat und Mama des Jahres werden möchte.«
»Schau mich an«, widersprach ich. »Okay, bis auf den kleinen Fehlstart in Sachen Outfit zu Beginn unseres Umzugs: Sehe ich aus wie die Art von Mutter, die du nicht werden möchtest?« Lola schüttelte den Kopf. »Und unterhalten wir uns ständig darüber, dass Louisa leider immer noch schlecht in Mathe ist oder dass ich nicht weiß, wie ich Mollys zusätzliche Reitstunden bezahlen soll?« Erneutes Kopfschütteln. »Und glaub mir, das war auch in München nicht so, als die beiden klein waren. Man gibt sich nicht automatisch selbst auf, wenn man Mutter wird. Es sei denn, man neigt eh dazu und fühlt sich dann wohl

in dieser Rolle, weil man sich insgeheim immer schon danach gesehnt hat. Aber das ist dann auch in Ordnung. Wie lange weißt du denn schon, dass du schwanger bist?«

»Seit vorhin«, antwortete Lola. »Ich habe heute Vormittag einen Test aus der Apotheke gemacht und war heute Nachmittag bei meiner Gynäkologin. Und nun ist es sozusagen amtlich.«

»Dann hattest du doch noch gar keine Gelegenheit, diese Neuigkeit wirklich sacken zu lassen. Gib dir ein bisschen Zeit. Glaubst du, ich habe nur hurra geschrien, als Louisa sich angekündigt hat?«

»Hast du nicht?« Lola ließ überrascht die Teetasse sinken. »Ich hätte schwören können, dass beide absolute Wunschkinder waren. Nic war doch so ein liebevoller Vater, wie du mir erzählt hast.«

»Louisa kam in der Tat früher als gedacht, von daher weiß ich genau, wie du dich gerade fühlst. Und ich hatte im Übrigen genau dieselben Ängste und Sorgen wie du. Aber im Gegensatz zu dir gab es keine Aussicht auf Großeltern, die uns hätten unter die Arme greifen können, weder meinerseits noch aus Nics Familie. Doch wir wussten, dass wir das schaffen würden, einfach weil wir es wollten. Und weil wir es als großes Geschenk betrachtet haben, dass ich schwanger wurde. Und so war es dann auch. Trotz durchwachter Nächte, trotz Stress, trotz der Tatsache, dass wir nicht mehr so ungebunden waren wie davor. Aber wir haben die neue Situation lieben gelernt, genau wie Louisa. Molly kam dann geplant. Wahrscheinlich wäre ich auch noch ein drittes Mal schwanger geworden, wenn Nic nicht krank geworden wäre.«

»Wow!«, sagte Lola und wirkte ehrlich beeindruckt. »Wahrscheinlich hast du recht. Ich sollte zumindest die eine berühmte Nacht drüber schlafen, wenn nicht sogar mehrere. Aber wie auch immer ich mich entscheide, es bleibt dabei: Ich werde kein Wort davon dem Mann erzählen, der der Vater ist. Im Übrigen hilft dein Tee super.«

»Ich hab auch noch andere tolle Rezepte gegen Morgenübelkeit und alles Mögliche, um die Schwangerschaft positiv zu beeinflussen«, erwiderte ich, froh darüber, dass Lola es sich zumindest überlegen wollte.

»Wenn das so weitergeht, kannst du bald eine eigene Praxis aufmachen und dir ein Schild mit der Aufschrift *Aromatherapeutin und Kräuterhexe* an die Tür montieren … wobei, das Wort Hexe nehme ich sofort zurück. Du bist eher eine Fee. Die gute Fee aus dem Märchen. Und ich bin überglücklich, dass du in mein Leben gekommen bist.«

»Das geht mir umgekehrt genauso«, murmelte ich, gerührt von Lolas Worten. »Aber eine eigene Praxis zu haben und Geld für Tipps zu nehmen, das wäre nicht mein Ding.«

»Aber bezahlen dich diese Damen denn gar nicht, die deine Kollegin dir ins Haus geschleppt hat?« Lola wirkte irritiert.

»Nein, tun sie nicht, weil ich das nicht möchte. Ich berechne ihnen lediglich den Preis für die Produkte, die ich ihnen empfehle. Und selbst dabei habe ich schon fast ein schlechtes Gewissen. Es kommt mir nicht richtig vor, Geld für etwas zu verlangen, das mir Freude macht.«

Lola nickte zustimmend. »Ich weiß, was du meinst. Manchmal gebe ich kostenlosen Unterricht für Kinder, deren Eltern knapp bei Kasse sind. Ich finde, man sollte auch immer etwas von dem zurückgeben, was einem das Leben an Gutem schenkt.«

Das stimmte in der Tat.

Alles war mit allem verbunden und die Welt ein schönerer Ort, wenn man möglichst viel Gutes und Liebe in diese Welt hinaustrug.

28.

Bis heute glauben viele Menschen,
dass geistige und körperliche Unruhe bei Vollmond
auf den Einfluss des Mondes zurückzuführen ist …

Der Ruf eines Käuzchens durchdrang die Stille der Nacht. Von Schlaflosigkeit geplagt, lehnte ich mich über die Reling der Luna und schaute aufs Wasser, in der Hoffnung, endlich einen klaren Kopf zu bekommen. Der Mond hing rund und träge am Himmel und tauchte die Elbe in ein flirrendes Sternenmeer. Die Luft webte einen Duftteppich aus Meersalz, Jasmin und Spätsommer. Als etwas, das sich anfühlte wie ein Flügel, meinen Arm streifte, erschauerte ich.

War Friedrich Hoff etwa wieder aufgetaucht, um mir einen mitternächtlichen Besuch abzustatten? Meine Augen suchten das Deck des Hausbootes ab, doch ich konnte nichts erkennen, außer einem kleinen schwarzen Schatten, der über der Luna hin und her flatterte. Viel eher als ein Geist war dies wohl eine Fledermaus, die unruhig ihre Runden zog.

In meinem Kopf wirbelten mal wieder tausend Gedanken umher, die ich gerne mit jemandem geteilt hätte. Meine Lippen formten die Frage *Warum bist du nicht hier, Nic? Wieso sagst du mir nicht endlich, was mit dir passiert ist?*. Eine Frage, die ich schon so viele Male gestellt hatte und auf die ich wohl nie eine Antwort bekommen würde.

Während ich den Nachthimmel nach dem Sternenbild der Venus absuchte, dachte ich über den bevorstehenden Termin bei Jan von Bodenstein nach. Familienaufstellungen waren eine umstrittene, aber häufig durchaus hilfreiche Methode in der psychologischen Praxis, um Traumata aufzulösen. Oder seelische Heilung zu erlangen, gerade wenn man in der Situation war, das Problem nicht mit demjenigen klären zu können, den man gebraucht hätte, um endgültig mit etwas abzuschließen. In meinem Fall würde der Therapeut sich an Nics Stelle aufstellen lassen, und ich hätte – sofern es gelang – die Chance, mit ihm zu sprechen, in seine Gedanken- und Gefühlswelt einzutauchen. Was im ersten Moment wirklich unheimlich und unglaubwürdig klang, konnte durchaus wirksam sein, wie ich einmal von einer Bekannten gehört hatte. Und momentan war mir beinahe jede Methode recht, die in Aussicht stellte, dass ich mich irgendwann endlich von Nic lösen und mein eigenes Leben leben konnte, egal wie groß meine Skepsis war.

Da ich Jan von Bodenstein vertraute, setzte ich all meine Hoffnungen in das Gelingen dieser Sitzung.

Sollte diese wider Erwarten scheitern, konnte ich es immer noch mit Kartenlegen, einer Wahrsagerin oder einer Séance versuchen, obgleich mir diese Möglichkeiten bislang immer überaus abenteuerlich und wenig seriös erschienen waren.

Aber mein Therapeut hatte recht: Neben meinem Beruf als Floristin eröffneten sich durch die Gabe des Aura-Sehens und mein Interesse an der Wirkung von Heilpflanzen völlig neue

Möglichkeiten, um meinem Leben hier in den Vier- und Marschlanden eine andere Richtung zu geben.
Ich hatte immer schon ein offenes Ohr für die Ängste und Nöte meiner Mitmenschen gehabt. Beim Verkauf von Blumen war ich so oft mit völlig Fremden ins Gespräch gekommen und hatte, ohne es forciert zu haben, viel Persönliches von ihnen erfahren: Der eine Strauß sollte dazu dienen, eine verlorene Liebe zurückzugewinnen, der andere war ein Präsent für einen neunzigsten Geburtstag, wieder ein anderer wurde zur Eröffnung eines Geschäftes benötigt oder als letzter Gruß bei einer Beerdigung.
Beim Gedanken an eine Beerdigung begann ich zu frösteln. Würde ich irgendwann einmal an Nics Grab stehen? Würden die Kinder und ich irgendwann einen Ort zum Trauern haben?
Als ich mir die leichte Strickjacke anzog, die ich vorsorglich mit an Deck genommen hatte, erblickte ich sie wieder, die Silhouette, von der ich nach wie vor annahm, dass sie zu Friedrich Hoff gehörte. Er stand schräg gegenüber und beobachtete mich. Doch heute nahm ich nicht nur seine schemenhafte Existenz wahr, sondern auch den elliptischen Schein, der seinen Körper umgab, eindeutig eine versehrte Aura. Und vermutlich der Grund dafür, dass der Verstorbene immer noch auf seinem Hausboot herumgeisterte.
»Ich würde Ihnen gerne helfen, aber wie?«, fragte ich flüsternd in die sternklare Nacht. Wenn mich jetzt jemand sah, würde er glauben, ich sei vollkommen verrückt. »Hat Ihre Unruhe etwas mit den Briefen zu tun? Fürchten Sie, ich könnte Ihr Geheimnis lüften? Keine Sorge, das tue ich nicht. Ich würde nichts tun, was Ihnen oder Ihrer Familie schadet. Sie haben sich mit Nic getroffen, wie ich gehört habe. Und wie ich auch gehört habe, hatten Sie beide Streit. Ich gäbe sonst etwas darum, zu erfahren,

was an diesem siebenundzwanzigsten April zwischen Ihnen beiden vorgefallen ist. Ich möchte auch endlich Ruhe finden, verstehen Sie das?«
Die Aura um Friedrich begann zu flackern. Ich konnte für den Bruchteil einer Sekunde in sein Gesicht und in seine Augen schauen, obwohl er ein ganzes Stück von mir entfernt stand. Die Farbe seiner Augen konnte ich nicht erkennen, wohl aber die Wärme und Traurigkeit, die in ihnen lag. Er löste sich vom Geländer, an dem er gelehnt hatte, und bewegte sich auf mich zu. Plötzlich fühlte ich mich wie von einer warmen, aber federleichten Decke umhüllt, eingesponnen in einen seidenen Kokon, wie in Watte gepackt. Hände streichelten sanft über meinen Kopf, dann über meine Schultern, und gaben mir das wohlige Gefühl, geborgen und beschützt zu sein.
»Nic, Nic bist du das? Bist du endlich zurückgekommen?«, flüsterte ich, während sich aus den Tiefen meines Herzens ein neuerlicher Strom von Tränen ergoss und sich seinen Weg über meine Augen bahnte.
»Mama, Mama, wach auf«, hörte ich auf einmal Mollys kindliche Stimme an meinem Ohr. »Ist alles in Ordnung mit dir? Mit wem hast du eben gesprochen?«
Ich öffnete meine Augen und sah, dass es meine Tochter war, die mir ihre Lieblingsdecke aus himmelblauem Mohair um die Schultern gelegt hatte und nun mit ihrer zarten, kleinen Hand die meine umfasste. »Sag mal, schlafwandelst du?«
»K…k…keine … Ahnung«, stammelte ich benommen und versuchte, wieder zu mir zu kommen. »Aber was machst du denn hier, Süße? Wieso liegst du nicht im Bett und schläfst?«
Molly deutete wortlos auf den Vollmond, und ich verstand. *Molly Lunatic* hatte Nic sie genannt, als sie noch klein gewesen

war. Später war der Kosename *Motte* dazugekommen. *Wir können von Glück sagen, wenn sie in Vollmondnächten nicht den Mond anjault,* hatte Nic stets gesagt.
»Magst du heute Nacht bei mir schlafen?«, fragte ich, nahm die Decke von meinen Schultern und hüllte Molly damit ein. So gingen wir aneinandergekuschelt die Treppe hinunter, die zu meinem Schlafzimmer führte. Und dann übernachtete Molly zum ersten Mal, seit wir auf der Luna wohnten, wieder in meinem Bett.

Am darauffolgenden Samstagmorgen waren wir sogar zu viert. Auch Louisa und Momo hatten sich irgendwann bei Morgengrauen zu uns gesellt, und nun lagen wir alle ineinander verschlungen in meinem Bett. Wie gut, dass es einen Meter sechzig breit war.
Momo schlief zufrieden schnurrend am Fußende und blinzelte mich verschlafen an, als ich mich vorsichtig aufrichtete, um auf die Uhr zu schauen. Es war erst zehn nach acht, also würde ich die Mädchen noch ein Weilchen schlafen lassen und währenddessen ins Bad gehen und danach Frühstück machen. Die Katze folgte mir in die Küche, wo ich sie fütterte und ihren Trinknapf mit frischem Wasser füllte. Nach einer ausgiebigen Schmuserunde spielte ich anschließend sogar Ball mit ihr. Als ich zum ersten Mal an diesem Tag aus dem Fenster blickte, seufzte ich. Der Himmel war grau, dicke Regenwolken hingen schwer am Horizont; der Vollmond hatte das schöne Sommerwetter vertrieben. Meteorologen beteuerten zwar stets, dass es keinen Zusammenhang zwischen dem Wetter und dem Mondzyklus gab, doch sprachen meine persönliche Erfahrung und diverse Bauernregeln eindeutig dagegen. Eine Liedzeile aus

Kate Bushs Song *Strange Phenomena* kam mir in den Sinn, als ich vom Außenthermometer ablas, dass die Temperatur über Nacht um zehn auf dreizehn Grad gefallen war: »Soon it will be the phase of the moon, when people tune in. Every girl knows about the punctual blues.« Doch ich schwor mir, mit aller Macht gegen jeden Hauch von Melancholie oder Blues anzukämpfen.

»Na, Momo, hast du eine Idee, was wir an diesem verfrühten Herbsttag machen können? In München würde ich mir ja jetzt die Mädchen schnappen und ins Museum gehen. Oder ins Programm-Kino gleich um die Ecke. Aber was könnte man hier unternehmen?«

Zum ersten Mal, seit wir hier im Norden waren, stellte ich mich dem Gedanken, wie wir eigentlich den *echten* Herbst in den Vierlanden verbringen würden – und die harten Winter. Ich musste Torkild unbedingt bei Gelegenheit fragen, wie kalt es hier in der Regel wurde und ob es häufig schneite. Beim Aufräumen der Küche fiel mir eine ältere Ausgabe der Bergedorfer Zeitung in die Hände, auf deren Titelbild eine Anzeige für den Tag der offenen Tür im Freilichtmuseum Rieck-Haus warb, das am ersten Septemberwochenende stattfinden sollte. Ein Freilichtmuseum? Das klang interessant. Ich googelte es spontan auf meinem Smartphone und war augenblicklich begeistert. In diesem alten Haus, das sich am Curslacker Deich befand und zum Altonaer Museum in Hamburg gehörte, wurden altes Handwerkszeug und Geschirr ausgestellt sowie Erntedankfeste gefeiert, es gab historische Kutschen zu besichtigen und einen Einblick in das Dorfleben, das die Vierländer früher geführt hatten. Genau das Richtige für einen grauen Tag wie heute.

Da Louisa und Molly meine Idee ebenfalls gut fanden, brachen wir nach dem Frühstück auf. Nachdem wir in der Nähe des Museums geparkt hatten, trafen wir zu meiner großen Überraschung Herrn und Frau Aggers.

»Was machen Sie denn hier?«, fragte ich, erfreut darüber, das sympathische Ehepaar wiederzusehen. Doch dann fiel mir siedend heiß ein, dass die zwei ja über die Sache mit Nic Bescheid wussten. Jetzt konnte ich nur hoffen und beten, dass sie keine Bemerkung hinsichtlich dieses Themas fallenließen. Hatte ich bei unserem Gespräch eigentlich erwähnt, dass weder Louisa noch Molly den wahren Grund für unseren Umzug in die Vierlande kannten? »Darf ich bekannt machen, das sind meine Töchter Louisa und Molly. Ihr Süßen, das ist das Ehepaar Aggers.« Vorsichtshalber schob ich ein »Ich habe die beiden neulich zufällig kennengelernt« hinterher und hoffte, dass das Ehepaar meinen Wink mit dem Zaunpfahl verstand.

»Schön, euch kennenzulernen«, erwiderte Frau Aggers, gab den Mädchen die Hand und zwinkerte mir zu, was ich als Zeichen deutete, dass mein Geheimnis bei ihr gut aufgehoben war. Mir fiel ein Stein vom Herzen.

»Mein Mann und ich engagieren uns seit Jahren ehrenamtlich für das Rieck-Haus«, erzählte sie. »Ich verkaufe an manchen Tagen Eintrittskarten und Bücher oder helfe bei der Büroarbeit. Und Sie wollen also heute einfach mal ein bisschen Museumsluft schnuppern?«

»Ich veranstalte hier übrigens gelegentlich Führungen«, ergänzte Herr Aggers. »Heute sind wir allerdings da, um organisatorische Dinge für den Tag der offenen Tür nächstes Wochenende zu besprechen. Seid ihr das erste Mal im Rieck-Haus?«, wollte er von Louisa und Molly wissen. Die nickten nur stumm, offensichtlich flößte ihnen Herr Aggers ebenso viel Ehrfurcht ein wie mir. »Nun, wenn das so ist: Habt ihr Lust auf eine kleine Privatführung? Bis zu unserem Treffen mit dem Freundeskreis bleibt noch eine gute halbe Stunde.«

»Das wäre ja toll, danke schön«, antwortete ich erfreut und folgte zusammen mit Molly und Louisa Herrn Aggers auf das Museumsgelände.

»Puh, ist das dunkel hier«, sagte Louisa, als wir die große Scheune betraten, in der alte landwirtschaftliche Fahrzeuge ausgestellt wurden.

Eine Katze strich mir maunzend um die Beine. Als ich sie streicheln wollte, sprang sie erschrocken davon und flüchtete sich auf einen der Heuballen, die links und rechts auf der Galerie gelagert wurden.

»Ja, leider«, entgegnete Herr Aggers. »Das Rieck-Haus finanziert sich ausschließlich durch Spenden und Eintrittsgelder, und so fehlt es hier immer an irgendwas. Zum Beispiel an einer kleinen Finanzspritze für eine richtig gute Beleuchtung. Aber schaut mal da hinten, die Kochstelle. Da sieht man, dass die Menschen immer schon mit wenig Luxus klarkamen, wenn sie es mussten.«

Wir folgten ihm neugierig zum Wandherd im *Flett,* dem Teil des Hauses, der früher für die Hauswirtschaft genutzt wurde. Auch der offene, mit Feldsteinen gepflasterte Bodenherd rief bei Louisa und Molly großes Erstaunen hervor. »Sieht aus wie im Film«, murmelte Louisa, schaute aber immer wieder auf ihr Handy, statt den Erklärungen von Herrn Aggers zuzuhören. Ich fühlte Ärger in mir aufsteigen und das Bedürfnis, sie sofort auf Smartphone-Entzug zu setzen.

»Die sehen ja toll aus, ist das Kupfer?«, wollte Molly wissen, als wir uns die alten Kannen, Töpfe und Kellen anschauten, die in

dem Raum, der an die Küche angrenzte, dekorativ in Wandregalen ausgestellt wurden. »Ich glaube, Kupfer muss man immer ziemlich viel putzen, oder?«
»Kupfer ist grad im Dekobereich voll in«, murmelte Louisa, während sie eine Nachricht tippte. »Kann man hier so was kaufen? Hätt ich gern für mein Zimmer.«
»Nein, Schätzchen, das kann man nicht«, antwortete Frau Aggers, die – genau wie ich – sah, dass ihr Mann allmählich etwas genervt von Louisas mangelnder Aufmerksamkeit war.
Doch Louisa hörte die Antwort gar nicht mehr, sondern begann plötzlich, hemmungslos zu weinen. Das Ehepaar Aggers schaute sich betreten an, und ich wusste selbst nicht, woher dieser plötzliche Stimmungsumschwung kam. Allerdings hatte ich spontan Marco als Verursacher in Verdacht.
»Wollen wir mal eben kurz an die frische Luft gehen?«, fragte ich und schob Louisa in Richtung Ausgang. Zu den Aggers gewandt, sagte ich: »Ist es okay, wenn ich mich für einen Moment um meine Tochter kümmere?«
»Aber natürlich«, antwortete Frau Aggers verständnisvoll lächelnd. »Mein Mann und ich zeigen solange Molly alles, was es hier noch Schönes zu sehen gibt. Kommen Sie doch einfach nach, wenn die Tränen getrocknet sind.«
»Marco hat Schluss gemacht«, schluchzte Louisa, kaum dass wir draußen waren. Ihre Schultern bebten, und ihr Gesicht war verzerrt von tiefem Kummer. Wir standen vor dem Rieck-Haus unter meinem Schirm, während dicke Regentropfen auf uns niederklatschten und sich auf dem Boden allmählich zu großen Pfützen vereinigten.
»Wegen Paulina?«, war alles, was ich fragen konnte, weil ich seit Louisas Rückkehr aus München auch nicht viel mehr über das

Liebesleben meiner Tochter wusste als vorher. Sie teilte ihre Geheimnisse eben lieber mit ihren Freundinnen Marga oder Katja. Sogar Molly wusste häufig besser Bescheid über das, was Louisa bewegte, als ich.

»Nein, wegen Pheline«, antwortete Louisa, deren Tränen mit denen des Himmels um die Wette eiferten. »Dieser Arsch! Der küsst einfach jede, die ihm schöne Augen macht. Drei Wochen lang war ich seine Traumfrau, und kaum bin ich wieder weg, bin ich abgemeldet. Männer sind einfach scheiße!«

29.

Nur wenn das Alte weicht, hat das Neue Platz.

»Dieser ganze Mist wäre nicht passiert, wenn wir nicht hierhergezogen wären«, schluchzte Louisa am Frühstückstisch so traurig und aggressiv zugleich, dass mir angst und bange wurde. Dass es an diesem Sonntagvormittag draußen erst gar nicht richtig hell wurde und immer noch in Strömen regnete, machte die Situation nicht gerade besser.

Molly und ich hatten gestern alles Erdenkliche getan, um Louisas Kummer zu lindern, doch gegen diese Art von Gefühl war bekanntlich kaum ein Kraut gewachsen.

»Die Ferien mit Marco waren so schön. Wieso konnten wir nicht einfach in München bleiben? Wieso müssen Erwachsene immer alles bestimmen?«

Molly setzte Louisa die schnurrende Momo auf den Schoß, doch auch das half nichts. Und es hatte auch keinen Sinn, meiner Tochter zu sagen, dass ein knapp sechzehnjähriger Junge sich ausprobieren und seine Wirkung auf Mädchen austesten wollte und an allem interessiert war, nur nicht an einer festen Freundin.

»Aber willst du denn wirklich einen Typen, der sich alle zwei Sekunden in eine andere verliebt?«, fragte Molly, mal wieder erstaunlich erwachsen. »Erst war's Pauline, jetzt ist es Pheline. Und dann kommt bestimmt eine Petra oder so. Oder eine Philippa. Und du hast nun mal keinen Vornamen, der mit P anfängt.« Ich wusste, dass Molly ihre Schwester aufheitern wollte, aber das war leider genau der falsche Weg.

»Was weißt du dumme Kuh denn schon von Jungs?«, brüllte Louisa und fegte wütend die Cornflakes-Packung vom Tisch. Einige fielen heraus, was Momo natürlich super fand. Es dauerte keine zwei Sekunden, bis die Maisflocken unter fröhlichem Knacken im süßen Mäulchen der Katze verschwanden.

»So, jetzt ist aber Schluss!«, rief ich und schlug mit der flachen Hand auf den Tisch. »Mäßige deinen Ton, Louisa, und entschuldige dich sofort bei deiner Schwester. Wir wissen beide, wie schlecht es dir gerade geht. Aber ich dulde hier trotzdem keine Schimpfworte. Und es wird auch nichts vom Tisch geworfen, haben wir uns verstanden? Natürlich bist du sauer, und das ist auch richtig so, aber man kann seine Wut auch anders rauslassen.« Wieder so eine Situation, in der Nics Abwesenheit mir schmerzlich bewusst war. Dass er nicht mehr Teil unseres Lebens war, war wie eine Wunde, die mal mehr, mal weniger schmerzte. Doch in Situationen wie dieser riss sie immer wieder von neuem auf.

Zu meiner Überraschung hörte Louisa augenblicklich auf zu weinen und schaute mich mit großen Augen an. Es hätte mich nicht gewundert, wenn sie jetzt auf mich losgegangen wäre. Stattdessen putzte sie sich die Nase, stand auf, umarmte erst Molly, dann mich und murmelte: »Es tut mir total leid, ehrlich. Es … es tut nur so verdammt weh. Und ich weiß nicht, was ich tun soll, damit es besser wird.«

»Wie wäre es, wenn ich gleich Lola anrufe und frage, ob wir bei ihr im Atelier vorbeikommen können? Sie wollte mir ein paar neue Entwürfe für mein Markendesign zeigen, und bei der Gelegenheit könnten wir doch gemeinsam ein paar coole T-Shirts bemalen. Ich weiß, dass es euch da gefallen wird.«

»Super Idee«, jubelte Molly. »Ich muss nur heute um fünf im Stall sein. Ausmisten helfen und so. Aber ich will unbedingt auch so ein Shirt, wie Lola es anhatte, als sie neulich bei uns war. Das war total cooool.«

»Wenn ihr meint, dann komme ich mit«, sagte Louisa mit dünner Stimme, sehr zu meiner Freude.

Da auch Lola an diesem grauen Tag die Decke auf den Kopf fiel, war sie ebenfalls begeistert von meiner Idee, ein bisschen kreativ herumzuwerkeln. Natürlich hoffte ich, sie nebenbei fragen zu können, wie sie die Nachricht, schwanger zu sein, mittlerweile verdaut hatte. Und ob sie sich wenigstens ein bisschen darüber freute.

Eine Stunde später kamen wir, bewaffnet mit einer Platte voller Kuchenstücke, bei Lola an. »Schön, dass ihr mich auch mal besucht«, begrüßte sie uns strahlend. »Kommt rein, ihr Süßen, aber lasst den doofen Regen bitte draußen, ja?«

Molly hing zuerst fasziniert an Lolas Lippen und stürmte dann auch schon los, um auf eigene Faust das Atelier zu erkunden. Es dauerte keine Minute, bis sie sich restlos verliebt hatte. Doch auch auf Louisa schienen Lolas hintergründig-humorvolle Bilder Wirkung zu zeigen. Ihr Smartphone hatte sie auf meine Bitte hin daheimgelassen, war also endlich mal nicht abgelenkt.

»Wie sind Sie denn auf die Idee mit den Vögeln gekommen?«, fragte sie Lola, die neben ihr vor einer der zahllosen Staffeleien stand, die im Atelier verteilt waren.

»Erstens solltest du mich duzen, und zweitens kann ich dir das gar nicht so genau sagen. Ist so 'n Bauchding, wenn du weißt, was ich meine. Ich finde Vögel hübsch, manchmal laut und nervig, dann wieder bezaubernd schön und betörend, dann wieder frech. Aber vor allem so frei und wild, wie ich es immer schon sein wollte.« Da war er wieder, Lolas Freiheitsdrang, der sich ihrer Ansicht nach nicht mit der Mutterschaft vereinbaren ließ. »Also, Mädels, was ist? Habt ihr Lust, T-Shirts zu bemalen?«

Louisa und Molly nickten, und auch ich hatte mir vorgenommen, mein Glück zu versuchen, obgleich ich in Sachen Kunst eher mäßig begabt war. Aber wie hieß es so schön?

Wunder gibt es immer wieder!

»Na, wie geht es Ihnen heute, Frau Förster? Sind Sie nervös?«

Jan von Bodenstein musterte mich, wie jedes Mal, wenn ich in seiner Praxis war, über den Rand seiner Lesebrille hinweg. »Und wie war Ihr Wochenende?«

Ich erzählte von dem Liebeskummer-Drama, das Louisa und uns allen zu schaffen machte, aber auch von dem schönen harmonischen Nachmittag, den wir am gestrigen Sonntag in Lolas Atelier verbracht hatten. »Molly ist so begeistert, dass sie sich nun auch noch zu einem Malkurs anmelden will«, erzählte ich. »Sie findet Lola einfach toll.«

»Das freut mich«, antwortete mein Therapeut. »Wenn Sie mögen, schicken Sie mir doch Louisa einmal vorbei. Vielleicht hilft es ihr ja, mal mit einem Mann über ihren Kummer zu sprechen. Molly scheint sich ja ganz gut hier eingelebt zu haben und offen für Neues zu sein, aber Louisa tut sich deutlich schwerer, so wie Sie mir das schildern. Ich kann mir gut vorstellen, dass sie neben ihren eigenen Problemen unbewusst auch noch einige Ihrer Schmerzen übernimmt. Und das sollten wir unbedingt versuchen zu vermeiden. Gerade in dieser schwierigen Phase der Umorientierung.«

Mein Herz begann zu klopfen. »Würden Sie das tun? Ich meine, ich weiß nicht, ob die Krankenkasse das … und Sie sind ja auch kein ausgewiesener Kinder- und Jugendtherapeut …« In meinem Kopf wirbelte wieder alles wild durcheinander.

»Ich spreche ja auch nicht von einer dauerhaften Therapie, sondern von einem zwanglosen Gespräch«, erwiderte Jan von Bodenstein. »Sollte ich da den Eindruck gewinnen, dass es sinnvoll wäre, Ihre Tochter an einen Kollegen zu überweisen, kann ich Ihnen auch dabei gern behilflich sein. Aber momentan gehe ich davon aus, dass es auch Louisa besser gehen wird, sobald Sie für sich das Thema mit Nic positiv lösen können. Und damit würde ich jetzt gern beginnen, wenn Sie so weit sind.«

Das Klopfen meines Herzens weitete sich zu einer halben Panikattacke aus. In wenigen Minuten würde ich vermutlich mehr über Nic wissen, als ich in den vergangenen zwei Jahren hatte herausfinden können.

Aber war ich wirklich bereit für diesen großen Schritt?

War ich bereit, die Wahrheit zu ertragen?

Und sollte ich wirklich dieser Art von Therapie vertrauen?

Da ich allerdings beschlossen hatte, den Strohhalm zu ergreifen, den das Schicksal mir hingehalten hatte, gab es jetzt kein Zurück mehr.

»Wir können jederzeit abbrechen, wenn Sie sich unwohl fühlen oder es sich anders überlegen«, versuchte Jan von Bodenstein, mich zu beruhigen, was ihm auch gelang. »Glauben Sie mir, hier geschieht nichts ohne Ihr Einverständnis. Sie sind den Dingen nicht ohnmächtig ausgeliefert.«

Das Stichwort *Ohnmacht* gab den Ausschlag: Ich war viel zu lange zu Passivität verurteilt gewesen und hatte mehr als genug unter der Ungewissheit zu leiden gehabt.

Damit musste jetzt Schluss sein, und zwar endgültig!

Außerdem: Ich hatte eher etwas zu gewinnen als zu verlieren.

»Bereit, wenn Sie es sind«, witzelte ich nervös und folgte meinem Therapeuten in einen angrenzenden Nebenraum, der leicht abgedunkelt war. Doch, ich war bereit. Bereit, Nic nach all der langen Zeit zu begegnen. Bereit für die Wahrheit – wie auch immer diese aussah.

Jan von Bodenstein nahm vier weiße Blätter im A4-Format von einem Stapel und bat mich, unsere Namen auf die Bögen zu schreiben, so dass jedes Blatt stellvertretend für ein Familienmitglied stand. Nachdem ich dies getan hatte, legte er die Zettel auf den Boden und wies mich an, mich auf dasjenige Papier zu stellen, das meinen Namen trug. Er selbst stellte sich auf das von Molly.

»Jetzt schließen wir beide die Augen und spüren dem nach, was wir empfinden«, sagte der Therapeut mit leiser, warmer Stimme. Für mich war dies nicht besonders schwer, denn ich stand ja auf meinem eigenen Platz und kannte meine Empfindungen mehr als hinreichend. »Molly geht es gut«, fuhr er fort. »Sie ist zwar ein bisschen traurig und verspürt Heimweh, doch sie liebt ihr neues Leben. Es gibt etwas, das ihr viel Freude macht und sie sehr beschäftigt. Es fühlt sich gut an, auf ihrem Platz zu stehen.« Mir entfuhr spontan ein Seufzer der Erleichterung. »Molly ist in Frieden mit sich und der Welt. Und glücklich.«

Nach einer kleinen Pause, in der ich immer noch auf meinem Platz stand, wechselte Jan von Bodenstein auf die Stelle von Louisa. Sofort begann mein Herz, angstvoll gegen meinen

Brustkorb zu schlagen. »Hier spüre ich viel Wut, Kummer und Frustration. Diese Seele ist verwundet und wurzellos. Sie trägt eine schwere Last, die nicht ihre eigene ist. Sie hat ihr Urvertrauen verloren und sieht gerade keine Perspektive mehr. Sie schwebt zwischen zwei Welten und möchte so gerne ihren Platz finden. Zu jemandem gehören. Sie weint viel, wenn Sie es nicht sehen.«

Ich begann zu zittern, weil ich mich schuldig fühlte. Natürlich hatte Nics Verschwinden Louisas Vertrauen in jungen Jahren zerstört. Dass dieser Marco unwissentlich durch sein Verhalten in dieselbe Kerbe schlug, weil er sich Louisa bereits zum zweiten Mal entzog, war zu viel für sie.

Natürlich trug ich weder Schuld an der einen noch an der anderen Geschichte, aber es traf mich bis ins Mark zu wissen, dass Louisa noch mehr litt, als ich es bislang geglaubt hatte. Meine süße, schöne Louisa, die ihre kindlichen Wunden hinter einem Panzer aus Flapsigkeit und Härte versteckte. Ich würde mich eindeutig mehr um sie kümmern müssen!

Nun wechselte Jan von Bodenstein auf Nics Platz, und ich hielt gebannt den Atem an. Ich atmete erst wieder ein, als er sagte: »Diese Seele lebt. Nic ist hier und ist sich seiner Schuld bewusst. Er sucht Heilung, Vergebung und Wiedergutmachung. Er liebt seine Familie über alles, und es bricht ihm das Herz zu wissen, wie viel Leid er über sie gebracht hat. Doch es gibt noch Schranken zu überwinden, die seinen Weg zurück verhindern. Und er wünscht sich, dass Sie ihm bei diesem letzten Schritt helfen und beiseitestehen.«

Oh mein Gott, Nic lebte.

Er war also weder durch einen Unfall zu Tode gekommen, noch hatte er Suizid begangen.

Konnte das tatsächlich wahr sein?
In mir tobte erneut ein Orkan. Kopf und Bauch stritten mit aller Macht gegeneinander. Schließlich war ich – den Regeln der Logik und des Verstandes folgend – zuletzt davon ausgegangen, dass Nic Suizid begangen hatte. Doch nun spürte ich durch die Aussage des Therapeuten, dass sich diese Annahme nicht mit meinem Bauchgefühl, meiner Intuition gedeckt hatte. Ich hatte die letzten Wochen so getan, als sei Nic tot, weil ich nicht mehr mit der ewigen Ungewissheit hatte leben können – weil es auf eine absurde Weise einfacher für mich gewesen war, dies zu glauben. Doch nun sagte er mir, dass Nic lebte, und ich klammerte mich an eine neue Hoffnung: Ich war bereit, Jan von Bodenstein zu trauen. Ich hätte vor Glück schreien können, bis auf die Tatsache, dass es da diese *Schranke* gab, die ihn von mir und seinen Töchtern trennte.
Und womöglich für immer fernhalten würde.
»Können Sie etwas über diese Schranken sagen?«, fragte ich mit zitternder Stimme. »Wird er irgendwo … festgehalten, ist er krank?«
Jan von Bodenstein hielt seine Augen immer noch geschlossen und schüttelte den Kopf. »Es sind keine äußeren Umstände, die ihn hindern. Die Schranken sind in ihm selbst. Ich spüre viel Dunkelheit, aber auch einen Weg, der zum Licht führt. Aber es ist noch nicht so weit. Dieser Seele muss es erst noch gelingen, ganz ans Licht zu gelangen. Und er bittet Sie inständig, ihn loszulassen, weil er diesen Weg sonst nicht finden kann.«
Mit diesen Worten öffnete er die Augen – die Sitzung war beendet.

Er bittet Sie inständig, ihn loszulassen …
Diese und auch alle anderen Worte hallten in mir nach, als wir beide im Therapiezimmer saßen und Tee tranken, den Frau von Bodenstein uns gebracht hatte.
Beide vollkommen erschöpft.
Beide aber auch in gewisser Weise zufrieden.
»Wie geht es Ihnen jetzt? Haben Sie ein Bild für Ihre Empfindungen?«, fragte der Therapeut, den ich sehr für seine Leistung und sein Können bewunderte. Menschen wie er sorgten dafür, dass die Welt zuweilen ein besserer Ort wurde.
»Mir tut alles weh, so als hätte mich ein Panzer überrollt«, antwortete ich wahrheitsgemäß. »Aber seltsamerweise bin ich jetzt ganz ruhig. Es ist, als würde ich am Ufer des Meeres stehen, das bis vor kurzem aufgewühlt war, weil ein heftiger Sturm es aufgepeitscht hat. Aber nun liegt die See spiegelglatt vor mir, und ganz weit hinten blinzelt die Sonne hinter einem Wolkenberg hervor.« Ich musste gähnen und wäre am liebsten sofort in diesem Korbstuhl eingeschlafen.
Keine Ahnung, wie ich es in diesem Zustand nach Hause schaffen sollte. Aber egal wie mir das gelingen würde, ich fühlte mich irgendwie frei. Und dieses Gefühl war stärker als alle Müdigkeit der Welt. Es war das Gefühl, nach dem ich mich so unendlich lange gesehnt hatte.
Das Gefühl, das mir die Gewissheit gab, von jetzt an alles schaffen zu können, was ich wollte.

30.

Wir haben, wo wir lieben, ja nur dies: einander lassen;
denn daß wir uns halten, das fällt uns leicht
und ist nicht erst zu lernen.

Schwer wie Blei und zugleich leicht wie eine Feder … Der Tag nach der Therapiesitzung fühlte sich an, als sei er gar nicht im Kalender vorgesehen gewesen.

Zum Glück hatte ich den Rat von Jan von Bodenstein befolgt und mir den heutigen Dienstag freigenommen, um mich ein wenig zu regenerieren und ganz in Ruhe meinen Gedanken nachhängen zu können. Louisa und Molly waren bereits in der Schule, und ich hatte mich wieder ins Bett gelegt, in der Hoffnung, noch ein bisschen schlafen zu können. Doch so sehr ich mich auch danach sehnte, in die tröstende Welt süßer Träume zu gleiten, es schwirrten immer noch Wortfetzen in meinem Kopf herum und verlangten nach Aufmerksamkeit:

»Er wünscht sich, dass Sie ihm bei diesem letzten Schritt helfen und beiseitestehen.«

»Dieser Seele muss es erst noch gelingen, ganz ans Licht zu gelangen.«

Eine unruhige Seele, die sich nach Erlösung sehnte – genau wie Friedrich Hoff. Ich musste endlich herausfinden, welchen Zusammenhang es zwischen den beiden gab! Doch anders als gestern verspürte ich dieses Bedürfnis zum ersten Mal nicht, weil ich mir Frieden für mich selbst wünschte, sondern für Nic. Ich würde ihm diesen Wunsch erfüllen, koste es, was es wolle.

Ich würde ihn nun wirklich loslassen.

Mir selbst zuliebe.

Ihm zuliebe.

Louisa und Molly zuliebe.

Entschlossen, irgendetwas zu tun, aber ohne genau zu wissen, was, stand ich wieder auf und ging zu meinem Wandschrank hinüber. Vielleicht konnte mir ja meine kleine Bibliothek weiterhelfen. Während ich den Blick über die Rücken der Ratgeber gleiten ließ, erinnerte ich mich an ein Buch, in dem etwas über Räucherrituale stand. Vielleicht würde das ja helfen, um ein wenig Klarheit zu erlangen. Als meine Augen die Reihen nach dem Titel absuchten, sah ich, dass die Tür zum Geheimfach einen Spalt offen stand. Nanu?

Ich hatte sie doch sorgfältig verschlossen, nachdem ich Friedrich Hoffs Briefe wieder zurück an ihren Platz gelegt hatte. Verwundert untersuchte ich die Tür im Hinblick darauf, ob es Momo möglich gewesen war, sie zu öffnen. Katzen konnten durch einen gezielten Sprung Türklinken aufmachen, also mit Sicherheit auch eine leichte Holztür, wenn sie diese nur lange genug mit der Pfote bearbeiteten. Doch dazu hätte Momo auf die oberste Reihe des Wandschranks springen müssen und hätte dabei mit Sicherheit den dort liegenden Krimskrams wie Muscheln, Steine, Schmuck und ein Herz aus Glas vom Regalbrett gefegt. Doch es lag alles fein säuberlich an seinem Platz. Ob Louisa oder Molly sich ein Buch ausgeliehen hatten und dabei zufällig auf das Geheimfach gestoßen waren?

Ich würde sie heute Abend auf alle Fälle danach fragen.

Doch bevor ich das tat, wollte ich einen Blick auf die Briefe werfen, die ich bislang noch nicht gelesen hatte. Sie waren schließlich meine einzige Verbindung zu Friedrich Hoff und somit auch zu Nic. Entschlossen nahm ich das Bündel aus dem Fach und setzte mich damit aufs Bett. Zuoberst lagen die beiden Briefe, die ich bereits gelesen hatte, also nahm ich mir den dritten vor. Auch darin stand nicht viel Neues. Die Adressatin war immer noch *Mein Schatz*. Es ging inhaltlich, genau wie in den beiden Vorgängern, um verpasste Chancen, Reue, Schuldgefühl. Genau wie in den nächsten, die ich lediglich überflog. Die Ansprache des letzten Briefes ließ jedoch meinen Atem stocken:

Nic, mein Schatz, mein lieber Sohn,
soeben hast Du die Luna verlassen, und ein Teil von mir ist mit Dir gegangen. Dich nach all den Jahren – Jahrzehnten – endlich zu sehen, mit Dir sprechen zu können, zu versuchen, Dir zu erklären, wie es zu allem gekommen ist, war unendlich traurig – und so wunderschön. Doch nun bist Du fort, voller Wut und Hass auf mich. Und ich fürchte, es wird erneut eine lange, lange Zeit vergehen, bis wir einander wieder in die Augen schauen können.
Es tut weh zu wissen, dass Deine Wut auf mich so groß ist, dass Du nicht einmal meine Briefe, Zeugen meiner tief empfundenen Liebe zu Dir, meiner Schuldgefühle, meiner Sehnsüchte, mitgenommen hast, obgleich ich sie geöffnet und Dir zum Lesen gegeben habe. Statt mir zu gestatten, einen Weg zu Dir und Deinem Herzen zu finden, hast Du mich verflucht, mich für Dein Unglück und das Deiner Familie verantwortlich gemacht. Ja, ich

bin schuldig, wenn auch wohl nicht in dem Maße, wie Du es empfindest. Auch mir lag das Glück anderer Menschen am Herzen, nämlich das meiner Frau und meiner beiden Kinder, die nichts von Deiner Existenz wissen. Doch ich werde es Rieke und Hannes sagen, dass sie einen Halbbruder haben.

Magdalena ist leider im letzten Jahr verstorben, aber so kann ich ihr zumindest das Leid ersparen zu erfahren, dass ich sie zu Beginn unserer wunderbaren Ehe aus einer Sommerlaune heraus mit Deiner Mutter betrogen und in einer Nacht Dich, meinen Sohn, gezeugt habe. Ich hoffe sehr, Du glaubst mir, dass ich erst viel später, als Deine Mutter gesundheitlich und wirtschaftlich in Schwierigkeiten war, erfahren habe, dass es Dich gibt. Ich habe vom ersten Tag an dafür gesorgt, dass es Euch finanziell an nichts fehlt. Aber mich zu Dir zu bekennen, Magdalena alles zu gestehen, dazu fehlte mir der Mut, sosehr ich dies auch heute bereue. Genau wie ich es schrecklich finde zu wissen, dass die Ursachen für Deine seelische Erkrankung in den Erlebnissen Deiner Kindheit zu suchen sind. In dem Gefühl aufzuwachsen, der eigene Vater sei kurz nach der Geburt verstorben, um später zu erfahren, dass dem gar nicht so ist, ist natürlich ein großer Schock. Und etwas, das Spuren auf der Seele hinterlässt. Deine Mutter hat aus ihrer Sicht sicher richtig gehandelt, sie wollte Dich schützen. Doch irgendwann drängt jede Wahrheit ans Licht, sei sie noch so bitter.

Nun müssen wir beide uns den Dingen stellen. Ich für meinen Teil möchte alles in meiner Macht Stehende tun, um Dir zu helfen, wieder gesund zu werden. Aurelia und Deine Töchter sind wunderhübsch, wie ich auf den Fotos sehen konnte, und sicher sehr liebenswert. Sie haben es verdient, nach der langen, von Deiner Krankheit geprägten Zeit endlich sorgenfrei und unbe-

schwert mit Dir zusammenleben zu können. Ich würde sie wirklich gerne kennenlernen, wenn Du es erlaubst.
Nic, mein lieber Sohn, es tut mir so leid, dass unsere Begegnung Dich so verstört, Dich so wütend gemacht hat, dass Du einfach auf und davon gestürmt bist.
Bitte komm wieder!
Bitte hilf Dir selbst und uns allen, wieder glücklich zu sein. Und eine Familie …
Ich werde diesen Brief noch einen Tag liegen lassen, in der Hoffnung, dass Du es Dir doch anders überlegst und noch einmal zurückkommst.
In Liebe,
Dein Vater Friedrich

Vollkommen vor den Kopf geschlagen, ließ ich den Brief sinken.
Friedrich Hoff war der Vater von Nic?
Es dauerte eine Weile, bis ich wieder in der Lage war, einen halbwegs klaren Gedanken zu fassen. Nic war demnach gar nicht bei ihm gewesen, um die Luna zu chartern, sondern um eine Aussprache mit seinem Vater herbeizuführen! Natürlich war das Thema, ohne seinen Vater aufwachsen zu müssen, ein großer Teil von Nics Therapie gewesen. Neben einer gewissen genetischen Disposition, die er eindeutig von seiner Mutter Rosemarie geerbt hatte, einer der Hauptauslöser der Depression.
Doch wie hatte er davon erfahren, dass Friedrich gar nicht nach seiner Geburt gestorben war, wie Rosemarie es ihm immer weisgemacht hatte? Wieso hatte seine Mutter keine Silbe davon erwähnt, als ich so verzweifelt nach ihrem Sohn gesucht hatte?

Hatte sie gewusst, dass Nic sich mit ihm treffen und aussprechen wollte?
Mit einem Mal verstand ich die Bedeutung der vier Worte auf dem Zettel im Bildband: *Wir sehen uns dort*. Diese Zeilen waren an Friedrich Hoff, seinen leiblichen Vater, gerichtet gewesen.
Allmählich dämmerte mir, was Nic vorgehabt haben musste. Er war mit Sicherheit auf eigene Faust in die Vierlande gefahren, in der Hoffnung, sich dort mit dem Mann aussöhnen zu können, von dem er all die Jahre geglaubt hatte, er sei tot.
Dies war vermutlich sein letzter Rettungsanker, sein Versuch, endlich als Sieger aus dieser heimtückischen, seelischen Krankheit hervorzugehen.
Doch irgendetwas war gewaltig schiefgelaufen.
Am Abend der Aussprache, am siebenundzwanzigsten April vor zwei Jahren, war Nic auf und davon gestürmt, ohne wieder zu mir zurückzukehren, und sein Vater hatte einen tödlichen Herzanfall erlitten.
Keine Chance auf eine weitere Aussprache.
Keine Chance auf Versöhnung.
Keine Chance auf Vergebung.
Kein Wunder, dass Friedrich Hoffs Geist immer noch auf der Luna herumgeisterte …
Doch was war danach mit Nic geschehen?
Wieso war er nicht zu mir nach Hause gekommen und hatte mir von alldem erzählt? Wieso hatte er überhaupt alles in Zusammenhang mit seiner Familie mit sich selbst ausgemacht?
War das die besagte Scham, von der sein Therapeut immer wieder gesagt hatte, dass sie Nic schwer zu schaffen gemacht hatte, ohne dass es einen wirklichen Grund dafür gab? Schließlich

liebte ich ihn dafür, wie er war – er konnte doch nichts für seine familiäre Situation. Oder vielmehr *hatte* ich ihn geliebt … Erstaunt registrierte ich, dass dieses Gefühl, das ich so lange und bedingungslos für Nic empfunden hatte, sich auf einmal in etwas gewandelt hatte, das leichter zu ertragen war. Als hätte sich ein sanfter Nebelschleier darübergelegt.

Als wäre es kein Teil der Gegenwart mehr.

Es tat nicht mehr weh.

Weil ich glaubte, platzen zu müssen, wenn ich nicht sofort mit jemandem über all dies sprach, wählte ich Cocos Nummer.

»Schätzchen, endlich«, sagte sie zur Begrüßung und klang atemlos. »Ich habe mir schon solche Sorgen gemacht. Wie war deine Sitzung bei diesem Psycho-Guru? Hat er dich verhext? Oder geheilt?«

»Eher Letzteres«, murmelte ich, froh darüber, Cocos Stimme zu hören. Ihr fröhlich-flapsiger Tonfall brachte Licht in jedes noch so tiefe Dunkel. Dann erzählte ich alles, was mir seit gestern Nachmittag widerfahren war, einschließlich des letzten Briefes von Friedrich Hoff.

»Ich brauch jetzt erst mal einen Schnaps«, sagte Coco. Und zu ihrer neuen Mitarbeiterin gewandt: »Jennifer-Schätzchen, übernimm mal den Laden. Und bring mir einen doppelten Obstler. Ich hab hier zu tun.«

Durch das Telefon hörte ich die sanften Klänge des Glockenspiels vom Rathaus am Marienplatz. Sicher standen wieder Heerscharen von Touristen vor dem Prunkbau und machten Fotos oder Selfies. München schien unendlich weit entfernt und zugleich zum Greifen nah. Ich hätte sonst was darum gegeben, in diesem Moment bei Coco sein zu können. »So, Süße, jetzt hab ich den Drink intus«, sagte diese. »Und mir fällt zu alldem nur eins ein: Ich buche den nächsten Flug und komme. Du kannst jetzt auf gar keinen Fall mit diesem ganzen Schlamassel alleine sein. Eigentlich ist Rolf ja dran, mich zu besuchen, aber nun machen wir es eben umgekehrt. Ich checke das mal eben und melde mich gleich wieder, ja?«

Nachdem Coco aufgelegt hatte, klingelte mein Handy. Es war Stefan, der wissen wollte, ob er kurz vorbeikommen konnte. »Ich habe von Carola Sander gehört, dass du heute freihast, und wollte fragen, ob du mir auch deine anderen Produkte zeigen kannst. Alle, die bislang deine Proben getestet haben, sind hellauf begeistert. Und es hat sich sogar bis zu mir herumgesprochen, dass du einigen Damen in dieser Gegend bereits mit deinen Duftessenzen … nun ja … sagen wir mal … auf die Sprünge geholfen hast. Passt es dir gerade? Ich bleibe auch nicht lange, versprochen.«

Vollkommen überrumpelt von Stefans Frage, sagte ich zu. Konnte dieser Tag noch verrückter werden?

31.

Süße Träume: Geben Sie 5 Tropfen Lavendelöl und 3 Tropfen Rosenöl ins Badewasser, legen Sie klassische Musik auf, entzünden Sie Kerzen. 15 Minuten baden und genießen.

Der Tag wurde verrückter. Und zwar in einer Dimension, die ich mir nicht hätte träumen lassen …

Nachdem ich Stefan zugesagt hatte, eilte ich ins Bad, um mich frisch zu machen und meine Haare hochzustecken. Ich hätte sie an sich waschen müssen, war aber aufgrund der gestrigen Sitzung heute Morgen nicht in der Verfassung gewesen, mich um mein Äußeres zu kümmern. Ich bemühte mich, so gut es ging, das nervöse Stolpern meines Herzschlags unter Kontrolle zu bringen, als er vor meiner Tür stand.

Hatte Stefan immer schon so gut ausgesehen?

Hatte er immer schon so ein schönes, warmes Lächeln gehabt?

Waren seine Augen immer schon so strahlend blau gewesen?

»Hallo, Aurelia, toll, dass du so spontan Zeit für mich hast«, sagte er zur Begrüßung. »Ich halte dich auch nicht lange auf, versprochen. Du hast ja heute schließlich deinen freien Tag.«

»Schon okay, ich hatte gar nichts Besonderes vor«, schwindelte ich. »Magst du einen Kaffee? Oder einen Tee? Wenn es dir nicht zu kühl ist, können wir gern nach oben aufs Deck gehen. Aber vorher natürlich noch ins Gästezimmer, das ich jetzt zum Arbeits- und Besuchszimmer umfunktioniert habe. Dort sind die Sachen, die du dir ansehen wolltest.«

»Ich nehme gern einen Kaffee, wenn es keine Umstände macht«, antwortete Stefan und gähnte. »Oh, bitte entschuldige, das ist nicht gerade höflich von mir. Aber ich schlafe zurzeit sehr schlecht, und irgendwann macht sich der Schlafmangel leider doch bemerkbar.«

»Gegen Schlafstörungen habe ich natürlich auch so meine Mittelchen«, antwortete ich. »Aber fürs Erste bekommst du einen Kaffee. Oder soll ich lieber gleich einen doppelten Espresso kochen?« Stefan lächelte schief. »Okay, Botschaft verstanden, Espresso kommt sofort!«

Nachdem ich den starken Lavazza auf dem Herdkocher zubereitet und in eine Tasse gegossen hatte, zeigte ich Stefan mein neues Arbeitszimmer. Stefan war mir, den Kaffee in der Hand, gefolgt.

»Na, das ist doch schon viel besser«, meinte er und schaute sich neugierig um. »Hier hast du genug Platz, um dich kreativ auszutoben.« Dann blieb sein Blick am Schaukelstuhl hängen. »Und hier sitzen dann also deinen Kundinnen und erzählen dir von ihren Problemen. Und du … du scannst währenddessen ihre Aura – oder wie muss ich mir das vorstellen?«

»So in etwa«, antwortete ich und musste angesichts seines leicht ehrfürchtigen Tonfalls schmunzeln. »Allerdings war es erst eine knappe Handvoll. Aus deinem Mund klingt das so, als würde ich die Hälfte der Vier- und Marschlande beraten.«

»Was nicht ist, kann ja noch werden«, antwortete Stefan grinsend und setzte sich in den Stuhl. »Also, Frau Förster, was sehen

Sie, wenn Sie meine Aura betrachten? Ist alles in Ordnung mit mir, oder muss ich mir wegen meiner Schlafstörungen Gedanken machen?«

Ich lehnte an meinem Schreibtisch und betrachtete Stefan, der auf dem gemütlichen Schaukelstuhl mit den bunten Kissen fehl am Platz wirkte. Zu viel weibliches Chichi für einen Mann wie ihn. Doch so sehr ich mich auch bemühte – ich konnte seine Aura nicht sehen.

»Sorry, aber ich kann bei dir nichts erkennen. Ich sehe zum Glück nicht die Aura von jedem Menschen, sonst würde ich vermutlich irgendwann irre werden. Aber ich kann dir gern einige Essenzen und eine Teemischung mitgeben, bevor du gehst. Es dauert zwar ein paar Tage, bis sie ihre Wirkung entfalten, aber sie helfen in der Regel sehr gut. Allerdings solltest du dich auch fragen, weshalb du nicht schlafen kannst. Machst du dir zu viele Sorgen? Trinkst du abends zu spät Kaffee? Oder Alkohol? Gönnst du dir am Tag genug Ruhepausen und Entspannung?«

»Wahrscheinlich ist es eine Mischung aus allem«, antwortete Stefan und wirkte mit einem Mal ein wenig bedrückt.

»Mochte Tanja eigentlich das Badesalz? Ich könnte nämlich, falls du auch gern badest, einen Teil der Essenzen durch Melisse und Lavendel ersetzen, beides wunderbare Einschlafhilfen.« Während ich munter drauflosplauderte, schoss mir ein Gedanke durch den Kopf. Wie gern hätte ich etwas über die Frau gewusst, der es gelungen war, Stefans Herz zu erobern, doch noch immer hatte ich keinerlei Gelegenheit gehabt, sie kennenzulernen. »Ich würde sie natürlich auch mal direkt fragen, aber wir sind uns bislang noch nicht begegnet.«

Nun verdüsterte sich Stefans Gesichtsausdruck noch mehr. »Tanja und ich haben zurzeit Stress. Von daher kann ich dir leider gar nicht sagen, ob sie das Badesalz mochte, obwohl ich es ihr gegeben habe. Tut mir leid, dass ich es bisher versäumt habe, sie zu fragen. Ich hole das nach, wenn ich sie das nächste Mal spreche, okay? Momentan geht sie allerdings öfter mit Freundinnen aus oder verbringt irgendwelche legendären Mädels-Wochenenden mit ihnen.«

Sieh an, sieh an. Ärger im Rosenparadies!

Obwohl ich es gar nicht wollte, verspürte ich eine gewisse Freude darüber, dass Stefan und seine Freundin gerade Probleme hatten. Natürlich war es alles andere als nett von mir, so zu empfinden. Aber ich hatte es allmählich satt, mich selbst zurückzunehmen. Stefan gefiel mir, und ich verspürte große Lust, mich an ihn zu kuscheln und für einen Moment die Welt um mich herum zu vergessen. Wie sich seine Lippen wohl beim Küssen anfühlten? Sie sahen weich und sinnlich aus.

»Dann kommen deine Schlafstörungen vielleicht daher, dass es bei euch momentan nicht so rundläuft«, sagte ich stattdessen und hoffte, dass Stefan mir meine Gedanken nicht ansah. Hatte ich gerade zu offensichtlich auf seinen Mund gestarrt? »Ich kann versuchen, dir mit pflanzlichen Mitteln zu helfen, aber die Ursache für deine Probleme musst du selbst herausfinden und beseitigen.«

»Aye, aye, Frau Therapeutin«, antwortete Stefan und salutierte. »Seien Sie bitte nicht so streng mit mir. Sie wissen doch, dass wir Männer es uns gern einfach machen und den Frauen die Lösung der Konflikte überlassen. Aber nein, im Ernst: Lass uns jetzt bitte nicht über meine Beziehung – oder Nicht-Beziehung – sprechen, sondern lieber an deinen Essenzen schnuppern. Ich habe übrigens schon mal bei den Damen nachgefragt, die unsere Rosenprodukte herstellen: Sie hätten noch Kapazitäten, dir unter die Arme zu greifen, wenn deine Produkte ein Erfolg werden, wovon ich stark ausgehe.«

Mit diesen Worten stand Stefan aus dem Schaukelstuhl auf und stellte sich neben mich. Ein wenig fahrig zeigte ich ihm meine Mischungen namens *Glückliche Stunden, Kühler Kopf, Morgenröte* oder *Abendstimmung*. Stefan roch begeistert daran und ließ sich sowohl die Zusammensetzung der jeweiligen Essenzen als auch deren Wirkungsweise erklären. Ich genoss seine Aufmerksamkeit, auch wenn sie in erster Linie dem galt, womit ich mich beschäftigte, und nicht mir als Frau.

»Lola arbeitet übrigens gerade an einem einheitlichen Design für meine Aroma-Essenzen. Und ein Freund von ihr an meiner Website. In spätestens zwei Wochen ist alles fertig. Willst du mal die Entwürfe sehen?« Da Stefan nickte, holte ich den Ordner, den ich extra dafür angelegt hatte, aus dem Regal und zeigte ihm sowohl die Designs von Lola als auch die Screenshots der Website.

»Sehr schön.« Stefan blätterte interessiert durch den Ordner und nickte immer wieder anerkennend. »Eine gelungene Mischung aus cool, warm, verspielt und einem kleinen Touch Pharma. Ich mag auch den Namen *Aurelias Welt der Düfte*. Doch, das wird laufen! Wenn das alles so einschlägt, wie ich mir das gerade vorstelle, wirst du irgendwann keine Zeit mehr haben, für Carola auf den Märkten zu arbeiten.«

»Ach was, so ein Unsinn«, wiegelte ich ab. »Ich bin gar nicht der Typ für komplette Selbständigkeit. Wenn ich daran denke, welchen Stress meine Freundin Coco mit ihrem Blumenstand auf dem Viktualienmarkt manchmal hat, oder Sandra, eine gute Münchner Bekannte, mit ihrem Friseursalon, bin ich froh, dass ich diese bodenständige Basis habe. Wenn ich nur für mich alleine zu sorgen hätte, wäre das vielleicht etwas anderes. Aber ich trage Verantwortung für Louisa und Molly und kann es mir daher nicht leisten, irgendwelche spleenigen Flausen im Kopf zu haben.«

»Verstehe, das ist ja auch alles nicht immer einfach«, stimmte Stefan mir zu. »Der Verkauf der Rosen läuft auch nicht immer konstant, genau wie die Produkte aus der Gärtnerei. Klar essen die Leute immer gern Kohl, Feldsalat, Rhabarber und Erdbeeren, aber die Discounter machen uns schon ganz schön das Leben schwer. Das gilt im Übrigen auch für den Verkauf von Blumen.«

»Umso schöner ist es, dass du dich mit deinem Vater beratschlagen kannst«, erwiderte ich, als wir auf dem Deck der Luna saßen und dort eine weitere Tasse Kaffee tranken. Ein Wunder, dass Stefan bei der Menge an Koffein noch nicht zu zittern begann. »Wie so vieles im Leben einfacher und schöner ist, wenn man es teilen kann.«

»Hättest du denn gern wieder jemanden an deiner Seite?«, fragte Stefan und schaute mich so lange und intensiv an, dass mir schwindelig wurde. Ich hatte große Mühe, seinem Blick standzuhalten und mich nicht zu verraten. Betreten murmelte ich »Ja« und schloss einen kurzen Moment lang die Augen. Als ich sie wieder öffnete, blickte ich in die von Stefan, tiefblau und weit wie das Meer. Er war aufgestanden, nahm meine Hand sanft in seine und zog mich aus dem Stuhl. Dann umarmte er mich und drückte mich an seine Brust.

Ich wagte kaum zu atmen, so überrascht war ich.

Und so überwältigt.

Als meine Lippen mit seinen verschmolzen, fing mein ganzer Körper an zu beben.

Es war das erste Mal seit vielen Jahren, dass ein anderer Mann als Nic mich küsste. Und so absurd es auch war, es fühlte sich richtig an. Es fühlte sich an, als sei ich angekommen.
»Aber was ist mit Tanja?«, murmelte ich, während Stefans Lippen meine Halsbeuge mit sanften Küssen bedeckten.
»Können wir einen Augenblick das Hier und Jetzt genießen und alles andere einfach ausblenden?«, bat Stefan. »Ich weiß ja selbst nicht, was gerade mit mir los ist. Aber seitdem ich dich kenne, gehst du mir nicht mehr aus dem Kopf, egal wie sehr ich auch versuche, mich dagegen zu wehren. Ich möchte deine Nähe spüren, mit dir zusammen sein, dich riechen, dich schmecken. Es sei denn, es geht dir umgekehrt nicht so. Ein Wort von dir, und ich lasse dich in Ruhe. Versprochen.«
»Nein, nein, das ist es nicht«, antwortete ich und streichelte seine Hand, die nun meine Hüfte umschlang. »Ich mag dich. Sehr sogar. Es ist nur … ich will mich nicht auf etwas einlassen, das mir wieder genommen wird. Ich will nicht schon wieder leiden, verstehst du das? Wenn ich deinen Vater richtig verstanden habe, wolltest du mit Tanja zusammenziehen. Eine Familie mit ihr gründen.«
Stefan hörte auf, mich zu küssen, und ließ mich los.
»Du hast recht, Aurelia. Was ich hier mache, ist total egoistisch. Es tut mir leid, dass ich so über dich hergefallen bin, ohne mir zuvor Gedanken über die Konsequenzen zu machen. Aber du bist so zauberhaft, so wunderschön, so warmherzig – und du duftest so gut. Ich wollte eben einfach wissen, wie es sich anfühlt, wenn ich über dein Haar streichle. Wollte wissen, ob deine Haut wirklich so weich ist, wie sie aussieht. Glaub mir, ich bin eigentlich gekommen, um über Geschäftliches mit dir zu reden, nicht um dich zu verführen. Aber als ich dich vorhin

gesehen habe, voll in deinem Element, begeistert von dem, was du tust, so voller Leidenschaft und Ideen, da konnte ich einfach nicht anders. Bitte verzeih mir.« Obwohl Stefans Worte mir schmeichelten und mich hätten freuen sollen, konnte ich nicht anders, ich bekam Panik.

Ich hatte plötzlich solche Angst davor, nur als Trostpflaster für Tanja zu dienen, wieder in etwas hineinzuschlittern, das mir am Ende Schmerzen zufügen würde, dass mir übel wurde und ich das Bedürfnis verspürte, Stefan von Bord zu werfen. Ich hatte Nics wegen genug gelitten und würde kein zweites Mal zulassen, dass mir jemand weh tat. Aus diesem Grund sagte ich das Einzige, wozu ich gerade noch in der Lage war: »Bitte geh, Stefan. Und zwar sofort!«

32.

Aber keine Rose ist ohne Dornen.

Mittwochmorgen spürte ich immer noch Stefans zärtliche, warme Küsse auf meinen Lippen und hätte schreien können vor Wut.

Was hatte das Schicksal sich dabei gedacht, mir diesen üblen Scherz zu spielen?

Zu wissen, dass ich Stefan genauso gut gefiel wie er mir.

Zu wissen, wie himmlisch seine Küsse waren, wie liebevoll seine Umarmungen – nur um dann zu erfahren, dass sich nichts davon in Zukunft wiederholen würde. Das alles war weitaus schlimmer, als wenn ich gar nicht Stefans Typ gewesen wäre.

Ich versuchte mir mit aller Kraft einzureden, dass ich dankbar für diesen schönen, einzigartigen Moment sein sollte.

Für dieses unerwartete Geschenk, das das Leben für einen Augenblick für mich bereitgehalten hatte.

Jan von Bodenstein würde jetzt mit Sicherheit so etwas sagen wie: »Es ist doch schön, dass Sie noch etwas empfinden können, dass Ihnen wieder ein Mann gefällt. Das ist ein deutliches Zeichen dafür, dass Sie Nic endlich loslassen und offen für etwas Neues sind.«

Doch ich hätte ihm in diesem Fall nur wütend entgegengeschleudert: »Ach ja, ist es das? Ja, ich bin jetzt auf den Geschmack gekommen. Ich weiß nun wieder, wie es sich anfühlt, in den Armen eines Mannes zu liegen. Sich eine Sekunde lang der Illusion hinzugeben, es könnte noch so etwas wie Glück für mich geben. Aber das Schicksal streckt mir bloß die Zunge raus und sagt ätsch, bätsch, Aurelia. Pech gehabt!«

Mit dieser Wut im Bauch stand ich auf, um Frühstück für Louisa und Molly zu machen, denen gegenüber ich gestern Abend so gut wie möglich versucht hatte, meine verletzten Gefühle zu verbergen. Genau wie die Tatsache, dass ich nun wusste, dass Friedrich Hoff ihr Großvater war und beide eine Tante namens Rieke und einen Onkel namens Hannes hatten, die unweit von hier in Bergedorf und Oevelgönne lebten.

Es war allerhöchste Zeit, offen mit beiden zu sprechen, das hatte auch Coco gesagt, als ich ihr die unfassbare Neuigkeit erzählt hatte. Zum Glück würde sie morgen Abend kommen und so lange bleiben, wie ich sie brauchte. Mit ihrer Hilfe würde ich mit meinen Töchtern reden können.

Und endlich, endlich reinen Tisch machen.

»Mama, alles in Ordnung mit dir?«, fragte Molly und deutete auf ihr Frühstücksbrot. »Was hast du denn da draufgemacht? Schuhcreme? Das sieht voll eklig aus.«

Irritiert betrachtete ich den Brotbelag, den Molly, völlig zu Recht, so widerlich fand. Er sah nicht nur eklig aus, er roch auch so.

»Kann es sein, dass du Schokocreme und Leberwurst übereinandergeschmiert hast?«, fragte Louisa, die zum ersten Mal, seitdem Marco sie »abgeschossen« hatte, wie sie es nannte, wieder ein bisschen Farbe im Gesicht hatte. »Igitt!«

»Oje«, murmelte ich betreten, als ich erkannte, dass Louisas Vermutung stimmte, schnappte mir Mollys Teller und ging damit zum Mülleimer. Momo folgte mir und schmiegte sich laut schnurrend an meine nackte Wade. Ich bückte mich, um sie zu streicheln, was die Katze dazu nutzte, um mit ihrer rosa Zunge über den Brotbelag zu schlecken. Dann stieß sie ein empörtes *Miau* aus und wandte sich angewidert ab.

»Siehste, selbst Momo findet das Zeug eklig«, feixte Molly und schmierte sich ein neues Brot. Zum Glück wurde mein Versehen nicht weiter kommentiert, da Louisa versuchte, mir die Erlaubnis abzuschwatzen, am Samstag auf Bens Geburtstagsparty gehen und bis Mitternacht bleiben zu dürfen.

Zwei Seelen rangen in meiner Brust. Auf der einen Seite war die Einladung des gutaussehenden, sympathischen Ben mit Sicherheit genau das Richtige, um Louisa aufzumuntern. Andererseits wurde sie erst im Dezember sechzehn, und Bens Freunde waren allesamt volljährig, er selbst wurde bereits neunzehn. »Sind die Eltern von Katja und Ben denn auch da?«, fragte ich, obgleich ich mir nicht vorstellen konnte, dass er es besonders cool fand, an seinem Geburtstag unter elterlicher Aufsicht zu stehen.

»Ben feiert auf einem Boot im Holzhafen, das für Kunstprojekte und Partys genutzt wird«, antwortete Louisa. »Keine Ahnung, ob seine Eltern auch eingeladen sind.«

»Dann frag mal nach, okay?«, antwortete ich. »Und wenn ich weiß, was Sache ist, entscheide ich.« Louisa zog eine Flappe, aber das war mir egal. Um Mitternacht hatte sie zu Hause zu sein und nirgendwo herumzugeistern, egal wie verführerisch die Einladung auch war.

Zum Glück gab es keine weiteren Diskussionen, denn beide mussten sich beeilen, um den Schulbus zu erwischen, und auch ich hatte schon viel zu viel Zeit vertrödelt. Dass ich heute etwas später kommen würde, hatte ich Mina gestern schon gesagt, als sich abzeichnete, dass ich wegen der Geschichte mit Stefan, aber auch aufgrund all der anderen Dinge, die in den letzten Tagen passiert waren, eine eher schlaflose Nacht haben würde.

Als ich mit knapp einer Stunde Verspätung auf dem Markt in Bergedorf eintraf, empfing mich zu meinem großen Erstaunen eine völlig verwandelte Mina. Ich musste zweimal hinschauen, um sie zu erkennen.

»Na, wie findest du mein neues Ich?«, fragte sie und drehte sich glücklich strahlend im Verkaufswagen um ihre eigene Achse. Beinahe hätte ich gesagt: »Das ist ja wie bei diesen Vorher/Nachher-Storys in Frauenzeitschriften«, verkniff mir die Bemerkung aber. »Das Rot ist doch nicht zu krass, oder?« Mina fuhr sich durchs kastanienrote Haar, das der Friseur zu einem modischen Pixie-Cut geschnitten hatte. Die vormals blassen Brauen waren dunkel gefärbt. Schwarze Mascara und grauer Kajal betonten ihre Augen, die mit einem Mal richtig leuchteten. Erst jetzt sah ich, dass sie blau mit grünen Sprengseln waren. Das Halstuch, mit dem Mina sich bislang stets verhüllt hatte, war verschwunden, und so kam ein zarter, faltenfreier Schwanenhals zum Vorschein, um den ich sie augenblicklich glühend beneidete.

»Nein, das Rot ist der Knaller. Es macht was her und wirkt trotzdem nicht künstlich. Und der Schnitt bringt dein Gesicht richtig gut zur Geltung, genau wie das Augen-Make-up.« Zarter Lipgloss ließ Minas eher schmale Lippen voller und weicher wirken. »Und wo hast du bloß diese rattenscharfe Jeans her? Die lässt deine Beine um zehn Zentimeter länger wirken.«

Leider konnte Mina darauf nicht mehr antworten, da wir Kunden hatten, die uns die gelb-orangefarbenen Spätsommerblumen förmlich aus den Händen rissen. Schon bald waren die letzten Sonnenblumen, Chrysanthemen, Dahlien und Astern verkauft.

»Man merkt, dass es auf den Herbst zugeht und kaum noch was in den Gärten blüht, das man sich daheim in die Vase stellen kann«, sagte Mina, nachdem sich der größte Ansturm gelegt hatte und wir Zeit fanden, einen Tee zu trinken und ein wenig durchzuatmen.

»Was sagt dein Mann denn zu deinem neuen Look?«, fragte ich, weil ich insgeheim befürchtete, dass er zu konservativ für diese Art von Veränderung war.

»Erst war er etwas angesäuert, weil er mir unterstellt hat, dass ich mich in einen anderen verliebt habe. Doch dann hat er irgendwann kapiert, dass ich so, wie wir momentan leben, nicht mehr weitermachen mag. Das ist mir einfach alles zu eingefahren, zu langweilig. Und weil ich zurzeit dank deiner kleinen Zaubermittel gerade so gut in Fahrt bin, habe ich ihm ein bisschen die Pistole auf die Brust gesetzt.« Mina kicherte. »Na ja, nicht nur ein bisschen, sondern ziemlich doll, wenn ich ehrlich bin. Ich habe ihm gesagt, dass ich ihn verlasse, wenn er nicht bald in die Puschen kommt und seinen faulen Hintern hochkriegt.«

Während Mina dies sagte, überlegte ich die ganze Zeit, was heute – abgesehen von ihrer Typveränderung – anders war. Es dauerte eine ganze Weile, bis ich die Antwort gefunden hatte: Ich konnte zum ersten Mal, seit ich Mina kannte, ihre Aura nicht sehen.

War das nun ein gutes oder eher ein schlechtes Zeichen?

Bedeutete das, dass ich meine besondere Gabe verloren hatte? Die Antwort auf diese Frage erfolgte prompt, denn vor mir

stand ein Kunde, dessen Körper von einer knallroten Ellipse umgeben war. Vielleicht konnte ich ja nur die Aura von Menschen sehen, die meine Hilfe brauchten.
Der Kunde wirkte unterschwellig aggressiv, hatte es eilig und war alles in allem ein so unangenehmer Zeitgenosse, dass ich froh war, als er wieder verschwunden war, nachdem er einen Bund Gladiolen gekauft hatte.
»Sag mal, Aurelia, nimmst du noch Kundinnen an, oder hast du zu viel zu tun?«, fragte Mina, als wir die Blumenkübel, die vor dem Marktwagen auf den Tischen gestanden hatten, einräumten. Noch fünf Minuten bis zum Feierabend. »Ich frage, weil eine Freundin meiner Bekannten Ramona, der du so toll bei ihren nervösen Störungen geholfen hast, gern einen Termin bei dir hätte. Sie hat permanent Kopfschmerzen und nichts hilft. Weder Tabletten noch Massagen noch sonst irgendwas. Sie hat es sogar schon mit Akupunktur versucht. Rein körperlich ist alles okay bei ihr, sie hat alle Untersuchungen, die man machen kann, hinter sich.«
»Na klar, gib ihr meine Handynummer«, antwortete ich. »Gegen Kopfschmerzen hilft meist mein Duftöl *Klarer Kopf,* mit Minze, Lavendel, Salbei und Bergamotte. Diese Woche kommt zwar eine Freundin zu Besuch und ich brauche das Gästezimmer für sie, aber sie wird sich bestimmt auch mal mit ihrem Freund treffen, der wohnt nämlich in Hamburg. Dann kann die Bekannte von Ramona gern bei mir vorbeischauen. Klingt ja wirklich übel, was du da erzählst.«
»Oh, du bist ein Schatz, danke. Wenn das so weitergeht, kannst du bald eine richtige Praxis aufmachen«, meinte Mina und zwinkerte mir gut gelaunt zu. »Also dann, hab noch einen schönen Tag. Bis morgen.«

Schon wieder das Thema *eigene Praxis.*
Das hatte ich doch erst gestern mit Stefan.
Beim Gedanken an ihn begann mein Puls sich zu beschleunigen, und mir wurde warm.
Wieso nur musste immer alles so kompliziert sein?
Wenn ich an seinen Blick dachte, als ich ihn gebeten hatte zu gehen, bekam ich weiche Knie. Darin hatten so viel Zärtlichkeit, Wärme, aber auch Kummer, Verunsicherung und Ratlosigkeit gelegen. Ich hatte nicht den Eindruck, dass Stefan darauf aus gewesen war, seine Freundin aus einer Laune heraus zu betrügen. Die Art, wie er mich berührt und geküsst hatte, hatte etwas unglaublich Liebevolles, Verbindliches gehabt. Womöglich war es wirklich so, dass Tanja und er nach der Phase der ersten Verliebtheit feststellen mussten, dass sie im Grunde gar nicht zusammenpassten. In unserem Alter ging es schließlich nicht mehr nur darum, sich schwärmerisch nach dem anderen zu verzehren, jede Sekunde an ihn zu denken, ihn mit jeder Faser seines Körpers zu begehren. Um ein Stück des Lebensweges gemeinsam zu gehen, musste weit mehr passen als die bloße physische Anziehungskraft. Man musste einander respektieren, sich für das interessieren, was der andere machte und wofür er brannte. Man musste Geduld aufbringen, Vertrauen haben und auch mal Phasen aushalten, in denen es nicht so toll lief.
War sich Stefan dessen bewusst? Oder war er ein Mann, der beim kleinsten Problem die Flinte ins Korn warf? Eigentlich hätte ich ihn anders eingeschätzt.
Doch mir war klar, dass es nichts brachte, mir jetzt weiter das Gehirn zu zermartern. Solange Stefan liiert war, war es besser, mich auf mein eigenes Leben zu konzentrieren.

Nachdem ich eingekauft und diverse Sachen in Bergedorf erledigt hatte, fuhr ich zur Gärtnerei, um dort bei der Vorbereitung einer großen Lieferung zu helfen, und verließ meinen Arbeitsplatz gegen zwanzig Uhr. Louisa und Molly wussten Bescheid, dass ich erst später kommen würde, und wollten sich die Lasagne warm machen, die ich am Tag zuvor gekocht hatte.
Auf dem Heimweg, der mich an den zahllosen Deichen der Vier- und Marschlande vorbeiführte, beschloss ich spontan, noch einen Abstecher zum sogenannten Holzhafen in Moorfleet zu machen, wo am Samstag Bens Geburtstagsparty steigen würde. Ich wollte mir zumindest einmal ansehen, wo Louisa feiern würde.
In der Nähe des Hafens standen einige von Torkilds Gewächshäusern sowie ein Haus, in dem regelmäßig Dreharbeiten für die Fernsehserie *Stubbe – von Fall zu Fall* mit Wolfgang Stumph in der Hauptrolle stattgefunden hatten.
Obwohl die Luna nicht allzu weit entfernt lag, war ich bislang immer nur am Deich entlanggefahren, ohne mich weiter in dieser Gegend umzuschauen. Schon von weitem erblickte ich die hohen Geschäftshäuser des Stromversorgers Vattenfall, ein bizarrer Kontrast zur eher lieblichen Flusslandschaft. Links vom Deich lagen einige Gewächshäuser, dazwischen immer wieder hübsche, kleine Häuschen, die sich hinter den Schutzwall zu ducken schienen.
Das Wasser der Elbe lief gerade ab und legte Hafenschlick, durchsetzt mit hellen Steinen, frei. Sattgrüne Büsche mit weißen Blüten säumten das Ufer, und ich entdeckte etwas weiter hinten einen Angler, der mit schweren Gummistiefeln an den Beinen im Elbsand stand und in der Abenddämmerung sein Glück versuchte. Obwohl es verboten war, entschied ich kur-

zerhand, auf dem Deich zu parken, zumal weit und breit kein einziges Auto in Sicht war. Ich schaltete die Warnblinkanlage ein und stieg aus dem Twingo.

Als der Angler mich sah, winkte ich ihm kurz zu und sagte »Moin«, ein Gruß, der sowohl in Hamburg als auch in den Vier- und Marschlanden zu jeder Tages- und Nachtzeit passend war. Er grüßte winkend zurück, was ich sehr nett fand.

Überhaupt musste ich sagen, dass die Norddeutschen sehr viel offener und herzlicher waren, als ihnen nachgesagt wurde.

Im Gegensatz zu dem Münchner *Granteln,* das mir gelegentlich ziemlich auf die Nerven gegangen war, äußerst erfrischend.

Meine Augen schweiften über das riesige Areal des Hafens, der wirkte, als sei er außer Betrieb und zu einer Art Kunstmuseum umgewandelt worden. Der Himmel färbte sich gerade violett, über den Hochhäusern zogen am Horizont dunkle Wolken auf. Im fahlen Licht der Dämmerung sah ich Container, die zu pink und tomatenrot gestrichenen Hausbooten umfunktioniert worden waren. Allerdings reichte ihr zweckdienlicher Charme nicht an unsere romantische Luna heran. Davor wogte hohes Schilf im sanften Spätsommerwind, der auch alle anderen Blätter immer wieder rascheln ließ. Schwarze Krähen und ein Bussard überflogen diesen Abschnitt der Elbe, ein einsamer, seltsamer Ort, mit einer ganz eigenartigen Aura, die ich zwar nicht sehen, aber spüren konnte. Mir kam die Fotoserie *Lost Places* in den Sinn – hier war definitiv einer von ihnen.

Eine tolle Kulisse für Krimis!

Und was war das?

Vor mir lag nach einigen Metern Fußweg eine Konstruktion im Wasser, die einem überdimensionalen Rettungsring ähnelte. Ich knipste ein Foto mit meinem Smartphone, um das Gebilde später zu googeln oder Torkild, den ich aus Zeitmangel schon viel zu lange nicht mehr gesprochen hatte, danach zu fragen. Dann ging ich weiter, umrundete das Hafenbecken und gelangte schließlich zu einem großen Schuppen neben einer Slipanlage, vor der bunt bemalte Steinköpfe aufgestellt waren. Ihre Grimassen wirkten im Zwielicht der untergehenden Sonne wie Fratzen, und ich begann zu frösteln. Als ich vorsichtig – um nicht auszurutschen – die schräge Ebene hinunterging, sah ich, wie sich Schlicksand und Erde mit Moos und Farnen zu einzigartigen Naturkunstwerken verbunden hatten. Ich konnte auch hier Gesichter erkennen, ähnlich denen der Baumhirten Ents aus *Herr der Ringe*. Große Pflanzen, die aussahen wie Herkulesstauden, säumten das Elbufer, von wo aus ich einen Blick auf das Boot hatte, auf dem Bens Party steigen würde.

Es war grellbunt bemalt und ankerte an einem besonders breiten Steg. Als mir eine Kröte über die Füße lief und dann im Dickicht der Büsche verschwand, erschrak ich.

Dies war, trotz seiner bizarren Schönheit, definitiv kein Ort, um sich in der Abenddämmerung alleine herumzutreiben. Neben mir raschelte es im hohen Gebüsch. Dann hörte ich Schritte, die sich jedoch schnell wieder entfernten.

Mit pochendem Herzen drehte ich mich um und erblickte die Silhouette eines Mannes, die mir vage bekannt vorkam, jedoch schnell wieder von der Dämmerung verschluckt wurde. Schauer jagten über meinen Körper, und ich begann zu zittern.

Hätte ich es nicht besser gewusst, hätte ich gedacht, ich sei soeben Nic begegnet …

33.

Die Liebe,
Welch lieblicher Dunst;
Doch in der Ehe,
Da steckt die Kunst.

»Coco ist da, Coco ist da.« Molly hüpfte aufgeregt von einem Bein aufs andere und umtänzelte Coco, die ich gerade vom Hamburger Flughafen abgeholt hatte.

Es war kurz nach sieben Uhr abends.

»Na, meine kleine Schnecke, wie alt bist du gerade? Fünf?«, fragte diese mit schelmischem Grinsen und gab erst Molly, dann Louisa einen Kuss auf die Wange. Heute trug sie einen auberginefarbenen Lippenstift, der auf der hellen Haut meiner Töchter wie eine grelle Halloween-Bemalung wirkte.

»Soll ich dir deinen Koffer rauftragen?«, bot Louisa an, und Coco warf mir einen fragenden Blick zu.

Ich würde sie nachher darüber aufklären müssen, dass Louisa seit Tagen auf Schmusekurs war, in der Hoffnung, bis Mitternacht auf Bens Party bleiben zu dürfen, obwohl seine Eltern nicht dabei waren.

»Magst du was trinken, hast du Hunger?«, fragte ich, während

Louisa und Molly gemeinsam Cocos Gepäck nach oben schleiften. Wie immer hatte sie viel zu viel eingepackt.

»Wie wär's mit beidem? Also etwas zu trinken und etwas zu essen«, erwiderte Coco, holte eine Flasche Champagner aus ihrer überdimensional großen Handtasche und ging damit in Richtung Küche. »Ich leg den mal eben ins Eisfach, okay? Wir dürfen ihn nur nicht vergessen, sonst platzt das teure Stück.«

»Gibt's was zu feiern?«, fragte ich verwundert. Natürlich hatte auch ich anlässlich ihres Besuches Rosé-Prosecco gekauft, genau wie Unmengen an Chips und eine Packung hausgemachter Trüffelpralinen aus dem Café bei der Riepenburger Mühle. Zum Abendessen würde es Tagliatelle mit Hummersoße, Cherrytomaten, Frühlingszwiebeln und Flusskrebsen geben, Cocos Lieblingsgericht, das angeblich nur ich so gut zubereiten konnte. Dazu gab es gemischten Salat und als Dessert Eis. Zur Feier von Cocos Besuch gönnte ich uns diesen Luxus, finanziert aus den Verkäufen der Duftessenzen an Minas Freundinnen.

»Lass dich überraschen«, antwortete sie mit einem Augenzwinkern und nahm dann die schnurrende Momo auf den Arm. »Hallo, Süße, du hast mir gefehlt«, flüsterte sie der Katze ins Ohr und kraulte sie unter dem Hals. »Zu schade, dass Rolf allergisch gegen Katzen ist, sonst würden wi… äh, ja, zu schade.«

Ich spitzte meine Ohren.

Hatte Coco sich gerade verplappert?

»Wenn du magst, kannst du es dir oben noch einen Moment gemütlich machen, während ich mich ums Essen kümmere. An sich ist alles vorbereitet, ich muss nur noch die Pasta kochen und die Salatsoße abschmecken. Louisa und Molly decken den Tisch.«

»Wenn das okay ist, gern. Dann packe ich nämlich eben aus und rufe kurz Rolf an, um zu sagen, dass ich gut gelandet bin.« Mit diesen Worten setzte sie Momo wieder auf den Boden. »Also dann, meine kleine Spitzenköchin, bis gleich.«
Und schwups, war sie auch schon verschwunden – und ich mit meinen Gedanken allein.
Den ganzen Tag schon hatte ich darüber nachgedacht, ob es wirklich sein konnte, dass Nic der Mann war, den ich am Holzhafen hatte weglaufen sehen. In meiner Verwirrung hatte ich sogar Jan von Bodenstein angerufen und ihn um eine Einschätzung gebeten.
»Haben Sie ihn denn in den letzten beiden Jahren häufiger gesehen?«, hatte er gefragt. »Ich meine, die abendliche Stunde, die Sie stets … mit ihm verbracht haben, einmal außer Acht gelassen?«
»Nein, eigentlich nicht, beziehungsweise ist das länger her. Ganz am Anfang hatte ich das Gefühl, dass Nic überall war: im Supermarkt, auf der Bank, in der U-Bahn. Aber das eigentlich Irritierende am Holzhafen war, dass ich nicht nur diese schemenhafte Gestalt gesehen habe, sondern auch seinen Duft in der Nase hatte. Eine Mischung aus Sandelholz, Meerwasser und Honig.«
»Das kann allerdings auch ein Resultat unserer Aufstellung sein«, erwiderte der Therapeut. »Obgleich Sie beginnen loszulassen, ist das Thema Nic natürlich präsent wie schon lange nicht mehr. Und da Sie wissen, dass er zumindest eine Zeitlang hier gewesen ist, kann es durchaus zu einer solchen Reaktion oder Wahrnehmung kommen. Ich würde dem an Ihrer Stelle nicht allzu viel Bedeutung beimessen. Konzentrieren Sie sich lieber darauf, Ihren Töchtern reinen Wein einzuschenken. Es ist

überfällig, sie mit der Wahrheit zu konfrontieren und ihnen zu sagen, dass sie hier in der Nähe Familie haben. Und dass sie auf dem Hausboot ihres verstorbenen Großvaters leben. Wenn es Ihnen leichter fällt, kann ich das Gespräch auch gern therapeutisch begleiten.«

Ein kurzer Moment des Nachdenkens hatte mir genügt, um mich dagegen zu entscheiden. So verlockend Jan von Bodensteins Angebot auch war, ich musste die Angelegenheit ohne ihn klären. Louisa und Molly würden diese Nachrichten so oder so verstören, da würde die Anwesenheit eines Fremden sie nur zusätzlich irritieren.

»Mama, welche Teller soll ich nehmen, die flachen oder die tiefen?«, fragte Louisa und riss mich aus meinen Gedanken. »Und haben wir noch irgendwo Servietten?«

Ich antwortete mechanisch auf ihre Frage, gab die Tagliatelle in sprudelndes Salzwasser und stellte die Küchenuhr auf acht Minuten Kochzeit ein. Dann begann ich mit der Verfeinerung der Salatsoße, bestehend aus Zitrone, Senf, Olivenöl, Pfeffer, Salz und weißem Balsamico.

»Gib ordentlich Stoff«, sagte Coco, die gerade in die Küche gekommen war und mir über die Schulter schaute, als ich eine Zehe Knoblauch schälte und danach in die Presse legte. »Oder küssen wir heute Abend noch irgendjemanden?«

»Nicht, dass ich wüsste«, antwortete ich schmunzelnd. Doch dann erstarb das Lächeln auf meinen Lippen. Mir fiel ein, dass ich Coco noch gar nichts von dem Nachmittag mit Stefan erzählt hatte. Ich räusperte mich und verscheuchte das unangenehme Ziehen in meinem Bauch, das mich jedes Mal überkam, wenn ich an den Nachmittag vor zwei Tagen dachte. »Aber was ist mit dir? Bist du nicht morgen mit Rolf verabredet?«

»Schon, aber der kann das ab«, antwortete Coco, schnappte sich eine Gabel und rührte damit im kochenden Nudelwasser herum. Fünf Minuten später saßen wir alle am Küchentisch. Die Abende waren mittlerweile eindeutig zu kühl, um noch an Deck der Luna zu essen, was ich sehr bedauerte. Ich genoss den weiten, unverstellten Blick über die Elbe und auch den Anblick der anderen Boote und hätte am liebsten den ganzen Tag im Freien verbracht. Mittlerweile lagen deutlich weniger Boote im Moorfleeter Yachthafen, auch die sympathischen Reinickes waren längst wieder nach Dortmund zurückgekehrt, von wo aus sie uns netterweise eine Karte geschickt hatten.
Die Schiffssaison neigte sich allmählich dem Ende zu, genau wie der Sommer. Die Zugvögel zogen weiter.
»Mmmmh, das schmeckt sooo lecker!« Molly fuhr sich genüsslich mit der Zunge über die Lippen. »Darin könnte ich mich echt wälzen.« Coco nickte zustimmend und nippte an ihrem Glas mit vollmundigem Primitivo.
»Kannst du mir am Samstag helfen, Nudelsalat zu machen, Mama?«, fragte Louisa. »Ich soll nämlich welchen zu Bens Party mitbringen. Er wünscht sich von uns allen was zu essen oder Getränke statt Geschenken.«
Ich dachte mit Schaudern an die abgelegene Party-Location am Holzhafen, versuchte jedoch, meine negativen Gefühle hinunterzuschlucken, weil Louisa sich so auf Bens Geburtstag freute. »Na klar helfe ich dir. Wir können ja eine italienische Variante mit getrockneten Tomaten, schwarzen Oliven und Mozzarella machen, dann schmeckt der Salat ein bisschen peppiger«, schlug ich vor. »Aber denk dran, um halb elf ist die Party für dich zu Ende. Um fünf vor halb stehe ich auf der Matte und hole dich ab. Haben wir uns verstanden?«

Louisa schaute hilfesuchend zu Coco, doch die zuckte nur mit den Schultern.

Nachdem wir zu Ende gegessen und gemeinsam die Küche aufgeräumt hatten, holte Coco die langstieligen Sektgläser aus dem Küchenschrank und den Champagner aus dem Eisfach.

Die Mädchen hatten bereits gute Nacht gesagt und sich in ihre Zimmer verkrümelt. Louisa immer noch schmollend, Molly mit Momo unterm Arm. Coco und ich lümmelten uns auf das Sofa, und ich breitete eine leichte Fleecedecke über jede von uns aus.

»Hach, ihr habt es wirklich schön hier«, sagte Coco, während sie den Champagner entkorkte und in die Gläser goss. »Der Blick durch dieses Panoramafenster auf die Hafenlichter ist echt der Hit. Und schau mal, da oben leuchten sogar schon die ersten Sterne.«

Ich seufzte wohlig und kuschelte mich tiefer in die Decke. Es tat so gut, dass Coco da war und noch eine ganze Weile bleiben würde. So lange, bis sich der ganze Schlamassel hier gelegt und hoffentlich in Wohlgefallen aufgelöst hatte.

»Also, schieß los. Worauf stoßen wir an?«, fragte ich und drückte mir selbst insgeheim die Daumen.

Vielleicht ging mein Wunsch ja in Erfüllung.

»Darauf, dass Rolf und ich bald zusammenleben werden«, antwortete Coco mit strahlendem Lächeln und verdächtigem Glitzern in den Augen. »Ich werde den Marktstand an meine Mitarbeiterin übergeben und nur noch ab und zu nach dem Rechten sehen. Die Wohnung in München behalte ich, damit ich eine Bleibe habe für die Zeit, in der ich da bin, und auch für euch, wenn es euch mal wieder in die alte Heimat zieht. Aber mein Lebensmittelpunkt wird ab dem ersten Oktober Hamburg sein. Rolf hat eine Wohnung in Oevelgönne gekauft, also wohne auch ich bald an der Elbe.«

»Wow, das sind ja fantastische Neuigkeiten«, rief ich aus und schickte ein Dankesgebet ans Universum. Es hatte mir tatsächlich einen großen Wunsch erfüllt. »Ich freue mich so für euch. Mann, wer hätte gedacht, dass aus einem kleinen Flirt in einer Münchner Bar so etwas Festes werden würde? Das ist einfach großartig! Aber sag mal, wirst du dich denn nicht langweilen, so ganz ohne Blumen? Und reicht das Geld auch, wenn du jemanden Vollzeit beschäftigst? Meine Schulden kann ich leider auch erst abstottern, wenn bei mir nicht mehr so große Ebbe in der Kasse herrscht.«

Coco tätschelte liebevoll mein Knie. »Du brauchst dir wegen des Darlehens keine Sorgen zu machen, Schätzchen. Und auch sonst nicht. Rolf ist sehr großzügig und hat genug Geld. Ich verdiene ein kleines Vermögen mit meinen Blumen, wie du weißt. Und langweilen werde ich mich garantiert nicht. Du kennst mich, ich kann eh nicht stillsitzen. Vielleicht tun wir beide uns ja auch noch in irgendeiner Form zusammen, wer weiß? In der nächsten Zeit werde ich jedenfalls erst mal voll und ganz damit ausgelastet sein, unsere Wohnung einzurichten und die Hochzeit vorzubereiten.«

»Die Hochzeit?!« Jetzt war ich wirklich sprachlos.

Coco kramte in der Tasche ihres schwarzen Kleides mit Rosenmusterapplikation herum, und zum Vorschein kam ein wunderschöner Verlobungsring. Der Diamant funkelte mit Cocos Augen um die Wette. Ich hatte sie noch nie so schön und strahlend gesehen.

»Diese Hanseaten machen wirklich keine halben Sachen, wenn sie sich erst einmal etwas in den Kopf gesetzt haben«, sagte

Coco, während erste Tränen der Rührung über ihr rundes Gesicht kullerten. »Im Gegensatz zu den Franzosen, die sich lieber amüsieren und ein Hintertürchen offen lassen wollen. Also, Aurelia. Willst du meine Trauzeugin und meine Brautjungfer sein? Und kann ich mir deine beiden Süßen als Blumenkinder ausleihen? Sie werden in roséfarbenen Kleidchen bestimmt furchtbar entzückend aussehen.«

Ich musste lachen, weil Coco ganz offensichtlich in den allerkitschigsten Fantasiebildern schwelgte. »Du weißt aber schon, dass die beiden keine vier mehr sind und so gar nicht auf Rosa stehen?«, fragte ich kichernd. Der Champagner stieg mir allmählich zu Kopf und tauchte alles in einen angenehmen Nebel. »Molly findet das vielleicht noch ganz charmant, aber Louisa … obwohl, womöglich irre ich mich. Frag sie einfach. Und was mich betrifft, ist mir das nicht nur eine große Ehre, sondern eine Herzensangelegenheit. Ja, das mache ich sehr, sehr gerne.«

Coco und ich umarmten uns, in dem Maße, wie es möglich war, wenn man auf einem Sofa nebeneinandersaß.

»Und der Blumenschmuck muss von deinem Typen vom Rosenhof kommen«, sagte Coco. »Ich will die schönsten Rosen, die eine Braut je hatte. Können wir da in den nächsten Tagen mal vorbeifahren, und ich bespreche alles mit Stefan?«

Schlagartig wurde ich nüchtern. Diese Frage war die perfekte Überleitung, um ihr endlich von dem denkwürdigen Nachmittag zu erzählen, an dem wir uns geküsst hatten. Coco hatte aufgehört zu weinen und starrte mich mit weit aufgerissenen Augen an. »Auweia, du hast ihn echt rausgeworfen?«, fragte sie in einem Ton, als hätte ich gerade verkündet, dass ich eine Karriere als Musicalstar plante.

»Was hättest du denn an meiner Stelle getan?«, erwiderte ich, konnte mir jedoch die Antwort im Grunde selbst geben. »Ja, ich weiß, du hättest gedacht *Ran an den Speck, den Kerl schnapp ich mir*. Aber ich bin nicht wie du. Ich habe weder dein Selbstvertrauen noch so viel Mut. Außerdem möchte ich auf gar keinen Fall etwas mit einem Mann anfangen, der gebunden ist.«

»Aber die beiden haben doch Stress miteinander, oder etwa nicht?«, hakte Coco nach. »Und das schon nach knapp zwei Jahren Beziehung, wo der Himmel eigentlich noch voller Geigen hängen müsste. Los, erzähl: Was weißt du über diese Tanja? Ist sie hübsch? Was macht sie beruflich? Will sie sich Stefan schnell krallen und eine Familie gründen? Hast du sie dir schon mal genauer angeschaut?«

»Ich habe nicht den blassesten Schimmer. Die Einzige, die sie kennt, ist Lola aus der Galerie, aber die hat auch nicht besonders viel erzählt. Sie scheint zurzeit häufig weg zu sein, also habe ich sie noch nicht zu Gesicht bekommen.«

»Aber der Vater von Stefan, dieser ... Thor, nein Torkild, der muss doch was über sie und die Beziehung der beiden wissen, oder nicht? Er mag dich doch so gern, also kannst du ihn bestimmt ein bisschen ausquetschen. Denn mal ganz ehrlich, Aurelia, wann hat dir zuletzt ein Mann so gut gefallen wie Stefan?«

Vor Nic lange Zeit keiner und auch nach ihm nicht.

»Das hätte ich ja gern gemacht, aber irgendwie ist mir das peinlich. Was, wenn er diese Tanja total gern mag und sich nichts sehnlicher wünscht, als dass sie seine Schwiegertochter wird?«

Bevor ich auf weiter auf Cocos Frage eingehen konnte, klingelte mein Handy. Der Anruf kam von Mias entfernter Bekannten, die sich als Victoria vorstellte und wegen ihrer starken Kopfschmerzen einen Termin bei mir haben wollte. Ich überprüfte meinen Kalender, fragte Coco nach ihren Plänen für die nächsten Tage und bat Victoria, am Samstagvormittag auf der Luna vorbeizuschauen. Als ich den Termin notiert und das Gespräch beendet hatte, stand ich auf, um eine Karaffe Wasser für Coco und mich zu holen.

Als ich in die Küche ging, erblickte ich für den Bruchteil einer Sekunde das Gesicht eines Mannes, der durch das Bullauge unserer Kombüse schaute.

Mein Atem stockte, und mir wurde schwindelig. Hatte ich da eben den Geist des verstorbenen Friedrich Hoff gesehen – oder den von Nic?

34.

Der menschliche Körper nimmt die Kräfte der Natur in sich auf und wandelt die Elementar-Energien von Sonne, Wasser, Luft und Erde in Heilenergie für sich um. Alles ist mit allem verbunden.

Es lag ein ganz besonderer Zauber über diesem Morgen in den Vier- und Marschlanden. Die tiefstehende Spätsommersonne tupfte silberne Sterne auf die Wellenkronen der Elbe. Das Farbenspiel des Himmels und des Wassers verschmolz mit dem leisen Raunen des Windes und den Schreien der Möwen. Das milde Morgenlicht verwischte die Konturen der Landschaft zu einem hauchzarten Aquarell.

Ich stand an Deck der Luna und begrüßte den Samstag, warm eingemummelt in meine Daunenjacke, einen Becher dampfend heißen Kaffee in der Hand. Nicht mehr lange, dann würden die Tage anbrechen, in denen mein Atem kleine Wölkchen bilden und die Blätter der Bäume von einem Hauch Rauhreif bedeckt sein würden.

Spätsommer, Zeit des Umbruchs, Zeit der Reife.

Zeit für den Übergang in eine Jahreszeit, die auch die goldene genannt wurde.

»Na, alles klar bei dir?«, fragte Coco, die auf leisen Sohlen herangeschlichen war, und stellte sich neben mich an die Reling. »Woran denkst du gerade?«

»An den Herbst«, antwortete ich und legte einen Arm um ihre Schulter. Cocos Haut strahlte wie immer die glühende Wärme eines Backofens ab, an der man sich so wunderbar wärmen konnte. Kein Wunder, dass Rolf ihr einen Heiratsantrag gemacht hatte. Wer eine so tolle Frau fand, sollte sie besser nicht mehr loslassen. »Und daran, wie dankbar ich dafür bin, dass das Schicksal uns hierhergeführt hat. Du weißt, dass ich Bayern liebe, aber dieser Ort ist einfach traumhaft schön. Es gibt Momente, in denen ich glaube, dass meine Wurzeln in einem früheren Leben in Norddeutschland gelegen haben. Außerdem kann ich mir gar nicht mehr vorstellen, irgendwann nicht mehr am Wasser zu wohnen. Wusstest du eigentlich, dass die Menschen sich so gern am Meer aufhalten, weil dort die vier lebenswichtigen Elemente vereint sind: die salzige Luft, die Sonne über dem Meer, das Wasser und die Erde. Nur wo all diese Kräfte gemeinsam wirken, fühlt man sich vollständig.« Coco nickte stumm. »Sorry, dass ich gerade so eine gefühlsduselige Quasselstrippe bin«, sagte ich entschuldigend. »Und das so früh am Morgen, wo du doch bestimmt noch gar nicht wach bist. Soll ich uns Frühstück machen, oder wollen wir warten, bis die Mädchen aus ihren Betten kullern? Um elf kommt übrigens Victoria, und danach machen Louisa und ich den Pasta-Salat.«

»Bis dahin habe ich meine Sachen in dein Zimmer gebracht und bin schon zum Möbelschauen mit Rolf unterwegs«, antwortete Coco. »Und nein, du nervst mich nicht. Ich bin zwar wirklich noch nicht ganz wach, aber ich werde es gleich sein, nämlich wenn ich dir das hier mopse.« Und schon hatte sie meinen Becher in der Hand und trank den restlichen Kaffee in einem Zug leer. »Aber sag mal, bleibt es bei deinem Plan, morgen mit den Kindern über Nic zu sprechen? Dann komme ich entsprechend früher von Rolf zurück.«

»Ja, bleibt es«, antwortete ich. »Ich wollte nur noch die Party abwarten, damit Louisa sich ungestört amüsieren kann. Länger darf ich das Ganze aber auf gar keinen Fall aufschieben.«

Zwei Stunden nach diesem Gespräch klingelte es, und Victoria stand vor der Tür. Sie sieht aus wie eine Ballerina, dachte ich spontan, bat Victoria herein und dirigierte sie die Treppen hinauf in den ersten Stock. Weil ich hinter ihr ging, hatte ich genug Zeit, um ihre kerzengerade Haltung zu bewundern, genau wie das glänzende, zum Top Knot verschlungene Goldhaar, die langen Arme und Beine, die in mit farbigen Steinchen besetzten Stiefeln steckten. Sie trug einen Poncho aus luftig gestrickter, hellgrauer Wolle, der ihren elfenhaften Look unterstrich.

»Also, Victoria, was kann ich für Sie tun?«, fragte ich und bot ihr eine Tasse Rosenblütentee an, die sie dankend annahm. Ihren Körper umspielte eine braun-violette Ellipse, ein deutliches Zeichen dafür, dass Victoria sich in einem Prozess der Wandlung und des Wachstums befand. Nur einzelne schwarze Schleierfetzen und kleine Risse in der Aura störten das Gesamtbild und zeugten davon, dass ihre seelischen Prozesse gerade empfindlich gestört waren. Oder sie ihrer eigenen Entwicklung im Weg stand. »Mina sagte, Sie hätten starke Kopfschmerzen?«

In der Tat waren die Risse und schwarzen Stellen um den Kopf herum am deutlichsten zu sehen. Eine Frau, die ihre Gefühle unterdrückt und versucht, alles mit dem Verstand zu steuern,

dachte ich und lehnte mich zurück, um ihre Antwort abzuwarten. Selbst im gemütlichen Schaukelstuhl brachte Victoria es fertig, so zu sitzen, als hätte sie ein Lineal verschluckt.
»Das stimmt«, antwortete sie mit erstaunlich dunkler Stimme. »Und es gibt praktisch nichts, was ich nicht schon versucht hätte, außer Psychotherapie. Aber davor scheue ich momentan noch zurück. Ich hoffe wirklich, Sie können mir helfen.«
»Tanzen Sie gern?«, fragte ich, einer Eingebung folgend. Victoria schien verwirrt und presste die schmalen Lippen fest aufeinander. »Woher wissen Sie das?«, fragte sie und musterte mich mit zusammengekniffenen Augen.
»Ich weiß es nicht, ich habe einfach bloß geraten. Haben Sie das Tanzen zu Ihrem Beruf gemacht, oder betreiben Sie es nur als Hobby?«
»Ich habe in New York Schauspiel und Tanz studiert«, antwortete sie. »Jetzt arbeite ich allerdings nur noch als Sportlehrerin an einer Schule in Bergedorf. Aber was hat das Ganze mit meinen Kopfschmerzen zu tun?«
»Lieben Sie Ihren Beruf? Oder trauern Sie Ihrem ursprünglichen Traum nach?«, fragte ich, nicht bereit, mich von Victorias reservierter Haltung aus dem Konzept bringen zu lassen. Die Tatsache, dass sich die Aura um ihren Kopf immer weiter verdunkelte, verriet mir, dass ich auf dem richtigen Weg war.
»Der Job ist ganz okay«, antwortete sie gedehnt. »Zugegeben, nicht wirklich mein Traum … aber was opfert man nicht alles für die Liebe …«
Aha, daher wehte also der Wind! Ich beschloss, nun erst einmal gar nichts zu sagen. Aus Erfahrung wusste ich, dass man verstockte Menschen am ehesten dadurch aus der Reserve lockte, dass man selbst schwieg.

»Der Beruf als Sportlehrerin lässt sich eher mit einer Partnerschaft und dem Wunsch nach Familie vereinbaren als eine Karriere als Profitänzerin. Beides zusammen kann man nun mal nicht haben.« Ich schwieg immer noch, obwohl es mir schwerfiel. »Aber ich habe vor kurzem ein Angebot von meiner Schwester bekommen, die in New York lebt und eine Tanzschule eröffnet hat. Sie hat mich gefragt, ob ich dort Modern Dance unterrichten möchte. New York ist eine unglaublich tolle Stadt, waren Sie schon einmal da?«

»Leider nein«, antwortete ich. »Aber ich würde gern mal irgendwann mit meinen Töchtern dorthin. Vielleicht wenn Louisa, meine Ältere, volljährig wird.«

»Dann haben Sie also Kinder«, murmelte Victoria und wirkte mit einem Mal vollkommen abwesend. »Wie schön für Sie. Da verzichtet man doch gern auf so manches.«

»Aber ich verspüre gar keinen Verzicht«, entgegnete ich. »Doch zurück zu Ihnen: Zerbrechen Sie sich den Kopf darüber, ob es richtig war, das Angebot Ihrer Schwester abzulehnen?«, wagte ich einen Vorstoß. »Ist es das, was Ihnen so zu schaffen macht, dass Sie das Gefühl haben, ihr Kopf müsse jeden Augenblick platzen?«

Victoria schaute mich an, ihre Nasenflügel bebten, und sie krallte ihre perfekt manikürten Fingernägel in die Armlehne des Schaukelstuhls.

»Weiß Ihr Mann denn vom Angebot ihrer Schwester?«

»Wir sind nicht verheiratet«, flüsterte Victoria, während Tränen über ihre zarten, perfekt geschminkten Wangen rollten. »Und ich glaube auch nicht, dass wir es jemals sein werden. Wir streiten beinahe rund um die Uhr und entfernen uns mit jedem Streit immer weiter voneinander. Dabei hat alles so schön begonnen. Ich dachte, wir seien füreinander bestimmt. Ich möchte gerne nach Amerika, ich möchte meine Chance gerne nutzen, weil ich irgendwann zu alt bin. Tanzen kann man nun mal nicht bis in alle Ewigkeit. Ich bin jetzt neunundzwanzig, ich will noch etwas von meinem Leben haben.«

Wortlos reichte ich Victoria eine Packung Taschentücher und fühlte mich einen Moment lang in der Rolle von Jan von Bodenstein. »Aber geht denn nicht beides? Heutzutage sind Fernbeziehungen doch machbar. New York – Hamburg ist zwar nicht ganz um die Ecke, aber es gibt günstige Direktflüge, Telefon, Skype ... und manchmal hält ein bisschen gesunde Distanz die Liebe auch frisch. Kinder können Sie auch noch in ein paar Jahren bekommen, Sie sind noch jung genug.«

»Ich glaube nicht, dass mein Freund sich auf so eine Konstellation einlässt«, antwortete Victoria, während ihr schmaler Körper von weiteren Schluchzern geschüttelt wurde. »Und ich möchte das eigentlich auch nicht. Das Risiko, dass man in der Zeit, in der man räumlich so weit voneinander entfernt ist, jemand anderen kennenlernt, ist doch ziemlich groß, nicht wahr?«

»Diese Gefahr besteht aber auch, wenn einer von beiden, oder beide, sich verbiegen, um an einer Beziehung festzuhalten, die nicht rundläuft.« Meine Gedanken wanderten zu Stefan und seiner Aussage, dass ich ihm nicht mehr aus dem Kopf ging, seit er mich zum ersten Mal gesehen hatte. Doch auch er war – trotz aller Probleme – immer noch mit seiner Tanja zusammen.

»Haben Sie denn schon mal die Möglichkeit einer Auszeit in Betracht gezogen, damit Sie beide sich in aller Ruhe über Ihre Gefühle, Wünsche und Bedürfnisse klarwerden können? Manchmal verwickelt man sich im Streit in eine scheinbar ausweglose Situation, die sich im Nachhinein, wenn man die Din-

ge eine Weile hat ruhen lassen, als weitaus weniger dramatisch darstellt.«
Zu meinem großen Erstaunen hellte sich die Aura um Victorias Kopf merklich auf. »Ich möchte Ihnen gern zwei Dinge mitgeben: zum einen diesen Aroma-Roller gegen akute Kopfschmerzen, den Sie immer in der Handtasche bei sich tragen können. Zum anderen würde ich Ihnen gern eine individuelle Mischung aus Duftessenzen und Aromaölen mixen, die ich bis Montagabend fertig machen könnte. Denken Sie einfach in Ruhe über meinen Vorschlag nach. Und seien Sie Ihrem Partner gegenüber offen. Wenn Sie alles in sich hineinfressen und mit sich selbst ausmachen, kommt es unweigerlich zu Verspannungen. Die einen reagieren mit Rückenschmerzen, den anderen schlägt es auf den Magen, und Ihre Schwachstelle scheint der Kopf zu sein. Versuchen Sie, ein bisschen mehr auf Ihr Bauchgefühl, Ihre Intuition zu hören. Alles andere wird sich dann schon fügen, glauben Sie mir.«
Victoria schnupperte an der Essenz *Klarer Kopf* und schloss die Augen. »Mmmh, das riecht gut. So schön frisch.«
»Tupfen Sie sich etwas davon auf die Schläfen, den Nacken und hinter die Ohren und verreiben Sie die Tinktur. Es kann zwar sein, dass es anfangs, wie immer in der Homöopathie, zu einer sogenannten Erstverschlimmerung kommt. Aber spätestens nach ein paar Anwendungen werden Sie die Wirkung deutlich spüren. Und am Montag bekommen Sie dann Ihre ganz persönliche Anleitung zum Glücklichsein. Um neunzehn Uhr können Sie das Öl abholen.«
Victoria stand auf und holte das Portemonnaie aus der Handtasche. »Was bin ich Ihnen für den Roller und die Sitzung schuldig?«, fragte sie.

»Der Aroma-Roller ist ein Geschenk, und für die Sitzungen berechne ich grundsätzlich nichts«, wehrte ich ihre Frage ab. »Ich bin weder eine ausgewiesene Therapeutin, noch mache ich das hier beruflich. Aber ich freue mich, wenn ich helfen kann und Sie Freude an meinen Duftölen haben. Die verkaufe ich Ihnen gern, genau wie meine Naturkosmetikprodukte.«

»Alles klar, ich habe die Botschaft verstanden«, antwortete Victoria augenzwinkernd. »Dann danke ich Ihnen sehr für Ihre Mühe und Zeit und werde mich am Wochenende mal ausführlich auf Ihrer Website umsehen. Also dann, bis Montag. Schönes Wochenende noch.«

Ich schaute ihr noch eine Weile hinterher, nachdem sie über den Bootssteg in Richtung Ausgang des Yachthafens gegangen war. Doch mir blieb nicht viel Zeit, um weiter über diese Frau nachzudenken, da Louisa bereits in der Küche auf mich wartete, um Unmengen an Nudelsalat für Bens Party zuzubereiten.

»Mann ey, ich dachte schon, die schlägt hier komplett ihre Zelte auf«, meckerte Louisa, die immerhin in der Zwischenzeit einen großen Topf voll Spiralnudeln gekocht hatte.

»Wo steckt Molly denn?«, fragte ich, anstatt auf ihre Nörgelei einzugehen. »Ist sie wieder in den Stall geradelt?« Mittlerweile hatten Molly und ich uns darauf geeinigt, dass sie die Strecke zum Stall mit dem Fahrrad fuhr, um unabhängiger von mir zu sein. Allerdings nur, solange es hell und nicht zu kalt oder regnerisch war.

»Ja, ist sie«, antwortete Louisa und öffnete ein großes Glas entsteinte schwarze Oliven, die wir gestern zusammen mit den anderen Zutaten besorgt hatten. Dann begannen wir, Seite an Seite den Salat zuzubereiten.

35.

Wirft ein Liebespaar Rosenblüten ins Wasser
und die Blüten schwimmen gemeinsam fort,
so hält die Liebe ein Leben lang.

Molly schaute mich mit großen Augen an, Louisas Gesicht war aschfahl. Coco saß neben mir auf dem Sofa und drückte meine Hand.

»Heißt das, dass Papa noch lebt?«, fragte Molly, als ich mit meiner »Beichte« geendet hatte, und wirkte so verstört, dass es weh tat. »Ich meine, weil der Mann bei dieser Familiensache das gesagt hat … das mit seiner Seele und so …«

Ich schluckte. Was sollte ich denn darauf antworten?

Es war schon schwer genug gewesen, Louisa und Molly die ganze absurde Geschichte zu erzählen. Aber wie sollte ich den Mädchen klarmachen, was eine Familienaufstellung war?

Das konnte ich mir ja selbst kaum erklären.

Louisa und Molly lümmelten auf den gemusterten, orientalischen Sitz-Poufs auf dem Boden des Wohnzimmers, Coco und ich saßen nebeneinander auf der Couch. Es tat gut, sie an meiner Seite zu wissen. Sie gab mir das Gefühl, dass alles wieder ins Lot kommen würde.

»Das kann ich dir leider nicht sagen, Spätzchen«, antwortete ich. »Ich wünschte, ich könnte es. Fakt ist, dass nach wie vor niemand weiß, was aus eurem Vater geworden ist. Ich weiß nur, dass er hier war, um sich mit Friedrich – eurem Großvater – auszusprechen, und dann nach einem Streit verschwunden ist.« Dass ich glaubte, Nic zweimal gesehen zu haben, verschwieg ich wohlweislich. Ich hatte noch nicht einmal Coco etwas davon gesagt. »Ich fürchte, wir müssen uns allmählich damit abfinden, dass wir womöglich nie erfahren werden, ob er noch lebt, so schwer das auch zu ertragen ist. Aber wir sind auf gewisse Weise mit ihm und seiner Familie verbunden, denn die Luna war lange Zeit das Zuhause eures Opas. Und wir wissen jetzt auch, dass Friedrichs Kinder Rieke und Hannes mit euch verwandt sind und ganz in der Nähe leben.«
»Wieso hast du nicht von Anfang an die Wahrheit gesagt?«, brüllte Molly unvermittelt los und trommelte mit ihren kleinen Fäusten auf dem Couchtisch herum. »Wir dürfen doch nicht lügen. Lügen ist verboten!«
Mir stockte der Atem, dann wurde mir abwechselnd heiß und kalt. Ich hatte eigentlich damit gerechnet, dass Louisa ausrasten und mich beschimpfen würde, aber Molly?!
»Deine Mama hat nur getan, was sie zu diesem Zeitpunkt für richtig gehalten hat«, versuchte nun Coco, für mich in die Bresche zu springen. »Du hast vollkommen recht, es ist nicht richtig zu lügen. Aber Aurelia hat euch ja auch nicht direkt angeschwindelt, sondern euch nur nicht alles erzählt, weil sie euch schützen wollte. Weil sie euch beide sehr, sehr lieb hat. Sie leidet genauso unter dem Verschwinden eures Vaters wie ihr beiden Süßen. Und sie hat nach einem Weg gesucht, um nicht mehr so doll traurig sein zu müssen. Sie wollte doch nur, dass ihr alle neu anfangen könnt und es endlich wieder gut habt.«

»Ich hätte genau dasselbe getan«, kam es vollkommen unerwartet von Louisa. »Wenn man jemanden liebt, dann greift man nach jedem Strohhalm.« Mit diesen Worten nahm sie Mollys Hände in ihre und umschloss sie, so dass ihre kleine Schwester sich nicht am harten Holztisch verletzen konnte. »Es ist gut, dass wir wenigstens jetzt Bescheid wissen.«

Eine schier unerträgliche Zeit lang war es still im Raum. Noch nicht einmal Momo, die sich auf dem Teppich zusammengerollt hatte, gab einen Mucks von sich. Louisa nestelte an ihren zahllosen geflochtenen Freundschaftsbändern herum, während Molly mittlerweile den Kopf in ihren Schoß gelegt und sich lang ausgestreckt hatte. Sie starrte mit waldseegrünen Augen an die Decke, die Ärmchen trotzig hinter dem Kopf verschränkt. Ich hätte alles darum gegeben, ihr den Schmerz nehmen zu können, den ich – ohne es zu wollen – verursacht hatte.

»Möchte jemand eine heiße Schokolade mit Sahne?«, fragte Coco, der offensichtlich genauso unwohl war wie mir. Jetzt galt es, Geduld zu haben und tiefes Vertrauen, dass sich die Dinge irgendwann wieder zum Guten wenden würden.

Oder täuschte ich mich?

»Kakao?! Au ja, aber mit Zimt obendrauf«, antwortete Molly zu meiner großen Überraschung.

»Gute Idee«, stimmte Louisa ihr zu.

Coco drückte erneut meine Hand, dann stand sie auf, um in die Küche zu gehen. »Aurelia, hilfst du mir? Ich weiß nicht, wo du den Zimt aufbewahrst. Und ich für meinen Teil hätte in meiner Schokolade gern einen Fingerhut voll Eierlikör oder Baileys oder irgendwas in der Art.«

Ich folgte ihr, dankbar für einen Moment Atempause.

»Das wird schon, gib den beiden einfach ein paar Tage, um sich an diesen Gedanken zu gewöhnen. Das ist alles viel zu viel auf einmal für diese zarten, kleinen Seelen«, versuchte Coco, mich leise zu trösten, während sie geschäftig mit den Schranktüren klapperte. »Genau wie für deine. Ich wünschte wirklich, dieser Spuk hätte bald ein Ende. Allein schon, damit wir ganz in Ruhe meine Hochzeit planen können.« Ihr schelmisches Lächeln munterte mich ein bisschen auf, genau wie die Tatsache, dass Molly auf den Vorschlag mit dem Kakao angesprungen war. Ein gutes Zeichen, dass noch nicht alles verloren war. »Nanu, wer kann das denn sein?«, fragte Coco, als die Türglocke der Luna klingelte. »Erwartest du jemanden?«

Ich schüttelte den Kopf und ging in den Flur, um zu öffnen. Vor mir stand ein jüngerer Mann, der mir ein großes, unförmiges Paket überreichte. »Aber ich habe doch gar nichts bestellt«, protestierte ich, als der Bote mich bat, die Annahme der Sendung zu quittieren. Als ich allerdings den Absendernamen Stefan Heitmann las, kritzelte ich ungelenk meine Unterschrift auf das Display und gab dem jungen Mann zwei Euro Trinkgeld, die ich aus der Tasche meines Mantels fischte, der im Flur an der Garderobe hing. Coco äugte mir neugierig über die Schulter, bis uns der Geruch von angebrannter Milch in die Nase stieg. »Mist, der Kakao!«, stieß sie hervor und stürzte zurück in die Küche.

Ich wickelte das Geschenk, oder was auch immer es war, aus der Verpackung und staunte nicht schlecht, als ich sah, dass Stefan mir einen wunderschönen Rosenstock geschickt hatte, der in einen traumhaften Terrakottatopf gepflanzt war. Dazu hatte er einen kleinen Eimer Rosendünger gepackt sowie eine Karte.

Ich hoffe, Du akzeptierst meine Entschuldigung. Die Rosen machen sich bestimmt gut in Deinem Arbeitszimmer und im nächsten Sommer auf dem Deck. Hoffe, Du hast Freude daran. Tanja und ich nehmen uns übrigens eine Auszeit.
Liebe Grüße,
Stefan

Ich wusste nicht, worüber ich zuerst nachdenken oder mich freuen sollte. Über die wunderschönen weißen Rosen oder die Tatsache, dass Stefan und Tanja offensichtlich ihre Beziehung neu überdenken wollten.
»Meine Güte, die sind ja ein Traum«, sagte Coco und fasste sich ergriffen an die Brust, nachdem sie an den Blüten geschnuppert und die Karte gelesen hatte. »Ich sag's ja, du hast den Mann am Haken. Jetzt brauchst du nur noch cool abzuwarten, dann regelt sich alles von alleine. Wer nach so kurzer Beziehungsdauer eine Auszeit braucht, hat im Grunde schon verloren. Außerdem, meine Süße, wer könnte dir schon widerstehen? Gut, im Moment siehst du aus wie ein Trauerkloß auf zwei Beinen, aber das mit den Mädels kriegen wir wieder hin. Allerdings nicht mit verbrannter Milch. Ich koche mal eben neue. Und du bringst inzwischen die Rosen nach oben und bedankst dich bei Stefan. Oder halt, nein, lieber nicht so schnell. Lass ihn ruhig noch ein kleines bisschen zappeln. Das törnt die Männer an.«
Mit einem leichten Lächeln auf den Lippen ging ich nach oben in mein Arbeitszimmer und stellte den Topf auf meinen Schreibtisch. Die Karte nahm ich mit nach nebenan in mein Schlafzimmer und legte sie auf mein Nachtkästchen. In diesem Moment fiel mir wieder ein, dass ich Louisa und Molly immer noch nicht gefragt hatte, ob eine von ihnen das Geheimfach im

Wandschrank entdeckt und vergessen hatte, es ordentlich zu schließen. Als ich vorhin von Friedrichs Briefen erzählt hatte, hatte ich geglaubt, ein kurzes Flackern in Louisas Augen gesehen zu haben.

Wieder zurück auf dem unteren Deck, freute ich mich über den Anblick meiner Töchter, die gemeinsam mit Coco genüsslich ihre heiße Schokolade schlürften. Die Zimthaube auf der Schlagsahne duftete herrlich nach Behaglichkeit und Trost.

»Und? Sprecht ihr wieder mit mir?«, fragte ich und wünschte, ich könnte den Zeiger der Uhr ein bisschen vordrehen. Derart großen Ärger mit meinen Töchtern zu haben stand auf der Skala der Dinge, die ich fürchtete, ganz weit oben.

Molly pustete mit geschlossenen Augen in ihren Kakao, Louisa reckte das Kinn nach oben. »Können wir diese Rieke und diesen Hannes mal kennenlernen?«, fragte sie, was ich als gutes Zeichen wertete. »Und was sind die dann eigentlich für uns? So was wie Großtante und Großonkel?«

»Nein, Schätzchen«, antwortete Coco giggelnd. Offenbar hatte sie mehr als nur einen kleinen Schuss in ihren Kakao getan. »Du kannst leider wirklich nicht besonders gut rechnen. Die beiden sind die Halbgeschwister deines Vaters, also …«

»Eine Halbtante und ein Halbonkel«, vervollständigte Molly den Satz. Mittlerweile hatte sie die Augen wieder geöffnet, und ein abenteuerlustiges Funkeln lag in ihrem Blick. »Das könnte doch ganz lustig sein, wenn die nett sind.«

»Rieke ist auf alle Fälle sehr sympathisch, wir haben ja schon mal telefoniert«, sagte ich, froh, dass wieder ein bisschen bessere Stimmung herrschte. »Sie hat mir auch den Tipp mit der Familie Aggers gegeben, bei der Nic eine Nacht im Gästezimmer auf dem Hof geschlafen hat. Allerdings muss ich Rieke erst einmal schonend beibringen, dass sie mit euch verwandt ist, denn sie weiß noch nichts von den Briefen ihres Vaters und auch nichts davon, dass Nic ihr Halbbruder ist. Aber wo wir gerade beim Thema Briefe sind: Hat eine von euch zufällig das Geheimfach im Wandschrank meines Schlafzimmers entdeckt und die Tür nicht richtig verschlossen? Keine Sorge, ihr bekommt deshalb keinen Ärger, ich würde es nur gern wissen.«

»Das war ich«, antwortete Louisa und reckte den Finger in die Höhe. »Tut mir leid, ich wollte nicht bei dir herumschnüffeln. Ich hatte bloß ein Buch gegen … nun ja, du weißt schon … Liebeskummer gesucht, und dabei habe ich das Geheimfach entdeckt.«

»Hast du die Briefe gelesen?«, fragte ich, froh darüber, dass es eine natürliche und logische Erklärung für das offen stehende Fach gab.

»Nur den … ersten«, gab Louisa widerstrebend zu. »Ich hätte bestimmt weitergelesen, aber dann kam Molly und hat mich was gefragt. Also habe ich das Bündel wieder zurückgeworfen und vergessen, die Tür richtig zu schließen.«

»Okay, alles halb so wild. Hast du denn ein Buch gefunden, das dir hilft?«, fragte ich, betrübt darüber, dass Louisa offenbar immer noch Kummer wegen Marco hatte. Dabei war sie heute am Frühstückstisch so quietschvergnügt gewesen, dass Molly irgendwann gesagt hatte: »Mann, du nervst! Bloß weil du auf einer Party warst, musst du hier nicht einen auf Queen of the day machen.«

»Nein, habe ich nicht, obwohl du da oben ja jede Menge von diesem Psycho- und Eso-Zeugs herumstehen hast. Aber ich habe etwas viel Besseres als ein Buch, nämlich ein Date mit Rico zum Eisessen.«

Rico?! Wer war denn nun bitte Rico?

»Hast du den gestern Abend auf der Party kennengelernt?«, fragte Coco, neugierig wie immer und voll in ihrem Element. »Eigentlich hatte ich gedacht, dass du auf diesen Ben stehst.«

»Ben ist doch viel zu alt für die«, mischte sich Molly ein und wirkte wie ausgewechselt. »Der ist neunzehn. Und Louisa noch nicht mal sechzehn.«

»Aber bald«, entgegnete Louisa schnippisch. »Rico ist Bens Cousin und ein Jahr älter als ich. Er geht auch auf unsere Schule, aber ich habe ihn aus irgendeinem Grund noch nie auf dem Pausenhof gesehen. Aber er ist soooooo süß!«

»Oh Mann, das ist ja voll nervig hier«, schimpfte Molly und trank ihren Kakao in einem Zug leer. »Was dagegen, wenn ich jetzt zum Stall fahre?«

»Wenn du bist heute Nachmittag wieder hier bist, kannst du das gerne machen. Ich koche eh erst heute Abend, weil ich vorher noch ein Rezept für eine Rosentorte ausprobieren wollte. Die gibt es dann als Nachtisch.«

»Und ich möchte nachher mit Rico Eis essen gehen«, sagte Louisa. »Ist das auch okay?«

Froh darüber, dass wieder ein bisschen Normalität einzukehren schien, erlaubte ich beides. Ich selbst würde mich mit Backen ablenken, was ich schon viel zu lange nicht mehr getan hatte, während Coco wieder zu Rolf fuhr. Außerdem musste ich noch die Duftölmischung für Victoria zubereiten.

36.

Im September reifen die Früchte der Rosen zu Hagebutten heran.
Je später sie geerntet werden, umso süßer schmecken sie.
Man kann sie sowohl als Nahrungsmittel verwenden
als auch als Heilpflanze.

Victoria stand, wie verabredet, Punkt neunzehn Uhr am Montagabend vor der Tür. Ihr schmaler Körper war in einen dicken Mantel gehüllt, um den Hals trug sie einen Wollschal, obwohl dieser Septemberabend recht mild war.

»Mögen Sie einen Moment hereinkommen, und wir trinken noch einen Tee zusammen?«, fragte ich. »An sich ist zwar Abendessenszeit, aber ich könnte Ihnen auch noch ein Stück von der Rosentorte anbieten, die ich gestern gebacken habe.«

»Danke, das ist sehr nett, aber vom Thema Rosen habe ich gerade die Nase voll, wenn ich ehrlich sein soll. Einen Tee nehme ich allerdings gerne. Und ich bin schon sehr gespannt auf das Duftöl, das Sie für mich kreiert haben.«

»Also dann, gehen wir nach oben«, sagte ich und überlegte, wie ich Victorias Bemerkung hinsichtlich der Rosen verstehen sollte. Heute war ihre Aura eine Mischung aus dunklem Violett und Schwarz, ein Zeichen dafür, dass gerade zwei Seelen in ihrer Brust kämpften: Angst und Trauer gegen Zuversicht und das tiefe Bedürfnis nach einem Neuanfang.

Im Arbeitszimmer schenkte ich uns beiden grünen Tee mit Kornblumen und anderen Blüten ein. »Bitte entschuldigen Sie, aber da sind leider auch Rosenblüten drin«, sagte ich. »Ist das okay für Sie? Sonst koche ich Ihnen gern etwas anderes, Sanddorn- oder Hagebuttentee.«

»Nein, nein, alles gut«, erwiderte Victoria. »Ich bin nur gerade etwas dünnhäutig, weil ich mich Samstagabend mit meinem Freund ausgesprochen und eine Auszeit vereinbart habe, so wie Sie es mir geraten haben. Allerdings bin ich nicht besonders zuversichtlich, was unsere gemeinsame Zukunft betrifft. Stefan will unter gar keinen Umständen von hier weggehen, weil er den Rosenhof seiner Eltern übernommen hat, und kann sich auch nicht vorstellen, es mit einer Fernbeziehung zu versuchen.«

Stefan?! Rosenhof?!

»Gestern war ich sehr lange an der Elbe spazieren und habe in mich hineingehorcht, um herauszufinden, was ich, unabhängig von Stefan, mit meinem Leben anfangen möchte. Und ich bin zu dem Entschluss gekommen, dass ich meinen Traum nicht einem Mann zuliebe opfern werde, von dem ich glaube, dass er mich mittlerweile gar nicht mehr liebt. So schwer es auch war, mir das einzugestehen. Aber Stefan sieht schon seit einer ganzen Weile durch mich hindurch, als sei er ganz woanders. Obwohl ich sogar häufiger übers Wochenende mit Freundinnen weggefahren bin, in der Hoffnung, dass er mich dann vermisst. Und irgendwie werde ich das Gefühl nicht los, dass er sich in erster Linie in mich verliebt hat, weil er nach dem Tod seiner Mutter jemanden brauchte, an den er sich anlehnen konnte. Jemanden, der ihn trösten konnte und immer für ihn da war.«

Spätestens jetzt war sonnenklar: Victoria sprach von Stefan Heitmann, dem Mann, der mir gestern Rosen geschenkt hatte. Weiße Rosen. Das Symbol für Neubeginn.
Aber wieso nannte Tanja sich Victoria?
Was ging hier vor?
»Das … das tut mir sehr leid«, murmelte ich betreten und hoffte, dass Victoria/Tanja den Rosenstock nicht entdeckte, der hinter ihr auf dem Tisch stand.
»Und weil wir gerade beim Thema Ehrlichkeit sind: Ich heiße gar nicht Victoria, sondern Tanja. Ich habe Ihnen diesen Namen nur genannt, weil ich vermeiden wollte, dass herauskommt, dass ich Sie aufgesucht habe.«
»Aber wieso das denn?«, fragte ich, nun vollends verwirrt. So attraktiv ich Tanja auch fand, so fremd war sie mir.
»Weil es mir unangenehm ist. Wenn ich nicht Panik davor gehabt hätte, dass es sich wie ein Lauffeuer herumspricht, wäre ich auch zu Jan von Bodenstein in die Praxis gegangen. Aber ich lebe in einer ländlichen Region, in der viel getratscht wird, und ich muss auf meinen Ruf als Lehrerin achten. Wenn es erst einmal die Runde macht, dass ich einen Seelenklempner aufsuche, dauert es garantiert nicht lange, bis sich die Ersten fragen, ob ich psychisch stabil genug bin, ihre Kinder zu unterrichten. Selbst wenn es nur Sport ist.«
»Was für ein Unsinn«, entgegnete ich energisch. »Man ist doch nicht durchgeknallt, wenn man sich in einer Situation wie Ihrer Hilfe holt. Sie leiden seit Monaten unter starken Kopfschmerzen, für die es keine körperliche Ursache gibt. Da ist es doch ganz natürlich, die Gründe in der eigenen Psyche zu suchen. Sich nicht darum zu kümmern und einfach nur starke Tabletten zu schlucken, das wäre durchgeknallt. Und außerdem verantwortungslos sich selbst gegenüber.«

»Ich wollte Sie auf gar keinen Fall beleidigen«, erwiderte Tanja und errötete leicht. »Aber glauben Sie mir: Hier auf dem Land ticken die Uhren noch ein bisschen anders. Jedenfalls haben Ihre Kundinnen in den höchsten Tönen von Ihnen geschwärmt, und auch mir hat Ihr Rat sehr geholfen. Er hat mich erkennen lassen, dass ich mir schon eine ganze Weile etwas vormache und von Dingen träume, die nie eintreten werden. Durch die Trennung von Stefan habe ich die Chance, in New York noch einmal komplett von vorne anzufangen. Das haben mir zwar auch meine Mutter und meine Freundinnen gesagt, aber von denen konnte ich das irgendwie nicht annehmen.«

»Trennung? Ich dachte, Sie haben eine Auszeit vereinbart?«, fragte ich und bereute die Frage im selben Augenblick. Aus ihr sprach mein persönliches Interesse an Stefan. Jetzt ging es aber ausschließlich um Tanja und darum, ihr zu helfen.

»Ich schätze, es wird darauf hinauslaufen. Im Grunde habe ich mich doch schon entschieden. Es wird sicher eine Weile weh tun, weil ich Stefan liebe und an ihm hänge, aber auch das wird irgendwann vorbeigehen. Aber jetzt will ich Sie auf gar keinen Fall länger aufhalten, denn Sie möchten bestimmt mit ihren Kindern zu Abend essen. Vielen Dank, dass Sie mir zugehört und mich ermutigt haben, meinen Weg zu gehen. Und vielen Dank auch für das Aromaöl. Ich werde berichten, ob und wie es mir geholfen hat.«

Nachdem Tanja gezahlt und sich verabschiedet hatte, blieb ich noch eine Weile im Türrahmen stehen und schaute auf die Büsche und Bäume, die den Bootssteg säumten. Allmählich fegte der Wind die ersten Blätter von den Ästen, nicht lange, und sie würden ihr Herbstkleid tragen. In der schrägstehenden Sonne schimmerten Spinnennetze, in denen sich Tautropfen verfangen hatten. Ich atmete tief ein und aus und dachte an Stefan. Bislang hatte ich mich noch nicht für sein Geschenk bedankt, und nun fiel es mir noch schwerer, die richtigen Worte, das richtige Gefühl dafür zu finden.

War ich schuld an der Auszeit der beiden, die womöglich in einer Trennung mündete?

Sollte ich Stefan die Wahrheit sagen, oder verletzte ich damit Tanjas Privatsphäre? Da ich nicht offiziell als Therapeutin arbeitete, war ich natürlich auch nicht an eine Schweigepflicht gebunden. Dennoch war es Tanja gegenüber nicht fair, Stefan von ihrem Besuch bei mir zu erzählen.

Wenn, dann musste sie das schon selbst tun.

Weil ich keine befriedigende Antwort auf meine Frage fand, schloss ich die Tür und ging in die Küche, um eine Kartoffelsuppe mit Nordsee-Krabben zu kochen, die ich heute auf dem Markt gekauft hatte. Genau wie die Kartoffeln und knackfrisches Suppengrün.

»Hey, da bist du ja wieder«, sagte Molly, die in die Küche gekommen war. »Kann ich dir was helfen?«

Gerührt von ihrem Angebot, aber vor allem davon, dass Molly nach der ersten Aufregung gestern nach und nach wieder zutraulicher wurde, drückte ich ihr ein Messer und zwei Karotten in die Hand. »Wäre lieb, wenn du die in kleine Würfel schneidest.« Dann setzte ich einen großen Topf Wasser für die Kartoffeln auf, die ich gleich schälen würde. Kochen tat meiner Seele gut, genau wie das Backen, das Binden von Blumensträußen und das Mischen von Aromaölen.

»Mamaaaaaaa?«

»Ja, meine kleine Motte. Was gibt's?«

Wenn Molly diesen babyhaften Ton anschlug, wusste ich, dass sie etwas von mir wollte.

»Herr Timmann vom Reiterhof und seine Frau würden gerne mal mit dir sprechen«, sagte Molly und hörte auf, die Möhren zu schnippeln. »Sie finden, dass ich so supertoll reiten kann, dass sie mich gern auch mal zu Turnieren anmelden möchten. Und sie sagen auch, ich sollte gefördert werden.«
»Aber das ist ja grandios, Schätzchen«, sagte ich, legte das Kartoffelschälmesser beiseite und umarmte Molly. Sie war in den letzten Wochen so groß geworden und jeden Tag selbstbewusster. Als hätten ihr die Vier- und Marschlande dabei geholfen, sich von einer zarten, kleinen Blüte zu einer prächtigen und starken Blume zu entwickeln. Dasselbe galt in gewisser Weise auch für Louisa, die seit ihrem Date am Samstag vollkommen in Bens jüngeren Cousin Rico verknallt war. Ich freute mich schon darauf, ihn kennenzulernen. »Ich rufe Herrn Timmann nach dem Abendessen an und frage ihn, wann ich bei ihnen vorbeikommen kann.«
»Echt jetzt?« Molly strahlte über das ganze Gesicht. »Und du hast keine Angst, dass das alles zu teuer wird?«
»Doch«, räumte ich ehrlich ein und gab ihr einen kleinen Stüber auf die Nase. »Aber das schaffe ich schon irgendwie. Deine Mama kann nämlich eine ganze Menge erreichen und auf die Beine stellen, wenn sie will. Und in diesem Fall will ich es ganz besonders.«
»Ich weiß, so hast du uns hierher verschleppt«, antwortete Molly grinsend. »Tut mir übrigens leid wegen gestern. Aber es ist total komisch, auf einem Hausboot zu wohnen, auf dem der eigene Opa gestorben ist. Und den man noch nicht mal vorher kennenlernen konnte. Und Papa war auch hier … ich vermisse Papa …«, sagte sie und sah auf einmal ganz traurig aus.
Ich nahm sie in den Arm und wiegte sie leise summend, was schon geholfen hatte, als sie noch ein Baby war. »Ich auch, mei-

ne Süße, ich auch«, antwortete ich betrübt. »Aber so komisch das auch klingt, ich freue mich auch darüber, dass wir hier Verwandte haben. Ich habe zwar Rieke nicht danach gefragt, aber es könnte durchaus sein, dass sie und Hannes Kinder haben. Das wären dann eure Cousins und Cousinen. Wäre das nicht schön? Allerdings muss ich den beiden wie gesagt erst schonend beibringen, was ihr Vater gemacht hat, und damit möchte ich gern noch ein bisschen warten. Wir haben in letzter Zeit wirklich genug Aufregung gehabt. Und für euch hat gerade das neue Schuljahr begonnen.«

»Das wohl nicht so ganz easy wird«, stöhnte Louisa, die sich zu uns gesellte. »Bin ich froh, dass Rico ein echter Mathe-Crack ist. Das muss ich ausnutzen.«

»Ach, ist er das?«, fragte ich und schloss Rico allein schon dafür in mein Mutterherz. »Wenn das so ist, darf er gerne bald hier vorbeikommen.«

»Das wird er auch«, antwortete Louisa grinsend und schnappte sich den Kartoffelschäler. »Aber erst, wenn ich sicher bin, dass er auch gut küssen kann.«

Ich konnte nicht anders, ich musste lachen. Und zwar so sehr, dass ich mir den Bauch halten und meine Tränen mit der Küchenrolle trocknen musste. Louisa und Molly stimmten mit ein, und mit einem Mal hatte ich das Gefühl, dass sich die Luna unter unserem Gelächter bog.

Ich konnte mich nicht erinnern, wann ich mich das letzte Mal zugleich so frei und so innig mit meinen Töchtern verbunden gefühlt hatte.

»Wollen wir nach dem Abendessen mal schauen, ob wir etwas über euren Großvater im Internet finden?«, fragte ich, nachdem unser Lachanfall nach und nach verebbt war.

»Au ja«, stimmten Louisa und Molly im Chor zu, weshalb wir uns kurz nach dem Essen Louisas Laptop an den Küchentisch holten und den Namen Friedrich Hoff in die Suchmaske eingaben. Es dauerte nicht lange, bis wir sowohl Fotos als auch einige Zeitungsartikel fanden. Friedrich war der Besitzer eines äußerst erfolgreichen Tischlereibetriebs gewesen, der sich auf Vierländer Intarsienarbeiten und das Schnitzen von Prunkgiebelornamenten spezialisiert hatte, die für die Region so typisch waren.

»Hat Papa deshalb das Puppenhaus für uns so schön machen können?«, fragte Molly und schaute mich mit großen, waldseegrünen Augen fragend an.

»Tja, das könnte gut sein«, murmelte ich gedankenverloren. Fotos der lokalen Presse, die Friedrich in jüngeren Jahren auf dem Vierländer Erdbeerfest, einer Segelregatta oder dem Erntedankfest zeigten, wiesen eine starke Ähnlichkeit mit Nic auf. Auch er hatte diese intensiven grünen Augen und langen Wimpern, genau wie Molly.

»Er sieht nett aus. Schade, dass wir ihn jetzt nicht mehr kennenlernen können«, sagte Louisa und scrollte über die Beiträge, die im Netz über ihn zu finden waren. »Und er hatte einen tollen Klamottengeschmack. Schau mal!« Tatsächlich. Ein Beitrag zeigte Friedrich auf einer Fachtagung der Tischlerei-Innung. Er war groß und schlank und trug einen gutsitzenden hellen Anzug mit einem gestärkten weißen Hemd. Am Ende stießen wir schließlich auf die Todesanzeigen von Magdalena und Friedrich Hoff. Vor meinen Augen lagen Puzzleteile eines erfüllten Lebens. Doch ein entscheidendes Stück fehlte: die Spur von Nic …

37.

Der Herbst ist immer unsere beste Zeit.

Die Sonne stand so tief, dass ich beim Autofahren geblendet wurde und daher ganz besonders achtsam fahren musste.

Ich war zusammen mit Louisa und Molly auf dem Weg zu Lolas Atelier, wo die beiden übers Wochenende einen Mal-Workshop absolvieren würden, zu dem sich auch Louisas Freundin Katja und ihre neue Flamme, Rico, angemeldet hatten.

Ich freute mich auf einen kurzen Kaffeeplausch mit Lola und würde anschließend nach Bergedorf fahren, um ein paar Dinge zu erledigen und mich nach Herbstkleidung umzuschauen. Die Tage wurden, trotz sonniger Abschnitte, merklich kühler. Sich daran zu gewöhnen, dass es schon ab halb acht Uhr abends dämmerte, fiel mir genauso schwer wie die Umstellung auf die deutlich sinkenden Temperaturen. Zum ersten Mal, seit wir auf der Luna wohnten, musste ich morgens und abends die Heizung aufdrehen und war froh, dass es tatsächlich kuschelig warm wurde.

»Hey, da seid ihr ja«, begrüßte uns Lola, kaum dass wir aus dem Twingo gestiegen waren. Sie sah strahlend schön aus, wie immer. Doch heute fiel mir auf, dass ihr Gesicht ein wenig rundlicher und ihre Gesichtszüge deutlich weicher geworden waren. Da ich ihre Aura nicht sehen konnte, ging ich davon aus, dass es Lola gutging. »Geht schon mal rein und sichert euch einen Platz, bevor die anderen kommen«, sagte sie, was im Klartext bedeutete: Abmarsch, ich will mit eurer Mutter alleine sein!

Louisa und Molly gingen folgsam ins Atelier, Lola und ich blieben an meinem Auto stehen. »Geht's dir so gut, wie du aussiehst?«, fragte ich Lola, mit der ich in den vergangenen Tagen aus Zeitmangel lediglich telefoniert hatte.

»Unfassbar, aber so ist es«, antwortete Lola strahlend. »Ich habe nämlich all meinen Mut zusammengenommen und meinen Eltern und dem Vater des Kindes gesagt, dass ich schwanger bin. Und kaum habe ich das gemacht, hat es sich angefühlt, als würde mir ein Felsbrocken von der Seele poltern. Jetzt kann ich mich auch endlich auf das Kind freuen.«

Das war in der Tat mutig, aber in meinen Augen der einzig richtige Schritt. Wer wusste schon, wie Nics Leben verlaufen wäre, wenn er die Chance gehabt hätte, seinen Vater kennenzulernen.

»Meine Eltern sind vor Freude ausgerastet, vor allem meine Mutter. Sie bombardiert mich jetzt fast täglich mit Shopping-Tipps und hat auch schon begonnen, Strampler zu stricken.«

»Oh, wie schön. Ich freue mich so für dich«, sagte ich und nahm Lola in den Arm. »Und wie hat der Vater reagiert?«

»Der war ehrlich gesagt nur mäßig begeistert, um nicht zu sagen schockiert. Aber er hat versprochen, mich finanziell zu unterstützen und mir das Atelier mitsamt der Wohnung zu kaufen, wenn ich seiner Frau nichts von der Schwangerschaft verrate.

Dieses Angebot ist natürlich eine enorme Hilfe für mich und lässt mich nachts gleich viel besser schlafen.«

»Und? Nimmst du es an?« Für den Moment war ich mir unsicher, wie ich dieses Arrangement finden sollte. Natürlich musste der Kindsvater seiner Verantwortung nachkommen. Aber gleich das Atelier mitsamt der anliegenden Wohnung kaufen?!

»Darüber habe ich eine ganze Weile nachgedacht, weil ich das ehrlich gesagt ein bisschen too much finde. Aber dann habe ich mir gedacht: Hey, der Mann hat Geld wie Heu und ist der Vater meines Kindes. Dass das Kondom geplatzt ist, daran haben wir beide irgendwie Schuld. Ich kann ihm ja, wenn ich mal reich und berühmt bin, die Wohnung und das Atelier nachträglich abkaufen. Schließlich bin ich nicht der Typ Frau, der sich aushalten lässt. Und ich habe ihm auch gesagt, dass er sich mein Schweigen nicht erkaufen muss, weil ich sowieso niemals daran gedacht hätte, seine Ehe zu zerstören, indem ich bei seiner Frau petzen gehe. Viel lieber wäre es mir ehrlich gesagt, wenn er später Kontakt zu seinem Kind hätte. Aber das müssen wir dann sehen, wenn es so weit ist.«

»Klingt, als hättest du das alles gut durchdacht«, antwortete ich. »Am meisten freue ich mich aber ehrlich gesagt darüber, dass du das Kind behalten willst. Und mein Angebot steht: Ich passe jederzeit gern auf das Kleine auf. Und solltest du meine Zaubermittelchen brauchen, melde dich, ich hab da wirklich so einiges in meinem Schatzkästchen, das die Schwangerschaft positiv unterstützt.«

»Danke, das ist echt lieb, darauf komme ich auf alle Fälle zurück. Aber jetzt noch mal kurz zu dir, bevor der Workshop beginnt: Bist du denn schon aufgeregt wegen deinem Date heute Abend?«

Ich hatte Lola gestern erzählt, dass Stefan mich für heute Abend ins Zollenspieker Fährhaus zum Essen eingeladen hatte. Genau wie die Geschichte mit Tanja/Victoria und dass sich beide eine Auszeit von ihrer Beziehung nehmen wollten.

»Ehrlich gesagt, weiß ich es noch gar nicht so genau. Wäre Stefan ein freier Mann, dann natürlich schon. Aber ich kämpfe gerade mit Schuldgefühlen, weil ich Tanja zu dieser Auszeit geraten habe. Klar, ich konnte nicht ahnen, dass sie Stefans Freundin ist. Trotzdem nagt die Sache an mir …«

Lola verzog das Gesicht. »Du weißt aber schon, dass das zwei erwachsene Menschen sind, für die du null Verantwortung trägst. Die beiden müssen ihr Ding alleine auf die Reihe kriegen. Und für mich klingt es sehr danach, dass Stefan sich in dich verliebt hat. Und da er dir auch gefällt, kann ich dir nur raten, genieß es. So häufig laufen einem in unserem Alter keine Männer mehr über den Weg, die derart sexy und sympathisch sind – und vor allem frei. Oder zumindest halbwegs frei. Also, hab Spaß und schick mir später eine SMS. Ich will alles wissen, okay? So, jetzt muss ich leider rein.«

Wir verabschiedeten uns mit einer Umarmung, und ich stieg in den Twingo, um nach Bergedorf zu fahren. Für den Fall, dass ich nichts anderes zum Anziehen fand, würde ich heute Abend das schwarze Kleid tragen, das ich neulich zusammen mit Lola im Schanzen-Viertel gekauft hatte. Schließlich war das Zollenspieker Fährhaus ein edles Restaurant, und ich hatte Lust, mich mal wieder richtig in Schale zu werfen.

Um halb acht war ich so nervös, dass ich in Versuchung war, die Verabredung abzusagen. Doch das wäre zum einen viel zu spät gewesen, und zum anderen verspürte ich schon beim bloßen

Gedanken daran, Stefan zu sehen, ein aufgeregt-wohliges Prickeln, wie ich es schon seit Ewigkeiten nicht mehr gehabt hatte. Aber es mischte sich auch so etwas wie schlechtes Gewissen in meine Vorfreude. Immerhin hatte ich ein Rendezvous mit einem Mann, der nicht Nic war.
War es falsch, etwas Neues zu beginnen, bevor das Alte abgeschlossen war? Zum Glück meldete sich Cocos Stimme in meinem Kopf, die mir energisch davon abriet, mich in der Vergangenheit zu verheddern, und mich ermahnte, stattdessen das Hier und Jetzt zu genießen und mich vorbehaltlos darauf zu freuen, dass ich eine so tolle Einladung bekommen hatte.
Da Louisa und Molly bei Lola waren und dort auch übernachten würden, hatte ich das Hausboot ganz für mich allein, und somit jede Menge Zeit und Muße, um in Ruhe zu duschen, laut zu singen, mich zurechtzumachen, meine Haare zu föhnen und das Make-up besonders sorgfältig aufzutragen. Über dem schwarzen Kleid, das saß wie eine zweite Haut, trug ich eine taubenblaue, luftig gestrickte lange Jacke, die den aufreizenden Look des engen Kleides ein wenig abmilderte.
Aus genau demselben Grunde hatte ich einen altrosafarbenen Lippenstift mit transparentem Lipgloss aufgetragen.
Du siehst rattenscharf aus, Schätzchen, lautete Cocos Kommentar, nachdem ich ihr per WhatsApp ein Foto von mir geschickt hatte. Schade, dass sie gerade wieder in München war, denn ich hätte ihr gern live vorgeführt, wie ich aussah. Doch es würde nicht mehr allzu lange dauern, und sie zog nach Hamburg.
Ein wahres Wunder, das ich immer noch kaum fassen konnte.
Nun stand ich mit wild klopfendem Herzen an der Eingangstür des Restaurants und wartete auf Stefan, der in dieser Sekunde um die Ecke bog. Er begrüßte mich mit einem lässigen »Hallo«

und »Toll siehst du aus«, nahm mich dann am Arm und führte mich in eine vollkommen andere Richtung.
»Willst du mich kidnappen?«, entfuhr es mir, obwohl die Frage albern war. Doch ich war so nervös, dass ich beinahe über meine eigenen Beine gestolpert wäre.
Stefan zog mich in Richtung Wasser. »So ähnlich«, antwortete er geheimnisvoll lächelnd. »Lass dich einfach überraschen. Ich würde ja sagen, mach die Augen zu, aber das traue ich mich angesichts der Absatzhöhe deiner Stiefel nicht. Ich würde ungern den Rest des Abends im Krankenhaus verbringen müssen, weil du dir den Fuß verstaucht hast.«
Ich lachte und folgte Stefan über das Gelände des Biergartens, der seit meinem letzten Besuch deutlich verändert aussah, in Richtung Elbe. Die Kastanien hatten ihre Früchte abgeworfen, ihre Blätter schimmerten braungolden im Abendlicht. Über den Baumkronen kreisten Stare, die stolz ihr blauschwarz glänzendes Gefieder zur Schau trugen. Der nahende Herbst ließ dieses zauberhafte Fleckchen Erde in neuem Glanz erstrahlen.
»Nur noch über die Brücke, dann hast du es auch schon geschafft«, sagte Stefan, und ich erkannte mit Staunen, dass er mich zu dem hölzernen Pegelhäuschen führte, das Coco und ich im Sommer so bewundert hatten. Genau genommen hatten wir von einem Doppel-Date an diesem romantischen Ort fantasiert.
»Sag bloß, wir essen hier drin?«, fragte ich, als wir vor der Tür angelangt waren, die Stefan mit einer Selbstverständlichkeit öffnete, als gehörte dieses Kleinod ihm persönlich.
»Wenn du Hunger hast, schon. Ansonsten können wir auch wieder gehen, wenn es dir hier nicht gefällt.« Wieder dieses warme, hintergründige Lächeln in seinen tiefblauen Augen.

»Nein, nein, es ist absolut traumhaft hier«, beeilte ich mich zu versichern, und dann war ich auch schon mittendrin im Wunderland. Stefan führte mich an den Tisch, über dem der hübsche Kronleuchter hing, den Coco und ich damals am liebsten mit nach Hause genommen hätten.

Der Tisch war in weiß-grauen Tönen eingedeckt, im silbernen Eiskühler wartete eine Flasche Sekt darauf, geköpft zu werden. Zum Glück hatte Stefan keinen Champagner gewählt, denn das wäre für meinen Geschmack eindeutig zu viel des Guten gewesen.

»Was hast du vor?«, fragte ich, nachdem er formvollendet den Stuhl nach vorn gezogen hatte, damit ich mich setzen konnte. Ich fühlte mich wie eine Märchenprinzessin, allerdings mit dem Bewusstsein im Hinterkopf, dass das wahre Leben nicht immer ein Happy End bereithielt.

»Gut essen und einen schönen Abend mit dir verbringen«, erwiderte Stefan, der sich an der Sektflasche zu schaffen machte. »Wobei die Reihenfolge eigentlich nicht stimmt, wenn ich ehrlich bin. Magst du ein Glas Sekt? Oder wollen wir erst Wasser trinken, bis das Amuse-Gueule serviert wird?«

»Wieso nicht beides?«, antwortete ich und schaute aus dem Fenster auf die Elbe, die heute ein graues Farbenkleid gewählt hatte. Obwohl es allmählich zu dämmern begann, kreuzten immer noch einige Segelboote auf dem Wasser. »Tut mir übrigens leid, dass ich so lange gebraucht habe, um mich für den schönen Rosenstock zu bedanken. Ich habe mich wirklich sehr gefreut und schnuppere jeden Tag an den Blütenblättern. Er wird sich im nächsten Frühjahr bestimmt ganz wunderbar auf dem Deck der Luna machen. Bevor wir mit dem Essen beginnen, würde ich aber gern noch wissen, wie der aktuelle Stand der Dinge zwischen Tanja und dir ist. Du hast zwar gestern am Telefon gesagt, dass ihr euch getrennt habt. Aber ist das wirklich endgültig? Ich meine, ihr seid … oder vielmehr wart doch schon eine ganze Weile zusammen.«

Stefan stellte die Sektflasche zurück in den Kühler, setzte sich mir gegenüber und schaute mich unverwandt an. »Es ist tatsächlich vorbei. Leider haben diese wenigen Tage Bedenkzeit uns beiden offenbar genügt, um zu erkennen, dass wir uns, trotz der Gefühle füreinander, schon länger etwas vorgemacht haben. Wir sind sehr verschieden, was in mancher Hinsicht von Vorteil sein kann. Aber sobald zwei Menschen, die eine gemeinsame Zukunft planen, so unterschiedliche Vorstellungen davon haben, ist es das Beste, wenn man sich rechtzeitig klarmacht, dass dieser Weg irgendwann ins Nirgendwo führen wird. Und dafür sind wir beide zu jung. Außerdem schätzen wir einander sehr, was ebenfalls wichtig ist. Ich gönne Tanja ihre Karriere als Tanzlehrerin von ganzem Herzen. New York war schon immer ihre Traumstadt, Bergedorf und die Schule hingegen sind ihr immer schon zu provinziell gewesen. Natürlich ist das Ganze sehr, sehr traurig, und es ist uns beiden nicht leichtgefallen. Aber wir waren uns am Ende einig, dass wir einfach nicht als Paar funktionieren.«

Ich schwankte. Sollte ich Stefan sagen, dass Tanja bei mir gewesen war, oder sollte ich es lieber lassen?

Es klang, als seien beide sich wirklich einig.

Doch das änderte nichts an der Tatsache, dass ich diejenige gewesen war, die Tanja durch ihren Rat dazu gebracht hatte, sich diese Auszeit zu nehmen. Hätten die beiden sich auch getrennt, wenn ich nicht unbeabsichtigt diesen Stein ins Rollen gebracht hätte?

»Ich möchte, dass du weißt, dass Tanja bei mir auf der Luna war, um sich ein Mittel gegen ihre starken Kopfschmerzen zu holen«, hörte ich mich plötzlich sagen. Mein Unterbewusstsein hatte offenbar die Führung übernommen, und nun gab es keinen Weg zurück. »Sie hatte sich mir als Victoria vorgestellt, weshalb ich auch erst bei ihrem zweiten Besuch erfahren habe, dass sie deine Freundin ist.« Das Blut sauste in meinen Ohren, denn ich hatte Angst vor Stefans Reaktion.

Würde mein »Geständnis« den ganzen Abend ruinieren?

»Schön, dass du mir das erzählst«, erwiderte Stefan und nahm meine Hand, die auf dem Tisch lag, in seine. »Tanja hat es mir vorgestern auch gesagt. Sie war im Übrigen sehr angetan von dir. Und sie liebt das Duftöl, das du ihr gemixt hast, und die Kopfschmerzen sind eindeutig weniger geworden. Ich habe dich übrigens erst hierher eingeladen, nachdem das mit uns beiden geklärt war. Ich wollte weder sie noch dich hintergehen, nur damit du das weißt.«

Bedauerlicherweise ging in diesem Moment, in dem ich am liebsten aufgesprungen und Stefan um den Hals gefallen wäre, nach einem kurzen Klopfen die Tür auf, und eine Kellnerin kam herein. Auf dem Tablett trug sie das Amuse-Gueule, einen Korb frisch gebackenes, duftendes Weißbrot sowie eine Schale Butter. Nachdem sie wieder gegangen war, wussten Stefan und ich beide nicht, was wir sagen sollten.

Zum Glück lieferte klassische Musik einen wohligen Hintergrundklang, der unserem Schweigen die Schwere nahm. »Wollen wir kurz nach draußen, um noch ein bisschen frische Luft zu schnappen, bevor der erste Gang serviert wird?«, fragte Stefan schließlich. »Wir können auch den Sekt mitnehmen und endlich anstoßen.«

»Gute Idee«, antwortete ich und stand auf. Als wir nebeneinander am Geländer der Holzbrücke standen und auf die Elbe schauten, legte ich meinen Kopf auf seine Schulter.
»Lass uns darauf trinken, dass wir einander begegnet sind«, sagte Stefan mit warmer, zärtlicher Stimme. »Und dann will ich dich endlich, endlich küssen …«

Als wir nach einem Abend, der schöner nicht hätte sein können, in Richtung Luna fuhren, ich im Twingo vorneweg und Stefan hinter mir, lief im Radio *The Rose* von LeAnn Rimes, der Song, der zu Nics und meinem Leben gehörte und den ich zum letzten Mal gehört hatte, als ich mich auf den Weg gemacht hatte, um das Hausboot zu finden. Damals hatte ich nach den ersten beiden Strophen zu einem anderen Sender gewechselt, weil ich den Schmerz nicht ertragen konnte. Doch heute erschien mir das Lied wie eine Botschaft, wie verheißungsvolle Zukunftsmusik.
Ich summte leise mit, während ich mich Meter um Meter der Luna näherte, die mir zu einem so schönen, heimeligen Zuhause geworden war, wie ich es nie für möglich gehalten hätte. Und nun würde sie hoffentlich bald meine neu gewonnene Liebe unter ihre schützenden Fittiche nehmen. Ich konnte mein Glück kaum fassen und zwickte mich ein paarmal, um mich zu vergewissern, dass ich nicht bloß träumte.
Wir parkten nebeneinander am Moorfleeter Yachthafen, der vom Vollmond in silbernes Licht getaucht wurde und eine wundervolle Kulisse für das bot, was in dieser Nacht noch an Schönem vor uns lag. Nachdem wir aus unseren Autos gestiegen waren, gingen wir Hand in Hand den Bootssteg hinunter, blieben jedoch immer wieder stehen, um uns zu küssen, uns der Gegenwart des anderen zu versichern, ihn zu umarmen.

Stefan roch fantastisch, fühlte sich fantastisch an und konnte so gut küssen, dass ich weiche Knie bekam.
Keine Ahnung, wie dieser Abend enden würde, ich würde es einfach auf mich zukommen lassen. Zusammen mit Stefan fühlte sich alles richtig und entspannt an, so als gehörte ich an seine Seite und er an meine. Ein wundervolles Gefühl, von dem ich mir wünschte, es würde niemals enden.
»Oh, du scheinst Besuch zu haben«, sagte Stefan, während ich mit gesenktem Kopf in meiner Handtasche nach dem Schlüssel kramte.
Besuch?!
Um diese Zeit?!
Als ich den Kopf hob, schaute ich im hellen Schein des Mondes in waldseegrüne Augen, von denen ich geglaubt hatte, sie niemals in meinem Leben wiederzusehen.
»Hallo, Nic«, war alles, was ich hervorbrachte.
Dann sank ich zu Boden.

38.

Glaube
Hoffnung
Liebe

Es gibt Ereignisse im Leben, die einen so sehr aus der Bahn werfen, dass man befürchtet, nie wieder zurück in die Spur zu finden. Nic so plötzlich vor mir stehen zu sehen fühlte sich an, als sei ich einmal durch den Orbit geschleudert und zurück auf die Erde gespuckt worden.

»Komm, trink, das wird dir guttun«, sagte Nic und reichte mir einen Becher Rosenblütentee. Er saß mit einer solchen Selbstverständlichkeit auf unserem Sofa, als sei dies sein angestammter Platz. »Es tut mir leid, dass ich dich so erschreckt und auch noch deine Verabredung gestört habe.«

Ich massierte meine Schläfen und versuchte, so ruhig wie möglich ein- und wieder auszuatmen. Dann trank ich von dem Tee, den Nic gekocht hatte, und vergrub mich tief in die Decke, die über mir ausgebreitet lag.

Was für eine absurde, groteske Situation!

»Warst du neulich am Holzhafen und hast auch einmal durchs Bullauge in unsere Küche geschaut?«, stellte ich die erste von einer Million Fragen, die in meinem Kopf herumzischten wie Flipperkugeln. Ich wusste nicht, was ich zuerst denken oder fühlen sollte.

»Ja, stimmt beides«, antwortete Nic.

»Dann hat mich mein Gefühl also nicht getäuscht. Ich konnte dich sogar riechen …«, antwortete ich leise.

Wie oft hatte ich mir in den letzten zweieinhalb Jahren ausgemalt, dass ich Nic irgendwann einmal wiedersehen würde. Ich hatte mir vorgestellt, was ich sagen, was ich tun, wie ich ihn in meine Arme schließen würde. Doch nun, da es so weit war, empfand ich erstaunlicherweise so gut wie gar nichts.

Nic sah beinahe aus wie früher, außer dass er deutlich dünner war. Seine Haut war braun gebrannt und seine Haare etwas länger, als ich sie bislang bei ihm gesehen hatte. Ich kannte weder die Jeans, die er trug, noch das gebatikte Hemd, das locker über die Hose fiel. Die Füße steckten in Segelschuhen, an den Handgelenken trug er mehrere geflochtene Leder- und Stoffbänder, wie sie in Surferkreisen, aber auch bei Louisa angesagt waren. Seine waldseegrünen Augen waren von derselben Intensität wie immer.

»Warst du in Goa? Oder in einem Ashram?«, fragte ich, gefangen in einem Gefühl von Hilflosigkeit. Wie konnte es sein, dass ich diesen Moment so sehr herbeigesehnt hatte und mich nun fühlte wie abgeschnitten?

Stand ich unter Schock, oder hatte sich durch die Aufstellung bei Jan von Bodenstein jeder letzte Rest an Bindung zu Nic gelöst?

»Ich war in Griechenland, auf Nisyros, um genauer zu sein. Erinnerst du dich noch an meinen alten Kumpel Iosif, mit dem ich früher manchmal segeln war? Er ist schon vor langer Zeit in seine alte Heimat zurückgegangen und lebt in Mandraki, dem Hauptort der Insel, wo er eine Taverne betreibt und Boote vermietet.«

Ich erinnerte mich vage an den freundlichen Griechen, der von einem vulkanischen Mini-Eiland in der Nähe von Kos stammte. Wir hatten immer mal dorthin fahren und segeln wollen, aber dies hatte – wie so vieles in unserem Leben – nicht geklappt.

»Als ich auf Nisyros gelandet bin, hat sein Großvater Dimitrios mich aufgenommen und kostenlos bei sich wohnen lassen«, erzählte Nic mit warmem Leuchten in den Augen. »Als Gegenleistung habe ich seine Schafherde gehütet, Reparaturen und Einkäufe erledigt und war so etwas wie sein Mädchen für alles. Ich habe auch bei Iosif in der Taverne gekellnert.«

»Und bei all diesen schönen Urlaubserlebnissen hast du mal eben kurz vergessen, dass du zwei Kinder und eine Frau im Stich gelassen hast?«, stieß ich fassungslos hervor, verletzt von der Schilderung dieses scheinbaren Postkartenidylls, das er seinem Leben in Deutschland vorgezogen hatte. »Wie konntest du uns das nur antun? Wieso hast du dich nie gemeldet? Wieso hast du mir nie von diesem Hausboot erzählt und davon, dass dein Vater noch lebt?« Nun war das Leuchten in Nics Augen erloschen, und er senkte den Kopf. »Und woher weißt du überhaupt, dass wir jetzt hier wohnen?«

»Von meiner Mutter«, antwortete Nic. »Ich habe sie angerufen, als ich euch in München nicht mehr angetroffen habe, und sie hatte zum Glück eure neue Adresse. Dass ihr ausgerechnet hier, auf dem Boot meines Vaters, lebt, hat mich wie ein Faustschlag getroffen. Und ich habe mich gefragt, wie du überhaupt von der Luna erfahren hast. Natürlich bin ich sofort losgefahren, um euch zu sehen. Aber dann war es doch nicht so leicht, wie ich es mir vorgestellt hatte. Louisa und Molly sind so groß geworden. Und so hübsch. Und auch du führst jetzt ein ganz anderes Leben. Ich habe wirklich mit mir gerungen und mich gefragt, ob es nicht besser für euch ist, wenn ich weiter verschollen bleibe. Doch dann hat die Sehnsucht nach euch gesiegt, und ich musste es einfach versuchen. Das war doch richtig, oder?«

Nics flehentlicher Blick traf mich mitten ins Herz.

Zum ersten Mal, seit er hier war, konnte ich ihn fühlen.

»Ganz ehrlich, ich habe keine Ahnung«, murmelte ich. »Louisa und Molly werden sich bestimmt freuen, aber sie werden ebenfalls Fragen haben. Und ich hoffe sehr, dass du die richtigen Antworten findest.«

»Bist du mit diesem … Stefan zusammen?«, fragte Nic. »Er scheint sehr nett zu sein. Er hat mir übrigens geholfen, dich ins Hausboot zu tragen.«

»Bin ich wirklich so schwer?« Ich musste wider Willen kichern. Wie albern. Wie absurd. Wie unfassbar!

Gleich würde ich die Augen öffnen und erkennen, dass das alles nur ein Traum war und mein Leben wieder seinen gewohnten Gang ging, wenn ich diesen Traum nur erst einmal verarbeitet hatte.

»Weißt du, dass ich mir zwei Jahre lang vorgemacht habe, dass du noch bei uns bist? Ich habe jeden Abend um zweiundzwanzig Uhr mit dir zusammen auf unserem Sofa in München gesessen, gemeinsam mit dir Tee getrunken und alles besprochen, was tagsüber passiert ist. All die kleinen und großen Dinge des Alltags, die ich auf einmal alleine bewältigen musste. Egal ob es um die richtige Entscheidung wegen einer Zahnspange für Molly ging, Louisas ersten Liebeskummer, schlechte Zensuren oder Geburtstagsfeiern … Ferien … Krankheiten … Kannst du dir auch nur im Entferntesten vorstellen, wie ich mich in dieser Zeit gefühlt habe? Ich konnte ja noch nicht einmal trauern, weil ich tief in mir immer das Gefühl hatte, dass du lebst. Und weil ich mir einfach nicht vorstellen konnte, dass der Mann, den ich so geliebt und um den ich so gekämpft habe, mir so etwas antut. Kannst du eigentlich noch in den Spiegel schauen und nachts ruhig schlafen?«

Da war sie wieder, die Wut, die sich einen erbitterten Kampf mit meinem Mitgefühl lieferte. Und mit all den anderen Gefühlen, die mich überfluteten und über mir zusammenschlugen wie eine Welle.

»Weder noch«, antwortete Nic mit gequälter Miene. »Ich habe so viele Fehler gemacht, dass ich gar nicht weiß, womit ich anfangen soll. Der schlimmste war, dich und die Kinder zu verlassen. Der zweitschlimmste, mich nicht mehr mit meinem Vater zu versöhnen, bevor er starb. Ich bin an dem Abend, als dieser schreckliche Stum gewütet hat, noch einmal zurückgekommen, um ihm zu sagen, wie leid es mir tut, dass ich so unversöhnlich war. Doch da hatte sich die Luna schon von ihrem Liegeplatz losgerissen, und es herrschte ein Riesentumult. Dass mein Vater tot ist, habe ich erst Tage später erfahren, als ich im Internet über seine Todesanzeige gestolpert bin, weil ich wissen wollte, was aus der Luna geworden ist.«

»Du bist also einfach im Affekt nach Griechenland abgehauen?«, fragte ich in dem Versuch, mir einen Reim auf diesen grauenvollen siebenundzwanzigsten April zu machen. »Wieso hast du mich nicht angerufen? Wieso hast du mir nicht vorher gesagt, dass du vorhattest, dich mit deinem Vater auszusprechen? Wieso hast du mich nicht mit einbezogen? Wir haben doch schon so vieles gemeinsam durchgestanden.«

»Was dich betrifft, auf jeden Fall viel zu viel«, sagte Nic und blickte mir jetzt wieder in die Augen. Für eine Sekunde verfingen sich unsere Blicke, verschmolzen miteinander und raunten sich gegenseitig *Da bist du ja wieder* zu. »Aber ich wollte dieses eine Mal etwas alleine tun. Etwas, das mich, und damit auch euch, heilen würde. Ich habe mir aus irgendeinem Grund eingebildet, dass meine Depression vergehen würde, wenn ich mich mit meinem Vater ausspreche. Wenn ich weiß, dass ich ihm etwas bedeute. Schließlich hatte er lange Jahre gar keine Ahnung davon, dass es mich gibt. Meine Mutter hat es mir erst erzählt, als ich mit ihr über meine Krankheit und meine Therapie gesprochen habe. Als sie mir von dieser kurzen Sommeraffäre erzählt hat – mein Vater war damals wohl am Tegernsee zu einer Tagung der Tischler-Innung, auf der meine Mutter als Kellnerin gejobbt hat –, bin ich beinahe durchgedreht. Sie … sie hat mir die Existenz meines Vaters einfach verschwiegen. Mein halbes Leben lang hat meine Mutter mich belogen!«
Nic schüttelte den Kopf, als könnte er es noch immer nicht glauben. Für einen kurzen Moment sah ich den Schmerz, den er nach der Beichte seiner Mutter empfunden haben musste, in seinen Augen aufblitzen.
»Als ich wieder halbwegs zu mir gekommen bin«, fuhr Nic fort, »wollte ich alles in meiner Macht Stehende tun, damit wir wieder eine glückliche Familie werden können. Eine Familie, in der alles in Ordnung ist. In der es keine Lügen gibt. Und als meine Begegnung mit Friedrich dann schiefging, habe ich rotgesehen. Ich wusste nicht mehr, was ich tat. Ich bin einfach abgehauen, sosehr ich das heute auch bereue.«
Eine Weile ließ ich seine Worte auf mich wirken. Rosemarie, Nics Mutter, war früher eine sehr hübsche und lebenslustige

junge Frau gewesen, soweit ich wusste. Dass aus einem One-Night-Stand während eines Sommerjobs ein Kind hervorgegangen war, hatte sie jedoch offenbar derart aus der Bahn geworfen, dass sie Nics Vater lieber für tot erklärte, als sich zu dieser Affäre zu bekennen. »Kennst du eigentlich die Briefe, die dein Vater dir geschrieben hat?«, fragte ich, um der Wahrheit endlich ein Stückchen mehr auf die Spur zu kommen.

»Ja, ich weiß davon, Friedrich hat mir gesagt, dass er mir welche geschrieben hat. Aber genau das machte mich ja so wütend, verstehst du? Nachdem meine Mutter ihn um Hilfe gebeten hatte, wusste er von mir. Er hat mir Briefe geschrieben, aber nicht den Mumm gehabt, sich bei mir zu melden und sich dem zu stellen, was er angerichtet hat.« Nics Stimme zitterte, und ich spürte, dass der Groll, den er Friedrich gegenüber empfand, noch immer sehr stark war. »Aber woher weißt du davon?«

»Ich habe sie durch Zufall in einem Geheimfach oben in meinem Zimmer gefunden. Sie sind sehr berührend und können vielleicht ein wenig dazu beitragen, dass sich dein Zorn gegen Friedrich legt. Soll ich sie für dich holen?«

Nic schüttelte den Kopf. »Nein. Nein, das … das hat noch Zeit. Erzähl mir lieber von dir und von den Mädchen. Wie geht es euch jetzt? Fühlt ihr euch wohl hier? Habt ihr alles, was ihr braucht? Ach Mann, ich habe Fragen über Fragen. Wo sind Louisa und Molly eigentlich?«

»Sie übernachten bei einer guten Freundin, von daher haben wir heute Nacht alle Zeit der Welt, um uns alles zu erzählen, was uns wichtig ist. Danach musst du aber gehen, weil ich Louisa und Molly schonend darauf vorbereiten möchte, dass du wieder da bist. Sie hatten in den letzten Monaten genug zu verdauen, einschließlich des Umzugs hierher und der Tatsache, dass sie jetzt auf dem Hausboot ihres verstorbenen Großvaters leben und nun eine größere Familie haben, als sie bislang dachten. Beide möchten Rieke und Hannes gerne kennenlernen, aber zuvor muss ich Friedrichs Kindern beibringen, dass ihr Vater in jungen Jahren ihre Mutter betrogen hat und aus dieser Affäre ein Kind entstanden ist.«

»Aber das könnte ich doch übernehmen«, schlug Nic vor. »Ich habe so viel Chaos angerichtet, das du und die Kinder – aber vor allem du – ausbaden musstet, da würde ich gerne zumindest das für euch tun. Außerdem möchte auch ich meine Halbgeschwister kennenlernen, vorausgesetzt natürlich, sie sind überhaupt offen dafür.«

Je länger ich über Nics Vorschlag nachdachte, desto logischer erschien er mir. Ja, dies war die Angelegenheit seiner Familie, nicht meiner. Endlich musste ich die Dinge nicht mehr alleine regeln. Außerdem würde es Nic bestimmt guttun, die Dinge wieder ins Lot zu bringen, falls das überhaupt möglich war. Keine Ahnung, wie die Hoffs über all das dachten. Aber womöglich waren auch sie bereit, einen Schritt auf Nic, Louisa und Molly zuzugehen.

Mit einem Mal keimte Hoffnung in mir auf, dass aus all dem Leid, all der Trauer doch noch etwas Gutes entstehen konnte.

Schließlich durfte man die Hoffnung nie aufgeben.

Denn die Hoffnung starb bekanntlich zuletzt.

39.

Liebe heißt, mit wachem Herzen leben.

Als der Sonntagmorgen zu dämmern begann, stand ich wieder einmal auf dem Deck der Luna, eingemummelt in eine Daunenjacke, unter der ich meinen Flanell-Pyjama trug, an den Füßen zwei Paar Wollsocken und Stiefel mit Felleinlage. Nic war vor einer Stunde gegangen, ich hatte mich erschöpft ins Bett gelegt, konnte dann aber doch nicht schlafen. Mein ganzer Körper schmerzte, ich fröstelte, und mein Schädel brummte. Kurz, ich hatte das Gefühl, eine Grippe zu bekommen.

Wie es Stefan wohl geht?, fragte ich mich, während ich die purpurfarbenen Schleierwolken betrachtete, die sich bald auflösen und mit dem morgendlichen Blau des Himmels verschmelzen würden.

Was für ein abruptes Ende für ein erstes Rendezvous.

Was für ein Chaos!

Ich war so froh, dass Louisa und Molly bei Lolas Workshop waren und auch bei ihr übernachtet hatten. Nicht auszudenken, was passiert wäre, wären sie an diesem Abend daheim gewesen. Was hatte sich Nic nur dabei gedacht, so unangemeldet wieder in unser Leben zu platzen?

Er hätte vorher schreiben und seinen Besuch ankündigen können. Oder wenigstens anrufen. Dieses Verhalten war ähnlich rücksichtslos wie sein plötzliches Verschwinden.
Depression hin, psychologische Übersprungshandlung her.
Dass Nic kaum noch ein Gespür dafür besaß, was richtig und was falsch war, zeigte mir, wie schlecht es leider immer noch um ihn bestellt war. Dass Iosifs Vater Dimitrios, angeblich ein Seher und Heiler, ihn in den vergangenen beiden Jahren so weit stabilisiert hatte, dass Nic lebensfähig war, war ihm natürlich hoch anzurechnen. Doch er war kein Therapeut, und meines Erachtens gehörte Nic wieder in fachmännische Behandlung, wenn nicht gar in eine psychosomatische Klinik. Ob ich einen Termin bei Jan von Bodenstein für ihn vereinbaren sollte? Vielleicht konnte er ja auch das Wiedersehen von Nic, Louisa und Molly als Coach begleiten.
Oder dramatisierte ich die Situation gerade, weil ich entkräftet und übermüdet war?
Ich schaute auf die Uhr, hilflos meinen Ängsten und widerstreitenden Gefühlen ausgeliefert. Coco schlief um diese Zeit, Lola ebenfalls. Bei wem konnte ich mir um halb sechs Uhr morgens Unterstützung holen?
Der Einzige, der um diese Zeit meist schon auf den Beinen war, war Torkild. Anrufen wollte ich ihn nicht, um Stefan nicht zu wecken. Aber auf dem Rosenhof vorbeifahren und schauen, ob Licht brannte? Ja, das war eine Möglichkeit.
Der Gedanke daran, in die warmen Augen von Torkild zu schauen und ihm mein Herz ausschütten zu können, beflügelte mich so sehr, dass ich schnell geduscht und angezogen war. Kurz darauf bog ich mit dem Twingo auf die Auffahrt vor dem altehrwürdigen Haus, und tatsächlich, in der Küche brannte

Licht. Ich sah Torkild am Tisch sitzen und eine Zeitung lesen, vor sich ein Frühstücksbrettchen mit einer Scheibe Brot darauf und eine Kanne Tee auf dem Stövchen. Früher hatte er hier immer mit seiner Frau Anna gesessen und geplaudert.
Obwohl ich befürchtete, den alten Herrn zu erschrecken, klopfte ich ans Küchenfenster. Torkild blickte verwundert von seiner Zeitung auf, erkannte mich dann aber zum Glück. Sein freundliches »Moin, was machst du denn schon so früh hier?« tönte durch den Spalt des gekippten Fensters. »Ich mach dir gleich auf.« Nachdem er die Tür geöffnet, mich umarmt und mir einen Becher dampfend heißen Kaffee eingeschenkt hatte, erzählte ich ihm, was in den vergangenen Stunden passiert war. Nur meine Verabredung mit Stefan ließ ich unerwähnt, weil ich nicht wusste, ob Torkild darüber informiert war und ob er Stefans und Tanjas Trennung für richtig hielt oder sie bedauerte.
»Stefan hat mir schon gesagt, dass Nic gestern vor der Luna auf dich gewartet hat und du dann ohnmächtig geworden bist. Das ist gar nicht gut, min Deern, du solltest besser auf dich aufpassen.«
Also wusste Torkild Bescheid, umso besser.
»Ja, das muss ich definitiv, und ich hoffe wirklich sehr, dass nun endlich bald mal ruhigere Zeiten anbrechen, auch für Louisa und Molly. Ich habe nicht die leiseste Ahnung, wie sie auf Nic reagieren werden.«
Torkild nickte und deutete auf den Korb, der vor ihm stand. »Möchtest du eine Scheibe? Aus dem Hofladen der Aggers. Ich schmiere sie dir auch.« Gerührt von dieser liebevollen, beinahe väterlichen Geste, nahm ich sein Angebot dankbar an. »Ich würde die Dinge an deiner Stelle auf mich zukommen lassen«, fuhr er fort, während er mit dem Messer die weich gewordene

Butter auf das duftende Bauernbrot schmierte. »Sag den Mädchen, dass ihr Vater wieder da ist, und gib ihnen Zeit, das Ganze erst mal zu verdauen. Danach könnt ihr immer noch weiterschauen. Wo wohnt dein Nic denn jetzt eigentlich?«

»In der Pension Vierländerei, am Kirchwerder Elbdeich«, antwortete ich und bemühte mich, das Wörtchen *dein* in Zusammenhang mit Nic zu ignorieren.

Ich hatte überhaupt keine Ahnung, ob es für uns beide noch ein *wir* und eine Basis gab, um wieder ein Paar zu werden. Außerdem musste ich erst einmal herausfinden, ob ich noch etwas für ihn empfand. Sein plötzliches Auftauchen hatte in mir einen Schock ausgelöst, für romantische Gefühle war gar kein Platz gewesen. Außerdem gab es da noch Stefan und die Aussicht auf etwas sehr, sehr Schönes. Doch hatte ich wirklich das Recht, diese aufkeimende Liebe zu leben, jetzt, wo der Vater meiner Kinder wieder aufgetaucht war?

»Gar nicht so einfach, das alles, was?«, fragte Torkild mitfühlend. »Aber es bringt jetzt gar nichts, hektisch zu werden, glaub mir. Lass das alles erst mal sacken, keiner drängt dich zu irgendwas. Nic war zweieinhalb Jahre verschollen, also kommt es jetzt auf einen Tag mehr oder weniger auch nicht mehr an, oder?«

Wider Willen musste ich schmunzeln. Ich mochte die trockene und pragmatische Art der Norddeutschen, die Dinge in wenigen Sätzen auf den Punkt zu bringen.

»Hat, ähm … hat Stefan noch irgendetwas anderes über gestern Abend gesagt, als er nach Hause gekommen ist?«, fragte ich mit klopfendem Herzen. Die Vorstellung, dass der Mann, den ich noch vor wenigen Stunden so leidenschaftlich geküsst hatte, nur wenige Meter von mir entfernt schlief, war eigenartig und aufregend zugleich.

»Dazu sag ich nix, das müsst ihr beiden Hübschen schon selbst klarkriegen«, antwortete Torkild mit einem Lächeln, in dem etwas äußerst Verschmitztes, Jungenhaftes lag. »Aber ich bin mir sicher, ihr schafft das. Ihr seid ja schließlich schon groß. Aber mal was ganz anderes, weil du gerade hier bist.« Nun wurde Torkilds Miene wieder ernst. »Ich habe gehört, dass die Leute ganz begeistert von deinen Mittelchen sind. Und da wollte ich dich mal fragen, ob du vielleicht auch eins für mich hast.«

»Oje, geht's dir nicht gut, was fehlt dir denn?«, fragte ich erschrocken.

Und Torkild antwortete: »Meine Anna.«

Diese zwei Worte durchbohrten mein Herz, weil sie mich an unser Gespräch auf der Luna erinnerten, als wir über seine verstorbene Frau und das Thema Abschiede gesprochen hatten.

»Ich stelle dir noch heute was zusammen und bringe es dir später vorbei, versprochen«, antwortete ich zutiefst gerührt. Dieser wunderbare Mann sollte auf gar keinen Fall leiden. Wie gern hätte ich ihm den Schmerz genommen.

»Danke, das ist lieb, aber so sehr eilt das jetzt auch wieder nicht. Ich bin bislang ja auch ohne ganz gut über die Runden gekommen. Klär du lieber erst mal deine familiären Angelegenheiten, sprich mit Stefan, und dann sehen wir weiter.«

»Was soll Aurelia mit mir klären?«, hörte ich mit einem Mal Stefans Stimme aus dem Flur. »Ist sie etwa hier?«

»Ja, bin ich«, antwortete ich, aufgeregt wie ein Teenie vor dem ersten Date. Hoffentlich sah ich nicht allzu mitgenommen aus.

»Na, das ist ja eine Überraschung am frühen Morgen«, sagte Stefan, der offenbar gerade geduscht hatte und mit seinen verstrubbelten Haaren verboten gut aussah, genau wie in seinem

weißen Bademantel, der einen kleinen Teil seiner gebräunten Brust freilegte. Außerdem duftete er so himmlisch, dass ich mich zu ihm hingezogen fühlte wie die Motte zum Licht.
»Schön, dich zu sehen, Aurelia. Geht's dir gut?«
Bevor ich antworten konnte, räusperte Torkild sich und verabschiedete sich unter dem Vorwand, dringend ein paar Sachen im Büro erledigen zu müssen. Ein wenig verlegen stand ich auf, um ihm einen Kuss auf die Wange zu geben. Dann drehte ich mich zu Stefan um, der mich sehr ernst ansah.
»Na ja, gut wäre eindeutig übertrieben«, antwortete ich. »Ich habe heute Nacht nur eine Stunde geschlafen, weil Nic und ich so lange geredet haben. Ich weiß zwar immer noch nicht alles, was in den letzten beiden Jahren passiert ist, aber allmählich fügen sich die Puzzleteile zu einem Ganzen. Ich habe ihm die Briefe seines Vaters mitgegeben und hoffe, dass sie dabei helfen können, Friedrich besser zu verstehen und irgendwann einmal vielleicht sogar zu verzeihen, dass er sich nicht bei Nic gemeldet hat, als er von seiner Existenz erfahren hat.«
»Und wie geht es jetzt mit euch beiden weiter, wenn ich das fragen darf?« Stefan, der sich mittlerweile auf Torkilds Stuhl gesetzt hatte, schenkte sich Kaffee ein und warf mir anschließend einen Blick zu, in dem ich eine Spur Unsicherheit entdeckte.
»Das kann ich dir leider nicht sagen«, antwortete ich und wagte es kaum, ihn anzuschauen. »Momentan bin ich einfach nur durcheinander, müde und überfordert. Als Nächstes möchte Nic Louisa und Molly sehen, aber ich muss den beiden natürlich erst einmal vorsichtig beibringen, dass ihr Vater aus heiterem Himmel beschlossen hat, ein Lebenszeichen von sich zu geben. Und ich möchte das alles erst in Angriff nehmen, wenn ich mir selbst über meine Gefühle klargeworden bin. Wir haben

immerhin zwei Kinder und eine lange Zeit unseres Lebens gemeinsam verbracht.«

»Verstehe«, murmelte Stefan. »So etwas nennt man dann wohl ganz mieses Timing!«

»Tut mir leid«, erwiderte ich leise. »Ich hätte mir das alles auch anders gewünscht. Soll ich lieber gehen?«

Stefan schüttelte den Kopf und rührte in seinem Milchkaffee. »Nein, bitte bleib. Du bist schließlich gekommen, um mit meinem Vater zu sprechen. Was wolltest du eigentlich von ihm?«

»Ein bisschen Trost. Einen väterlichen Rat, auch wenn er nicht mein Vater ist. Torkild sagt, ich soll mir nicht so viele Sorgen machen und den Dingen einfach ihren Lauf lassen. Aber genau das fällt mir nach dieser langen Zeit der Ungewissheit so schwer. Ich wünsche mir nichts sehnlicher, als dass wir alle endlich zur Ruhe kommen und uns mit anderen Dingen beschäftigen können. Louisa ist gerade frisch verliebt, Molly soll beim Reiten groß durchstarten, ich möchte meine Aromatherapie weiter ausbauen, genau wie die Naturkosmetiklinie.«

»Ist denn in deinem Leben überhaupt Platz für einen Mann?« In Stefans Frage schwang ein Hauch von Traurigkeit mit. »Ihr drei seid doch so ein eingespieltes Team und habt euch hier gut eingelebt. Du bist beinahe rund um die Uhr beschäftigt und wirst es erst recht sein, wenn wir deine Rosenprodukte offiziell in unseren Katalog aufnehmen, was ich im Übrigen gemeinsam mit meinem Vater beschlossen habe.«

»Echt jetzt?« Inmitten all der Aufregung hatte ich gar nicht mehr daran gedacht, dass ich Stefan Proben zur Prüfung mitgegeben hatte.

»Ja, echt jetzt. Momentan ist alles in einem Labor, damit du für deine Produktlinie auch ein Zertifikat bekommst. Und wenn das da ist, bekommst du drei Doppelseiten in meinem Katalog und ein eigenes Regal für dein Sortiment im Gartenpavillon. Du siehst also, zumindest beruflich sortiert sich gerade alles in deinem Sinne. Und was mich, oder uns, betrifft, mach dir deswegen bitte keinen Stress. Du weißt, wie ich für dich empfinde, und daran ändert auch Nics Auftauchen nichts.«

»Ach ja, weiß ich das?« Mir wurde heiß und kalt, und ich hatte große Mühe, Stefans intensivem Blick standzuhalten.

»Du weißt, dass ich mich Hals über Kopf in dich verliebt habe. Und seit gestern Abend würde ich am liebsten Tag und Nacht mit dir zusammen sein. Aber du bist gerade nicht frei, also werde ich meine persönlichen Wünsche erst einmal zurückstellen und abwarten, was passiert. Du stehst eh schon unter Druck, da möchte ich nicht noch eine zusätzliche Belastung für dich sein.«

Ich war sprachlos vor Ungläubigkeit und Rührung.

Stefan war ein wirklich toller Mann!

Doch hatte er auch genug Geduld, um länger zu warten?

Das mit Nic würde nicht von heute auf morgen zu regeln sein, so viel war klar. Eine so lange gemeinsame Zeit konnte man nicht wegwischen und zugunsten einer Verliebtheit opfern, die gerade erst erwacht war.

40.

Eine Aura aus kräftigen Pastelltönen, durchmischt mit den Farben Gold und Silber, ist ein Zeichen für große spirituelle Energie.

»Und seid ihr euch wirklich ganz sicher, dass ihr ohne mich klarkommt?«, fragte ich zum gefühlt einhundertsten Mal. Meine Töchter nickten. Ebenfalls zum einhundertsten Mal.
Genau eine Woche nachdem Nic vor der Luna auf mich gewartet hatte, würde er sich mit Louisa und Molly treffen, allerdings ohne mich, wie ich gemeinsam mit den Mädchen beschlossen hatte.
Die vergangenen Tage waren eine einzige emotionale Achterbahnfahrt gewesen, die ich nur mit Hilfe von Jan von Bodenstein und Coco überstanden hatte. Am schwersten war es gewesen, Louisa und Molly überhaupt zu erzählen, dass Nic noch lebte und nun den Kontakt zu uns suchte.
»Irgendwie wundert mich das gar nicht. Ich hatte nämlich in der letzten Zeit ein paarmal das Gefühl, dass ich Papa gesehen habe«, hatte Molly gesagt. »Ich wollte euch bloß nichts davon sagen, um euch nicht zu erschrecken.«
Louisas Reaktion war ein gleichgültiges Schulterzucken. Wie so häufig war es nicht ganz einfach, in die Köpfe und die Herzen

meiner Töchter zu schauen. Als es aber darum ging, wann und wo das Wiedersehen mit ihrem Vater stattfinden sollte, waren die beiden so aufgeregt gewesen und hatten sich vor lauter Ideen derart überschlagen, dass ich wusste: Sie würden Nic mit offenen Armen aufnehmen.

Nachdem Vorschläge wie eine Schifffahrt auf der Elbe, ein Spaziergang um den Oortkatener See, ein Besuch des Bergedorfer Schlosses oder sogar ein Treffen in einem Hamburger Hotel rauf und runter diskutiert worden waren, hatten wir uns schließlich gemeinsam dafür entschieden, das Ganze nicht so hoch aufzuhängen, sondern im ersten Schritt mit einem Kaffeetrinken zu beginnen.

»Kannst du diese leckere Rosentorte mit den hübschen, süßen Blütenblättern backen?«, hatte Molly gefragt, und Louisa hatte den Vorschlag gemacht, auch Pfannkuchensuppe vorzubereiten, die man später nur noch warm machen musste.

Mit gemischten Gefühlen hatte ich Freitagabend Rosenblütenblätter kandiert, während im Ofen der Biskuitteig backte, den ich als Boden für das Cremetopping aus Erdbeeren, Joghurt, Quark und Rosenwasser benötigte. Anschließend hatte ich bergeweise Pfannkuchen zubereitet, von denen Louisa nach dem Auskühlen einen Teil für die Suppe in Streifen geschnitten hatte. Der andere kam in den Kühlschrank, um ihn später als Wrap mit geräuchertem Lachs und Frischkäse zu füllen.

Und nun war es so weit: Nic würde gleich da sein, und ich hatte mit den Mädchen vereinbart, dass ich zu Lola fahren und so lange bei ihr bleiben würde, bis Nic gegangen war oder sie mich brauchten. In den letzten Tagen hatten Nic und ich, bis auf Telefonate, keinen weiteren Kontakt gehabt. Ihn zu treffen und gleichzeitig die Kraft zu finden, meinen Alltag zu bewältigen und zu arbeiten, hatte mich überfordert. Es war auch so schon aufwühlend und verunsichernd genug, ihn zu sehen. Und die Erkenntnis, dass ich mehr in Stefan verliebt war, als mir lieb war, machte die Situation noch komplizierter.

Doch selbst wenn es Stefan nicht gegeben hätte, musste ich mich fragen, ob ich Nic jemals verzeihen konnte, dass er einfach gegangen war, und ob ich ihn überhaupt noch liebte oder nur die Erinnerung an eine vergangene Liebe. Außerdem musste ich wissen, ob es in den letzten beiden Jahren eine Frau in seinem Leben gegeben hatte, und natürlich, wie er zu mir stand. Aber die Klärung all dieser Fragen hatte nicht halb so viel Dringlichkeit wie das Wiedersehen mit Louisa und Molly. Als Nic vor der Tür stand, flogen ihm beide Mädchen um den Hals, so dass er unter ihrem Gewicht erst einmal zu Boden ging, während Momo die drei maunzend umkreiste. Ich beobachtete die stürmische Begrüßung von der Küche aus und musste schwer schlucken. Ähnliche Szenen hatten sich immer in München abgespielt, wenn Nic nach einem Segeltörn mit Freunden zurückgekommen war. Zum Glück kochte das Teewasser gerade, und ich musste auch noch die Torte aus dem Kühlschrank holen und auf drei Kuchenteller verteilen.

Kurze Zeit später tauchte Nic in der Küche auf. »Hallo, Aurelia, kann ich dir irgendwas helfen?«

Nic *Aurelia* sagen zu hören war vollkommen ungewohnt für mich. Früher hatte er mich *Mein Stern* genannt oder einfach nur Schatz, auch wenn Letzteres vielen nicht besonders originell erschien. Ich hingegen empfand das ganz anders. Schließlich war ein Schatz doch etwas sehr Wertvolles, Kostbares. Etwas, das man hütete, über das man sich jeden Tag freute. Wann hatte

Nic begonnen, mich nicht mehr als seinen Schatz zu betrachten? Wann war mein Stern erloschen?
Wann hatte die Krankheit über seine Liebe zu mir gesiegt?
Es war mir erst in den letzten Tagen klargeworden, dass Nics plötzliches Verschwinden nicht nur eine Übersprungshandlung infolge des Streits mit seinem Vater sowie Ausdruck seiner Depression gewesen war, sondern ein passiv-aggressiver Akt gegen mich und die Kinder. Doch natürlich hatten die Sorge und die Trauer um ihn diese Erkenntnis überlagert, und ich war erst jetzt in der Lage, meine Augen zu öffnen und seine Handlung als das zu sehen, was sie wirklich war.
Sollten wir jemals wieder zusammenkommen, würde es sehr schwer werden, diesen Verrat zu verzeihen und zu verarbeiten.
»Wenn es okay ist, fahre ich dann jetzt mal«, sagte ich, nachdem sich die drei um den Wohnzimmertisch versammelt hatten, wo ich gedeckt hatte. Nic auf dem Sofa, Louisa und Molly wieder auf ihren geliebten Sitz-Poufs auf dem Boden. »Ruft einfach an, wenn etwas ist.«
»Machen wir, Mama, und grüß Lola«, sagte Louisa, und Molly schenkte mir ein Luftküsschen. Beide hatten hochrote Wangen vor Aufregung, selbst Momo schien zu spüren, dass Nic ein ganz besonderer Gast war. Nic selbst sagte nur »Danke«, und ich konnte seinen Blick noch im Rücken spüren, als ich den Flur entlangging.
Nachdem ich die Tür der Luna hinter mir geschlossen hatte, atmete ich stoßweise aus, um meine Anspannung loszuwerden. Ich freute mich darauf, gleich mit Lola zusammen sein zu können. Ihre fröhliche Art würde mir guttun.
»Hey, da ist ja die Heldin der Woche«, sagte sie zur Begrüßung und hielt mich länger als sonst im Arm. »Komm rein, und mach's dir auf dem Ateliersofa gemütlich, ich bin gleich bei dir.«

Lola verschwand in Richtung ihrer Wohnung, die ans Atelier angrenzte. Als sie wiederkam, balancierte sie ein Tablett, voll beladen mit Donuts, Muffins, Schokoküssen, Chips und Erdnussflips in der einen Hand, in der anderen eine Flasche Limonade. »Soulfood«, sagte sie mit einem Augenzwinkern und stellte alles auf den Couchtisch, wo bereits langstielige Gläser, Wasser und eine kleine Flasche alkoholfreier Sekt standen. »Ich dachte, das kannst du jetzt gebrauchen. Und ich mag auch nicht den ganzen Tag Möhrchen knabbern, damit mein Kind später Augen hat wie ein Luchs und einen gesunden, orangeroten Teint. Los, erzähl, wie geht es dir?«

Obwohl Lola im Prinzip schon alles wusste, wiederholte ich jedes noch so kleine Detail der vergangenen Woche und endete mit den Worten: »Jetzt bleibt nur noch zu hoffen, dass Louisa und Molly das Ganze halbwegs verkraften.«

»Was will Nic denn jetzt überhaupt machen, und wovon will er in Zukunft leben?«, fragte Lola und steckte sich eine Handvoll Flips in den Mund. »Deutschland ist keine kleine Insel, auf der man mal eben kurz untertauchen, Schafe hüten und weitgehend ohne Geld leben kann.«

Das stimmte allerdings!

»Er hat vor, sich in der Nähe eine kleine Wohnung zu suchen, um die Kinder regelmäßig sehen zu können, und sich bis zu dem Zeitpunkt, an dem er wieder eine Anstellung als Ingenieur gefunden hat, mit kleineren Jobs über Wasser zu halten. Natürlich werde ich auch versuchen, ihn zu unterstützen, wenn er meine Hilfe braucht.«

Bei dem Gedanken daran, dass ich künftig vielleicht auch noch Nic finanziell unter die Arme greifen musste, wurde mir ein wenig flau. Auch wenn ich zusätzlich zu meinem Einkommen in der Gärtnerei noch etwas durch den Verkauf meiner Naturkosmetik und Aromaöle verdienen konnte, würde es hinten und vorne nicht reichen, um auch noch Nic etwas davon abzugeben. Wenn es gar nicht anders ging, würde ich Carola Sander fragen, ob ich von Teilzeit auf Vollzeit gehen konnte. Dann müsste sich eben Nic nachmittags um Louisa und Molly kümmern und mit ihnen für die Schule üben oder ihnen bei den Vorbereitungen für Referate und Ähnlichem helfen.

»Wie geht es ihm denn überhaupt? Hast du den Eindruck, dass sich seine Psyche stabilisiert hat?«

»Keine Ahnung«, antwortete ich wahrheitsgemäß. »Dazu müsste ich ihn länger sehen und auch in Belastungssituationen erleben. Momentan würde ich sagen, gut. Aber das kann auch täuschen. Nic hatte auch früher immer wieder kleine Hochphasen, in denen ich geglaubt hatte, dass er übern Berg sei. Doch das stellte sich dann leider jedes Mal als Trugschluss heraus. Ich denke, es wird mir nichts anderes übrigbleiben, als abzuwarten, wie sich die Dinge entwickeln.«

Lola nickte. »Und wie geht Stefan mit der Situation um?«

»Er hat was von ganz miesem Timing gesagt, und da kann ich ihm leider nur zustimmen. Aber er hat auch versprochen zu warten, ohne mir Stress zu machen. Die Frage ist natürlich, wie lange sich das mit Nic hinzieht und wie geduldig Stefan ist. Männer neigen ja im Allgemeinen nicht unbedingt dazu, einer Frau ewig hinterherzuschmachten.«

»Wohl wahr«, erwiderte Lola seufzend und streichelte ihren Bauch, der sich allmählich sanft zu wölben begann. »Allerdings schätze ich Stefan anders ein. Er hat die Dinge mit Tanja schnell und kompromisslos geklärt, ich halte ihn für einen Mann mit Charakter. Und du hast ja schließlich nicht vor, ewig für deine Entscheidung zu brauchen, nicht wahr? Das bist du schon dir selbst schuldig, schließlich hast du die letzten zweieinhalb Jahre in der ungewissen Warteposition verbracht. Irgendwann ist's auch mal gut. Und so, wie du klingst, hast du dich bereits entschieden, ob du das nun wahrhaben willst oder nicht. Du bist verliebt in Stefan. So wie er in dich. Und du hast jetzt alles Recht der Welt, glücklich zu sein.«

Lolas Worte wirkten tief in mir nach, als ich gegen halb elf Uhr abends zurück zur Luna fuhr. Nachdem es zu anstrengend geworden war, die Themen *Nic* und *Zukunft* wieder und wieder durchzukauen, hatten wir *Monsieur Claude und seine Töchter,* eine amüsante, leichtfüßig erzählte französische Komödie, auf DVD geschaut und dabei fast alles aufgegessen, was Lola aufgetischt hatte. Um kurz nach zehn hatte Louisa angerufen und gesagt, dass Nic gerade gegangen war und wie schön es mit ihm gewesen sei. Sie klang allerdings genauso müde und erschöpft, wie ich mich gerade fühlte, und wollte nach dem Anruf gleich ins Bett gehen. Molly schlief bereits.

Als ich die Tür des Hausbootes aufschloss, war es mucksmäuschenstill auf der Luna. Noch nicht einmal Momo ließ sich blicken. Ich schlich auf Zehenspitzen zu Mollys Zimmer und öffnete so leise wie möglich die Tür. Ein Berg blonder Locken verriet, dass meine Tochter bäuchlings im Bett schlief. Zu ihren Füßen lag Momo, ein zusammengerolltes Fellknäuel. Mollys Bettdecke hob und senkte sich regelmäßig, so dass ich davon ausging, dass meine Kleine friedlich schlief, obwohl ein aufregender Tag hinter ihr lag. Auch Louisa war im Tiefschlaf, also konnte ich mich beruhigt zurückziehen und mich selbst ein wenig sortieren. Auf dem unteren Deck hing immer noch der Geruch von Nics Aftershave in der Luft, auf dem Couchtisch lag ein Brief in seiner Handschrift.

Mein Stern,
ich danke Dir für diesen wunderschönen Tag mit unseren Töchtern. Hut ab, Du hast wirklich alles dafür getan, dass es ihnen gutgeht und sie glücklich sind. Egal wie es mit uns beiden weitergeht, ich werde ab jetzt für Euch da sein, das verspreche ich.
Alles Weitere wird sich finden.
Für immer,
Dein Nic

Die Worte *Für immer* und *Dein* gaben den Ausschlag.
Alles in mir verkrampfte sich, und ich spürte vor allem eins: Er war nicht mehr *mein* Nic.
Mein Nic war am siebenundzwanzigsten April vor zweieinhalb Jahren verschwunden und würde für immer einen Platz in meinem Herzen haben, genau wie er immer der Vater von Louisa und Molly bleiben würde.
Ein anderes *Für immer* existierte nicht mehr.
Erleichterung überflutete mich, als ich so deutlich wie schon lange nicht mehr spürte, was richtig war. Was ich mir vom Leben wünschte. Es war an der Zeit, ein neues Kapitel aufzuschlagen und das Glück mit beiden Händen zu ergreifen. Aufgekratzt und beschwingt holte ich eine Flasche Sekt, die ich für besondere Anlässe aufbewahrte, aus dem Kühlschrank und schnappte mir das schönste Sektglas, das ich hatte. Dann zog ich mir meinen Mantel über und ging aufs Deck.
Ich hatte eine Entscheidung getroffen, die sich gut und richtig anfühlte.
Gleich morgen würde ich Stefan anrufen und ihm sagen, dass ich mich darauf freute, ihn besser kennenzulernen, und dar-

auf, was sich in Zukunft zwischen uns beiden entwickeln würde.

Und dann würde ich Nic sagen, dass aus uns kein Liebespaar mehr werden würde. Nur ein Elternpaar, das gemeinsam für seine Kinder da sein und sorgen würde. Als ich so dastand und in den Sternenhimmel schaute, spürte ich, dass ich nicht allein war.

Auch wenn ich ihn diesmal nicht sehen, sondern nur erahnen konnte, wusste ich, dass Friedrich Hoff neben mir stand und ebenfalls auf die glitzernde Elbe schaute. »Jetzt wird alles endlich gut«, flüsterte ich, während Tränen über meine nachtkalten Wangen rollten. Hoffentlich die letzten für eine lange, lange Zeit. »Nic hat die Briefe, und er wird dir verzeihen und endlich seinen Frieden mit dir und seinen Problemen machen, lieber Friedrich, da bin ich mir ganz sicher. Er und die Kinder haben sich gut verstanden, und er wird von nun an gemeinsam mit mir für sie sorgen.«

Eine Nanosekunde lang flackerte eine pastellfarbene Ellipse mit goldenen und silbernen Einsprengseln neben mir auf, und ich blickte in die waldseegrünen Augen von Friedrich Hoff.

Sie lächelten selig, genau wie sein Mund. Seine Lippen formten ein *Danke,* und dann war er verschwunden.

Tief in mir wusste ich, dass ich ihn nie wieder sehen würde.

Epilog

»Mmmmmh, musst du wirklich schon los?«, fragte Stefan und schmiegte sich an mich. »Es ist dunkel und kalt und total ungemütlich. Ich glaube, der Wetterbericht hat auch einen fiesen Oktobersturm angekündigt. Ach was, Sturm, einen Hurrikan. Da solltest du echt nicht rausgehen. Viel zu gefährlich!« Stefans nackte Haut duftete nach Bettwärme und Liebe. Wie gern wäre ich jetzt bei ihm geblieben, hätte mich weiter in seine Arme gekuschelt und später noch einmal mit ihm geschlafen. Doch ich musste zu Louisa und Molly.

»Ich würde ja gern hierbleiben, aber die Mädchen wollen gleich mit mir im CCB shoppen gehen, damit sie heute Abend beim Ernteball schöne Kleider tragen könnten. Außerdem: Mach mal die Augen auf. Draußen scheint die Sonne, und es regt sich kein einziges Blättchen«, erwiderte ich grinsend, gab Stefan einen Kuss und schlug dann energisch die Bettdecke beiseite. »Nic muss zur Gärtnerei. Und ich habe versprochen, diesmal pünktlich zu sein.«

In der Tat hatte ich mich in den letzten Tagen kaum von Stefan trennen können, wenn wir uns gesehen hatten, und war daher mehrmals verspätet zur »Übergabe« erschienen, wenn Nic auf der Luna war, um bei Louisa und Molly zu sein. Ich war erstaunt und erleichtert zugleich, dass die beiden es gut aufgenommen hatten, dass Nic und ich kein Paar mehr sein würden und stattdessen Stefan der Mann meines Herzens war.

»Wie gefällt es ihm dort eigentlich?«, fragte Stefan, dessen Hände meine Hüften umschlangen, was mich daran hinderte, aufzustehen, und ich antwortete: »Ganz gut.«

Torkild hatte Nic nicht nur einen Übergangsjob in einer seiner Gärtnereien besorgt, wofür ich ihm außerordentlich dankbar war, sondern auch ein WG-Zimmer ganz in der Nähe der Luna. Wieder einmal hatte der ältere Herr sich als Retter in der Not erwiesen.

Seit nunmehr knapp drei Wochen bemühten Nic und ich uns darum, eine halbwegs alltägliche Struktur für ihn und die Kinder zu schaffen, was durch den Job natürlich leichter wurde. Abends tippte Nic zahllose Bewerbungen, ließ sich zwischendrin immer wieder vom Arbeitsamt coachen und tat alles in seiner Macht Stehende, um sich eine neue Existenz in den Vier- und Marschlanden aufzubauen. Jan von Bodenstein hatte ihn an eine Kollegin in Bergedorf überwiesen, die zum Glück noch einen Therapieplatz frei hatte.

Louisa und Molly genossen das Zusammensein mit ihrem Vater, zeigten ihm die Gegend, nahmen ihn mit an den Oortkatener See und in den Reitstall. Auch Nic war entschlossen, Mollys Begabung fürs Reiten zu fördern, und versprach, sie ebenfalls finanziell zu unterstützen, sobald er dazu in der Lage war. Und natürlich auch bei den Turnieren dabei zu sein, wenn die Saison im kommenden Frühjahr begann.

»Und das mit uns beiden ist wirklich kein Problem für ihn?«, fragte Stefan weiter.

»Na, du willst es ja heute Morgen ganz genau wissen, was?«, erwiderte ich, drehte mich zu ihm um und gab ihm erneut einen Kuss, diesmal einen langen, zärtlichen. »Ist das hier Antwort genug?«

»Ich denke, ja«, antwortete Stefan und zog mich mit seinen starken Armen an sich. »Und weil das so ist, verdonnere ich dich jetzt einfach dazu, doch noch fünf Minuten zu bleiben. Oder auch zehn …«

Überglücklich und in Gedanken an das morgendliche Liebesspiel, fuhr ich eine halbe Stunde später in Richtung Moorfleeter Yachthafen. Nic nach einer Nacht mit Stefan gegenüberzutreten fiel mir genauso schwer wie ihm. Doch es ging nicht anders. Stefan war nun mal der neue Mann an meiner Seite, und ich war überglücklich mit ihm.

Und Nic musste dies akzeptieren, egal ob es ihm gefiel oder nicht. Bislang war es uns noch nicht gelungen, über Themen wie Eifersucht zu sprechen, aber auch das würde sich irgendwann fügen. Alles zu seiner Zeit. Und alles Schritt für Schritt.

Den heutigen Tag wollte ich auf gar keinen Fall mit grüblerischen Gedanken belasten, denn ich freute mich schon die ganze Woche auf den Ball anlässlich des Erntedankfestes, der alljährlich im Rieck-Haus stattfand. Heute Abend würden alle da sein, die uns seit dem Umzug hierher zu Freunden geworden waren: Lola, Torkild, Familie Aggers, meine Kollegin Mina und ihr Mann, meine Chefin Carola Sander, aber auch Coco, die seit vier Tagen offiziell eine frischgebackene Hamburgerin war und zusammen mit Rolf kommen würde.

Nic hatte ebenfalls zugesagt, vorbeizuschauen, um Stefan besser kennenzulernen. Ich wusste, dass ihm dies nicht leichtfallen würde, und hatte angeboten, sich noch kurzfristig umzuentscheiden. Niemand würde ihm böse sein, wenn er das Erntedankfest ausfallen ließ.

Zu Beginn der Woche hatte ich mir für diesen besonderen Anlass zusammen mit Lola ein neues Kleid gekauft, das entfernt einem Dirndl ähnelte. Es stand mir überraschend gut und passte zu den Kleidern der Damen, die auf dem Ball ihre aufwendige regionale Tracht trugen. Lola war erstaunt gewesen zu hören, dass ich als Münchnerin keine begeisterte Oktoberfestgängerin gewesen war und noch nie ein Dirndl besessen hatte.

»Wenn du mir jetzt auch noch sagst, dass du keine Weißwürste magst, behaupte ich, dass sie dich als Kind vertauscht haben und du eigentlich eine Norddeutsche bist«, lautete Lolas Kommentar, als wir kichernd zusammen in der Umkleidekabine der Boutique gestanden und mehrere Kleider anprobiert hatten.

»Tja, dann bin ich das wohl«, hatte ich lachend geantwortet.

Und nun posierte ich vor dem Badspiegel und türmte meine länger gewordenen Haare zu einer Hochsteckfrisur auf.

»Mama, das sieht voll spießig und streng aus«, protestierte Louisa, die neben mir stand und ihre dunklen Wellen mit einem Glätteisen bearbeitete. »Du musst da ein paar Locken rauswurschteln. So gehe ich auf gar keinen Fall mit dir los.«

»Aber sonst sieht Mama voll schön aus«, meinte Molly, die ihre dicken, blonden Haare mit Louisas Hilfe zu kunstvollen Zöpfen geflochten hatte. Beide Mädchen trugen ebenfalls ihre neuen Kleider und dicke Wollstrumpfhosen, da es in der Scheune des Rieck-Hauses am Abend sicher kühl werden würde.

»Wir sehen alle toll aus«, entgegnete ich, beherzigte jedoch Louisas Rat.

»Ich bin schon total gespannt auf die neue Erntekönigin und ihre Prinzessinnen«, sagte Molly und schaute dabei so verzückt drein, dass ich ihr spontan einen Kuss gab. Vor ihrer Reiterinnenkarriere hatte ihr Berufswunsch nämlich immer *Prinzessin* gelautet.

»Und ich möchte morgen beim Festumzug dabei sein«, sagte Louisa. »Rico und Katja wollen auch mitkommen. Hoffentlich ist das Wetter gut.« Louisa so fröhlich und strahlend zu erleben ließ mein Mutterherz groß und weit werden. Rico war ein wirklich netter, hübscher Junge, der Louisa von morgens bis abends anhimmelte. Ich war gespannt, wie lange ihr das gefiel, oder ob ihr diese Schmachterei irgendwann zu langweilig werden würde. So oder so war ich unendlich dankbar, dass jede Spur von Liebeskummer wegen Marco sich in Luft aufgelöst hatte. Und ich war froh, dass Louisa Nic ihre Jungsgeschichten anvertraute und ihn ab und zu um Rat fragte, was sie bei mir noch nie getan hatte. Gerade als ich die letzte Locke aus meiner Turmfrisur gezogen hatte, klingelte es.
»Das muss Coco sein«, rief Molly und stürzte los, um ihr zu öffnen. Und genauso war es auch. Keine drei Sekunden später klebte ich im Bad an ihrer Brust und konnte kaum atmen, so fest war Cocos Umarmung. Nachdem sie mich losgelassen hatte, sah ich, dass sie heute ein dunkelgrünes, enganliegendes Kleid trug, an das sie eine Brosche mit einer Ähre gesteckt hatte. Sie hatte eindeutig ein paar Pfündchen mehr auf den Rippen, ein Zeichen dafür, dass sie sich mit Rolf wohl fühlte, was mich natürlich riesig freute.
»Das nenne ich mal ein tolles Erntedank-Outfit«, sagte ich. »Allerdings würde ich mich an deiner Stelle von dem Strohhut trennen. Der ist einen Tick too much, wenn du mich fragst.«
»Ehrlich?!« Coco schürzte ihre Lippen, die sie im aktuellen Brombeerton geschminkt hatte. »Was meinst du, Louisa? Hat Aurelia recht?«
Louisa grinste. »Ja, hat sie. Ausnahmsweise mal.« Dann nahm sie Coco den Hut ab. »Den kannst du ja morgen beim Erntedankumzug tragen, falls die Sonne zu doll scheint. Aber wo ist denn Rolf?«

Coco lächelte schelmisch und fuhr sich mit den Fingern durch die Haare: »Keine Sorge, Schätzchen, den wirst du gleich sehen. Er wartet draußen im Auto auf uns. Er wollte unsere Begrüßung nicht stören, freut sich aber auch darauf, euch alle endlich kennenzulernen.«

Als wir Punkt zwanzig Uhr die Scheune des Rieck-Hauses betraten, die mit Strohballen, Kränzen und Gestecken auf den langen Bierbänken geschmückt war, wurde mir warm ums Herz – was allerdings nicht nur an der geschmackvollen rustikalen Dekoration lag, sondern vor allem daran, dass Stefan schon da war und mich gemeinsam mit Torkild erwartete. Coco wurde formvollendet von Rolf in den Saal geführt, Louisa und Molly sahen zum Anbeißen aus. Lola stand mit einer Frau, die ich nicht kannte, an der Bar und trank Mineralwasser. »Lola, darf ich dir Coco vorstellen?«, fragte ich und machte meine liebsten Freundinnen miteinander bekannt. »Die berühmte Coco, wie schön«, antwortete Lola erfreut und strahlte übers ganze Gesicht. »Dann müssen Sie Rolf Hansen sein.« Rolf, der heute Abend einen dunkelblauen Anzug trug, nahm zur Begrüßung Lolas Hand. Während die drei sich unterhielten, wanderten meine Augen durch den Festsaal.

Nirgends eine Spur von Nic.

Ich nahm mein Handy aus der Tasche und checkte meine Nachrichten. »Alles okay?«, fragte Stefan und schaute mich besorgt an, während Torkild sich zu Coco, Rolf und Lola gesellte. »Nic wird nicht kommen«, antwortete ich, nachdem ich seine SMS gelesen hatte, die gerade erst abgeschickt worden war. »Er fühlt sich heute Abend nicht so gut, wünscht uns allen aber viel Spaß.«

Stefan nahm mich in den Arm, nachdem ich das Smartphone wieder zurück in die Handtasche gesteckt hatte. »Und? Ist das okay für dich?«

Ich versuchte, meine Enttäuschung hinunterzuschlucken, und räusperte mich. »Doch, doch, das ist in Ordnung. Er ist eben noch nicht so weit, und das muss ich respektieren.«
Stefan umarmte mich noch fester, ich spürte seinen Atem an meinem Ohr. »Gib ihm einfach Zeit«, flüsterte er. »Und versuch, dich heute Abend ein bisschen zu amüsieren. Du wirst sehen, wir Vierländer können tolle Feste feiern, die du so schnell nicht wieder vergessen wirst. Aber solltest du dich unwohl fühlen oder allein sein wollen, dann ist das auch in Ordnung. Mach einfach das, was dir guttut.«
In diesem Moment stimmte die Musikkapelle, die ich erst jetzt entdeckte, das Lied *Ich tanze mit dir in den Himmel hinein* an. Stefan grinste. »Darf ich bitten, die Dame? Der Song steht zwar aktuell nicht in den Charts, aber er ist einfach … zeitlos schön.«
»Ja, das ist er«, sagte ich und nahm seine Hand.
Es war lange her, seit ich zuletzt getanzt hatte.
Und ich würde jeden einzelnen Augenblick dieses Tanzes genießen. Wange an Wange, Seite an Seite mit Stefan, dem Mann, dessen Hand ich von nun an nicht mehr loslassen würde.

Das Hausboot mit dem nostalgischen Charme schaukelte träge auf dem graugrünen Wasser des Flusses. Die frisch geputzten Bullaugen funkelten im Mondlicht, als wollten sie den Menschen, die am Ankerplatz vorbeiflanierten, zuzwinkern.
Und ihnen sagen, dass es das doch gab, das große Glück.
Selbst wenn man schon lange nicht mehr daran geglaubt und das Vertrauen in die Liebe und das Leben verloren hatte.

Wildrosensommer-Rezepte

Aurelias Rosentorte

Zutaten Biskuitteig:
4 Eigelb, 4 Eiweiß
180 g Zucker, 1 Päckchen Vanillezucker
150 g Mehl
100 g Speisestärke
3 gestrichene TL Backpulver
4 EL Wasser
Springform 26 cm Durchmesser

Zutaten Cremetopping:
3 TL Agar-Agar oder 24 Blatt Gelatine
2–3 EL Rosenwasser
500 g Erdbeeren
250 g Speisequark
250 g Joghurt
80 g Akazienhonig (ggf. Rohrohrzucker)
1 Bio-Zitrone (es wird die abgeriebene Schale benötigt)
Rosenblüten aus Marzipan, kandierte Rosenblütenblätter oder frische Erdbeeren zum Verzieren

Zubereitung Biskuitteig:

- 4 Eiweiß und 2 EL Wasser in einer Rührschüssel steif schlagen.
- Danach 4 Eigelb, Zucker und Vanillezucker sowie 2 EL Wasser in einer zweiten Schüssel schaumig schlagen.
- Eischnee, Mehl, Backpulver und Speisestärke unter die Schaummasse heben und alles in die Springform füllen.
- Im auf 180 °C vorgeheizten Backofen 40 Minuten backen.
- Danach abkühlen lassen.

Zubereitung Cremetopping:

- Die Erdbeeren pürieren. Agar-Agar (oder die Gelatine) kurz zusammen mit dem Rosenwasser erwärmen.
- Quark, Joghurt, Akazienhonig (oder Zucker) und den Abrieb der Zitrone vermischen. Rosenwasser/Agar-Agar-Mischung hinzufügen.
- Die fertige Creme auf den kalten Biskuitteig geben und einige Stunden fest werden lassen.
- Danach die Springform entfernen und die Torte mit frischen Erdbeeren, Marzipanrosen oder kandierten Rosenblütenblättern verzieren.

Kandierte Rosenblütenblätter

Zutaten:

Frische Rosenblütenblätter, wenn möglich die der »Konditorrose«, unbedingt aus biologisch kontrolliertem Anbau
1 Eiweiß
1 TL Gummi-arabicum-Pflanzensaft
Puderzucker
Feiner Pinsel
Gitterrost
Einmachglas o. Ä.

Zubereitung:

- Rosenblütenblätter säubern, aber nicht wässern.
- Eiweiß schaumig schlagen und mit Gummi arabicum verrühren.
- Mischung mit einem Pinsel auf jedes einzelne Rosenblütenblatt auftragen.
- Blüten danach sofort mit Puderzucker bestreuen.
- Rosenblütenblätter nebeneinander auf einen Backofenrost legen und 2–3 Tage lang trocknen, bis sie erhärtet sind.
- Danach in ein gut verschließbares Gefäß geben und dort aufbewahren.

Aurelias Seelentröster

Heiße Milch mit Rosenzucker oder Rosenhonig

Milch erwärmen und mit Rosenzucker oder Rosenhonig vermischen. Danach Zimt über den Milchschaum geben.

Rosenhonig

Zutaten:
100 g getrocknete Rosenblüten (aus kontrolliertem Anbau)
600 g heller, flüssiger Honig
80 ml Rosensaft (siehe Rezept Rosensaft)

Zubereitung:
- Alle Zutaten in einen Topf geben und umrühren. Anschließend den Topf in die auf ca. 40 °C vorgewärmte Backröhre stellen, bis alles erwärmt ist. (ca. 10 Minuten)
- Die Mischung anschließend ca. 2 Tage bei Zimmertemperatur ziehen lassen. Danach abseihen und den Honig in Gläser füllen.

Rosensaft

Zutaten:
2 Handvoll getrocknete Rosenblüten aus kontrolliertem Anbau
2 l Wasser
Saft von 4 Bio-Zitronen
1 kg Rohrohrzucker

Zubereitung:
- Über Nacht die Blüten in einem Topf voller Wasser ziehen lassen. Danach so lange aufkochen, bis die Blüten zusammengefallen sind. Anschließend abseihen.
- Der graugrüne Sud wird durch die Hinzugabe des Zitronensafts und Zuckers rosa.
- Diese Flüssigkeit erneut aufkochen und im Anschluss direkt in Glasflaschen abfüllen.

Rosenzucker

Zutaten:
150 g Kristallzucker
50 g getrocknete Rosenblütenblätter aus kontrolliertem Anbau
1 Päckchen Vanillezucker

Zubereitung:
- Alle Zutaten in eine Küchenmaschine geben und fein mahlen.
- Anschließend den Rosenzucker in ein Glas füllen.

Aurelias Rosenbadesalz

Zutaten:
500 g Himalaya-Salz oder Totes-Meer-Badesalz
100 g getrocknete Rosenblüten
10 Tropfen ätherisches Rosenöl

Zubereitung:

- Alle Zutaten mischen und einige Tage in einem verschlossenen Glasgefäß aufbewahren, bis alles durchgezogen ist. Danach kann man eine beliebige Menge ins heiße Wannenbad geben.

Aurelias Rosen-Lavendel-Badeöl

Zutaten für ca. 150 ml:
150 ml kaltgepresstes Mandelöl
30 Tropfen ätherisches Lavendelöl
20 Tropfen ätherisches Rosenöl
20 Tropfen ätherisches Bergamottöl

Zubereitung

- Alle Zutaten in einem Glasfläschchen mischen und anschließend verschließen. Die Mixtur einige Tage durchziehen lassen. Danach kann die Mischung entweder pur ins Badewasser gegeben werden oder zusammen mit dem Rosenbadesalz.

Aromaöl Seelenheil

Zutaten:
10 ml Jojobaöl
2 Tropfen Rosengeranienöl
1 Tropfen Lavendel
1 Tropfen Zitronenmyrte
1 Tropfen Vanille
1 Tropfen Melisse

Zubereitung:
- Die Ölessenzen gut vermischen, in ein Fläschchen abfüllen. Anschließend einige Tropen mit sanft kreisenden Bewegungen auf das untere Dekolleté beziehungsweise den Brustbereich auftragen.

Rhabarberchutney mit Kürbis

(Rezeptquelle: »Rhabarber, Rhabarber« von Torkild Hinrichsen, Husum Druck- und Verlagsgesellschaft mbH und Co. KG, Husum, ISBN: 3-89876-102)

Zutaten:

500 g gestückelter Rhabarber
¼ l Weinessig
400 g gehackte Zwiebeln oder
500 g ganze kleine Perlzwiebeln
600 g Zucker
Etwas Salz und Gurken-Einmachmischung
Kürbisstücke

Der Reiz besteht im Mischen der Produkte von Frühjahr und Herbst. Man opfere ein Glas stückweise eingemachten Kürbis.

Zubereitung:

- Rhabarber mit Weinessig und Wasser zum Kochen bringen.
- Dort hinein: Zwiebeln oder Perlzwiebeln, Zucker, etwas Salz und Gurken-Einmachmischung (Senfkörner, Koriander, Wacholder, Lorbeer, Nelken, ganze Pfefferkörner). Die Kürbisstücke (ohne den Saft) beigeben und 10 Minuten mitkochen.
- Bei kleiner Hitze 80 Minuten einkochen, mitunter rühren.
- Gläser: wiederverwendbare Twist-Off-Gläser, frisch abgewaschen, aber innen trocken, heiß befüllen, verschließen, umstülpen zur Vakuumbildung.

Erdbeer-Rhabarber-Konfitüre

Zutaten:
500 g Erdbeeren
500 g Rhabarber
500 g Gelierzucker
1 Bio-Zitrone

Zubereitung:
- Erdbeeren waschen, den Stiel entfernen, klein schneiden.
- Rhabarber waschen, die Haut abziehen und in 1 cm lange Stücke schneiden. Mit dem Gelierzucker vermischen. Den Saft und den Abrieb der Bio-Zitrone hinzufügen. Alles zusammen aufkochen, anschließend 3 Minuten auf kleiner Flamme köcheln lassen.
- Abkühlen lassen und anschließend in Einmachgläser füllen.

Omas Matjessalat

(Rezept Ochsenwerder Landfrauen)

Zutaten:
4 Matjesfilets
4 hartgekochte Eier
2 große Zwiebeln
2 saure Äpfel
1 Senfgurke
Tomatenpaprika (kleines Glas)
2 gekochte Kartoffeln
Petersilie

Alles in mundgerechte Stückchen zerkleinern und vermischen.

Für die Soße:
Saure Sahne
Zucker, Salz, Pfeffer
Sojasoße und Curry

Zubereitung:

Pikant abschmecken und mit Petersilie garnieren. (Oma hat alles durch den Fleischwolf gedreht und mit hartgekochten Eiern garniert, und zwar zerhacktes Eiweiß und zerhacktes Eigelb getrennt! Ich mag lieber sehen, was ich esse.)

Marschländer Grünkohlsuppe

(Rezept Ochsenwerder Landfrauen)

Zutaten:

1 kg Schweineschulter oder -nacken
2 Bund Suppengrün
2 Gewürznelken
2 Lorbeerblätter
5 Pfefferkörner
1 Handvoll Gerstengrütze
1,5 kg abgekochter Grünkohl
Salz, Pfeffer
Eventuell Brühwürfel zum Abschmecken

Zubereitung:

- Aus der Schweineschulter und dem Suppengrün sowie Nelken, Lorbeer, Pfeffer und Gerste eine Fleischbrühe herstellen. Das Gemüse nach dem Garen zerschneiden.
- Der abgekochte Grünkohl wird durch die mittlere Scheibe des Fleischwolfs gedreht. Den Grünkohlbrei der fertigen Suppe beigeben.
- Eventuell noch kleine Hackklöße hinzufügen.

Gutes Gelingen
Marlis Kramer

Danksagung

Dieses Buch ist für Hanno Kreie.

Der Roman ist fertig, und es brauchte, wie immer, ein Heer an netten Menschen, die meine Arbeit liebevoll unterstützt haben. Bitte haben Sie Verständnis, wenn ich mir im Roman an einigen Stellen trotz akribischer Recherche regionale erzählerische Freiheiten genommen habe. Manchmal muss man als Autorin einfach ein bisschen herumspinnen. ;-)

Team Vier- und Marschlande:
An allererster Stelle möchte ich *Tatiana & Stefan Timmann* nennen, die mir »ihre« Region gezeigt und sich unendlich viel Zeit genommen haben, um mit mir herumzufahren und mir hilfreiche Kontakte zu vermitteln. Bitte folgt dem sympathischen Ehepaar auf www.4lande.de und auf Facebook: www.facebook.com/VierundMarschlande
Wenn Sie sich über das Haus informieren wollen, in dem das Ehepaar Timmann später Ferienwohnungen vermieten und kulturelle Events stattfinden lassen wird, schauen Sie bitte unter: www.haus-anna-elbe.de

Des Weiteren danke ich:
Wiebke Schwirten von der *Bergedorfer Zeitung* für die erste tolle Berichterstattung über die Entstehung des Romans, eine informative Fahrt durch die Region an ihrem freien Tag (!!!) sowie weitere wundervolle Tipps und Anregungen.

Carsten Neff für die schönen Fotos.

Torkild Hinrichsen vom Freundeskreis Rieck-Haus.
Ich habe jede Sekunde der persönlichen Führung durch das schöne Museum genossen, ebenso wie die vielen Bücher, die Sie herausgebracht haben. Ein Rhabarber-Rezept hat den Weg in den Roman gefunden.
Tipp für alle Leser: Besuchen Sie unbedingt dieses urige Museum, das in einem alten Hufnerhaus untergebracht ist.
(Kontakt: www.rieckhaus.org)

Jan Diedag Janßen für die Führung über den traumschönen Vierländer Rosenhof, die Möglichkeit des Fotoshootings und das Lese-Event am 10. Juli im Rahmen der Vierländer Rosentage 2016. Ich freue mich riesig.
Tipp für alle Rosen- und Blumenliebhaber: Man kann auch online bestellen: www.vierlaender-rosenhof.de

Ehepaar Eggers vom *Hof Eggers* für die Führung über den Bio-Bauernhof, die Ländereien, durch das Hofcafé, das Backhaus – und sehr persönliche Einblicke.
Info für alle, die in der Region Urlaub machen wollen: Das sympathische Ehepaar vermietet auch (Kontakt: www.hof-eggers.de/hof/der-hof-eggers.html). Es ist kein Zufall, dass das Ehepaar im Roman Aggers heißt ☺.

Familie Bornhöft: Ein großer Dank für einen wundervollen Sonntagvormittag in dieser beeindruckend großen und tollen Gärtnerei, in der gefühlt Millionen wunderschöne Blumen blühen. Da würde man am liebsten einziehen. Meine »Vanilleblume« hat sich traumhaft entwickelt, genau wie die Vierländer Platt-Tomate. (Kontakt: www.vierlaender-gartenbaubetrieb.de)

Rezepte: Katja Vollmer & LandFrauen Ochsenwerder & Kirchwerder. Danke, dass ich einen Blick in diesen kostbaren Küchenschatz werfen und zwei Rezepte für den Roman verwenden durfte. Hg. des Kochbuchs: Landfrauenverein Ochsenwerder, Spadenländer Weg 5, 21037 Hamburg

Katja Rüppell von der *Kunsthandwerkerei Ateliergemeinschaft* neben der Riepenburger Mühle. Ich bin ganz verliebt in Deine Bilder und hoffe, eines Tages eines davon zu besitzen. Danke, dass Lola Nocht in Deinem Atelier arbeiten und wohnen darf, ich bin sicher, ihr beide versteht euch bestens ☺. (Kontakt: www.kunsthandwerkerei.de)
PS: Die Lola im Buch hat keinerlei Ähnlichkeit mit der echten Künstlerin – nur die tollen Bilder!

Team Knaur in München:
Ich danke namentlich *Dr. Andrea Müller, Steffen Haselbach, Liesa Arendt, Patricia Keßler* und *Sabine Hartl* für das Vertrauen, die Ideen, die Unterstützung und alles, was es braucht, um mit gutem Gefühl schreiben, kreativ und bei Lesungen sein zu können.
Vertrieb, Presse, Marketing: Ohne diese geballte Power wäre das alles nicht möglich.

Sabine Franz, die mein Schreiben schon seit vielen Jahren begleitet und unterstützt. Danke, liebste Sabine, für Deine Begeisterungsfähigkeit, Deinen Enthusiasmus und Deine Strenge.

(Und dafür, dass Du wahrscheinlich auch diesen Satz wieder lektorieren wirst ;-))

Meinen Freunden und Lieblingsmenschen: Schön, dass es Euch gibt und Ihr Euer Leben mit mir teilt. Ich freue mich jeden Tag darüber und bin sehr dankbar dafür.
Ich danke meiner Nachbarin und Freundin *Iris Huber,* die mich durch ihre Arbeit in der Aroma-Pflege in der Psychiatrie überhaupt auf dieses Thema gebracht und mich mit vielen informativen Büchern und Tipps unterstützt hat. Seitdem weiß ich, welch eine unglaubliche Wirkung Lavendel hat.
Und ich danke *Diana Jacobs,* die mich in therapeutischen Fragen beraten hat: Herzlichen Glückwunsch zur »Heulpraktikerin« ;-) Du machst das grandios!

Leser, Blogger, YouTuber & Follower auf Facebook und Instagram: Beim Erscheinen eines jeden neuen Buches stelle ich mir immer wieder die bange Frage: Wird es Euch gefallen? Danke, dass Ihr mich seit Jahren begleitet und mir immer wieder schreibt. Auch das, was Euch vielleicht nicht so gut gefällt. Daraus kann ich lernen und erfahre, was Euch bewegt. Auch dafür danke ich Euch sehr!

Allen Buchhändlerinnen und Buchhändlern, die meine Bücher vorrätig haben, sie weiterempfehlen und mich zu Lesungen einladen. Das bedeutet mir alles sehr, sehr viel!

Quellenverzeichnis

Die Kapitelanfangszitate stammen aus folgenden Quellen:

2. Kapitel, Seite 16. Zitat aus: Theodor Storm: *Gedichte.* Herausgegeben von Gottfried Honnefelder, erschienen im Werk *Theodor Storm – Gesammelte Werke in sechs Bänden.* Band 1. Hrg. Gottfried Honnefelder, Insel Verlag 1983.

4. Kapitel, Seite 30. Zitat von Konfuzius

6. Kapitel, Seite 48. Zitat aus: Theodor Storm: *Gedichte.* Herausgegeben von Gottfried Honnefelder, erschienen im Werk *Theodor Storm – Gesammelte Werke in sechs Bänden.* Band 1. Hrg. Gottfried Honnefelder, Insel Verlag 1983.

10. Kapitel, Seite 90. Zitat von Aristoteles

11. Kapitel, Seite 103. Zitat von Meister Eckhart

12. Kapitel, Seite 112. Zitat aus: Hugo von Hofmannsthal: *Der Schwierige.* Lustspiel in drei Akten. Reclam 2000.

13. Kapitel, Seite 120. Zitat aus: Rainer Maria Rilke: *Wegwarten. Lieder dem Volke geschenkt.* Selbstverlag des Verfassers, Prag 1895/96.

14. Kapitel, Seite 127. Zitat aus: William Shakespeare: *Die Tragödie von Hamlet, Prinz von Dänemark.* Deutsch von August Wilhelm von Schlegel.

15. Kapitel, Seite 137. Zitat von Voltaire

16. Kapitel, Seite 146. Zitat aus: Friedrich Rückert: *Gedichte.* J. D. Sauerländer 1897.

20. Kapitel, Seite 183. Zitat aus: Otto Roquette: *Waldmeisters Brautfahrt.* Bd. 1. Cotta Verlag 1851

21. Kapitel, Seite 195. Zitat aus: Theodor Storm: *Gedichte.*

Herausgegeben von Gottfried Honnefelder, erschienen im Werk *Theodor Storm – Gesammelte Werke in sechs Bänden.* Band 1. Hrg. Gottfried Honnefelder, Insel Verlag 1983.

22. Kapitel, Seite 205. Zitat aus: Eduard Mörike: *Sämtliche Werke. Ausgabe in 3 Bänden.* Herausgegeben von Gerhart Baumann und Siegfried Grosse. Bd. 1. Cotta Verlag 1954.

25. Kapitel, Seite 230. Zitat aus: Rainer Maria Rilke: *Das Buch der Lieder.* Insel Verlag 1973; Text nach der Ausgabe *Sämtliche Werke* Band 1, Insel Verlag 1955.

30. Kapitel, Seite 276. Zitat aus: Rainer Maria Rilke: *Requiem.* Insel Verlag 1912.

32. Kapitel, Seite 292. Zitat aus: August Lafontaine: *Leben und Thaten des Freiherrn Quinctius Heymeran von Flaming.* Berlin 1795–96, 4 Bde.

33. Kapitel, Seite 302. Zitat aus: Theodor Storm: *Gedichte.* Herausgegeben von Gottfried Honnefelder, erschienen im Werk *Theodor Storm – Gesammelte Werke in sechs Bänden.* Band 1. Hrg. Gottfried Honnefelder, Insel Verlag 1983.

37. Kapitel, Seite 336. Zitat aus: Brief von Johann Wolfgang von Goethe an Friedrich Schiller, 1797

38. Kapitel, Seite 347. Zitat aus: *Die Bibel, Altes und Neues Testament,* Einheitsübersetzung, Herder 1980.

Gabriella Engelmann

Sturmgeflüster

Sonne, Wind und Wellen! Für Tinka öffnet sich eine neue Welt, als sie auf Sylt den attraktiven Kitesurfer Sven kennenlernt. Mit seinen meerblauen Augen bringt er Tinkas Herz sofort zum Kentern. Es könnte der Sommer ihres Lebens werden. Gäbe es da nicht ein dunkles Geheimnis, über das Sven und seine Clique beharrlich schweigen. Tinka fühlt sich beobachtet und weiß bald nicht mehr, wem sie auf der Insel wirklich trauen kann. Es ist fast zu spät, als sie begreift, dass sie selbst eine düstere Vergangenheit wieder heraufbeschworen hat.

Arena

Auch als E-Book erhältlich

208 Seiten
Klappenbroschur
ISBN 978-3-401-60111-3
www.arena-verlag.de

Reetdächer, Friesentee und Sylter Rosen

GABRIELLA
ENGELMANN

Inselzauber

ROMAN

Bei ihrer ersten Begegnung sind sich Larissa und Nele herzlich unsympathisch, dabei haben die Frauen mehr gemeinsam, als sie ahnen. Denn das Leben meint es mit beiden derzeit nicht gut: Neles Café steht kurz vor dem Konkurs, und Larissa wurde von ihrem Freund verlassen und flüchtete deshalb auf die Insel Sylt. Doch schon bald stellen die beiden Frauen fest, dass man zusammen stärker ist als allein. Zwischen Himmel, Dünen und Meer bekommen ihre Träume Flügel …

»Mal eine Runde träumen? Dieses Sommermärchen spielt auf Sylt und ist so schön, dass man packen und hinfahren möchte.«

Für Sie

KNAUR